KB171292

랭스턴 휴스

20 세계문학 단편선

랭스턴 휴스

오세원 옮김

현대문학

차례

일러두기

1. 번역에 참고한 성경은 대한성서공회에서 발행한 개역한글판을 사용했다.

2. 이 책이 쓰일 당시 negro는 가치중립적인 용어였으므로 그대로 니그로 또는 흑인으로 번역했고, nigger와 darkies는 멸칭이었으므로 검둥이로 옮겼다.

달빛 아래의 몸뚱이들
Bodies in the Moonlight

　뱃사람들은 세네갈에서 루안다까지 이삼천 마일 거리의 서아프리카 뱃길을 열병 해안 길Fever Coast이라고 부른다.

　사 주째 우리 배는 바다에서 좀 떨어진 곳에 정박한 채 카카오 콩들을 싣고 있었다. 배의 항해 일정에 약간의 혼선이 생긴 탓에 선장은 다음 지시를 기다리는 중이었다. 선원들 중 여섯 명이 열병에 걸려 육지에 있는 유럽인들의 병원으로 이송되었다. 비축해 놓은 감자가 떨어져 가고 있었고 선장은 다양한 국적의 선원들에게 더 이상 돈을 주지 않았다. 낮에는 햇빛이 밤에는 달빛이 배에 쏟아져 내렸고 더 많은 선원이 열병에 혹은 심각한 성병에 걸렸다. 우리 증기선은 파도가 부서지는 해안에서 반 마일쯤 떨어져서 푸른 바다에 몸을 맡긴 채 나른하게 흔들거리며 정박해 있었다.

방랑벽이 있는 열여덟 살에게 세상은 아름다웠다. 선원이 된 첫해 나는 식당에서 일을 했다. 가지고 있던 교재들일랑 모두 뱃전 너머로 던져 버리고 몇 달 동안 부모님에게 편지도 한 장 쓰지 않았다. 내 생각에 그때껏 내가 알던 사람들은 내게 친절하지 않았다. 하지만 이제 나는 자유였다. 바다는 나를 어머니처럼 맞아 주었고 웨스트일래너라는 화물선은 내 안식처가 되었다.

　태양이 지면서 바다가 핏빛으로 물들었다. 나는 비눗기가 빠지지도 않은 젖은 옷을 걸친 채 식량 창고에서 방금 저녁 식사 설거지를 끝낸 개수대를 닦았다. 그러고는 홀로 가서 창문들을 닫았다. 그때쯤 바다는 보랏빛이었고 하늘은 청보랏빛을 띠고 있었다. 첫 번째 별들이 하늘에 나타나기 시작했다. 항해사가 잊고 두고 간 모자를 찾으러 내려왔다. 식탁 아래 떨어져 있는 모자를 집기 위해 그가 몸을 구부렸다.

　"제기랄, 이제 여기가 신물이 난다." 그가 말했다. "야, 식당 보조, 내일 낮에 먹으려고 남겨 놓은 생강 케이크 좀 있냐?"

　"없어요." 내가 대답했다. "조리장이 내놓지를 않네요."

　"쩨쩨한 자식! 식량이 떨어져 가는 모양이지." 나는 일등항해사가 철제 계단을 지나 자기 방으로 올라가는 소리를 들었다. 나는 식당 서랍에다가 입고 있던 흰색 조리복을 던져 넣은 후 조심스럽게 참치 통조림 한 개를 웃옷 주머니에 감추고는 갑판으로 나왔다. 날이 저물어 있었다.

　"뭍으로 나가나?" 당직을 서고 있던 젊은 스웨덴인 선원이 물었다.

　"맞아." 내가 대답했다.

　"나라면 안 가겠어. 거기 여자들이 정말 열 받게 만들더라고. 너하고 포르토리코, 둘 다 조심해야 할 거야."

"조심했어야 할 사람은 너지." 내가 웃으며 그의 말에 대꾸했다. "세상에, 어쩌면 그렇게 멍청할 수가 있냐. 어쨌거나 포르토리코하고 나는 사랑에 빠졌어."

"그래, 한 여자를 좋아한다며." 스웨덴인이 말했다. "지금부터라도 조심하는 게 좋을 거야."

나는 갑판을 따라 내려가 불 켜진 기관사들의 창문을 지나고 모퉁이를 돌아 간부들 식당으로 갔다.

"아직 안 끝났어요?" 내가 말했다.

"염병할! 그 빌어먹을 갑판장 놈이 또 식사 시간에 늦게 나타났지 뭐야. 하지만 다시는 그런 짓을 하지 못하도록 말을 해 두었어." 포르토리코는 아주 더러운 양동이 물에 포크와 나이프들을 닦고 있었다. "개놈의 자식!" 그가 스페인어로 욕을 했다. "꼭 뭍으로 나가려고만 하면 그 짓거리를 한단 말이야!" 그는 마치 매일 밤 자신이 뭍으로 나가지 않기라도 하듯 말했다.

"나는 다시 후미로 돌아가 있을게요. 서두르면 다음에 오는 배를 탈수 있어요. 당신도 그녀를 보러 가겠죠? ……오늘 밤에는 뭐를 가져다줄 거예요?"

"어허, 얘가!" 그는 누가 우리 말을 듣기라도 하는 듯 말했다. 그는 목소리를 낮춰 속삭였다. "오늘은 빵 한 덩이밖에 아무것도 건진 게 없어. 이 주일 안에 식량이 바닥이 날 모양이야. 하지만 뱃사공에게 뱃삯으로 줄 비누 한 개는 챙겼어. 나는……"

조리장이 갑자기 복도에 나타나는 통에 그는 입을 다물어야 했다. 그는 자메이카인 요리사들이 감자를 까고 있는 조리실로 황황히 들어갔다. 나도 다시 고물 쪽으로 돌아왔다. 종이 다섯 번 울려 저녁 여섯

시 반이 되었음을 알려 줬다.

비누 한 개를 삯으로 내고 우리는 뭍으로 향했다. 사타구니만 간신히 가린 아프리카인 사공 두 명이 각각 앞뒤에 탄 배의 가운데에 포르토리코와 내가 자리를 잡았다. 조그맣고 폭이 좁은 카누는 물속 깊이 내려앉아서 당장이라도 물이 넘어와 가라앉을 것처럼 보였다. 바다는 깊고 음산해 보였다. 우리의 뒤에는 웨스트일래너의 불빛이, 앞에는 야자수가 늘어선 해변과 귀가 먹먹할 만큼 큰 소리로 부서지는 파도가 보였다. 바다의 가장자리에서 금빛 둥근달이 께느른하게 떠올랐다. 하늘은 총총히 매어 달린 별들로 무거워 보였고 깊은 바다는 권태로운 몸짓으로 작은 배의 양쪽을 철썩였다.

"나는 지쳤어." 포르토리코가 스페인어로 중얼거렸다.

"정말이지, 지금 뉴욕에 있다면 얼마나 좋을까." 내가 말했다. "누누마 따위야 상관도 없이 말이야."

하지만 파도치는 해안에 올라서려고 애를 쓰다 보니 우리는 금방 우울했던 기분을 잊어버리고 야자수들이 늘어선 곳에서 멀지 않은 곳의 모래밭에 서 있었다. 카누와 말 없는 두 명의 사공은 다시 바다로 향했다. "담배 좀 건네줘요." 발들이 어지럽게 모래밭을 가로질렀다. "담배 좀 건네줘요." 우리는 누누마를 보러 가고 있었다.

누누마— 그녀를 아직 기억하기에 나는 이 이야기를 쓰고 있다. 그녀와 내 목에 그어진 칼자국 때문에. 열여덟 살 내게 여자들이란 낯선 육체들, 낯설면서도 나를 놀리고 감질나게 만드는 육체들이었다. 육체와 영혼으로 이루어진 존재지만 영혼보다는 육체에 더 많은 찬사가 돌아가는 존재.

내 '절친'과 내가 론바에 처음 발을 디딘 날 우리는 누누마를 만났다. 늘씬한 흑인 소녀는 한 조각 천만 두르고 농익은 가슴을 드러낸 채 쪼그리고 앉아서 광장에서 한 무더기의 얌을 팔고 있었다. 시장에는 나이 든 여인들과 어린 소녀들이 많이 있었지만 그들 중 누누마 같은 이는 아무도 없었다. 그녀는 정글에 핀 꽃처럼 우아하고 사랑스러웠고 시처럼 아름다웠다.

"오, 이 예쁜이." 포르토리코가 말했다. "괜찮은 년이네." 뉴어크 출신의 마이크가 그녀를 보며 말했다. 선원들은 그녀의 얌을 모두 사 줬다.

그날 밤, 우리가 다시 해안으로 나갔을 때 닳고 닳은 호객꾼인 맨발의 소년 한 명이 포르토리코와 내게 누누마의 집을 알려 주었다. 그녀의 집은 다른 원주민들의 집처럼 처마가 낮은 초가집이었다. 밝은 빛의 천을 두르고 문간에 서 있던 그녀의 얼굴이 달빛 속에서 황동색으로 빛났다. 그녀는 바다에 너무 가까이 핀 아름다운 꽃이었다. 그 밤 이전에도 많은 선원이 그녀를 거쳐 갔으리라. 하지만 누누마는 그때까지 아무 남자도 받아들이지 않았다고 했다. "나 백인 선원들 안 좋아." 그녀가 나중에 서아프리카인들 특유의 영어로 설명했다. "그 남자 거칠고 비열해."

그녀의 집을 가르쳐 준 소년은 손에 동전 한 닢을 받아 들고 풀이 우거진 길을 타박타박 걸어갔다. "잘 가라, 꼬마." 얼마 지나지 않아 어디선가 소녀 하나가 더 나타나서 우리와 합류했다. 우리는 옹기종기 초가집 앞에 자리를 잡고 앉았다. 네 사람이었다. 새로 나타난 소녀는 자신의 이름을 알려 주려 하지 않았다. 그녀는 야무지고 몸매도 예뻤지만 누누마처럼 아름답지는 못했다. 우리는 별로 할 말이 없었다. 손길이 오가고 입술들이 부딪쳤다. 달이 환하게 타오르고 있었다. 시간이 지나자 우리는 초가집 안으로 들어갔다…… 아침이 다가올 때 포르토리코와 나는 소녀들에게 각각 이 실링을 쥐여 주고 배를 향했다.

사위가 환하게 터 오는 쌀쌀한 새벽을 가로질러 늘씬한 원주민 카누가 아침 식사가 시작되기 한 시간 전에 우리를 배에 도착할 수 있게 해 주었다. 하얀 아침 태양이 수평선 위로 솟아오를 무렵의 탁 트인 아침 바다는 서늘하고 푸른빛이었다. 웨스트일래너는 당당한 모습으로 정박해 있었다. 사공에게 뱃삯을 지불하고 배로 올라가기 위해 트랩을 밟는 순간 흑인 소녀 한 명이 트랩을 뛰어내려 왔다. "어서 꺼지지 못해!" 그녀의 뒤로 삼등항해사의 목소리가 들려왔다. "바닷가에서 만나는 것도 모자라서 배에까지 끌어들일 줄이야 누가 알았겠어. 어디 다시 여기 얼씬거리기만 해 봐라." 계속해서 항해사는 뱃사람들의 욕을 한바탕 늘어지게 퍼부었다. 여자는 많이 놀란 품새였다. 보트를 타고 가면서 사공에게 뭔가 떠들어 대는 여자의 손이 부들부들 떨렸다. 그녀는 뚱뚱했고 누누마처럼 얼굴이 예쁘지도 않았다.

그날은 폭염이 쏟아졌다. 원주민들의 배에서 카카오 콩을 받아 배에 싣는 권양기가 무게에 겨워 소리를 내었다. 승무원들은 갑판을 수선했고 선원 두 명이 더 열병으로 쓰러졌다. 그날 밤 포르토리코와 나는 누누마와 다른 여자를 만나러 갔다. 우리는 다른 소녀의 이름이 무엇인지 알고 싶지도 않았다. 그녀는 그저 항구 마을에 흔한 몸뚱이에 지나지 않았다.

날들이 가고 밤들이 지나갔다. 다시 날들이 가고 밤들이 지나갔다. 광활한 아프리카의 무연한 하늘은 별들이 총총하게 들어찼다가는 뜨거운 태양이 떠올랐다. 웨스트일래너호는 조용히 침묵하듯 떠 있었다.

카카오 콩은 이미 적재가 다 되었다. 열병에 걸린 선원 여섯 명은 육지의 병원에 입원해 있었다. 여전히 항해 지시는 도착하지 않았다. 선장은 발을 동동 굴렀다. 코트디부아르에서는 배에 실을 마호가니 목재들이 기다리고 있었다. 제기랄, 도대체 언제 출발을 하라는 거야? 수석 주방장은 사창가에서 병을 옮아 왔다. 조리장은 식량이 바닥나고 있다고 걱정을 했다. "멍청한 인간들이나 선원 생활을 해 먹는 거지." 갑판장이 투덜댔다.

포르토리코와 나는 매일 밤 뭍으로 갔다. 오후에도 점심과 저녁 식사 시간 사이에는 뭍을 향했다. 누누마. 누누마…… 오, 맙소사! …… 때로 나는 그녀와 단둘이 만났다. 그녀와 포르토리코, 나, 다른 소녀, 네 사람이 같이 있을 때도 있었다. 때로는 포르토리코와 그녀 단둘이 있을 때도 있었다. ……누누마! 누누마! ……나는 다카르에서 산 붉은색 슬리퍼를 그녀에게 주었다. 포르토리코는 이전 기착지였던 스페인의 카디스에서 구입한 숄을 그녀에게 건네주었다. 그녀에게 줄 돈이 떨어진 우리는 배의 식량 창고에서 음식을 훔쳐서 가져다주었다. 포르토리코는 거기에다 구슬 목걸이까지 주었다.

그는 내 친구였지만 나는 포르토리코가 그녀에게 손을 대지 않기를 바랐다. 누누마는 아름다웠지만 포르토리코는 아름다움을 알아볼 줄 아는 사람이 아니었다. 게다가 질투심이 대단했다. 어느 날 아침 조리실에서 그는 자신이 호젓하게 누누마와 함께 있을 수 있도록 다른 소녀와 좀 어울리라고 말했다. "그녀가 당신 소유물은 아니잖아, 안 그래?" 내가 따졌다. 그의 커다란 손이 주먹을 쥐는 것이 보였고 그의 얼굴에 비열한 미소가 떠올랐다. "한판 붙어!" 차석 주방장이 옆에서 소리를 질렀다. "젠장!" 내가 말했다. "항구에서 굴러먹는 여자애 때문에 우리가 싸워야 하는 거예요?" "아니." 그는 대답한 후 미소를 지었다.

"이 멍청한 검둥이들." 늙은 자메이카인 제빵사가 실망한 듯 욕을 했다.

누누마는 아름다웠다. 누누마의 얼굴은 달빛을 받고 있는 꽃 같았고 그녀의 몸은 부드럽고 늘씬했다. 열여덟의 나이는 많은 여체를 겪어 보지 못했을 때이다. 포르토리코 같은 선원이 아닌 이상 팬지 꽃잎 같은 입술들에 키스를 해 본 적도 별로 없을 나이이다. 포르토리코는 강하고 거칠고 온 세상 항구 마을들의 절반쯤에 있는 여자들을 겪어 본 사내이다. 그는 누누마의 얼굴이 달빛을 받고 있는 꽃 같다는 것도 모른다. 그녀의 몸이 부드럽고 여리다는 것 따위는 안중에도 없다. 나는 포르토리코가 그녀에게서 손을 떼기를 원했다. 그는 그녀를 건드려서는 안 되었다. 그렇게 수다한 더러운 여자들을 상대해 온 그가…… 하지만 그럼에도 포르토리코는 내 친구이다…… 하지만 누누마는 아름답다. 열여덟이라는 나이는 여자의 아름다움에 눈이 멀 때이다. 친구 따위는 잊어라…… 나는 내가 누누마를 사랑한다고 믿었다.

발걸음이 어지럽게 바닷가 모래를 가로지른다. 우리는 그녀를 보러 가고 있었다. "담배 좀 건네줘요." 나는 계속 말을 한다. 어지러운 발길이 우리를 야자수들 무리로, 초가지붕을 얹은 오두막들 사이로 난 풀이 우거진 길들로 이끌어 간다. 원주민들의 오두막 안에서 불이 너울거리고 흰 바지를 입은 선원들이 야자주를 마시고 소녀들의 가슴을 만지며 큰 소리로 웃는다. 맨발에 옷 조각이라고는 달랑 하나만 걸친 원주민들이 달빛 아래 걸어 다닌다. 배의 목수는 망고 나무 아래 취해 널브러져 있다.

"야, 식당 보조, 너 그 소식 들었냐?" 젊은 무선사와 화물 관리인이 길바닥에 오줌을 누다가 나를 보고 말했다. 우리는 걸음을 멈추었다. "아니." 포르토리코가 대답을 했다. "무슨 소식?"

"드디어 내일 닻을 올리고 코트디부아르로 출발한대. 선장이 기뻐 난리도 아냐." 무선사가 말했다.

"나도 그 점에선 마찬가지야." 화물 관리인이 말을 거들었다. "이쪽으로 지나가는 배를 탈 일은 내 평생에 죽어도 없을 거야."

아침에 이곳을 떠난다고…… 누누마. 누누마. ……코트디부아르, 아크라, 프리타운, 카보베르데 제도, 뉴욕…… 누누마! 누누마! ……아침에 항해를 한다고.

그녀는 항상 걸치고 있던 밝은색 천 쪼가리 대신 스페인산 숄을 두르고서 문가에 서 있다. 그녀의 입술은 붉고 얼굴은 달빛 속에서 은은한 자태를 뽐내는 꽃 같다.

"안녕." 그녀가 미소를 짓는다.

"오늘 밤 누구를 꾀려고 이렇게 차려입은 거지?"

"마치 브로드웨이에라도 온 것 같군."

"나 백인 선원들 좋아하지 않아."

농담이 오간다.

아프리카의 꽃 같은 소녀에게 주는 선물치고는 이상하지만 포르토리코는 자신의 빵 반 덩어리를 꺼내어 어설프게 내민다. 나는 내 웃옷에서 참치 통조림을 꺼낸다. 우리는 그것들을 모두 그녀에게 준다. 그녀는 웃음을 터뜨리며 그것들을 받아서 집 안으로 가져간다. 잠시 침묵이 흐른다. 그녀가 다시 나오자 우리는 마당에 함께 앉는다. 그녀는 우리 둘 사이에 자리를 잡고 앉아 있다. 다른 소녀는 오늘 나타나지 않는다. 누누마의 몸은 늘씬하고 갈색이다. 그녀는 부족에서 전하는 달에 관한 노래를 부른다. 그녀는 달을 가리킨다. 손이 스친다. 입술이 스친다. 금빛 달빛 가운데 은은한 자태의 흑인 소녀와 내 친구, 그리고 내가 있다.

"우리는 내일 출발할 거야." 내가 말한다.

"맞아, 우리는 내일 닻을 올릴 거야." 포르토리코가 말을 덧붙였다. "우리는 떠나."

"아침 가? 아침 배 그 사람 가?" 누누마의 눈이 달빛 속에서 커진다. "그럼 오늘 밤 나를 사랑해." 그녀가 말한다. 그녀의 입술은 꽃잎 같다. 하지만 그녀는 손깍지를 끼고 달을 바라본다. 그녀의 따뜻하고 부드러운 몸이 우리 두 사람 가운데 자리 잡고 있다. 그녀의 양 가슴이 뾰족하게 달빛을 가리키고 있다. 그녀의 늘씬한 발에는 빨간 슬리퍼가 신겨져 있다. 그녀의 눈은 달을 향하고 있다.

"너 먼저 배로 돌아가." 포르토리코가 내게 말했다. "일찍 잠을 좀 자두라고."

"싫어요." 내가 대답했다.

"배로 돌아가라고, 애송이." 그와 내가 동시에 몸을 일으켰다. 열여덟 살 나이는 여자 때문에 분별을 잃을 수 있는 때이다.

"안 돌아갈 거예요! 당신이 뭔데!" 나는 호주머니에 손을 넣어 주머니칼을 찾았다.

"이 건방진 새끼……" 스페인어로 욕을 하는 그의 입술이 실룩였다.

마치 한 줄기 달빛처럼 누누마가 비명을 지르지도 않고 오두막 안으로 달려 들어갔다.

"그녀한테서 손을 떼라고요." 내가 소리를 질렀다. "당신의 더러운 손을 그녀에게서 치우라고!"

내 손가락이 호주머니를 벗어나기도 전에 차가운 달빛 속에 뭔가 은빛이 번뜩였다. 영어와 스페인어로 뒤범벅된 욕설이 내 귓전을 때렸다. 동시에 따뜻한 붉은 액체가 목에서 흘러내려 흰 웃옷을 적시며 번져 나간 후 갑자기 맥이 빠진 손끝을 따라 땅으로 떨어졌다.

"그녀에게서…… 손을…… 떼." 나는 더듬더듬 말을 이었다. "그녀에게서 손을 떼…… 누누마." 말을 마치고 나는 풀밭에 얼굴을 처박으며 쓰러졌다. 나는 땅을 손가락으로 움켜쥐고 세상이 눈앞에서 흔들거리며 어두워질 때까지 소리를 질렀다. "당신의 더러운 손을 그녀에게서 떼라고." 하늘의 모든 별이 다 쏟아져 내렸다.

바다 위에서 목에 붕대를 감은 채 나는 눈을 떴다. 지켜보던 포르토리코가 말을 건넸다. "맙소사, 꼬마. 난 절대로 그런 의도가 아니었어, 내가 잠깐 눈이 뒤집혔나 봐, 정말이야." 선실 창밖으로 파도의 흰 정수리들이 보였다. 하늘에는 흰 태양이 타오르고 있었다. 이 모든 것들이 이제는 거의 잊혔다. 하지만 목의 상처, 누누마의 기억이 나로 하여금 이 이야기를 쓰게 만들고 있다.

눈부신 그 사람
The Young Glory of Him

그녀는 일기장에 여학생들 특유의 가느다란 필체로 기록을 해 놓았다. "아, 눈이 부시도록 아름다운 그 사람! 그의 이름은 에릭 긴트. 배에서 가장 잘생긴 선원이다. 나는 그를 어제 만났다. 뉴욕을 떠난 이래 나흘 동안 줄곧 뱃멀미에 시달리다가 처음으로 갑판에 나간 때였다. 의자에 앉아 브라우닝의 시집『반지와 책』을 읽고 있는데 갑자기 불어온 바람이 대학 수업 시간에 필기를 한 노트들을 모두 날려 버렸다. 선교船橋로 가고 있던 그가 마침 그 장면을 보고 달려와서는 노트들 중 얼마를 집어 주었다. 물론 나머지 노트들은 모두 바다로 떨어졌지만 나는 전혀 아쉽지 않다. 덕분에 그를 만났기 때문이다. 나는 아주 당황했던 것 같다. 더듬거리며 내가 할 수 있었던 말은 '고맙습니다'가 다였으니까. 그는 선교로 가던 걸음을 다시 옮겼다. 하지만 오늘 아침 다시 만났을 때 그는 내게 '안녕하세요'라고 인사를 했고 나도 '안녕하세요'라고 인사를 했다."

내가 그녀의 일기장을 읽었을 때는 항해가 시작된 지 열흘째가 되는 날이었다. 물론 내가 그녀의 일기장을 볼 이유는 전혀 없었다. 당시 나는 웨스트일래너호의 선실 담당 선원이었고 승객들의 방을 청소하는 것은 내 일이었다. 웨스트일래너호는 사실 화물선이었기 때문에 배에는 오직 네 명의 승객만이 탑승해 있었다. 무역업자 한 사람, 일기를 쓰던 소녀, 그녀의 부모들—물색없이 호의적인 중년의 뉴잉글랜드 출신 선교사 부부—이 다였다. 어느 날 소녀가 그녀의 침대 근처 작은 책상 위에 일기장을 펼쳐 놓았기에 나는 그것을 읽었을 뿐이다. 별 내용이 쓰여 있지도 않았다. 일기장은 새것이었고 그것도 배에 탑승을 하면서 쓰기 시작한 것이었다.

선원실의 모든 선원은 이미 한참 전에 그녀가 에릭을 좋아한다는 것을 알았다. 그들은 사흘 동안 에릭을 놀려 먹고 있었다. 하지만 그녀의 일기장을 내 눈으로 보기 전까지는 나도 에릭처럼 그녀가 그저 심심풀이로 장난을 하는 줄로만 알았다. 하지만 일기장의 내용은 진지했다. "나는 그가 나를 사랑하기를 원한다. 이제껏 나는 너무 외로운 삶을 살아왔다." 얼마 후 칠월 이 일에는 다음과 같은 내용이 일기장에 쓰여 있었다. "그가 나를 사랑한다면 얼마나 좋을까. 나는 항상 선원인 애인의 사랑을 받는 꿈을 꾸어 왔다. 그는 정말 환상적이다! 꼬불꼬불 컬이 져 있는 금발 머리의 그는 이제껏 어떤 여자도 사랑해 본 적이 없다고 말했다. 나도 그에게 이제껏 사랑해 본 남자가 한 명도 없었다고 말을 해 주었다. 이제껏 여학교(그것도 교회 학교)만 다녔기 때문에 남자를 만날 기회가 없었다는 것도 말해 주었다…… 나는 그를 정말로 사랑한다! 진심으로! 정말로!"

간부 선원들과 승객들에게 식사를 서빙하는 것도 내 임무였다. 그들은 모두 아홉 사람이었다. 그날 저녁 식사 시간에 소녀는 뻣뻣한 흰 드레스에 뜨개질로 만든 스카프를 어깨에 두르고 있었다. 그녀의 이름은 데이지 존스였다. 마른 몸매에 엷은 갈색 머리, 주근깨가 뿌려진 작은 얼굴에 무미건조한 표정의 그녀는 책을 읽을 때는 안경까지 써서 불과 열여덟 살이었지만 서른은 되어 보였다. 다섯째 날 저녁 식사 시간에 나는 선교사 내외가 선장에게 딸에 관해 얘기하는 것을 모두 들었다. 물을 따라 주고 음식을 돌리면서 나는 그들이 하는 말을 들었다. 십 년 동안 아프리카에서 일해 온 부부는 데이지를 만나러 모처럼 미국으로 돌아왔다. 데이지는 고등학교와 대학 생활을 여학생을 위한 감리교 신학교에서 보냈는데 이제 졸업을 해서 그녀를 데려가는 길이었다. 비록 본인들의 딸이지만 그들은 데이지에 대해서 아는 것이 별로 없었다. 항상 그들과 떨어져 생활했기 때문이다. 하지만 그들은 데이지가 그들처럼 선교사가 되기를 바란다고 말했다. 그녀는 양순하고 그들의 말에 순종하는 것처럼 보였다. 그들은 테이블 건너편에 앉아 있는 딸에게 미소를 지어 보였고 소녀도 그들에게 미소로 답했다. 하지만 그녀의 미소는 어딘지 맥이 빠진 듯한 낯선 미소였다. 선장이 선교사 부부에게 말했다. "정말 훌륭한 일들을 하시고 있군요." 무역업자도 그의 말에 동의를 했다. 이내 무역업자와 선교사 부부는 콩고에 가톨릭이 발을 붙이지 못하도록 하기 위해서는 더 많은 신교 선교사들이 필요하다는 점에 관해 이야기를 시작했다. 나는 푸딩을 내놓았다. 우리 모두가 그 안에서 생활을 하고 있는 배, 웨스트일래너호는 밤을 뚫고 천천히 그러나 결연하게 바다를 가르고 있었다. 종이 여섯 번 울려 저녁 일곱 시가 되었음을 알려 주었다.

뉴욕을 떠난 지 십이 일째가 되었을 때였다. 배 후미에 있는 선원들의 숙소에는 네 구석에 이 층 침대들이 설치되어 있고 상자 하나와 의자 두 개가 놓여 있었다. 선원들, 기관원들, 식당 급사들이 뒤죽박죽 어울려 지내는 곳인 만큼 욕지거리와 웃음, 노랫소리가 끊이지 않았다. 그곳에서 에릭은 데이지 때문에 놀림을 받고 있었다.

"항구의 여자들은 만족스럽지가 않았나 보지. 이제는 좀 선하고 거룩한 교제를 원하신다, 이건가? 선교사들의 딸과 재미를 보면서 말이야."

"어이, 이 잘생긴 금발 총각!"

"완전 제비지, 뭐. 다른 승객들도 쟤한테는 홀딱 빠지거든."

"왜 그 여자애 엄마도 꾀지그래? 딸보다 훨씬 낫던데. 데이지는 마치 전쟁이라도 치르고 온 것처럼 보이잖아? 완전 초췌한 몰골이지."

"르아브르에 가면 개보다 열 배는 더 예쁜 여자가 날 기다리고 있는데 말이야." 그쯤에서 으레 선원들의 화제는 항구의 여인들로 옮겨 가 르아브르 여인들과 바르셀로나 여인들의 장단점을 비교하거나 밤에 이루어지는 사랑의 은밀한 속사정을 떠들어 대기 마련이었다.

"나도 나름 여자들을 많이 사귀었다고요. 증명할 것들도 있어요." 덴마크 출신의 에릭이 말했다.

"물론 그렇겠지." 포르토리코가 그의 말에 야유하듯 대꾸를 했다.

"당신이 생각하는 그런 게 아니에요." 그 젊은 선원은 침대 아래에서 그의 세일러 백을 꺼냈다. "여기 한 상자 가득 이제껏 내가 사귄 여자들 거의 전부의 기념품과 편지, 사진이 들어 있다고요."

그는 긴 마분지 상자를 하나 집어 들고는 뚜껑을 열었다. "자, 봐요, 보석이 박힌 단검이에요. 아바나에서 만난 여자에게서 훔쳐 온 거죠."

선원들이 웃음을 터뜨리고는 이어서 상스러운 야유를 퍼부었다.

"그리고 이 빨간 스타킹, 뉴욕 희극단의 여자 한 명이 내가 그녀 침대를 떠난 아침에 이걸 찾느라고 난리를 쳤을걸요."

하하하! 굉장한 연인이 나타나셨군그래!

"코펜하겐에서 내가 맨 처음 사귀었던 여자애는 자기 머리칼을 잘라 주었어요. 열여섯 살에 막 선원 일을 시작했을 때였죠." 그는 푸른 리본으로 묶여 있는 옅은 금발의 머리카락 뭉치를 들어 올려 보였다. 그의 상자에는 반지들, 얇은 비단으로 만든 여자 속옷 한 점, 철자법이 엉망인 편지들도 한 묶음 들어 있었고 요코하마, 시애틀, 나폴리에서 찍은 사진들도 들어 있었다.

그는 상자를 치워 두고는 데이지에 대해 이야기를 하기 시작했다. "착한 애예요, 하지만 좀 멍청하죠. 며칠 전 나한테 검은색 장정의 성경책을 한 권 주더라고요. 여기 주머니에 넣어 두었죠." 그는 셔츠 왼쪽 주머니에서 가죽 표지의 성경책을 꺼내어 사람들에게 보여 주었다. "어젯밤에는 내가 키스를 해 주기를 바라는 눈치더라고요. 원 세상에! 내가 그런 걸 거절할 이유가 있나요?" 그는 팬터마임이라도 하듯 그가 어떻게 칸막이벽에 그녀를 밀어붙인 채 팔에 안고 키스를 했는지를 시연해 보였다. "하지만 키스를 하고는 마치 무서운 일을 겪기라도 했다는 듯 갑판을 가로질러 도망을 쳤어요." 그다음 두 주 동안 선원들은 덴마크 출신의 젊은 선원을 만나면 "그녀가 아직도 꽁지를 빼나?"라고 농담을 하곤 했다.

아조레스 제도의 오르타 항은 바다 가장자리에 오롯이 위치한 작은 도시이다. 부릴 화물도 별로 없었다. 반나절 정박을 한 후 우리 배는 자정쯤 다시 항해를 시작했다. 다른 선원들처럼 포르토리코와 나도 상륙해서 와인을 산 후 포석이 깔린 거리들을 우마차와 농부들과 함께 섞여 이리저리 돌아다니다가 해가 질 무렵 젊은 선원들과 어울리는 것을 좋아하는 항구 처녀들과 더불어 방파제 근처의 산책로를 거닐었다. 그곳에서 시간을 보내던 포르토리코와 나는 밤 열 시쯤 배를 향했다. 한 사람당 이십오 센트를 받고 포르투갈인 뱃사공이 우리를 항구에 정박해 있는 웨스트일래너호까지 건네다 주었다. 증기선으로부터 화물을 받아 싣기 위해 몰려든 작은 배들과 바지선들을 통과해서 배의 사다리에 도착한 우리는 갑판을 향해 올라가기 시작했다.

나는 곧장 홀 쪽으로 갔다. 창문들을 닫고 불을 끄기 위해서였다. 복도로 가는 출구에 우리의 젊은 승객 데이지 존스가 서 있었다. 나는 그녀가 에릭을 기다리고 있다는 것을 알 수 있었다. "좋은 저녁입니다." 내가 그녀를 지나치면서 인사를 했다.

오 분쯤 시간이 흐른 후 다시 갑판으로 나온 나는 식당 문 근처에 서서 기중기가 배 중앙부의 승강구로부터 밀이 담긴 포대들을 흔들흔들 들어 올려 아래에서 기다리고 있는 배들에게 실어 주는 모습을 바라보았다. 나는 그때껏 밤에 하역 작업이 이루어지는 것을 구경한 적이 없었다. 하지만 데이지의 시선은 화물이 바다로 내려지는 장면이 아니라 에릭이 타고 올라올 트랩 쪽을 향해 있었다. 잠시 후 에릭이 대여섯 명의 선원들과 함께 떠들썩하니 욕이 섞인 농지거리를 주고받으며 올라왔다. 모자를 잃어버렸는지 온통 머리가 헝클어진 에릭은 취해서 얼굴이 빨갰지만 푸른 눈에는 생기가 가득했다. 데이지를 본 그는 일행에게 "잠깐 재미 좀 보고 갈게"라고 말을 했다. 밀 부대가 내려지는 아래쪽으로 갑판을 가로질러 간 그가 손을 내밀고 그녀에게 말을 걸었다. 꾸미지 않은 채 내버려 둔 아름다운 얼굴과 장난기가 가득한 에릭의 눈에 매료가 되었지만 데이지는 아직 마음 한구석에 남아 있는 두려움 때문에 뒤로 물러서서 어두운 홀의 그림자 안에 선 채 얼마 동안 그가 그녀의 귀에 속삭이는 말을 듣고 서 있다가 갑자기 몸을 돌려 자신의 방으로 뛰어가 버렸다. 식당 근처에서 나와 함께 서서 그들을 지켜보고 있던 선원들이 웃음을 터뜨렸다. 우리는 모두 숙소로 향했다. 새벽 한 시에 배는 닻을 올렸다.

다음 날 그녀의 방을 청소하러 들어간 나는 그녀의 일기장을 다시 읽었다. "어젯밤 그이는 마치 축제에서 돌아오는 금발의 그리스 신처럼 보였다. 아! 눈이 부시도록 아름다운 그 사람! ……그는 내게 언젠가 자기와 함께 뭍에 나가지 않겠느냐고 말했다. 다카르에 배가 도착하면…… 나는 아프리카 도시의 밤이 어떤 모습일지 궁금하다. 그가 안전하게 나를 지켜 줄 테지만 나는 감히 길을 나설 용기가 생기지 않는다. 나는 두렵다."

일기를 읽고 나는 웃음이 나왔다. 그녀는 분명히 에릭을 따라나설 것이다. 그녀의 아버지와 어머니는 일찍 잠자리에 드는 사람들이었다. 에릭의 말에 따르면 이제껏 그의 말을 거부한 여자는 한 명도 없었다고 했다. 뭐, 어차피 나와는 상관이 없는 일이다. 나는 그녀의 일기장을 덮고 책상 서랍을 닫은 후 갑판에 깔린 양탄자를 쓸기 시작했다.

세네갈의 다카르는 아프리카에서는 찾아보기 어려운 부두와 항구 시설을 갖춘 아프리카의 가장 매력적인 항구들 중 하나이다. 부두에 가까이 댄 웨스트일래너호 위에서 우리는 사람들로 복잡한 방파제를 내려다보았다. 회교도들이 입는 치렁치렁한 복장의 원주민, 식민지의 프랑스 관리들, 깃털, 작은 조각상들, 동, 상아, 대추야자들과 기타 이상한 과일들을 물물교환 하기 위해 사막에서 온 흑인 상인들, 여인들과 아이들, 책과 신문을 기다리는 선교사들, 어느 항구에서나 흔히 볼 수 있는, 손님들을 유곽으로 끌어가기 위해 기다리고 있는 꼬마 호객꾼들. 태양은 하늘에서 작열하고 있었다.

태양이 바다 너머로 떨어지자 다카르 항에 어둠이 찾아온다. 니스나 리옹의 브루사드 호텔의 작은 정원 카페. 원주민 음악, 분수, 흑인 웨이터들, 담배 연기, 포도주, 별들. 여기저기 테이블에 흩어져 앉아서 시끄럽게 떠들어 대는 선원들과 흑인 소녀들, 몇 명의 프랑스 여인들이 보인다. 뚱뚱한 가게 주인은 손을 마주 부비며 흥청대는 가게 분위기에 고무되어 있다. 프랑스 여인들 중 한 명이 노래를 부르기 시작하지만 뉴어크 출신의 마이크가 부르기 시작한 〈왜 내가 너 때문에 울어야 하나〉에 묻혀 들리지 않는다. 갑판장은 테이블 위에 대자로 뻗어 잠이 들었다. 제리는 분숫가에서 춤을 추고 있다. 취한 사람들의 웃음과 주정 소리가 작은 정원을 가득 채운다. 술에 취해 희미한 내 시야에 뿌연 담배 연기를 뚫고 칩스가 우리 테이블을 향해 다가오는 것이 보였다.

"거리를 걷다가 누구를 만났는지 알아?" 그가 말했다. "에릭하고 그 멍청한 선교사 딸이 단둘이 서 있더군. 저쪽의 호텔에서 나오는 길인 것 같던데 여자애가 울고 있더라고. 둘이 배 쪽으로 가고 있던데."

"이번엔 도망칠 수 없는 곳으로 끌고 간 모양이지." 포르토리코가 말했다.

"그 자식이 생긴 것처럼 그렇게 순진한 놈은 아냐." 늙은 조기수가 쉰 목소리로 말했다. "이렇게 해서 그 여자애도 선원들이랑 놀아나는 법을 배우게 되는 거지."

"하지만 그래도 오늘 밤에는 기도를 하고 잘 테죠."

"여자애는 평평 울고 있었어요." 칩스가 계속 말을 했다. "그러든 말든 에릭은 눈 깜짝하지 않고 그녀를 쳐다보며 웃고 있던걸요."

첨벙! 춤을 추고 있던 선원이 분수 너머로 자빠졌다. "브라보!" 프랑스 여인들이 소리를 질렀고 "히히히!" 아프리카 소녀들이 웃었다. "만세!" 취한 뱃사람들이 손뼉을 쳤다. 쓰러지는 잔들, 웃음소리, 여자들의 목소리, 장소와 어울리지 않는 음악 소리가 밤하늘로 퍼져 갔다. "코냑 한 병 더 하자고." 포르토리코가 말했다.

우리가 다음 날 다카르를 출발할 때 태양은 뜨거운 열기를 뿜어내고 있었다. 머리가 아파서 가외로 일을 할 기분이 아니었지만 데이지가 자리에서 일어나려 하지 않아서 나는 할 수 없이 쟁반에 토스트와 수프를 담아서 방으로 가져다주어야 했다.

"데이지가 아파요." 그녀의 엄마가 내게 말을 건넸다. "밤늦도록 책을 읽지 말라고 그렇게 말을 했건만."

머리만 깨질 듯 아프지 않았더라면 나는 그녀의 말을 듣고 웃음을 터뜨렸을 것이다. 나는 내 숙소로 돌아와서 오후 내내 잠을 잤다.

그날 저녁 식사 시간에도 데이지는 나타나지 않았다. "계속 울기만 하네요." 그녀의 엄마가 말했다. "아마 신경이 예민해진 탓이겠죠."

"젊은 사람들은 알다가도 모르겠어." 그녀의 아버지가 말을 거들었다.

혹시 필요한 게 있느냐고 그녀의 방문을 노크하고 물어보았지만 그녀는 "아뇨, 아무것도 필요 없어요. 이제 일어나서 갑판에 나가 보려고 해요"라고 답했다. 다시 식당으로 돌아온 나는 테이블과 식량 창고를 청소한 후 데이지가 갑판으로 나와 그녀의 부모님 사이에 앉아 있는 동안 다시 그녀의 방으로 가서 침대 시트를 갈아 놓았다. 조리실로 돌아온 나는 조리사들이 아침 식사에 내놓을 감자 껍질을 벗기는 동안 그들 곁에 서서 수다를 떨었다. 따뜻한 바람이 조리실 안으로 불어 들었고 하늘의 별들은 손으로 만질 수 있을 것처럼 가깝게 느껴졌다. 불빛을 낮추기 위해 홀에 간 나는 선교사 부부가 잠자리에 들 채비를 하는 것을 보았다. 데이지는 갑판에 홀로 앉아 있었다.

그 일이 벌어진 것은 자정쯤일 것이다. 나는 침상에서 책을 읽고 있었고 포르토리코는 내 위쪽 침상에서 코를 골고 있었다. 기관실에서 갑자기 종소리가 울리기 시작했고 배가 속도를 늦추는 것이 느껴졌다. 갑자기 날카롭게 울려 대기 시작한 휘슬들 소리를 듣고 나는 벌떡 일어서서 바지를 꿰입고 갑판으로 달려 나갔다. "사람이 바다에 빠졌어요!" 삼등항해사들이 소리를 치며 뛰어다니고 있었다. 명령들이 부산히 내려지고 선원들이 구명정을 내리는 것이 보였다. 그제야 나는 무슨 일이 벌어진 것인지 문득 깨달았다. 데이지 존스가 바다로 뛰어든 것이다.

나는 중앙 갑판부로 가는 철제 계단을 뛰어 올라가서 식당 문과 덮개가 썬 승강구를 지나친 후 홀의 복도를 지나 그녀의 방으로 뛰어갔다. 나는 그녀가 그곳에 없으리라는 것을 알고 있었다. 방 안에는 불이 환히 밝혀져 있었고 침대는 내가 저녁 식사 후 정돈해 놓은 상태 그대로였다. 하지만 베개 근처의 시트 위에 '아버지, 어머니'라고 쓰인 밀봉된 봉투가 놓여 있었다. 근처의 책상 위에는 그녀의 일기장이 펼쳐진 채로 있었다. 하지만 그날 그녀가 쓴 내용은 두꺼운 펜으로 지워져 있어서 맨 아래쪽 몇 줄만 간신히 읽을 수 있었다. "나는 그가 나를 사랑하는 줄로 생각했다. 하지만 나는 지금 그것이 사실이 아니라는 것을 안다. 나는 이 사실을 견뎌 낼 수가 없다." 종이 위에는 눈물자국이 번져 있었다.

나는 일기장을 천천히 덮은 후 웃옷 주머니에 집어넣고 갑판으로 나왔다. 주위에 아무도 없다는 것을 확인한 다음 나는 일기장을 바다에 떨어뜨렸다. 밖에서 벌어지는 소동에도 불구하고 선교사 부부는 잠에서 깨지 않았다. 그제야 오르타와 다카르 항에서도 화물을 하역하는 요란한 소리들에도 불구하고 그 부부는 잠에서 깬 적이 없었다는 사실이 떠올랐다. 아프리카에서 십 년 정도 생활을 하다 보면 저렇게 숙면이 필요한 것일까? 하지만 곧 선장이 가서 그들을 깨웠고 구명정들이 달빛으로 환하게 쏠린 근처의 바다 여기저기를 샅샅이 뒤졌지만 그녀의 흔적은 찾을 수가 없었다. 청정한 별들이 가득한 밤하늘은 조용히 바다에서 벌어지는 일을 지켜만 볼 뿐 아무 말이 없었다.

다음 날 아침, 물론 에릭은 기분이 최악이었다. 일부 선원들은 그가 그 소녀를 가지고 장난을 친 것에 대해 화가 나 있었다. 하지만 누구도 에릭이 그녀의 죽음에 책임이 있다고는 생각하지 않는 것 같았다. 칩스가 말했다. "여자들이란 어쩔 수 없는 존재들이야. 쟤를 보면 완전히 미쳐 버리거든. 이 여자애도 얼마나 멍청한 짓을 했는지 보라고." 그러자 선장이 그를 선장실로 불러들여서는 아침 식사가 끝나가도록 뭔가 이야기를 했다.

하지만 며칠이 지나자 그 젊은이는 정상으로 돌아왔다. 이전처럼 웃고 노래하고 농담을 하고 욕을 했다. 배가 프리타운에 정박했을 때 나는 그가 데이지에게 받은 검은 성경책을 오르타에서 얻은 스타킹, 뉴욕에서 훔쳐 온 붉은 비단 스타킹, 아바나에서 가져온 보석이 박힌 단검, 코펜하겐에서 어떤 소녀가 주었다는 금발 머리털 뭉치와 함께 기념품 상자에 담는 것을 보았다.

꼬마 숫총각
The Little Virgin

뉴욕 항을 떠난 지 칠 일이 지난 웨스트일래너호는 천천히 푸른 물결을 헤치며 나아가고 있었다. 바다에서 일주일을 같이 생활하다 보면 그리스인, 서인도 제도 흑인, 아일랜드인, 포르투갈인, 미국인 등으로 잡다하게 구성된 선원들끼리 꽤 친해지기 마련이다. 날씨가 따뜻하면 선원들은 후갑판에 모여 서성거리며 이야기를 나누면서 서로에 대해 알아 간다. 바다에서 생활을 하다 보면 어울릴 것 같지 않은 사람들끼리도 아주 친해지는 경우가 왕왕 있다. 타국의 항구에서 싸움이라도 벌어지면 그들은 마치 형제들처럼 똘똘 뭉친다. 물론 언제나 형편없는 음식을 내놓는 주방장과 설전을 펼칠 때도 모든 선원은 하나로 뭉친다. 바다를 모든 것을 포용하는 어머니로 치자면 거기서 일하는 노동자들은 서로 피를 나눈 형제들이라 할 수 있을 것이다.

하지만 가끔, 그런 선원들조차 어떻게 대해야 좋을지 모르는 사람이 그들과 합류하게 된다…… 선원들은 그를 꼬마 숫총각이라고 불렀다. 그가 아직 여자와 잠을 자 본 적이 없다는 것이 드러났고 항상 예의 바르게 행동했기 때문에 붙여진 별명이었다. 열여섯쯤 되었음 직한 금발 소년인 그는 모험을 하겠다고 내륙 지방의 중산층 가정에서 가출을 한 후 바다를 찾아온 아이처럼 보였다. 이전에 배에서 일한 경험이 없었다지만 금방 일을 배웠고 얼마 지나지 않아 다른 선원들과 함께 갑판을 고치고 벽에서 녹을 제거하는 일을 했다. 하지만 수줍음이 많은 꼬마 숫총각은 선원들의 말투는 쉽게 따라 하지 못했다. 식사 시간에 감자 접시에서 가장 큰 감자를 움켜쥐는 일도 없었다. 자기 차례까지 감자가 돌아오지 않아도 그는 아무 말이 없었다.

시간을 좀 더 줘요
그 일을 해치울 수 있게!*

저녁 식사가 끝난 초저녁에 후갑판 승강구에 모인 선원들은 범선이나 바다에서의 옛 경험에 관한 이야기를 주고받았다. 짙은 아일랜드 억양을 가진 패디는 포경선을 탔던 과거의 경험담을 늘어놓았다. 난간에 기대어 있던 스웨덴 선원이 이제껏 들어 보지 못한 낯선 뱃노래를 나직이 부르기 시작했다.

우리가 아침으로 먹은 게

* 선원들의 노동요인 〈Blow the Man Down〉.

뭐였는지 알겠어?

우 후!

그 일을 해치울 수 있게!

남쪽에서 불어오는 따뜻한 바람과 희미하게 들리는 엔진의 고동 소리, 프로펠러가 물을 가르는 소리가 그의 노래에 반주처럼 울렸다.

원숭이의 심장

나귀의 간장

시간을 좀 더 줘요

그 일을 해치울 수 있게!

"맞아." 패디가 말했다. "존 에머리가 리오로 갔을 무렵, 바로 그때쯤이었어."

오, 그들이 우리를 실어 가요

콩고 강을 따라서

우 후!

그 일을 해치울 수 있게!

일직 갑판원 중 한 명이 불이 켜진 등불을 들고 철제 계단을 올라가서 배의 고물에 걸어 놓았다. 짙은 푸른빛 하늘이 점점 어두워지고 별들이 점점이 모습을 드러냈다. 잔잔한 파도가 느른하게 뱃전에 와 부딪쳤다.

오! 나는 항해를 하겠어요

영원히 바다를

시간을 좀 더 줘요

그 일을 해치울 수 있게!

"네가 살던 동네 사람들은 모두 너처럼 멍청했었냐?" 에릭이 갑자기 꼬마 숫총각에게 윽박지르듯 말했다.

"무슨 소리예요?" 소년이 대답을 했다. "우리 아버지는—"

"요 애송이야, 그럴 때는 '무슨 소리예요'가 아니라 '뭔 헛소리예요' 라고 말을 하는 거야." 옆에 있던 제리가 느긋하게 말했다.

"뭔 헛소리예요." 소년이 천천히 그의 말을 따라 했다. 그는 아직 다른 선원들처럼 쉽게 험한 말을 하는 법을 배우지 못했다.

"제대로 욕하는 법을 배우지 못하면 여자들이 너를 선원 취급을 하지도 않을 거야. 시골뜨기처럼 말하지 말고 뱃사람처럼 말을 하라고."

"네. 알았어요." 소년이 말했다.

"도대체 누가 쟤를 선원이라고 하겠어?" 포르토리코가 웃음을 터뜨렸다.

"다음 주에 오르타에 도착하면 여자들 구경을 시켜 주지. 이전에 가봤던 곳이라 거기 있는 애들을 잘 알아. 정말 거친 여자들이야. 아마 도살장에 간 기분이 들지도 몰라. 거기에서 네가 제대로 여자를 사랑할 수 있다는 것을 우리에게 한번 보여 줘 봐, 꼬마."

자의식이 강하고 창피를 잘 느끼는 소년의 고행이 시작되었다. 그는 매일 선원들의 조롱과 천박한 농담의 대상이 되어야 했다. 뱃사람들은 아직 때가 묻지 않은 그를 좋아했다. 하지만 그가 얼굴이 빨개져서 어쩔 줄 모르는 꼴을 보는 것이 그들에게는 큰 재미였다. 소년이 낮 동안 했던 행동이나 말은 저녁에 후갑판에 선원들이 모였을 때 음탕한 농담이나 조롱거리가 되었다. 음란한 말이나 농지거리를 주고받지 못하는 소년은 외롭고 비참한 기분이 들었다. 모두가 그의 적인 것 같았고 친구는 한 명도 없었다. 제대로 말대꾸를 하거나 농담을 듣고 웃어넘길 수 없는 사람에게 던져지는 말들이 얼마나 잔인한 것인지 아무도 모르는 것 같았다.

"나는 여자를 사랑하는 법을 몰라요." 소년이 말했다.

"요런 꼬마 총각 같으니! 아직도 엄마의 사랑스러운 아기처럼 구는 거야?" 칩스가 여자의 목소리를 흉내 내어 말했다.

"어이, 귀여운 아가씨!"

"무슨 선원이 저 모양이냐?"

이제 그는 거의
꽉 찬 스물세 살이 되어 갑니다
하지만 아직도 그는
엄마의 무릎에 앉아요
그는 결코 될 수……

"어이, 꼬마야, 우리에게 얘기 좀 해……" 기관실에서 일하는 그리스 선원들 가운데 한 명이 소년에게 짓궂게 말을 걸었다.

"꼬마 숫총각, 그리스인에게 아무 말도 하지 마." 뉴어크 출신인 마이크가 그의 말을 끊고 소년에게 말했다. "대신에, 자리에서 일어나 눈텡이나 한 대 갈겨 주렴."

그의 터무니없는 말에 승강구에 몰려 있던 선원들이 배꼽을 잡고 웃었다. 칩스는 바닥을 구르며 웃었다. 하지만 기관실에 근무하는 선원은 그 말을 듣고 화가 났다.

"무슨 지랄로 애한테 나를 한 대 갈기라고 하는 거지? 애한테 시키지 말고 본인이 직접 할 용기는 없나?" 그리스 선원이 소리를 높였다.

"내가 못 할 것 같아?" 마이크가 대꾸했다. 별이 빛나는 밤하늘 아래 차분하게 물결을 가르며 천천히 항해를 하고 있는 배에서 벌써 삼일째 아무런 싸움이 벌어지지 않았다. 증기선의 움직임만큼이나 모든 것이 따분하고 조용하던 차였다. "나는 자네들이 꼬마 숫총각을 괴롭히는 데 신물이 나. 아마 쟤가 그런 농담을 좋아한다고 생각들을 하는 모양이지만 말이야. 착하고 아무도 성가시게 하지 않는 아이를 왜들 괴롭히는 건가?"

"쟤가 네 동생이라도 되나?" 그리스인이 대꾸하면서 동시에 뉴어크 출신의 마이크에게 몸을 날렸다. 하지만 그는 마이크의 주먹을 맞고 벽으로 물러섰다. 그가 다시 몸을 추스르기도 전에 갑판장이 황급히 두 사람 사이를 가르고 들어섰다.

"싸움을 멈춰!" 그가 명령했다. "이 멍청한 놈들!" 두세 명의 다른 선원들도 싸움을 벌이려는 사람들의 손발을 붙들었다.

"제기랄!" 에릭이 투덜댔다. "갑판장은 왜 항상 싸움을 말리는지 몰라."

"그러게 말일세." 내가 그의 말에 동의했다. 나도 싸움이 계속되기를 바라고 있었기 때문이다.

두 사람은 다른 선원들에 의해 억제된 채로, 하지만 여전히 상대에게 다시 덤벼들려는 영웅적인 몸짓을 보이며, 뉴어크와 그리스에서 사용하는 모든 욕을 퍼부었다. 마침내 마이크가 모든 그리스인의 조상들을 싸잡는 욕을 한번 퍼붓고는 놀라서 있는 꼬마 숫총각에게 말했다. "안으로 들어가자, 꼬마. 내가 피너클 게임*을 가르쳐 줄게." 두 사람은 갑판을 떠났다.

"잘 생각했다. 네가 할 수 있는 일이 그것밖에 더 있겠니?" 누군가 뒤에서 비아냥거렸다. 엔진실 선원은 다른 그리스 선원에게 뭔가를 속사포처럼 지껄이기 시작했다. 한 시간쯤 후 잠자리에 들기 위해 식당을 지나가던 나는 꼬마 숫총각과 뉴어크 출신의 마이크가 테이블에 몸을 기울인 채 깊은 대화에 빠져 있는 것을 보았다. 뉴욕을 떠나온 후로 소년의 얼굴이 그렇게 행복해 보이기는 처음이었다. 그가 마침내 친구를 찾은 모양이었다.

햇빛과 잔잔히 밀려오는 작은 파도들로 채워진 날들이 지나갔다. 오래된 증기 화물선이 급할 일이 없다는 듯 아프리카를 향해 검은 바다로 느긋하게 항해하는 동안 따뜻하고 별이 가득한 밤들이 지나갔다. 동이 틀 무렵엔 하늘이 분홍빛과 금빛으로 물들었고 배를 둘러싼 바다엔 서늘하면서도 신기한 광막함이 차분하게 내려앉았다. 하지만 어느 순간 색채로 가득한 정적을 깨며 눈부신 태양이 솟아오르기 시작했다. 어떤 날들은 아침이면 갑판에 날치들이 떨어져 있었는데 근무를 마치고 선교에서 내려오던 삼등항해사가 조리실로 집어 가서는 아침 식사로 먹곤 했다. 네 시간마다 근무시간이 바뀌기 시작했고 꼬마 숫총각도 다른 선원들과 함께 일과에 맞추어 일을 했다.

* pinocle. 2~4명이 48매의 패로 하는 베지크bezique 비슷한 카드놀이.

꼬마 숫총각과 뉴어크에서 온 마이크는 이제 단짝이 되었다. 낮에는 같이 일을 하고 밤에는 카드 게임을 하거나 이야기를 했다. 소년은 마이크에게서 선원들의 매듭을 매는 법, 가장 일을 적게 하면서도 남들에게는 제일 열심히 일을 하는 것처럼 보이는 법, 화재 훈련 중 구명정을 내리는 법 등을 배웠다. 소년은 바닷사람들이 사용하는 말이나 진정한 배 사나이들의 다양한 욕들도 배웠고 웃기는 음탕한 이야기들도 몇 가지 기억할 수 있게 되었다. 소년은 마이크가 하는 일은 모두 따라 하려고 했다. 시골 마을에서 자란 이 어린 소년에게 뉴어크 출신의 젊은 선원은 모든 남성적인 덕의 전형 같은 존재였다. 마이크의 삶은 그가 부러워하고 닮고 싶은 것이었다. 마이크도 자신처럼 아무에게도 말하지 않고 집을 떠났는데 부모님들의 집을 나온 지 삼 년 만에 전 세계 항구들의 반을 섭렵했다고 했다. 그의 이야기에 따르면 그는 이상한 지역들에서 긴장감 넘치는 위험한 모험을 숱하게 겪어 왔다. 꼬마 숫총각은 몇 시간이고 앉아서 뉴어크 출신의 젊은이가 하는 이야기를 조금의 의심도 없이 듣고 있었다. 그는 자신도 언젠가 겪게 될 모험을 꿈꾸면서 훗날 작은 고향 마을에 돌아갔을 때 자신의 이야기를 입을 헤벌린 채 감탄하며 듣고 있을 사람들을 상상해 보았다.

그렇게 날들이 지나고 웨스트일래너호는 세네갈의 항구에 정박했다. 저녁 식사 후 대부분의 선원은 항구로 외출을 나갔다. 초저녁의 프랑스 포도줏집들은 선원들과 원주민 여인들로 북적였다. 포르토리코, 제리, 내가 사람들로 붐비는 부동 바의 작은 테이블을 하나 차지하고 앉아 있을 때 마이크와 숫총각, 칩스, 패디가 들어왔다. 네 명의 흑인 여인들과 함께 들어온 그들은 방 저편 테이블에 자리를 잡고 앉았다. 술이 나오고 다양한 언어들과 소리들이 섞인 요란한 대화가 들려왔다. 맥주와 포도주 냄새, 담배 연기가 흐릿한 노란 불빛을 받으며 방 안에 감돌았다. 선원들의 푸른 상의, 원주민 웨이터들의 흰 유니폼, 어린 소녀들의 얼굴들이 점점이 눈에 들어왔다.

한 시간쯤 웃고 떠들며 술을 마시던 방구석 쪽에서 갑자기 소동이 벌어졌다. "덤벼!" 누군가 외치는 소리가 들렸다. 무슨 일이 벌어졌는지 보려고 내가 의자 위로 올라간 순간 마이크가 꼬마 숫총각의 얼굴에 정통으로 주먹을 날리는 장면이 눈에 들어왔다. 주먹을 맞은 소년은 뒤로 밀려나서 선원들의 발치에 대자로 뻗었다. 다음 순간 흑인 여인 한 명이 손을 갈퀴처럼 세우고 마이크에게 달려들었지만 역시 얼굴에 주먹을 맞고는 뒤로 자빠졌다. 누군가 병을 던졌고 이내 술집 전체가 아귀다툼 같은 수라장으로 바뀌었다. 나는 날아다니는 물건들에 맞지 않기 위해서 가게 밖의 자갈길로 나왔다. 얼마 후 난장판에서 나온 칩스에게 왜 싸움이 벌어진 것인지 물어보았다.

"아무 일도 아니었어." 그가 대답했다. "저 세 명의 얼간이들이 술을 마시다가 함께 있던 여자애 한 명이 맥주잔을 엎질러서 마이크의 바지가 젖었나 봐. 걔가 일어나서 여자애 뺨을 갈기자 여자애가 울음을 터뜨렸지. 그걸 보고 꼬마 숫총각이 벌떡 일어나서는 신사라면 여자를 때려서는 안 된다고 항의를 하니까 마이크가 화가 나서 걔까지 때려눕혔어. 꼬마가 다시 일어나서 그에게 덤벼들려고 했지만 마이크에게 제대로 한 대 맞고 뻗어 버렸지. 그다음엔 여자애가 마이크에게 달려들다가 역시 뻗었고. 그때 누군가 병을 던졌고 그걸 신호로 난장판이 벌어졌어. 패디가 꼬마를 배로 데리고 갔는데 계속 애처럼 울면서 '신사라면 여자를 때려서는 안 돼, 신사라면 여자를 때려서는 안 돼'라고 중얼대더군. 걔도 취하긴 한 것 같았지만, 세상에! 고작 아프리카

계집애 한 명 때문에 이 난리가 다 뭐야. 게다가 마이크하고 숫총각은 아주 친한 친구였는데 말이야. 그놈의 술이 말썽이지. 저기 아래쪽 거리로 가서 술이나 한 잔 더 하세." 칩스가 즐거운 목소리로 내 팔을 잡아끌었다.

"아니." 내가 말했다. "나는 이만 배로 돌아갈래. 이제 좀 피곤하네." 조용한 거리를 혼자 지나 나는 항구의 막막한 어둠을 배경으로 별빛을 받으며 조용하고 평화롭게 배가 떠 있는 부두를 향했다.

배에 도착한 나는 술집에 있는 동료들과 합류하기 위해 건널 판자를 다시 건너오는 패디를 만났다. 배에 승선한 나는 당직 선원에게 인사를 하고 숙소를 향해 갑판을 가로질러 갔다. 배는 아주 조용했고 선원들의 숙소에는 아늑하게 불이 밝혀져 있었다. 텅 빈 숙소에는 단 한 명, 꼬마 숫총각만이 더러운 베개에 얼굴을 파묻고 심장을 토해 내기라도 할 듯 처절하게 흐느끼고 있었다. 그 방에서 누가 울고 있는 것을 보자니 기분이 이상했다.

"꼬마야, 왜 그래?" 내가 물었다.

"그는 여자를 때려서는 안 돼요." 숫총각이 흐느꼈다. "마이크는 여자를 때려서는 안 된다고요." 그의 숨에서 포도주와 맥주 냄새가 났고 홍조를 띤 얼굴은 축축하고 열이 있었다.

"취했구나." 내가 말했다. "좀 자거라…… 마이크도 취한 것일 뿐이야." 그의 옷을 벗기고 담요를 덮어 준 후 나는 내 숙소로 가서 침대에 누웠다. 하지만 한참 동안 빈 선원들 숙소에서 아이의 울음소리가 정적을 깨고 들려왔고 나는 그 낯선 소리 때문에 잠을 이룰 수 없었다.

다음 날 아침, 출항을 하는 날이 돌아왔을 때 숫총각은 자리에서 일어날 수가 없었다. 그는 머리가 깨질 것 같다고 했다. 손에서는 열이 낳고 어지럽다고도 했다. 오후가 되자 아이는 정신착란 상태에서 다시 흐느끼기 시작했다. 누군가 사무장에게 아이가 아프다고 이야기를 했고 일등항해사가 와서 아이의 열을 재 보고는 급성 열병이라고 진단을 내렸다. 그는 당장 숫총각을 배 앞부분에 있는 병실로 보내라고 지시했다. 병실에 자리가 마련되자마자 마이크는 아이를 안아서 직접 병실로 데려갔다. 삼 일 동안 비번인 때면 마이크는 숫총각의 병상을 지켰다. 아이는 몸을 뒤척이며 신음 소리를 내었고 환각에 사로잡혀 크게 떠들곤 했다.

그동안에도 웨스트일래너호는 열대의 바다를 천천히 가르며 나아갔다. 삼 일째 아침, 배가 칼라바르에 정박했을 때 왕진을 온 프랑스 의사는 소년을 뭍에 있는 유럽인들의 병원으로 보냈다. 사람들이 정오의 태양 아래 담요를 덮고도 몸을 떠는 아이를 데리고 건널 판자를 내려오는 동안에도 그는 계속 환각에 사로잡혀 목쉰 소리로 울부짖었다. "여자를 때려서는 안 돼요…… 안 돼, 안 돼, 안 돼…… 마이크는 여자를 때려서는 안 돼요…… 정말이에요…… 그는…… 여자를…… 절대로 때려서는…… 안 돼요."

정글의 루아니

Luani of the Jungles

"일 실링도 더 줄 수 없어." 내가 말했다. "내가 무슨 백만장자인 줄 아는가 본데. 내가 가진 제일 좋은 모자, 셔츠 두 장, 시가 상자, 여기에 이 실링이나 얹어 주겠다는데 오 실링을 더 달라고! 원숭이 여섯 마리를 준대도 오 실링을 안 줄 텐데 네놈 원숭이처럼 못생긴 한 마리를 위해 오 실링을 내란 말이야? 엉뚱한 고집 부리지 말고 흥정을 하자고, 흥정을. 자, 어떻게 하겠어?"

하지만 나이저 강 부두로 원숭이를 팔러 온 아프리카인은 꿈쩍도 하지 않았다. "오 실링 더." 그가 말했다. "오 실링. 그를, 한 마리 좋은 원숭이!" 그가 만져 보라고 그 작은 동물을 내게 내밀자 놀란 짐승이 흰 이빨을 드러내고 사나운 야생의 울음소리를 질렀다. "그를, 안 물어." 원주민이 나를 안심시켰다.

"그를, 착해."

"좋아, 원숭이가 착한 것도 좋고 다 좋다고." 포르토리코가 콧방귀를 뀌며 말했다. "부루투에 가서 원숭이를 사는 게 여기보다는 훨씬 싸겠어. 이놈을 길들이려면 어차피 일 년은 걸릴 테고."

"계속 고집을 부리면 사지 않겠어." 내가 원주민에게 협박하듯 말했다. "너무 비싼 값을 부르잖아."

"하지만 저놈은 정말 좋은 원숭이요." 우리 뒤에서 처음 듣는 목소리가 들려왔다. 뒤를 돌아보자 매가리 없어 보이는 왜소한 백인 사내가 서 있었다. "정말 괜찮은 원숭이요." 그가 다시 한 번 미국인의 억양이 아닌 이국적인 억양의 영어로 말했다. "지금 저놈을 사는 게 나을 거요. 이런 종의 붉은 원숭이를 만나기는 쉽지 않아요, 아주 귀한 놈이니까."

그 방면에 조예가 깊은 듯한 그는 주인이 부르는 가격보다 훨씬 가치 있는 놈이라며 오 실링을 더 주고 어서 사라고 차분한 목소리로 조언을 했다. "마치 시에 나올 법한 원숭이요." 그가 말했다. 주인의 어깨를 꼭 껴안고 있던 조그만 원숭이는 내가 손을 뻗을 때마다 날카로운 울음소리를 내었다. 목에 전선줄이 묶여 있는 딱한 처지에도 그런 야생적인 모습을 보이는 놈이 나는 마음에 들었다. 낯선 이의 말을 믿고 나는 오래된 모자 하나, 두 벌의 파란 셔츠, 망가진 시가 상자에다 칠 실링을 더 얹어 주고 그 동물을 샀다. 물리지 않도록 원숭이를 외투에 싸서 안고 웨스트일래너호로 데려간 후 조리실 문 옆에 있는 빈 자두 상자에 집어넣었다. 포르토리코와 좀 전의 낯선 이가 내 뒤를 따라 배로 왔는데 포르토리코가 나르고 있던 큰 여행 가방을 본 나는 아마도 그가 우리 배에 탑승할 여행객인 모양이라고 짐작했다.

뉴욕에서 서아프리카를 왕복하는 화물선인 웨스트일래너호는 가끔 무역상이나 가난한 선교사들이 타는 것 외에는 일반 여행객들이 이용하는 경우가 별로 없었다. 하지만 지금처럼 여객선들이 좀처럼 들르지 않는 나이저 강의 지류들 중 하나를 따라 올라갈 때는 승객들을 태워 오기도 한다. 낯선 억양의 영어를 쓰는 그 자그마한 체구의 남자는 그곳에서 하룻밤 여행길인 라고스로 간다고 했다. 자신이 머물 방을 보고 난 후 그는 갑판으로 나와서 야생 원숭이를 길들이는 다양한 방법에 대해 붙임성 있게 설명을 하기 시작했다. 하지만 왠지 그에게서는 그가 내뱉는 말이 아니라 다른 곳에 마음이 가 있는 사람처럼 느껴지는 묘한 분위기가 풍겼다. 그가 손으로 붙들고 있는 동안 원숭이는 그를 물려고 하지도 않았고 특별히 경계를 하지도 않는 눈치였다.

신고 온 화물들—디트로이트에서 보내온 포드 자동차 여섯 대와 몇 개의 전기모터—은 오후 늦게야 모두 하역이 끝났다. 선원들이 승강구 문을 닫자 증기선은 기적을 울리며 부두에서 천천히 선미를 돌려 서서히 강을 따라 내려가기 시작했다. 얼마 후 우리는 울창하게 우거진 음울한 정글 한복판을 떠가고 있었다. 흐름이 느린 강의 양쪽에는 서로 엉켜 자라고 있는 나무들과 덩굴들이 벽처럼 빽빽하게 들어서 있었다. 흙이라고는 눈에 띄지 않았고 나무들과 덩굴들만이 끝없이 이어졌다. 열대 지방 하면 으레 연상되는 멋있는 나무들도 없었다. 단조로운 칙칙한 푸른빛의 나무 동체들과 잎들이 어지럽게 반복되다가 가끔 불타는 듯 선홍빛 꽃들의 군락이 나타났고 어쩌다가 한 번씩 화려한 색을 뿜내는 새들의 날갯짓이 단조로움을 깨는 게 다였다. 한두 번 정도 진흙물이 흐르는 시내나 강이 합류하는 곳에서 아무런 특징도 없고 위험한 땅의 안쪽 모습을 엿볼 수 있었다. 강이 점차 넓어지는 듯하더니 바다 냄새까지 콧속을 간질였지만 배는 저녁 식사 시간이 다 되어서야 탁 트인 바다의 푸른 물결 속을 유유히 나아갈 수 있었다. 고급선원들의 식사를 위해 내가 홀로 들어갔을 때도 우리는 아직 나이저 연안, 회색의 덩굴들과 무미건조한 나무들에게서 멀리 떨어져 있지 않았다.

저녁 시중이 끝난 후 나는 포르토리코 및 다른 선원들과 어울리기 위해 고물 쪽으로 발걸음을 옮겼다. 하지만 도중에 낮에 만났던 백인이 난간 근처의 밧줄을 거는 기둥 위에 걸터앉아 있는 것을 발견하고 걸음을 멈추었다. 황혼이 내려앉기 시작해서 마지막 석양빛이 바다 끝자락에서 희미해지는 무렵이었다. 나는 그곳에 앉아 있는 그를 보고 깜짝 놀랐다. 승객들은 대부분 홀 근처의 안락한 갑판 의자에 앉아 있을 뿐 이렇게 멀리까지 내려오는 사람은 드물었다.

"좋은 저녁입니다." 내가 인사를 했다.

"봉수아." 그 작은 남자가 대답을 했다.

"프랑스인이세요?" 내가 프랑스어로 물었다.

"아뇨." 그가 천천히 대답했다. "프랑스인은 아니지만 프랑스에 오래 살기는 했죠." 남자는 불쑥 묻지도 않은 말을 덧붙였다. "나는 시인이에요. 하지만 나는 내가 쓴 시들을 없애 버리죠."

수평선에 가로놓였던 금빛 줄이 오렌지색으로 바뀌었다.

그의 말에 대해 내가 할 수 있는 대꾸는 "왜 그렇게 하시죠?"밖엔 없었다.

"나도 몰라요." 그가 대답했다. "써 놓은 시들을 왜 없애 버리는지 나도 몰라요. 하지만 따지고 보면 내가 이해할 수 없는 일이 그것뿐이겠어요? ……나는 저기 정글 안쪽에 살아요." 그가 강 연안을 가리켰다.

"하지만 왜 거기 사는지도 알지 못하죠."

수평선의 오렌지빛은 파란빛으로 어두워져 갔다.

"정글에서는 어떻게 살게 되신 거죠?" 내가 멍청한 질문을 했다.

"내 아내가 거기 있어요." 그가 대답했다. "그녀는 아프리카인이에요."

"그래요?" 나는 다른 질문을 생각해 낼 수가 없었다.

파란빛은 이제 자줏빛으로 변해 있었다.

"나는 지금 그곳에서 도망을 하고 있는 중이에요." 내 질문에는 아랑곳하지 않고 그가 말을 계속했다. "라고스로 가는 중이죠. 어쩌면 이번에는 다시 저곳으로 돌아가는 것을 잊을지도 모르겠어요." 그는 멀리 떨어져 어둠에 묻혀 가는 강 연안 뒤쪽의 정글을 가리켰다. "어쩌면 이번에는 다시 돌아오는 것을 잊을지도…… 이제까지는 그렇지 못했어요. 술에 아무리 취해서도 말이죠. 결코 잊지를 못했어요. 언제나 다시 돌아오곤 했으니까. 하지만 나는 그녀가 정말 미워요!"

"그녀가 누구죠?" 내가 물었다.

"내 아내요." 그가 말했다. "나는 그녀를 사랑하지만 그럼에도 그녀가 미워요."

바다와 하늘이 모두 검은빛으로 변해 가고 있었다.

"어째서죠?" 내가 할 수 있는 질문 역시 그것뿐이었다.

"파리에서." 그가 말을 이었다. "나는 파리에서 그녀와 결혼을 했어요." 그가 느닷없이 내게 물었다. "당신도 시인인가요?"

"아, 네." 내가 대답했다.

"그러면 말을 해 줄게요." 그가 말했다. "나는 사 년 전 파리에서 그녀와 결혼을 했어요. 소르본 대학에 재학 중일 때였죠." 그가 말을 하는 동안 하늘은 칠흑처럼 까매졌고 별들이 따뜻하게 빛나기 시작했다. "어느 날 밤 뷜리에 무도회에 갔다가 그녀—내가 사랑하는 여인—를 만나게 됐죠. 그녀는 내가 알고 지내던 아프리카 학생의 일행이었는데 나이지리아의 부유한 원주민의 딸이라고 그가 소개를 해 주었어요. 그녀를 본 순간 나는 바로 그녀에게 반하고 말았어. 그녀는 이제껏 내가 본 가운데 가장 아름다운 존재였죠. 검은색 피부에 야성적이고 이국적이면서도 낯선 모습—나는 그때껏 백인 여성들에게만 익숙해 있었으니까요. 우리는 자리에 함께 앉아 영어로 대화를 시작했어요. 그녀는 영국에서 교육을 받기는 했지만 자신의 진정한 집은 아프리카라고 말을 했죠. '우리 부족이 있는 곳 말이에요.' 그녀는 말했어요. '집에 가 있는 동안에는 나는 이런 옷들을 입거나 이런 것들을 손가락에 끼지 않아요.' 그녀가 입고 있던 이브닝 가운을 가리킨 후 다이아 반지들로 반짝이는 그녀의 검은 손을 내밀어 보였어요. '집에 가 있으면 삶이 아주 단순해지죠. 나는 이곳이 싫어요. 여긴 춥고 사람들이 너무 많은 옷을 입고 살거든요.' 그녀가 백금과 옥으로 만든 담뱃대를 입에 물었다 뗀 후 가느다란 연기를 공중으로 뿜었죠. '오, 세상에!' 나는 마음속으로 외쳤어요. '이제껏 한 번도 만나 보지 못한 세련되면서도 단순한 사람이군!' 내가 미처 스스로를 말리기도 전에 열정적인 젊은이였던 나는 그녀 쪽으로 몸을 기울이고 고백을 했죠. '사랑해요.'

'저 사람도 그렇게 말을 하거든요.' 그녀가 무도회장 건너편에서 금발 소녀와 즐겁게 춤을 추고 있는 아프리카인 학생을 가리키며 말했어요. '우린 아직 춤도 한 번 같이 추지 못했잖아요.' 우리는 일어섰어요. 오케스트라가 집시풍의 향수와 고통스러운 열정이 가득한 스페인 왈츠곡을 연주하기 시작했죠. 나는 어떤 여인도 그녀처럼 왈츠를 추는 사람을 만나 보지 못했어요. 정글의 냄새가 나는, 온통 엉키고 뻗친 집채만 한 머리를 한 그녀가 자신의 검은 몸을 내게 밀착시키고 손은 내 어깨에 얹은 채 왈츠를 추었죠. 그 순간 나는 그녀를 원했어요! 나는 그녀를 갈구했어요! 책으로만 읽었던 로맨스, 정글 속 나라들의 유혹, 열대의 영혼의 모든 열정들…… 그녀는 그때껏 내가 꿈꾸어 왔던 모든 것들의 응답처럼 보였죠.

'나는 당신이 필요해요.' 나는 말했어요. '당신을 사랑해요.' 무도회에 참석한 사람들에 둘러싸인 채 그녀가 내 손을 꼭 잡았고 우리의 입술이 만났죠.

'다음 달 말에 보르도에서 배를 타고 출발할 거예요.' 며칠 후 룩셈부르크 정원에 같이 앉아 있을 때 그녀가 내게 말했죠. '나는 정글 속 내 고향 집으로 돌아가요. 당신도 나랑 함께 갈 거예요.'

'알아요.' 내가 동의를 했죠. 마치 몇 달 전부터 미리 생각해 온 일이기라도 하듯 말이에요.

'당신은 내가 우리 부족에게 돌아갈 때 나랑 같이 가는 거예요.' 그녀가 계속 말했어요. '백인인 당신이 나에게, 그리고 우리 땅에게로 오는 거예요. 그러면 내가 당신을 사랑하지 않을지도 몰라요. 어쩌면 당신이 나를 사랑하지 않을 수도 있겠죠. 하지만 그래도 정글은 당신을 받아 줄 테고 당신은 거기 영원히 머물 수 있을 거예요.'

'내가 거기에 머무는 것은 정글 때문이 아닐 거요.' 내가 반박했죠. '당신 때문에 나는 거기에 있을 거예요. 당신은 흑단으로 만들어진 내 마음의 여신이에요. 뒤죽박죽 오염된 백인들의 문명에서 나를 구원해 준 검은 공주, 나를 책에서 끌어내 삶으로 이끌어 준 사람, 나로 하여금 당신의 검은 대륙의 영혼을 발견하게 해 준 사람, 내 마음의 영원한

열대의 꽃이죠.'

다음 날부터 출항할 때까지 나는 사랑하고 숭배해 마지않는 그 아름다운 흑인 여인을 노래하는 많은 시를 썼죠. 그 주에 나는 소르본 대학을 자퇴하고 프라하에 있는 아버지에게는 건강을 위해 남쪽으로 여행을 간다고 편지를 했어요. 은행 계좌도 서아프리카 라고스에 있는 은행으로 옮긴 후 파리의 모든 친구들에게 작별 인사를 했어요. 루아니를 너무 사랑했기에 학교 친구들과 헤어지는 것도, 빛과 기쁨의 도시와 이별하는 것도 아무 후회가 없었어요.

칠월 어느 날 밤 우리는 보르도를 출항했죠. 그 전날 파리에서 결혼을 했어요.

팔월에 라고스에 도착한 우리는 배를 타고 오늘 낮에 당신과 만났던 부두까지 갔어요. 하지만 그동안 우리 사이에 뭔가가 사라졌다는 것을 느낄 수 있었어요. 사랑의 첫 신선함이랄까? 그 이후로 다시는 그런 감정을 느껴 볼 수 없었죠.

어쩌면 배에서 꼼짝없이 모든 시간을 함께 있어야 했기 때문인지도 모르겠어요—아마도 단기간에 나를 너무 많이 보게 된 탓일 수도 있겠죠. 어쨌든 라고스의 리버티 호텔에서 유럽에서 입고 온 옷들을 벗어 버리고 부족 복장을 입은 다음 걸치고 있던 다이아와 진주까지 그곳에 있는 영국 은행 금고에 보관시킨 그녀는 나도 그녀의 마음 밖 어느 구석에다 치워 버린 것처럼 보였어요. 그녀의 몸에서 제거한 모든 외국의 문물과 함께 말이죠. 그녀의 백성들 옷차림을 한, 부드러운 선홍색 천을 걸치고 들소 가죽으로 만든 작은 빨간 샌들을 신은 모습은 더욱 매혹적이었지만 더 멀게 낯설게 느껴졌고 좀처럼 손에 넣을 수 없는 사람 같았어요. 그날부터 그녀는 시종들과 그녀 나라의 말을 사용하기 시작했죠.

강을 거슬러 배를 타고 간 후 우리는 다시 며칠 동안 정글 깊숙이 도보로 들어갔어요. 한 주일이 지나서 도착한 곳은 빵나무, 망고 나무, 코코넛 나무들이 둘러선 고지대의 평원이었어요. 수백 명이 넘는 그녀 부족의 사람들이 그녀를 맞기 위해 기다리고 있었어요. 달빛을 받아 빛나는 검은 갈색 피부의 완벽한 육체를 가진 사람들이었죠. 그들에 비하면 유럽 복장에 감추어진 내 왜소한 하얀 몸이 얼마나 창피하던지…… 그날 밤 그녀가 돌아온 것을 환영하는 성대한 축제가 벌어졌어요. 북소리가 끝없이 울리고 달빛 아래에서 야성적이고 환상적인 춤판이 펼쳐졌죠. 하지만 그들의 의식이나 춤에 대해 아무것도 아는 게 없던 나는 그저 쳐다보는 것밖에 아무것도 할 수 없는 축제였어요. 물론 그들이 하는 말도 하나도 이해할 수 없었고요. 그저 옆에 서서 쳐다보거나 우리 오두막 문간에 앉아서 그들이 가져다준 야자수로 만든 술을 마시는 게 다였어요. 루아니는 다른 누구보다도 야성적으로 북소리에 맞추어 춤을 추고 웃었죠. 참 행복해 보였어요. 야자 술을 마시며 우리 집 문간에 쪼그리고 앉아 있는 나 따위는 까맣게 잊은 것 같았어요.

그렇게 몇 주일, 몇 달이 지났어요. 루아니는 수렵을 하러 나갔고 한번 나가면 며칠씩 정글에서 머물곤 했어요. 때로는 나한테도 같이 가자고도 했지만 대부분은 부족 사람들하고 사냥을 나갔고 나는 아무 아는 사람도 없고 말도 할 줄 모르면서 마을을 돌아다니는 게 다였죠. 아무도 나를 괴롭히는 사람은 없었어요. 어떻게 생각하면 사람들이 나를 존경하는 것 같기도 했고 또 어떻게 생각하면 나를 아예 무시하는 것처럼 느껴지기도 했죠. 내가 뭐라도 묻지 않으면 둘만 있을 때조차 루아니는 영어나 프랑스어를 한 마디도 쓰지 않을 때가 많았죠. 마치 유럽에서 사용하던 말들을 깡그리 잊어버린 것 같았어요. 외국의 옷과 풍속처럼 외국어들도 어디 한구석에 치워 놓은 것 같았죠. 하지만 내가 그녀를 찾으면 내게 와서 키스를 하도록 해 주었죠. 마음은 딴 곳에 가 있는 듯한 낯선 표정이었지만 그래도 여전히 나를 사랑하는 것처럼 보였어요. 그때까지만 해도 나는 행복했어요. 여전히 그녀를 사랑했고 그녀를 품을 수 있었으니까.

그러던 어느 날 악몽을 꾸다가 몸을 떨면서 잠에서 깨어난 적이 있어요. 몽롱한 의식에도 침대에 나 혼자라는 것이 먼저 깨달아지더군요. 갑자기 식은땀이 솟구쳤어요. 방에는 나 혼자뿐이었어요. 벌떡 일어난 나는 오두막의 문을 열어젖혔어요. 문간을 가로질러 달빛만이 떨어지듯 밀려들어 왔어요. 산들바람이 부는지 마른 망고 나무 잎들이 서걱대는 소리가 들렸어요. 밤하늘에는 별들이 총총히 빛나고 있었죠. 나는 풀이 우거진 마을 길로 나갔어요—사위가 조용했죠. 걱정과 두려움에 가득 차 나는 '루아니!'라고 소리를 질렀어요. 눈이 미치는 끝까지 달빛 아래 웅크리고 있는 작은 초막들만이 보일 뿐 아무런 대답도 들려오지 않았어요. 나는 갑자기 무력감과 두려움이 몰려오는 것을 느꼈어요. 나 따위는 전혀 관심이 없다는 듯한 정적에 기가 죽은 거죠. 나는 다시 '루아니!' 이름을 불러 보았어요. 그때 어떤 음성이 대답을 하는 것 같았어요. '야자수 숲 코코넛 야자수 숲으로 가 봐요. 빨리, 야자수 숲으로.' 나는 코코넛 숲이 우거진 마을 가장자리를 향해 달려가기 시작했어요.

나무들 아래는 마치 낮처럼 환했어요. 나는 큰 야자수 나무 밑동에 기대어 잠시 호흡을 가다듬었죠. 머리 위에서는 바람결에 야자수 잎들이 술렁이고 있었어요. 다른 소리는 들려오지 않았어요. 나는 완전히 잠에서 깨어 나무에 기대어 쉬고 있었죠. 저절로 파리와 그곳에서 학교를 다니던 때가 떠올랐어요. 한 시간쯤 흘렀을까, 야자수들 사이로 걷고 있는 두 명의 나신이 눈에 들어왔어요. 내가 앉아 있는 곳 가까이 두 사람이 달빛을 받으며 지나가고 있었어요—두 명의 흑단빛 육신들. 루아니와 추장의 젊은 아들 아와 우나보였어요.

나는 꼼짝도 할 수가 없었어요. 아픔과 억울함, 분노와 무력감이 내 혈관들을 가득 채웠어요. 부족 중 가장 강하고 뛰어난 사냥꾼인 우나보가 내가 사랑하는 여인을 차지한 거였죠. 바로 눈앞, 달빛 속에 두 사람이 걷고 있었지만 겁쟁이인 나는 감히 그에게 대들 용기도 없었어요. 그는 내 몸을 마치 나뭇가지처럼 부러뜨려 버릴 것 같았어요. 나는 루아니 외에는 알아듣는 사람도 없는 무력한 영어로 절망하는 수밖에 속수무책이었죠…… 나는 다시 우리의 오두막으로 돌아왔어요. 새벽 동이 트기 바로 전에 연인과 문 앞에서 헤어진 루아니가 들어오더군요.

흑단으로 덮인 섬세한 조각상처럼, 머리에는 광채를 띠고, 그녀가 내 앞에 서 있었어요. 마치 열대의 영혼처럼 아름다운 여인, 나의 시와 동경의 대상인 여인이었죠. 그녀를 보는 순간 가슴속 질투심과 분노는 눈 녹듯 사라지고 단지 가슴이 찢어질 듯한 아픔과 무력감만이 남았어요.

'나는 다시 파리로 돌아가겠소.' 내가 말했어요.

'미안해요.' 그녀가 슬픈 듯 말했어요. '어떤 여인은 두 명의 연인을 똑같이 사랑할 수 있어요.' 그녀가 내 목에 두 팔을 두르며 말했지만 나는 그녀를 밀쳐 냈어요. 그녀가 울음을 터뜨렸고 나는 무기력한 이

방의 언어로 그녀에게 욕을 했어요. 바로 그날, 나는 두 명의 가이드와 네 명의 짐꾼을 거느리고 정글을 가로질러 라고스로 가는 배를 타기 위해 나이저로 길을 나섰어요. 그녀는 나를 만류하려고 하지 않았죠. 그녀가 한 마디만 했더라면 나는 마을을 떠날 수 없었을 거예요. 그녀의 영원한 포로가 되었겠죠. 하지만 그녀는 그 말은 하지 않더군요. 내가 마침내 떠나는 순간에야 그녀가 내게 손을 흔들며 말했어요, '당신은 돌아올 거예요.'

라고스에 도착한 나는 보르도로 가는 배표를 마련했어요. 하지만 항해를 할 날이 다가오자 나는 그곳을 떠날 수가 없었어요. 그날 새벽 그녀가 작은 흑단 조각상처럼 내 앞에 나체로 서 있던 모습이 생각나자 나는 배표를 찢어 버리고 말았죠. 호텔로 돌아온 나는 모든 것을 잊으려고 술을 퍼마시기 시작했지만 소용이 없었어요. 취한 상태로 몇 주를 지냈죠. 몇 달을 거기에서 지내던 나는 배를 타고 다시 나이저로, 정글로 돌아왔어요—그녀에게로 말이에요.

벌써 네 번이나 그런 일을 되풀이했어요. 네 번이나 그녀를 떠났다가 네 번 다시 그녀에게로 돌아갔어요. 그녀는 아와 우나보의 아이도 낳았어요. 하지만 여전히 나를 사랑한다고 말을 해요. 그럼에도 나를 사랑한다는 거죠. 내가 아는 확실한 한 가지는 그녀가 나를 미친 사람으로 만든다는 거예요. 내가 왜 그녀와 함께 있는지 나는 그 이유를 더 이상 모르겠어요. 왜 그녀의 애인이 나를 내버려 두는지도 몰라요. 루아니는 내게 수치를 안겨 주면서도 나를 매혹시켜요. 고문하면서도 품어 주죠. 나는 그녀를 사랑해요. 하지만 동시에 그녀를 미워해요. 나는 그녀를 위해 시를 써요, 그러고는 찢어 버리죠. 나는 그녀를 떠나요, 그리고 다시 돌아와요. 이유는 알 수 없어요. 나는 마치 실성한 사람처럼, 그녀는 정글의 영혼처럼 느껴져요. 잠잠하면서도 끔찍하고 아름답지만 위험하고 매혹적이지만 치명적인…… 나는 지금 그녀를 다시 떠나지만, 나는 알아요, 내가 다시 돌아오리라는 것을…… 나는 다시 돌아올 거예요."

천천히 달이 바다 위로 떠올랐다. 멀리 보이는 나이지리아의 해안이 수평선에 그림자처럼 보였다. 웨스트일래너호는 밤바다를 나른하게 헤치고 나아가고 있었다. 나는 그 긴장한 듯 창백한 얼굴의 왜소한 백인 사내를 쳐다봤다. 그는 미친 사람일까? 혹은 나에게 거짓말을 하고 있는 것일까?

"아침이면 라고스에 닿겠죠?" 그가 물었다. "이만 가서 자야겠어요. 잘 자요." 그 이상한 남자는 천천히 그의 방으로 향하는 복도의 문 쪽으로 걸어갔다.

나는 얼마 동안 멍한 상태로 어둠 속에 혼자 앉아 있었다. 그러다가 갑자기 정신을 차리자 배의 아래쪽에서 들려오는 `엔진 소리, 상갑판에서 들려오는 웅얼대는 듯한 대화 소리, 바닷물이 배의 양쪽 면을 찰박이는 소리가 들려왔다. 나는 자리에서 일어나 내 침대로 향했다.

경매 부쳐진 소년
Slave on the Block

마이클과 앤 캐러웨이 부부는 흑인들을 좋아했다. 그들의 그런 태도는 결코 사회복지나 박애 정신 따위와 관련된 것은 아니었다. 그들이 볼 때 이미 충분히 매력적이고 순수하고 말로 표현하기에 너무 사랑스러운 그들을 돕는다는 것은 어불성설이었다. 공연히 섣부른 도움으로 그들을 망치지 말고 있는 대로의 그들을 즐기자는 것이 이들 부부의 생각이었다. 이들 부부가 흑인 예술—정글의 생명력을 보여 주는 춤, 소박하지만 열정적인 노래들, 직설적이고 현실적인 시들—에 관심을 두게 된 것은 그런 연유에서였다. 그들은 흑인들의 예술에 간섭을 하는 것이 아니라 그것을 구매하고 찬양하고 따라 하려 했다. 그들도 예술가였기 때문이다.

그들이 소장한 작품 중에는 미겔 코바루비아스*의 원본 작품들도 몇 점 있었다. 물론 코바루비아스는 흑인이 아니었지만 그만큼 검은 영혼들을 잘 포착한 사람도 드물었다. 캐러웨이 부부는 폴 로브슨과 베시 스미스의 음반도 모두 가지고 있었다. 카운티 컬런의 전기도 있었고 흑인들에 관한 모든 연극을 다 찾아보았으며 그들에 관한 책을 읽고 홀 존슨 합창단의 노래들을 좋아했다. 그들은 윌리엄 듀 보이스 박사**를 만나 봤고 카를 판 베흐텐***을 만나 볼 수 있기를 고대했다. 할렘도 마치 자기 집 안뜰처럼 훤히 꿰고 있었는데 밀주 판매장은 물론 백인을 대동하지 않으면 흑인들은 들어갈 수 없었던 코튼 클럽 같은 호사스러운 나이트클럽이나 댄스홀에서부터 '핫다임'처럼 지배인을 잘 알거나 후한 팁을 쥐여 주지 않는 이상, 백인들 혼자서는 출입을 할 수 없는 곳들까지 모두 알고 있었다.

그들은 알고 지내는 흑인들도 많았다. 하지만 이상하게도 흑인들은 그들 부부를 별로 마뜩해하지 않는 눈치였다. 캐러웨이 부부가 흑인들을 너무 일방적으로 좋아하기 때문이었는지도 모른다. 혹은 부부에게서 가난한 백인들의 분위기—사실 그들은 경제적으로 상당히 여유가 있었다—가 풍겨서였을 수도 있다. 혹은 부부가 흑인들과 친해지려고 너무 애를 썼기 때문에 흑인들이 경계의 눈으로 바라보았을 수도 있다. 또는 어쩌면 그들이 사는 집이 할렘에서는 너무 멀리 떨어진 웨스트빌리지, 찾아가기 어려운 깊숙한 골목 안쪽의 어딘가 좀 색다

---

* Miguel Covarrubias(1904~1957). 멕시코의 화가로 캐리커처 작가이자 일러스트레이터. 1923년 미국으로 건너가 《배너티 페어Vanity Fair》《뉴요커The New Yorker》 등의 간행물에 드로잉과 캐리커처를 그려 큰 성공을 거두었다.
** William Du Bois(1868~1963). 하버드 대학에서 흑인으로서 최초의 박사 학위를 받은, 20세기 초 미국 흑인 지성사회를 대표하는 인물.
*** Carl Van Vechten(1880~1964). 미국의 작가이자 사진작가로 흑인 문예부흥Harlem Renaissance에 기여한 인물.

르면서도 비싼 주거지에 있었기 때문일지도 몰랐다. 그들이 사는 곳은 예술가들이 몰려오기 전에는 그저 평범한 골목이었다. 하지만 가끔 부부의 초대를 받은 흑인이 남들의 이목을 의식이라도 하듯 조심스러워하며 차나 칵테일을 마시러 올 때도 있었고 그들이 여는 맨숭맨숭한 파티에 할렘의 고만고만한 유명 인사들이 한두 명 자리를 빛내 주기라도 하듯 참석하는 경우도 있었다. 하지만 그 집을 반복해서 찾는 흑인들은 없었다. 흑인들을 향한 애착에도 불구하고 그들은 마이클과 앤을 좋아하는 것 같지 않았다.

부부에게는 운 좋게도 훌륭한 흑인 요리사이자 하녀가 있었는데 그만 병에 걸려서 지하에 있는 그녀의 방에서 죽고 말았다. 그 후에 경이로울 정도로 아름다운 흑인 소년이 부부의 인생에 합류하게 되었는데 이제껏 그들이 보아 온 어떤 흑인들보다 검은 소년이었다.

"쟤는 자체가 정글이에요." 앤이 처음 그 애를 보았을 때 말했다.

"쟤를 본 순간 〈아무도 기도하는 소리를 들을 수가 없네〉*가 떠올랐어." 마이클이 동의했다.

앤은 그림으로 세상을 바라보았다. 왜냐하면 그녀는 화가였으니까. 마이클은 음악으로 세상을 이해했다. 그는 피아노곡을 작곡했다. 부부는 같은 주제로 그림을 그리고 음악을 작곡해서 공동으로 소위 '음악 전시회'를 열겠다는 멋진 생각을 가지고 있었다. 그녀의 그림들과 그의 음악. 캐러웨이 부부, 소나타와 회화, 푸가와 회화. 그렇게 사랑스럽고 참신한 발표회를 사람들은 좋아할 수밖에 없을 것이었다. 그들 전시회의 대부분은 흑인들에 관한 작품들로 채워질 것이었다. 앤은 그

---

* 흑인 영가.

들의 하녀를 여섯 차례나 모델로 삼았다. 마이클은 흑인 영가들과 루이 암스트롱의 재즈곡들을 모티프로 해서 몇 곡 작곡을 했다. 그런데 부부의 눈앞에 마침내 흑인의 정수라 할 만한 이 흑인 소년이 나타난 것이었다.

부부는 하마터면 그 소년을 만나지 못할 뻔했다. 그들이 외출한 동안 죽은 요리사의 유품을 저지에 사는 그녀의 동생에게 가져가기 위해 소년이 찾아왔다. 소년은 요리사의 조카인 것 같았다. 새로 들인 흑인 하녀가 그를 집 안으로 맞아 가엾은 에마가 남긴 옷가방 두 개 분량의 유품을 건네주었다. 짐을 든 소년은 지하철을 타기 위해 나가려던 참이었다. 캐러웨이 부부가 집 안으로 발을 들인 순간 소년은 응접실을 나오고 있었다. 홀이 어두웠기 때문에 그들은 소년을 거의 알아볼 수가 없었다.

"안녕." 그들이 인사를 건넸다. "네가 에마의 조카니?"

"예." 하녀가 말했다. "쟤가 걔예요."

"잠깐 들어와서 우리하고 얘기를 좀 하지 않을래?" 앤이 말했다. "우리는 너희 이모를 아주 사랑했었어. 우리가 만났던 최고의 요리사였지."

"혹시 제가 일자리를 알아볼 만한 데를 아세요?" 소년이 말했다. 갑작스러운 소년의 말에 마이클과 앤은 잠깐 당황했지만 바로 원래의 그들로 돌아왔다. 원하는 것을 에두르지 않고 바로 물어보는 소년이 아주 순진하면서도 매력적으로 보였다.

앤도 역시 단도직입적으로 말을 꺼냈다. "저, 우리가 네 그림을 좀 그릴 수 있을까?"

마이클도 입을 열었다. "그래, 그러면 정말 좋겠다! 얘는 정말 완전

한 흑인이야."

소년의 입이 벌어졌다.

앤이 소년에게 말했다. "내일 다시 와 줄 수 있겠니?"

"그럼요, 그럴 수 있고말고요." 소년이 말했다.

결국 부부는 소년을 고용하고 말았다. 그들은 소년에게 고작 그랜드 피아노 넓이만 한 정원을 가꾸는 일을 맡겼다. 빌리지에 있는 정원은 말만 정원이지 뒤뜰의 조그만 공간에 불과했다. 앤은 때로는 그곳을 화폭에 담곤 했다. 봄날 저녁이면 그곳에 사 인용 테이블을 차리기도 했다. 그곳에는 이렇다 할 만한 나무나 꽃도 없었다. 하지만 소년은 자신이 조경을 할 수 있다고 말했고 그를 고용할 명분이 필요했던 부부는 즉시 그의 말을 받아들였다.

소년의 이름은 루서였다. 남부 지방에서 자란 그는 저지에 사는 친척들을 찾아 올라왔는데 엘리자베스 호텔에서 그리스인 사장에게 고용되어 구두를 닦은 게 그때껏 해 본 일의 전부였다. 하지만 팁의 절반을 달라는 사장의 요구를 거절하다가 해고됐다.

"나는 상관이 내게 급여를 주는 것이 아니라 내가 상관에게 돈을 줘야 하는 일자리가 있다는 말은 처음 들었어요." 루서가 말했다. "여기에 올 때까지는 말이죠."

"그래서, 그다음에는 무슨 일을 했니?" 앤이 물었다.

"아무 일도 못 했어요, 지난 네 달 동안 계속 일자리를 찾고 있었죠."

"저런." 마이클이 말했다. "정말 딱한 아이구나."

"그러게요." 앤이 거들었다. "식사도 제대로 못 했겠지?" 그들은 요리사를 불러서 그에게 먹을 것을 좀 주라고 말했다.

루서는 첫날 얼마 동안은 땅을 파는 척하며 왔다 갔다 했다. 나가서

종자를 좀 사 오고는 시장하다며 다시 식사를 했다. 캐러웨이 부부는 지하실 보일러 근처에 그가 기숙할 공간을 마련해 주었다. 다음 날부터 앤은 그를 표현할 적절한 물감을 준비한 후 루서를 그리기 시작했다.

"매티에게도 좋은 일일 거야." 그들은 말했다. "우리가 외출하면 밤에 혼자 있기가 무섭다며 항상 집을 나가곤 했잖아요." 하지만 부부는 그것은 핑계일 뿐 실은 매티가 할렘에 가는 데 맛을 들여서 그러는 거라고 짐작하고 있었다. 매티는 겉으로 보이는 것만큼 차분한 타입이 아니었다. 사보이 무도장이 새벽 세 시까지 문을 여는데 집에 있을 이유가 없었다. 적어도 매티는 그렇게 생각했다.

실제로 매티는 루서에게 할렘에서 가장 저렴하면서도 인기가 좋은 곳들을 알려 주었다. 루서는 얌전한 축이었고 이십팔 마일 떨어진 저지에서 살았기 때문에 할렘에는 발을 들여놓은 적도 없었다. 하지만 그가 캐러웨이 부부 집에 머문 지 이틀째 되는 날 매티가 그에게 말했다. "얘, 나가자. 하루 종일 백인들을 위해 일을 했더니 피곤해 못 살겠어. 밤에까지 집에 남아서 전화나 받으라고? 어림없지." 두 사람은 밖으로 나갔다.

앤은 아침마다 포즈를 잡자마자 루서가 졸기 시작한다는 것을 깨닫고는 차라리 그가 자는 모습을 그리는 편이 낫겠다고 결정을 했다. 그녀는 그림의 제목을 '잠자는 흑인'이라고 붙이기로 했다. 사랑스럽고 오염되지 않은 아이 같은 사람들, 그들은 아무 데나 자고 싶은 곳에서 잠에 빠진다. 어쨌건 잠에 빠진 그는 움직이지 않고 고정된 자세를 유지했다.

그는 정말 사랑스러운 흑인이었다. 지나치게 크지도 않고 몸매도 훌룽했다. 한 박자 늦지만 생기 있는 그의 웃음은 그의 검은 얼굴을 환하게 만들었다. 그의 이와 눈이 눈처럼 희었기 때문이었다. 유화로 그리기에는 아주 안성맞춤이었다. 그런 면에서 에마보다도 훨씬 훌륭한 모델이었다. 루서가 잠이 들면 앤은 여유롭게 그의 얼굴을 들여다볼 수 있었다. 어느 날 그녀는 루서의 나신, 아니 적어도 상반신 누드를 그리기로 결정했다. 그녀는 노예를 그려 보고 싶었다. 뉴올리언스의 시장을 배경으로 그린 그림에는 '경매 부쳐진 소년'이라는 제목을 붙일 것이었다.

어느 날 아침 루서가 예의 잠자는 포즈를 취하려 할 때 앤은 이미 그 작품을 완성했다고 말했다. 그녀는 흑인들의 온전한 영혼, 그들의 슬픔을 그를 통해 그려 보고 싶었다. 이제 막 팔려 갈 노예로서 그를 화폭에 담고 싶었다. 따뜻한 나라의 노예들은 옷을 입지 않았으므로 루서는 상의를 벗어 달라는 부탁을 받았다.

루서는 당황한 듯 멋쩍은 미소를 지었지만 웃옷을 벗었다.

"속옷도 좀 벗어 줘." 앤이 말했다. 하지만 루서는 상, 하의가 연결된 속옷을 입고 있었기 때문에 자신의 방으로 가서 옷을 새로 입고 와야만 했다. 방으로 다시 돌아온 루서는 경매대로 사용될 상자 위로 올라갔고 앤은 스케치를 시작했다. 점심 전에 집에 돌아온 마이클은 이제 막 팔려 갈 노예로 웃통을 벗고 상자 위에 올라가 있는 루서를 보곤 입에 거품을 물며 칭찬을 했다. 그는 당장 그의 모습을 곡으로 남겨야겠다고 말했다.

그는 곧장 피아노 앞으로 가서 〈깊은 강〉*을 마치 개가 짖는 목소

---

* 흑인 영가.

리로 노래 부르는 것 같은 느낌의 곡을 연주하기 시작했다. 마이클은 1850년대 흑인 노예의 비탄을 1933년 현재의 관점에서 해석했다고 설명했다. 그의 곡은 할렘 135번가에서 뷰카레*를 기억하는 것이고 코튼 클럽에서 노예제도를 기념하는 것과 같은 의미를 지니고 있었다.

앤이 말했다. "너무 환상적이에요!" 두 사람은 가끔 루서가 쉬는 시간을 제외하고 어둠이 내릴 때까지 그림을 그리고 연주를 했다. 저녁 식사 시간이 되자 두 사람은 하던 일들을 멈췄다. 부부는 나중에 루 레슬리**의 새 쇼들을 보러 외출했다. 부부가 집을 나가자 루서와 매티도 "하나님, 감사합니다!" 기뻐하며 탄성을 지르고 옷을 차려입은 후 할렘을 향해 집을 나섰다.

이상하게도 두 사람은 캐러웨이 부부가 마음에 안 들었다. 부부는 두 사람에게 친절했고 급여도 넉넉하게 주었다. "하지만 좀 이상한 사람들 같아." 매티가 말했다. "같이 있으면 영 불안해지거든."

"정말 웃기는 사람들이에요." 루서가 동의를 표했다.

루서나 매티 누구도 한 치 앞을 예측할 수 없는 백인들의 들끓는 변덕을 이해할 수 없었고 굳이 이해하고 싶지도 않았다.

"나는 내 일이 있어." 매티가 말했다. "그 일 외에는 그림으로 그려진 다든가 노래를 부른다든가 따위는 하고 싶지 않다고."

캐러웨이 부부는 자주 루서에게 노래를 부탁했었다. 루서는 남부 지방의 노동요, 민요, 영가, 발라드를 많이 알고 있었다.

---

* Vieux Carre. 뉴올리언스의 프랑스인 거주 구역.
** Lew Leslie(1888/1890~1963). 브로드웨이에서 작가와 프로듀서로 활동한 인물.

엄니, 형편이 안 좋아유

마지막으로 밥을 먹은 게 삼 일 전이에유

편지도 부치기 힘들구먼유

우표를 사려면 또 빚이구먼유

캐러웨이 부부는 정원에는 손도 대지 않는 루서에게 아무 소리도 하지 않았다. 그가 하는 일이라고는 그림의 모델이 되는 것과 노래를 하는 게 다였다. 하지만 그는 점차 이 일이 지겨워지기 시작했다.

시간이 지나면서 루서나 매티, 두 사람 모두 다루기가 힘들어졌다. 부부는 원인이 매티에게 있다고 생각했다. 그녀가 루서를 조종하고 있다고 생각한 것이었다. 매티는 순진한 소년의 버릇을 잘못 들이고 있었다. 그녀 나이라면 그런 행동을 해서는 안 되었다. 매티는 루서를 사랑하고 있었다.

적어도 확실한 것은 루서가 그녀와 잠을 잤다는 것이었다. 캐러웨이 부부는 어느 날 새벽 한 시에 루서를 깨워서(이런 일은 그때가 처음이었다) 세인트루이스에서 방금 도착했지만 다음 날이면 배를 타고 파리로 갈 그들의 친구를 위해 〈존 헨리〉*를 불러 달라고 할 참이었다. 하지만 루서는 지하실 보일러 옆 그의 거처에 없었다. 매티의 방에서 불빛이 새어 나오는 것을 본 그들이 조심스레 문을 노크하자 매티의 목소리가 들려왔다. "누구세요?" 방으로 머리를 들이밀은 마이클은 루서와 매티가 함께 침대에 누워 있는 것을 발견했다!

물론 앤은 아무 일도 아닌 것처럼 넘어갔다. "흑인들에게 있어 사랑

---

* 흑인 영가. 철도 공사장에서 일을 하다가 죽었다는 존 헨리John Henry를 주제로 한 노래.

을 나누는 일은 자연스럽고 단순한 행위예요." 하지만 매티는 적어도 마흔이 넘었고 루서는 아직 아이였다. 게다가 루서는 처음 그들의 집에 왔을 때가 훨씬 더 착하고 말을 잘 들었었다. 그러나 밤이면 밤마다 할렘의 사보이 무도장을 출입하던 그는 뛰어난 춤꾼이 되었고 캡 캘러웨이의 레코드를 틀어 놓고 앤에게 린디 합*을 가르쳐 주기에 이르렀다. 그림 '경매 부쳐진 소년'도 아직 미완성이었던 데다 루서는 보일러 관리도 꽤 잘했으므로 부부는 루서를 계속 데리고 있기로 했다. 아니 엄밀히 말하자면 앤이 그를 계속 두기로 했다. 마이클은 언제나 같은 흑인 한 사람이 거치적거리는 것에 약간 염증을 느끼던 때였다.

루서가 부부를 너무 스스럼없이 대하는 건 사실이었다. 그는 마음대로 부부의 담배를 피웠고 포도주를 마셨으며 캐러웨이 부부를 소재로 부부의 친구들에게 농담을 했다. 흑인들이 자연스러운 존재이건 아니건 딱히 그들을 좋아하지 않는 손님들을 부부가 초청한 날에도 루서는 이 층으로 올라와서 마음대로 휘젓고 다니며 노래를 불렀다.

루서와 매티는 이제 거의 부부였다. 그들은 공공연히 같이 살았다. 뭐, 그럴 수도 있지. 앤과 마이클은 그들이 남들과는 다르다는 점을 자랑스러워했다. 자신들같이 예술가나 진보적인 성향의 사람들은 약간 어수선하게 생활하는 것처럼 보일지 몰라도 그것은 모두 주어진 재능 때문이라는 것이었다. 그들은 남들의 자유를 방해하는 평범한 사람들이 아니었다. 그들은 절대로 흑인들의 단순한 삶의 방식에 간섭하는 사람들이 되지 않을 터였다.

매티는 틀림없이 루서에게 용돈을 주고 옷도 사 주고 있었다. 루서

---

* 할렘에서 유래한 흑인들의 춤.

는 아주 번지르르하게 꾸미고 다녔다. 목요일 오후 쉬는 시간이 돌아오면 매티는 바리바리 물건들을 사 들고 들어왔다. 캐러웨이 부부는 그것이 모두 루서의 것임을 알 수 있었다.

때로는 지하실 너머로 말다툼 소리가 들려올 때도 있었다. 매티는 걸핏하면 우울한 얼굴을 했고 다음에는 루서가 그녀의 뒤를 따라 우울한 얼굴을 하고 다녔다. 흑인 두 명이 인상을 잔뜩 찌푸린 채 집 안을 돌아다니는 것은 정말 사람을 불편하게 만들었다. 앤은 그림에 집중할 수 없었고 마이클도 제대로 작곡을 할 수 없었다.

어느 날 삼 일 동안 루서의 코빼기도 보지 못하던 앤은 지하실을 향해 그림을 그려야 하니까 웃통을 벗고 올라와 상자 위에 앉아 주겠느냐고 소리를 질렀다. 그림은 거의 완성 단계에 이르렀다. 루서는 내키지 않는 듯 느릿느릿 콧노래를 부르며 이 층으로 올라왔다.

노예가 되기 전에
차라리 나를 땅에 묻어 주오
예수님에게 가서
자유의 몸이 될 테니

그날 오후 루서는 보일러도 꺼뜨렸다.

그런 상황에 마이클의 어머니가(앤은 그녀를 싫어했다) 캔자스시티에서 부부를 찾아왔다. 매티와 루서는 첫눈에 그녀가 마음에 들지 않았다. 그녀는 마치 남자처럼 덩치가 크고 키도 컸고 항상 남을 종 부리 듯 하는 태도를 보이는 노파였다. 하지만 눈치 빠른 매티는 캐러웨이 여사 앞에서는 제대로 일을 하려 했고 맛있는 요리를 해 바치면서 앤에게 하던 것보다 훨씬 복종적인 자세를 취했다.

"나는 하인들에게 놀아나는 사람이 아니란다." 캐러웨이 여사가 마이클에게 하던 말을 매티가 엿들은 게 틀림없었다.

하지만 루서는 오히려 더 함부로 행동했다. 앤이 보기에는 그가 뭔가 딱 부러지게 잘못을 한다기보다 행동하는 방식이 문제였다. 예컨대 캐러웨이 여사가 노랫소리를 듣는 것이 싫다고 이야기를 했음에도, 아니 그렇게 이야기를 하고 나서부터 부쩍 항상 노래를 부르며 다닐 이유가 무어란 말인가. 특히 〈이 악당, 그래 바로 당신 말이야〉 같은 노래를 말이다.

결국 모든 일에는 마지막이 있기 마련이다. 캐러웨이 부부와 루서의 경우는 이랬다. 어느 날 아침, 윗도리를 거의 벗은 채(모델을 할 예정이었으므로) 루서가 서재로 어슬렁거리며 들어와 꽃병의 꽃을 갈려했다. 그는 빨간 장미들을 들고 있었다. 캐러웨이 여사는 아침 행사로 성경 말씀을 읽고 있었다.

"안녕하세요." 루서가 아는 체를 했다. "그런데 이곳에는 얼마나 머무르실 거죠?"

"나는 흑인들이 스스럼없이 구는 걸 좋아하지 않네." 캐러웨이 여사가 코에 걸친 안경 너머로 루서를 쳐다봤다.

"그래요!" 루서가 대답했다. "어쩌나, 나도 가난한 백인들은 딱 질색인데."

캐러웨이 여사가 큰 소리로 비명을 질렀다. 짧고 위엄이 있는 비명이었다. 마이클이 목욕 가운과 파자마 차림으로 달려왔다. 캐러웨이 여사의 기세가 등등해지기 시작했다. 놓치기 아까운 장면이 벌어지고 있었다. 루서가 자신의 입장을 이야기했고 마이클이 입을 열었다. 앤이 뛰어 들어왔다.

"절대, 절대, 절대." 캐러웨이 여사가 말했다. "내 인생에서 하인이— 그것도 검둥이 하인이—저런 건방진 수작을 부린 적은 없었다. 바로 내 아들 집에서 이런 일을 당하다니."

"어머니, 제발." 마이클이 달랬다. "고정하세요. 쟤를 내보낼게요." 그는 옆에 시큰둥하니 서 있던 루서를 향해 소리를 질렀다. "가라!" 그가 문을 가리켰다. "어서 나가라고!"

"여보." 앤이 외쳤다. "나는 아직 그림을 끝마치지 못했어요, '경매 부쳐진 노예' 말이에요." 마이클의 얼굴에 당황한 기색이 떠올랐다. 잠시 동안 그는 뭔가 깊은 생각을 하는 것처럼 보였다.

"쟤가 나가든가 아니면 내가 가든가, 둘 중의 하나를 선택해라." 캐러웨이 여사는 바윗덩어리처럼 요지부동이었다.

"물론 쟤가 나가야죠." 어머니의 말에 힘을 얻은 듯 마이클이 말을 했다.

"세상에!" 앤이 입을 열었다. 그녀는 루서를 쳐다봤다. 그는 꽃병에 꽂을 장미를 검은 팔 안에 한 아름 안고 있었다. "맙소사!" 웃통을 벗고 있는 그의 몸은 흑단 같았다.

"제 걱정은 안 해도 돼요!" 루서가 말했다. "나갈게요."

"그래, 나가면 되지." 문밖에서 매티가 천둥 같은 목소리로 말했다. 어느샌가 지하에서 뚱뚱한 몸을 이끌고 올라온 그녀는 잔뜩 화가 나 있었다. "우리도 당신들 백인들의 멍청한 짓거리에 염증이 나던 참이에요! 그래요, 가면 되지. 루서, 어서 가자고."

염증이 나다니? 그게 무슨 말이지? 부부가 그들에게 해 준 것을 생각하면 어떻게 그런 말을 할 수 있는지 앤과 마이클은 이해가 되지 않았다. 그들은 두 사람에게 얼마나 친절을 베풀었던가.

"밤중에 몰래 우리 방문 앞에 와서 노크를 하지 않나." 한번 입이 터진 매티는 계속 말을 했다. "좋아요, 나가겠어요. 지금 당장 급여를 줘요. 급여를 내놓으라고요!" 매티는 부부가 루서를 찾아 밤중에 그녀의 방을 찾아갔던 일에 앙심을 품고 있었던 것이다.

"알았어. 지금 주겠어." 마이클이 대답을 하곤 매티를 따라 나갔다.

"안녕히 계세요." 루서가 말했다. "꽃은 직접 꽂으시고."

그가 한 아름 들고 있던 장미를 앤에게 건넨 후 유들유들한 눈으로 캐러웨이 여사를 쳐다보며 싱긋 미소를 지었다. 앤이 처음 그를 만났을 때 "쟤 좀 봐요, 정말 정글 같지 않아요?"라고 말하게 만들었던, 흰이를 한껏 드러낸 미소였다. 그는 미소를 지은 후 웃통을 벗은 채로 어두운 홀 안으로 사라졌다.

"어째요." 앤이 불평스러운 듯 탄식을 했다. "'경매 부쳐진 소년'은 어떡하라고!"

"흥!" 캐러웨이 여사가 콧방귀를 뀌었다.

떳떳한 코라
Cora Unashamed

멜턴은 도시라고 부르기에는 너무 작고 그렇다고 마을—교외의 작고 아담한 마을들—이라고 부르기에는 뭐한 어설픈 중간 지역들 중의 하나였다. 아무것도 이렇다 하게 내세울 것이 없었다. 아무 특색이 없는 집들과 건물들이 농장 지역에 모여 있는 곳으로 인도나 포장도로도 없는 초라한 장소들 가운데 하나였다. 전기는 들어왔지만 하수 시설은 없었고 역은 있었지만 아침과 저녁 무렵 가끔 임시로 정차하는 기차들을 제외하면 정기적으로 정차하는 기차 편들도 없었다. 멜턴은 수시티 외 어느 도시로부터도 백오십 마일 밖에 있었다.

코라 젱킨스는 멜턴 주민들 중에서도 가장 눈에 띄지 않는 존재였다. 그녀는 사람들이 존중해 줄 때는 '흑인', 함부로 대할 때는 '검둥이'라고 불리는 여인이었다. 때로는 아무 이유도 없이 '검둥이'에 '더러운'이라는 말까지 붙기도 했다. 코라는 아무에게도 해를 끼칠 줄 모르는 여인이었다. 가끔 욕을 한다는 것만 빼면.

그녀는 멜턴에서 사십 년을 살았다. 그곳에서 태어났고 아마도 그곳에서 죽을 것이었다. 그녀는 스튜더반가에서 일을 했는데 그들은 그녀를 거의 개처럼 취급했다. 그럼에도 그녀는 그런 취급을 견뎌 냈다. 견딜 수밖에 없었다. 그 집을 나온다면 그녀를 더 학대할 더 가난한 백인들의 집으로 갈 수밖에 없을 것이기 때문이었다. 아니면 백수가 되든가. 코라는 나무 같았다. 일단 뿌리를 내리면 폭풍이나 전쟁, 바람, 바위가 날아들어도 버텨 냈다.

그녀는 스튜더반가의 잡부였다. 세탁, 다림질, 요리, 청소를 맡아 했고 아이들을 키우고 노인들을 돌보고 불을 피우고 물을 길었다.

코라, 내일 밤 메리 생일파티에 쓸 케이크를 세 개 구우렴. 코라, 내가 사 온 비누로 로버를 좀 목욕시켜라. 코라, 내 스타킹을 좀 다릴래? 코라, 이리 좀 와 봐…… 코라, 저리에 둬…… 코라…… 코라…… 코라! 코라!

코라의 대답은 한결같았다. "예, 마님."

스튜더반가 사람들은 자신들이 코라를 소유하고 있다고 생각했다. 그리고 그들의 생각은 맞았다. 그들은 코라의 주인이었다. 거의 평생 동안 그녀가 스튜더반가의 부엌에서 요리를 하고 응접실을 쓸고 뒷마당에서 빨래를 널게 만드는 엄연한 경제 상황이 존재했다.

어떻게 그런 일이 가능한지 알고 싶은가? 어떻게 꼼짝 못 하고 그런 상황에 갇혀 있어야 하는지 말이다. 여기 그 대강의 사정이 있다.

코라는 젱킨스네 검둥이들이라고 불리던 팔 남매 중의 맏이였다. 하지만 다행스럽게도 그들은 멜턴의 유일한 흑인 가정이었다. 그들의 유래, 즉 그들의 아빠, 엄마가 어떻게 그 마을로 흘러들어 왔는지는 아무도 모른다. 아이들은 모두 그곳에서 태어났고 그들의 부모도 아직 그곳에 있었다. 아빠는 고물을 수집하는 마차를 몰았고 엄마는 항상 아프다고 집에 들어앉아 식구들과 언쟁을 벌였다. 일곱 명의 아이들은 모두 집을 떠났고 코라만이 남았다. 엄마를 도와줄 사람이 하나도 없는 상황에서 코라마저 집을 떠날 수는 없었다. 그 이전에도 엄마는 항상 아팠기 때문에 장녀인 그녀가 동생들이 학교에 다닐 수 있도록 뒤치다꺼리를 다 해야 했다. 그 이전에도— 누군가 엄마가 해마다 계속 낳는 아이들을 엄마와 함께 돌봐 줄 사람이 있어야 했다.

아이였을 때 코라는 놀 시간이 없었다. 그녀는 항상 갓 낳은 사내아이나 여자아이를 안고 있었다. 성질이 고약한, 항상 울음을 그칠 줄 모르는, 밉상 맞은 아기들. 그들은 항상 배가 고팠고 못되게 굴었다. 팔학년이 되었을 때 그녀는 학교를 그만두고 스튜더반가로 일을 하러 갔다.

일을 하면서부터 그녀는 식사를 제대로 했다. 처음에는 반나절만 일을 하고 나머지 시간은 집에서 엄마를 도왔다. 얼마 후에는 하루 종일 일을 하게 되었다. 그녀는 아버지의 아이들을 먹여 살리는 데 자신의 급여를 털어 넣었다. 아버지는 주정뱅이였다. 옷장을 고치고 재를 청소해 주고 고물을 팔아서 버는 얼마 안 되는 돈을 모두, 자신에게 여덟 명이나 되는 아이들이 딸려 있다는 사실을 잊도록 만들어 주는 것을 사는 데 사용했다.

그는 술을 마시면서 마을의 백인 쓰레기들에게 장황스럽고 웃기는 거짓말들을 하는 데 저녁 시간을 보냈다. 그의 말이 죽었을 때 코라의 급여는 그녀의 아빠와 그의 마차를 끌 새 말을 사는 데 쓰였다. 주택

대출금 상환 기일이 도래했을 때는 코라의 급여가 식구들 머리 위에 지붕이 남아 있도록 하는 데 사용되었다. 아빠가 유치장에 갇혔을 때는 스튜더반 여사에게 십 달러를 빌려서 그를 빼냈다.

코라는 알뜰하게 생활을 하며 돈을 절약했다. 그녀는 스튜더반가 사람들의 낡은 옷을 입고 그들이 남긴 음식을 먹었으며 그녀의 급여를 조금도 축내지 않고 그대로 집으로 가져왔다. 그러는 사이 동생들은 성장을 했다. 사내애들은 외로움을 느꼈고 가능하면 멜턴에서 먼 곳으로 떠나갔다. 여자애들도 한 명 한 명, 하지만 대부분은 추문을 남기고 떠나갔다. "애비 이름에 똥칠을 했다"고 아빠는 말했다. "내 명예로운 이름에 말이야! 산딸기를 딴다고 나가서는 창피한 짓거리를 하다니." 갈색 피부의 젱킨스네 딸들은 백인 농장 일꾼들을 끄는 묘한 매력이 있었다.

못생긴 코라조차 연인이 있었다. 화물열차를 타고 흘러든 위인이었는데(벌써 오래전 일이었다) 말 보관소(자동차가 지금처럼 흔하기 전이었다)에서 일을 하던 사내였다. 사람들은 모두 그가 IWW*라고 수군거렸지만 코라는 아무 상관이 없었다. 그는 그녀에게 첫 남자였고 그녀가 기억하는 한 그녀가 원한 마지막 남자였다. 그녀는 흑인 노동자와 사귀어 본 적이 없었다. 주위에 흑인 노동자가 없었기 때문이다. 그것은 그녀가 어찌할 수 없는 문제였다.

그 백인 사내, 조에게서는 항상 말 냄새가 났다. 그는 타국에서 온 사람이었다. 다른 나라 억양이 있는 영어를 썼고 커다란 손에 잿빛 눈동자를 지녔었다.

---

* Industrial Workers of the World. 세계산업노동자연맹으로 미국 펜실베이니아 주 필라델피아에 사령부를 두었던 국제 노동조합.

여름이었다. 스튜더반가에서 조금만 가면 초원과 과수원, 신선한 벌판이 지평선까지 뻗어 있었다. 밤에는 우단羽緞 같은 하늘에 별들이 박혀 있었다. 때로는 달도 훤히 빛을 비췄다. 귀뚜라미들과 여치들, 반디들, 풀 냄새. 코라는 기다리고 있었다. 그 사람, 조의 담뱃불이 멀리에서 보였다. 그는 어둠 속에서 휘파람을 불며 걸어오고 있었다. 사랑에 빠지는 데는 오랜 시간이 걸리지 않았다. 코라에게서는 스튜더반가의 저녁 식사 냄새와 싸구려 향수 냄새가 났고 자신이 돌보던 말들처럼 무신경했던 커다란 덩치의 강한 사내 조에게서는 마구간 냄새가 났다.

엄마는 코라가 늦게 들어온다고, 아이들이 몇 주일 동안 편지 한 장 보내지 않는다고, 혹은 아버지가 술에 취했다고 항상 난리를 쳤다. 그렇게 여름은 커다란 손들, 잿빛 눈동자의 아련한 추억과 함께 지나갔다.

코라는 아이를 낳기 위해 다른 곳으로 가거나 아이를 임신한 사실을 숨기려 하지 않았다. 그녀는 전혀 수치스럽지 않았다. 스튜더반가 사람들은 그녀에게 집에 가 있으라고 말을 했다. 조는 마을을 떠났다. 아버지는 욕을 퍼부었고 엄마는 눈물을 흘렸다. 사월 어느 날 아침 아이가 태어났다. 아이는 잿빛 눈동자를 가지고 있었다. 코라는 아이에게 조의 이름을 따서 조세핀이라고 이름을 붙여 주었다.

코라는 아이의 출생에 대해 숨김이 없었고 부끄러워하지도 않았다. 멜턴에는 뒤에서 수군거릴 흑인들도 없었고 백인들이 무슨 말을 하든 그녀는 상관이 없었다. 그들은 다른 세상 사람들이었다. 물론 그녀는 조를 붙들어 두거나 그와 결혼을 할 거라는 생각 같은 것도 없었다. 그도 역시 다른 세상의 사람이었으니까. 하지만 아이만은 그녀의 것이었다. 두 세상을 연결해 주는 살아 있는 징검다리. 사람들이 뭐라고 말을 하든 그녀는 개의치 않았다.

코라는 스튜더반가에서 다시 일을 시작했지만 밤이면 집으로 와서 아이에게 젖을 먹이고 엄마와 말싸움을 했다. 그 무렵 아트 스튜더반 여사도 아이를 출산했기 때문에 코라는 그 아이도 돌봐야 했다. 스튜더반가의 여자 아기에게는 제시라는 이름이 붙여졌다. 두 아이가 걸음마를 시작하고 말을 뗄 무렵 코라는 가끔 조세핀을 제시와 놀게 하기 위해 데려오곤 했지만 스튜더반가 사람들은 코라에게 아이를 데려오면 일을 제대로 하지 못한다며 아이를 데려오지 말라고 했다.

"예, 마님." 코라의 대답은 한결같았다.

하지만 얼마 후 스튜더반가 사람들은 코라에게 아이를 데려오지 말라고 말할 필요가 없게 되었다. 조세핀이 백일해에 걸려 죽었기 때문이다. 어느 장밋빛 오후 코라는 작은 몸뚱이가 사 주 치 급여를 지불하고 산 하얀 관에 담겨 땅속으로 내려지는 것을 지켜보았다.

엄마는 몸져누웠기 때문에 아빠만 술 냄새를 풍기며 그녀 옆에 서 있었다. 두 사람 외에는 아무도 무덤 주위에 없었다. 코라도 아이의 죽음 앞에서만은 초연하지 못했다. 무덤에서 몸을 돌이키는 그녀의 눈에서 눈물이 흘렀다. 동시에 그녀의 입에서 폭포수처럼 욕이 터져 나왔고 지켜보던 일꾼들이 놀라서 그녀를 쳐다보았다.

그녀는 자신이 내놓은 생명을 앗아 간 신에게 악다구니를 했다. 그녀는 고래고래 소리를 질렀다. "내 아기를 돌려줘요! 내가 낳은 아기를 왜 당신이 데려가는 거예요!" 그녀는 해가 저무는 하늘을 바라보며 큰 소리로 항의했다. 그녀의 아버지는 그런 그녀가 놀랍고도 무서웠다. 그는 자신의 부실한 마차 위로 그녀를 끌어 올리고는 끝없는 푸른 초원과 목장 사이의 길을 따라 내려갔다. 마을을 지나는 내내 코라는 울면서 이제껏 아빠가 취해서 했던 모든 욕을 주워섬겼다.

그다음 주 그녀는 다시 스튜더반가로 일을 하러 갔다. 그녀는 다시 삶 앞에 겸손하고 순종적인 자세로 돌아왔다. 코라는 주인집의 아기를 사랑했다. 오후면 뒤쪽 베란다에 나가서 그녀의 검은 얼굴을 제시의 우유 냄새 나는 머릿결에 파묻고 안아 어르면서 잠을 재웠다.

II

세월이 흘렀다. 아빠, 엄마는 조금 살이 빠졌다. 스튜더반 영감은 세상을 떠났다. 그의 아내는 두 번 뇌졸중을 겪었다. 아트 스튜더반 여사와 그녀의 남편도 흰머리가 나고 배가 처지면서 나이가 들어 보이기 시작했다. 아이들도 성장을 했다. 케네스는 할아버지가 남긴 철물점 가게를 맡았고 잭은 대학을 갔다. 메리는 선생님이 되었고 고등학교 졸업반인 제시만이 아직 집에 남아 있었다. 열아홉 살인 제시는 공부는 신통치 않았지만 마침내 고등학교 졸업을 눈앞에 두고 있었다. 가을에는 교원 양성 학교로 갈 예정이었다.

코라는 제시가 떠난다는 생각을 하면 벌써부터 슬퍼졌다. 그녀는 마음속으로 제시를 딸처럼 여기고 있었다. 애정이라곤 찾아볼 수 없는 휑뎅그렁한 집에서 문제가 생길 때마다 제시가 의지하고 깃들일 곳은 언제나 고목처럼 그 자리에 서 있는 코라였다. 철이 들자마자 아트 여사는 제시의 볼기를 때리기 시작했는데 그럴 때면 눈물을 뚝뚝 흘리면서 제시가 달려간 곳은 코라의 부엌이었다. 매 학기 말 제시가 몇 개의 과목들을 낙제할 때마다(그녀는 좀 둔한 편이라 자주 낙제를 하곤 했다) 성적표를 먼저 본 사람도 코라였고 제시의 부모에게 그 소식을 자연스럽게 전할 방법을 찾아내는 것도 그녀였다.

제시의 어머니는 아둔한 딸을 부끄러워했다. 그녀는 멜턴의 지도적인 여성이었고 삼 년 연속 여성 클럽의 회장이었으며 출석하는 교회에서도 비중이 있는 여인이었다. 교사인 장녀 메리는 우아하게 엄마의 전철을 밟고 있었다. 하지만 멍청한 제시를 생각하면 가슴이 답답했다. 어렸을 때는 볼기를 맞았고 커서는 쉴 새 없이 잔소리를 들었지만 그 아이의 속은 자라지 않았다. 그녀는 언제나 별 감정을 드러내 보이지 않는 통통하고 주근깨투성이의 아둔한 소녀로 남아 있었다. 코라 외의 모든 사람은 그녀를 부족하게 여겼다.

하지만 부엌에서의 제시는 전혀 다른 사람이었다. 그녀는 웃고 이야기도 잘했다. 때로는 재치까지 있었다. 훌륭하게 요리를 하는 법도 배웠다. 코라와 함께 있으면 어려울 것이 없었다. 그녀와 함께 있으면 기하나 라틴어 문법, 엄마의 클럽에서 토론하는 사회 문제, 교회의 설교처럼 어려운 것들에 신경을 쓰지 않아도 되었다. 멜턴, 아니 이 세상 어느 곳, 어떤 사람도 부엌에 있는 코라만큼 편하지 않았다. 그녀도 엄마가 자신을 우둔하다고 무시하는 것을 알고 있었다. 아빠와의 관계도 살갑지 못했다. 항상 사고파는 일에만 바쁜 아빠는 아이들에게 별 관심을 기울이지 않았고 그나마 자주 출장을 가는 바람에 집을 비웠다. 나이가 들어 몸을 제대로 가누지 못하는 할머니는 제시를 따분하고 역겹게 만들었다. 사촌 이모(엄마의 사촌) 노라는 목사 집 딸처럼 딱딱하고 새침을 떨었다. 오빠와 언니들은 각기 자신들의 길을 가느라 바빴고 식구들이 모두 모이는 식사 시간 외에는 그녀를 볼 일이 별로 없었다.

집 안의 모든 불편한 일들과 마찬가지로 제시도 코라에게 맡겨졌다. 하지만 코라는 기뻤다. 조세핀이 살아 있었더라면 같은 나이였을 아이를 기를 수 있다는 사실이 그녀의 삶에 방향을 주었고 마음속에 온기를 제공했다. 아둔한 제시를 엄마처럼 먹이고 돌봐 주고 안아 주고 사랑한 것은 코라였다. 그렇게 키워 이제 처녀티가 나기 시작한 제시가 늦게나마 고등학교를 졸업하게 된 것이다.

하지만 제시에게 뭔가 일이 생겼다. 코라는 아트 여사가 알기 전에 이미 이상한 느낌을 감지할 수 있었다. 제시가 둔하기는 했지만 남자 친구를 사귀지 못할 만큼 둔한 것은 아니었다. 그녀는 엄마처럼 생각하던 코라에게 사정을 말했다. 하지만 친엄마인 아트 여사에게는 두려워서 입을 열지 못하고 있었다.

코라가 그녀에게 말했다. "내가 엄마에게 말을 해 줄게요." 인생에 대해 두려울 것도 꺼릴 것도 없는 코라는 어느 날 아트 여사의 안방으로 씩씩하게 걸어가서 단도직입적으로 불쑥 말했다. "제시가 아기를 낳을 거예요."

코라는 미소를 지으며 말했지만 그 말을 들은 아트 여사는 마치 그 자리에 얼어붙은 듯했다. 입이 바싹 마른 그녀가 마치 싸움이라도 하려는 듯 벌떡 일어났다가는 털썩 주저앉았다. 다시 자리에서 일어선 그녀가 문 쪽으로 걸어갔다가 몸을 돌이키고 물었다. "뭐라고?"

"예, 마님, 아기예요. 아가씨가 저한테 얘길 했어요. 윌리 맷술로스가 아빠래요. 큰길에서 아이스크림 판매대를 하는 집 있잖아요. 아가씨 얘기로는 결혼을 하고 싶다네요. 하지만 윌리가 지금 마을에 없어서 아직 아기 소식은 알려 주지 못했대요."

코라는 아트 여사가 히스테리 발작만 일으키지 않았다면 있는 그 대로 아기에 대해 계속 이야기를 해 줄 생각이었다. 놀란 그녀의 사촌이 줄에 매달린 안경을 쓴 채 서재에서 달려오고 할머니가 온통 흥분을 한 채 떨리는 손으로 휠체어를 굴려 방으로 들어왔다. 곧이어 얼굴이 빨개진 제시가 땀을 흘리며 불려왔지만 그녀를 보자마자 소파에 누워 있던 엄마가 점점 더 격렬하게 소리를 지르는 바람에 다시 방 밖으로 나가야 했다. 서둘러 진정제와 얼음, 물이 방 안으로 대령되었다. 집 안 여기저기에서 울음소리와 기도 소리가 들렸다. 이 망신을 어쩌면 좋지! 오, 하나님! 제시는 큰 곤란에 직면한 것 같았다.

"아가씨에게 무슨 큰 문제가 생긴 건 아니에요." 코라가 말했다. "아기를 가지는 게 무슨 문제인가요? 저도 아기가 있었지만."

"제발 입 좀 닥쳐, 코라!"

"예, 마님…… 하지만 저도 아기가 있었어요."

"어서, 내 말 못 들었어?"

"예, 마님."

Ⅲ

코라는 부엌에 갇혀 있어야 했고 제시도 그녀의 방에 갇혔다. 저녁에 메리가 학교에서 돌아오자 네 명의 백인 여인들은 아트 여사의 침실에서 문을 걸어 잠근 채 머리를 맞대고 회의를 했다. 오랜만에 코라는 부엌에서 잔소리를 듣지 않고 저녁을 준비할 수 있었다. 스튜더반 씨는 디모인에 출장을 가 있었다. 코라는 그라도 집에 있었으면 하는 마음이 들었다. 커다란 덩치에 무뚝뚝한 남자였지만 여자들보다는 상식에 맞는 행동을 하는 사람이었다. 그러면 신랑 자리를 강제로 붙잡아다가 결혼을 시키는 일도 할 수 있을 것이었다. 아트 여사에게 일을 맡겨 두면 제시가 그리스 소년과 결혼을 할 가능성은 전혀 없었다. 코라는 그 사실을 알고 있었다. 아트 여사의 눈에 들어오는 신랑감이 없어서 큰딸 메리도 여태 시집을 못 가고 있었다. 아트 여사의 야심에는 아이스크림을 만들어 파는 그리스인의 아들 따위가 차지할 자리가 없었다.

코라가 저녁거리를 들고 올라갔을 때 제시는 울고 있었다. 흑인 여인은 침대 위 제시 옆에 자리를 잡고 같이 앉아서 백인 소녀의 얼굴을 그녀의 검은 손으로 들어 올렸다. "꼭 참고 기다려요. 그가 마을로 돌아오면 내가 가서 모든 얘기를 해 줄 테니까. 만약 그가 아가씨를 사랑한다면 결혼을 하고 싶어 할 거예요. 결혼을 못 할 이유도 없고, 둘 다 백인이잖아요? 비록 외국인이기는 하지만 바르고 착한 사람이니까."

"걔는 나를 사랑해." 제시가 말을 했다. "나는 그걸 알아. 걔도 그렇게 얘길 했어."

하지만 소년이 돌아오기 전에(스튜더반 씨도 아직 돌아오기 전에) 아트 여사는 제시를 데리고 캔자스시티로 갔다. 일주일에 한 번 발행되는 마을 신문에는 "부활절 쇼핑을 하기 위해서"라고 그들의 출타 이유가 설명되었다.

본격적인 봄이 시작되었다. 멜턴의 가장자리에 있는 들판과 과수원은 아스라하게 멀리까지 온통 신록으로 아름답게 빛나고 있었다. 이십 년 전 자신이 겪었던 봄을 기억하자 조세핀이 살아 있다면 같은 또래일 제시에 대한 안쓰러움과 아픔이 코라의 가슴에 배어났다. 부엌

문 앞에 앉아서 콩 껍질을 까며 코라는 자신이 살아온 삶을 되돌아봤다. 끝없이 오랜 세월을 스튜더반가를 위해 일을 했고 끝없이 오랜 세월 동안 아빠와 엄마밖에 아무도 반겨 주는 이 없는 집으로 돌아갔었다. 조세핀이 죽었고 그 후에는 제시만이 그녀의 삶을 따뜻하게 지탱해 주었었다. 제시는 그녀가 이 세상에서 알고 있는 가장 사랑스러운 존재였다. 그녀가 집에 없는 내내 코라는 걱정이 되었다.

열흘 후 아트 여사와 그녀의 딸은 집으로 돌아왔다. 하지만 제시는 그 어느 때보다도 여위고 창백한 모습이었고 눈동자도 초점을 잃은 것 같았다. 기차에서 내리는 아트 여사도 약간 겁을 먹은 표정이었다.

"캔자스시티에서 갑자기 제시가 급체를 했어요." 그녀는 클럽과 이웃 여인들에게 말했다. "그래서 애가 다시 여행할 수 있을 때까지 요양을 하느라고 그렇게 오래 걸렸죠. 제시가 고생을 많이 했어요. 지금은 건강해 보이지만 원래 그렇게 건강한 체질은 아니었죠. 항상 쟤 때문에 걱정이에요." 아트 여사는 제시가 캔자스시티에서 어떻게 음식을 잘못 먹고 탈이 났는지 구구절절 설명을 늘어놓았다.

집에 도착한 제시는 바로 침대에 누웠다. 그녀는 식음을 전폐했다. 코라가 음식을 들고 올라갔을 때 제시가 속삭였다. "이제 아기가 없어."

코라의 얼굴이 어두워졌다. 그녀는 욕을 참느라 입술을 깨물어야 했다. 그녀는 제시의 목을 팔로 감싸 안았다. 소녀가 울음을 터뜨렸다. 음식은 손도 대지 않은 채 다시 밖으로 물려 나왔다.

일주일이 지났다. 그동안 식구들은 제시가 식사를 하도록 애를 썼지만 제시는 음식을 먹으면 바로 토했다. 그녀의 눈이 점점 노래지면서 혀에는 백태가 꼈다. 심장은 미친 것처럼 박동을 했다. 브라운 박사도 왕진을 왔지만 한 달 후(그렇게 덧없이) 제시는 숨을 거두었다.

제시는 그리스 소년을 다시 만나 보지도 못했다. 소년의 아버지는 "여성 클럽의 지도 아래 몇몇 어린아이들의 어머니들이 가게의 위생 상태에 대해 진정을 하는 바람에" 사업 면허를 잃었다. 아트 스튜더반 여사는 그 일을 기화로 마을의 모든 불건전한 장사치들과 의심스러운 사람들을 몰아내는 일에 착수했다. 그리스인들은 그녀들의 표적에서 벗어날 수 없었을 것이다. 그들은 심지어 코라의 아빠 젱킨스의 단골 밀주점까지 얼마 동안 문을 닫게 만들었다. 스튜더반 여사는 코라가 그 일에 대해 기뻐할 줄 알았지만 그녀는 "평생을 술을 먹어 온 양반이라 그냥 내버려 두는 게 더 좋을 거예요"라고 말했을 뿐 마을을 정화하겠다는 그녀의 고용주의 결심에 대해 더 이상 별말이 없었다. 그러는 와중에 제시가 세상을 떠났다.

장례식이 치러지던 날, 집 안은 화환으로 발 디딜 곳이 없을 지경이었다. (그들은 노모의 건강을 이유로 장례식을 교회가 아닌 집에서 치르기로 했다.) 가족들은 모두 정중하게 상복을 차려입었다. 아트 여사는 기진해서 누워 있었지만 장례식 시간이 다가오자 다시 기운을 차렸고 "오늘 오후를 버티려면 아무거라도 좀 먹어야겠어"라며 오믈렛을 먹었다.

"그리고 코라, 햄도 조금 구워 줄래? 너무 기운이 없어서."

"예, 마님."

제시가 다니던 학교의 졸업반 학생들이 단체로 조문을 왔다. 여성 클럽 회원들은 클럽 배지를 가슴에 달고 왔고 맥클로리 목사는 가장 높은 깃이 달린 긴 코트를 입고 장례식장에 나타났다. 성가대는 "그분께서는 목자처럼 당신의 가축들을 먹이시고"를 독창할 솔로이스트와 함께 관 옆에 자리를 잡고 앉았다. 아주 화창한 오후였다. 장례식장도 나무랄 데가 없었다.

문제는 코라가 거기 있었다는 것이다. 물론 그녀의 존재가 특별히 눈에 띌 이유는 없었다. (그녀는 그 집 하인이었다.) 하지만 그녀가 그 자리에서 한 행동, 또 어떻게 그렇게 했는지는 오늘날까지도 멜턴에 사는 사람들 사이에서 이야기가 되고 있다. 코라는 그날도 죽음 앞에서 초연하지 못했다.

맥클로리 목사가 추도 설교를 마치고 졸업반 학생들이 추모사를 낭독한 후 성가가 불렸다. 추모객들이 마지막으로 제시 스튜더반의 모습을 보기 위해 줄을 서서 관 앞을 지나가려는 순간 코라가 식당 옆에 있던 자신의 자리에서 일어섰다. "아가씨, 내가 잠깐 할 말이 있어요." 그녀는 마치 제시에게 말을 하는 것처럼 입을 뗐다. 그녀는 관으로 다가가서 백인 소녀의 몸 위로 손을 뻗었다. 그녀의 얼굴이 실룩거렸다. 실내는 일순 긴 정적 속에 빠져들었다. 갑자기 코라가 소리를 지르기 시작했다. "저 사람들이 아가씨를 죽인 거예요! 아무 이유도 없이…… 저 사람들이 아가씨 아기도 죽였어요…… 이제 막 인생이 시작되려던 참인데 저 사람들이 아가씨를 여기서 치워 버렸어요. 이제 아가씨는 여기 없어요, 여기 없다고요!"

사람들은 제자리에 얼어붙은 듯 꼼짝도 하지 않았다.

코라가 계속 소리를 질렀다. "저 사람들은 그럴듯한 설교를 하지만 진짜 할 말을 하지 않아요. 아가씨에게 노래를 불러 주지만 정작 해야 할 말을 하지 않아요. 하지만 아가씨, 여기 코라가 나가서 저 사람들이 당신에게 한 짓을 다 말할 거예요. 왜 아가씨를 캔자스시티에 데려갔는지 다 말할 거예요."

찢어질 듯한 비명이 실내를 가로질렀다. 아트 여사가 나무처럼 뻣뻣하게 의자째 뒤로 쓰러졌던 것이다. 사촌 이모 노라와 언니 메리는 돌로 변하기라도 한 듯 앉아 있었다. 집안 남자들이 코라의 입을 막기 위해 허겁지겁 그녀 쪽으로 뛰어왔다. 그 와중에 화환이며 꽃 줄이 떨어지고 끊어졌다. 하지만 그들이 채 그녀에게 닿기 전에 코라가 그녀의 긴 손가락으로 상복을 입고 있는 여인들을 가리키며 말했다. "아가씨, 바로 저 사람들이 아가씨를 죽인 거예요. 아가씨와 아가씨의 아기를. 아가씨가 아기를 얼마나 낳고 싶어 하는지 내가 말해 줬지만 저 사람들은 콧방귀도 뀌지 않았어요. 저 사람들은 아기가······ "

강한 손이 코라의 허리를 감쌌다. 다른 손은 그녀의 팔을 붙들었다. 스튜더반가의 남자들은 그녀를 반은 끌고 반은 밀치며 접의자들 사이의 통로를 지나고 사람들로 가득한 식당을 지나 빈 부엌을 통과한 다음 철망 문을 열고 뒤뜰로 데리고 갔다. 내내 그녀는 집안의 여인들을 비난하며 몸부림을 쳤다. 문간에 이른 그녀는 제시를 위해 닭똥 같은 눈물을 흘리며 흐느꼈다.

그녀는 뒤뜰의 세탁물을 올려놓는 의자에 앉아 울었다. 응접실에서 성가대의 노래가 맥없이 들려왔다. 얼마쯤 시간이 지난 후 그녀는 다시 집 안으로 들어가 천천히 부엌과 식료품 창고에서 얼마 안 되는 자신의 물건들을 챙긴 후 앞치마와 우산을 들고 나왔다. 그녀는 골목길을 따라 걸어 내려가 엄마가 기다리는 집으로 돌아갔다. 코라는 다시 스튜더반가로 일을 하러 가지 않았다.

이제 그녀와 그녀의 엄마는 자신들이 기르는 작은 텃밭과 아빠가 고물을 주워 버는 얼마 안 되는 돈을 그나마 다 술에 써 버리기 전에 강제로 뺏어 온 돈에 의지해서 살아간다.

멜턴의 가장자리에 사는 젱킨스네 검둥이들, 코라, 아빠, 엄마 세 사람은 그럭저럭 잘 지내고 있다.

내가 연주하는 블루스
The Blues I'm Playing

피아니스트 오시올라 존스는 파리에서 필리프에게 사사를 받았다. 도라 엘즈워스 여사가 비용을 대 주었다. 그녀는 오시올라를 위해 레프트뱅크에 작은 아파트를 구해 그랜드피아노까지 들여놓아 주었다. 일 년에 두 번 엘즈워스 여사는 뉴욕에서 오시올라를 찾아와 그 작은 아파트에서 얼마간 함께 시간을 보내곤 했다. 나머지 시간은 비아리츠*나 주앙레팽**을 방문해서 그녀가 후원하고 있는 젊은 스페인 화가 안토니오 바스의 새 작품들을 구경하면서 보냈다. 엘즈워스에게 바스와 오시올라는 비범한 재능을 지닌 사람들이었다.

딱하게도 엘즈워스는 자식이 없었다. 남편은 세상을 떠났고 그녀에

---

* Biarritz. 프랑스 남서부 아키텐 지역에 있는 휴양 도시.
** Juan-les-Pins. 프랑스 남부에 있는 마을.

게는 예술, 또 예술 작품을 만들어 내는 젊은 사람들을 제외하면 인생에 아무 낙이 없었다. 경제적으로 아주 여유가 있었던 그녀는 아름다움을 위해 재산을 쓰는 것에서 기쁨을 느꼈다. 가끔 그녀는 자신이 후원하는 젊은이들과 그들이 만들어 내는 것, 미를 창조해 내는 사람들과 창조물들 중 어느 것이 아름다운 것인지 혼란스러워할 때도 있었다. 엘즈워스 여사는 형편없는 시를 쓰고 볼품없는 그림을 그리는 젊고 매력적인 젊은이들을 후원해 주는 것으로도 유명했다. 한번은 마늘 냄새를 풍기는 어린 소프라노 가수의 후원을 거절한 적이 있었지만 몇 년 지나지 않아 소녀는 뉴욕의 모든 음악 비평가의 격찬을 받았다. 그러나 소녀의 얼굴은 황달이라도 든 듯 노란색이었고 엘즈워스 여사가 노래를 들어 보기 위해 이스트사이드에 있는 그녀의 초라한 아파트를 방문하기 전에 목욕을 하거나 아니면 적어도 양치라도 한번 하는 성의를 보였어야 했다. 엘즈워스 여사는 얼마의 금액을 수표로 보내 주고는 그쯤에서 그녀와의 연을 놓았다. 그 일은 두고두고 그녀가 후회하는―마늘 냄새 때문에 음악적 재능을 알아보지 못한―일이 되었다.

오시올라에 대해서는 처음부터 의심의 여지가 없었다. 음악 비평가 오르먼드 헌터가 그 흑인 소녀를 침이 마르도록 칭찬한 터였다. 그는 교회 연주회를 듣기 위해 할렘을 자주 방문했는데 덕분에 오시올라의 연주를 두 번이나 들을 수 있었다.

"놀라운 소리였어요." 평소 젊고 재능 있는 예술가들에 대한 그녀의 관심을 잘 알고 있는 그가 엘즈워스 여사에게 말했다. "이제껏 내가 접해 보지 못한 재능이 있는 피아니스트였죠. 제대로 된 훈련만 조금 받으면 더 바랄 데가 없을 거예요―곡을 마무리하는 법, 세련되게 연주하는 법, 언제라도 연주할 수 있는 그녀만의 곡들 몇 가지 정도만 갖추게 된다면 말이죠."

"어디에 가면 그녀를 만날 수 있죠?" 엘즈워스 여사가 바로 관심을 보였다. "연주를 한번 들어 보겠어요."

그렇게 오시올라는 여사에게 소개되었고 이스트 63번가로 와서 여사 앞에서 연주를 하도록 자리가 마련되었다. 처음에 오시올라는 시간이 없다며 거절했다. 그녀는 학생들을 가르치고 교회 성가대를 지도하는 것 외에도 거의 매일 밤 흑인들의 집에서 벌어지는 파티와 무도회에서 연주를 하는 것 같았다. 덕분에 그녀는 꽤 많은 수입을 벌고 있었다. 비록 그녀가 지도하는 성가대의 담임 목사를 통해 저명한 백인 음악 비평가인 오르먼드가—오르먼드의 하녀도 그 교회를 다니고 있었다—부탁을 한 것이긴 하지만 오시올라는 일면식도 없는 늙은 백인 여인 앞에서 연주를 하기 위해 시내로 나가는 일이 별로 탐탁잖은 눈치였다.

하지만 결국 시간이 잡혔다. 어느 날 오후 미스 오시올라 존스는 약속 시각에 정확히 맞추어 매디슨 광장에서 조금 떨어진 곳에 있는 도라 엘즈워스 여사의 석조 주택 초인종을 눌렀다. 황동 단추까지 달린 제대로 된 복장을 갖춰 입은 집사가 그녀를 이 층의 음악실로 안내했다. (집사는 그녀가 올 것이라는 사실을 미리 알고 있었다.) 오시올라는 이미 도착해 있던 오르먼드 헌터와 악수를 했다. 얼마 후 키가 크고 당당한 체구에 백발인 엘즈워스 여사가 스카프를 뒤로 늘어뜨린 채 검은 옷을 입고 방으로 들어왔다.

그녀가 후원하던 예술가들 중에는 흑인이 없었으므로 그녀는 오시올라에게 큰 호기심을 느꼈다. 얼마나 훌륭하기에 오르먼드 헌터가 그녀를 그토록 추천하는지 궁금하기도 했다. 그녀는 처음부터 스스로를 그녀의 후견인이라 생각하고는 후견인이 아니라면 처음 만남에서 감히 물을 수 없을 질문들—나이는 얼마나 먹었는지, 부모님은 어디 사시는지, 생계는 어떻게 유지하는지, 누구의 음악을 가장 즐겨 연주하는지, 결혼은 했는지, 차에 설탕을 한 스푼 혹은 두 스푼 넣는지, 레몬이나 크림을 추가하는지—을 퍼붓기 시작했다.

차를 마신 후 오시올라는 연주를 시작했다. 그녀는 라흐마니노프의 전주곡 C샤프 마이너를 연주한 후 리스트의 연습곡을 연주했다. 다음으로는 세인트루이스 블루스를 연주했고 라벨의 〈죽은 왕녀를 위한 파반느〉를 연주한 후 이만 돌아가야겠다고 말했다. 어반 리그*가 브루클린에서 주선하는 무도회에서 연주를 해야 했기 때문이었다.

엘즈워스 여사와 오르먼드 헌터는 누구랄 것도 없이 동시에 말을 했다. "정말 훌륭해요!"

엘즈워스 여사가 말을 이었다. "나는 정말 큰 감동을 받았어요. 아주 아름다운 연주였어요. 내가 당신을 좀 도와도 좋을까요? 누구한테 음악을 배우고 있죠?"

"지금은 아무한테도 배우고 있지 않아요." 오시올라가 말했다. "오히려 제가 학생들을 가르치고 있죠. 지금은 음악을 공부할 시간도 돈도 없어요."

"하지만 아가씨는 시간을 내야만 해요." 엘즈워스 여사가 말했다. "물론 돈도 있어야 하고. 화요일에 다시 나를 찾아와 줄래요? 그 문제부터 해결을 합시다."

---

* Urban League. 흑인들의 시민운동단체.

오시올라가 나간 후 엘즈워스 여사는 오르먼드에게 이미 충분히 갖추어진 재능을 꽃피워 줄 피아노 선생들을 찾아 달라고 부탁을 했다.

II

그렇게 해서 예술가들을 도와 온 엘즈워스 여사의 인생에서도 가장 흥미로운 시기라고 할 수 있는 오시올라의 시대가 시작되었다. 왜냐하면 시간이 흐르면서 엘즈워스 여사는 더 많은 관심과 시간과 돈을 그 흑인 소녀에게 투자하게 되었기 때문이다. 오시올라가 도움을 청하거나 한 것은 절대 아니었다. 엘즈워스 여사는 오시올라에게 필요한 게 무엇일지를 항상 먼저 생각했다.

처음에는 오시올라에게 무엇이 필요한지 알아내기가 어려웠다. 엘즈워스 여사는 오시올라가 자신의 호의를 의심스러워한다는 느낌을 받았는데 그것은 사실이기도 했다. 이제껏 오시올라는 아무 대가 없이 예술에 관심을 보이는 사람을 만나 본 적이 없었다. 예술을 위해서라는 명분하에 무엇을 받는다는 것이 그녀에겐 수상하게만 보였다.

그다음 주 화요일에 그 흑인 소녀가 엘즈워스의 부탁대로 다시 찾아왔을 때 그녀는 백인 여인의 질문들에 잔뜩 경계하는 눈으로 대답을 했다.

"내가 너무 사적인 질문을 한다고 생각하지 않았으면 좋겠어." 엘즈워스 여사가 말했다. "아가씨를 제대로 돕기 위해서는 배경 지식이 있어야 할 것 같아 하는 질문이니까. 자, 그럼 이번에는……"

오시올라는 도대체 그 여인이 왜 자신을 도우려 하는지 이해할 수 없었지만 어찌 되었건 자신의 삶에 관심을 보이는 것 같았고, 여섯 시까지는 다시 할렘으로 돌아가야 했기 때문에 시간을 아끼기 위해서 자신의 과거 이야기를 솔직히 들려주었다.

1903년 모빌에서 태어난 그녀의—예, 보이는 것보다는 나이가 좀 많아요—아빠, 즉 의부는 악단을 운영했는데 동네잔치, 야유회, 무도회, 바비큐 파티, 불러 주는 곳이라면 어디에서나 연주를 했다. (로스트 피그를 먹으려면 모빌로 가는 게 최고예요.) 그녀의 엄마는 교회에서 오르간 반주를 했는데 어느 해 대부흥회가 끝난 후 집사들이 피아노를 교회에 헌납한 다음에는 피아노 연주도 했다. 오시올라는 엄마가 악보를 가르쳐 줄 때까지 꽤 오랫동안 귓전으로 피아노를 배워 연주를 했었다. 그녀도 오르간을 연주했었고 코넷*도 연주할 줄 알았다.

"원, 세상에나." 엘즈워스 여사가 말했다.

"네, 아빠가 살아 있을 때 남부 지방에 살면서 이것저것 꽤 많은 악기들을 연습하고 연주를 했어요." 오시올라가 말했다. 그녀는 공연 때 꼭 아빠를 따라다녔다.

"아빠가 어디에서 공연을 했다고?" 엘즈워스 여사가 물었다.

"의붓아빠는 악단을 이끌었어요." 오시올라가 대답했다. 그녀의 엄마는 교회 반주를 그만두고 빌리 커샌드 유랑 악단을 따라다녔다. 그녀의 아빠는 세상에서 가장 큰 입을 가지고 있었다. 그는 오시올라에게 한꺼번에 두 손을 그의 입에 넣고 양쪽으로 벌려 보라고 하곤 했다. 그녀와 엄마, 의붓아빠는 나중에 휴스턴에 정착을 했다. 그녀의 부모는 일이 있을 때도 있었지만 없을 때도 많았고 따라서 가족은 자주 굶

---

* cornet. 트럼펫과 비슷하게 생긴 금관악기.

주렸다. 하지만 오시올라는 학교는 제대로 다녔고 피아노 선생에게서 레슨도 받았다. 독일 여인이었는데 지금 그녀가 가진 연주 기술은 모두 그녀에게 배운 것이었다.

"연세는 있으셨지만 아주 훌륭하신 분이었어요." 오시올라가 말했다. "거의 반은 교습료도 받지 않고 저를 가르쳐 주셨죠."

"그렇구나." 엘즈워스 여사가 대답했다. "아주 훌륭하게 기초를 닦아 주었어."

"정말이에요. 하지만 아빠가 돌아가시고 난 다음엔 교습을 그만두어야 했고 엄마는 우리가 더 이상 휴스턴에 있을 필요가 없다며 세인트 루이스로 이사를 갔죠. 엄마는 극장에서 연주하는 일을 구했고 저도 교회에서 성가대 반주를 해서 돈을 좀 모았기 때문에 윌버포스 대학을 다닐 수 있었어요. 피아노를 전공했죠. 학교에 다닐 때도 무도회 반주를 하며 일을 했어요. 학교를 졸업하고 뉴욕에 와서 라흐마니노프를 처음으로 들어 본 후 완전히 마음을 빼앗겼죠. 얼마 후 엄마가 돌아가시고 그때부터 아파트에서 혼자 살고 있어요. 방 하나는 세를 놓았고요."

"세 든 여자는 어때?" 엘즈워스 여사가 물었다.

"여자가 아니에요." 오시올라가 말했다. "남자예요. 저는 여자들하고 같이 사는 게 싫어요."

"오!" 엘즈워스 여사가 말했다. "내 생각엔 누구하고 살든 다 번거로울 것 같은데."

"그 사람은 괜찮아요." 오시올라가 말했다. "이름이 피트 윌리엄스예요."

"그 사람은 직업이 뭐지?" 엘즈워스가 다시 물었다.

"기차 승무원이에요." 오시올라가 대답했다. "의대에 가기 위해 돈을 모으고 있는 중이죠. 아주 똑똑한 사람이에요."

하지만 사실 오시올라는 그를 공짜로 묵게 하고 있었다.

그날 오후, 엘즈워스 여사가 뉴욕에서 가장 훌륭한 피아노 교사를 구했다는 이야기를 전해 주자 흑인 소녀는 기뻐하는 것 같았다. 그녀도 들어 본 이름이었다. 하지만 오시올라는 아이들을 가르치고 성가대 반주를 하면서 어떻게 교습을 받을 시간을 낼 수 있을지 걱정했다. 엘즈워스 여사가 생활비를 대주겠다고 얘기하자 오시올라는 도저히 믿을 수 없다는 듯 다시 한 번 의심스러운 눈으로 엘즈워스를 쳐다봤다.

"나는 아가씨의 예술성에 대해 확신이 있어." 엘즈워스 여사가 헤어지며 오시올라에게 말했다. 그 말을 증명하기 위해 여사는 그날 저녁 바로 오시올라에게 첫 달 치 생활비를 보냈다. 이제 오시올라는 아이들을 가르치거나 성가대를 연습시키거나 파티장에서 연주를 할 필요가 없을 것이었다. 그렇게 오시올라도 예술에 대해서 확신을 가지게 될 것이었다.

그날 밤, 엘즈워스 여사는 오르먼드 헌터에게 전화해서 자신이 한 일을 알려 준 후 헌터의 하녀가 오시올라를 알고 있는지, 만약 알고 있다면 그녀와 한집에서 살고 있는 남자가 그녀와 무슨 관계인지 알려 줄 수 있느냐고 물었다. 오르먼드 헌터는 한번 알아보겠노라고 대답을 했다.

잠자리에 들기 전 엘즈워스 여사는 집사에게 다음 날 『검둥이들의 천국』이란 소설책을 한 권 주문해 달라고 부탁을 했다. 브렌타노 서점에 할렘에 관련된 책들이 있으면 그것도 같이 주문을 넣으라고 말했다. 언젠가 기회가 되는 대로 할렘을 한번 방문해야겠다는 생각도 했다. 그녀는 이제껏 뉴욕의 그쪽 흑인 지역을 한 번도 가 본 적이 없었다. 하지만 이제 흑인의 후견인이 되기로 했으니 아무것이라도 그쪽 지역에 대해 좀 알고 있는 것이 있어야 할 것 같았다. 평생 동안 그녀는 아는 흑인이 한 명도 없었기 때문에 그만큼 오시올라가 더 매력적으로 느껴졌다. 오시올라는 엘즈워스 자신이 백인인 것만큼이나 온전히 흑인이었다.

잠자리에 든 엘즈워스는 어떤 가운을 입히면 오시올라에게 가장 잘 어울릴지 생각했다. 그녀의 후견을 받는 사람은 행색이 그럴듯해야 했다. 그녀는 오시올라가 사는 환경도 궁금했다. 그녀와 함께 사는 남자도. 엘즈워스는 오시올라가 혼자 살 집이 꼭 있어야겠다고 생각했다. 남들과 집을 같이 쓴다는 것은 예술가에게 어울리는 일이……

아침에 눈을 뜬 엘즈워스는 차를 대령시켜 자신의 의상실로 갔다. 그녀는 디자이너에게 검은 피부—검은 옷감이 아니라 검은 피부—에는 어떤 색의 옷이 어울리는지 물었다.

"옷을 해 입혀야 할 친구가 하나 있어요." 그녀가 말했다.

"흑인 친구요?" 디자이너가 물었다.

"흑인 친구 맞아요." 엘즈워스가 대답했다.

III

며칠 후 오르먼드 헌터는 하녀가 오시올라에 대해 알아낸 것을 보고했다. 두 사람은 같은 교회에 다니는 것 같았는데 비록 그의 하녀는 오시올라를 개인적으로 알지는 못했지만 교회 사람들이 그녀에 대해 어떻게 말하는지는 잘 알고 있었다. 오시올라는 착하고 행동도 반듯한 여자였지만 그녀의 집에 살고 있는 남자에게 가진 돈을 다 퍼붓는 것처럼 보여 사람들이 안타까워하고 있다는 내용이었다. 그녀는 그 남자가 의대에 갈 비용을 거의 떠맡고 있는 것 같았다.

"세상에." 엘즈워스가 한숨을 내쉬었다. "완전히 이용당하는 것처럼 보이네요."

"제가 보기에도 그러네요." 오르먼드 헌터가 말했다.

"그녀를 할렘에서 빼내야겠어요." 엘즈워스가 말했다. "당장 말이에요. 차이나타운보다 더 심한 것 같아요."

"좀 더 예술적인 분위기에서 생활하는 게 좋긴 하겠죠." 오르먼드 헌터도 그녀의 말에 동의했다. "제대로 성공 가도를 달리게 되면 아마 그런 남자도 잊게 될 거고요."

"그녀에게 그런 남자는 필요 없어요." 엘즈워스가 말했다. "그녀에게는 예술이 있으니까."

오시올라가 예술에 좀 더 몰입하게 하기 위해서는 당장 어떤 조치든 행해져야 한다고 엘즈워스는 결정했다. 그녀는 오시올라에게 다음 날 자신을 찾아와 달라고 부탁을 한 후 그날 집으로 돌아갈 때쯤 그녀에게 말했다. "저녁 먹기 전까지 삼십 분쯤 시간이 있는데 내가 집까지 운전을 해서 데려다줄게. 사실 아직까지 한 번도 할렘에 가 본 적이 없거든."

"좋아요." 오시올라가 말했다. "정말 친절하시네요."

하지만 오시올라는 134번가의 초라한 아파트 앞에 차가 멈췄을 때 그 백인 여인에게 집에 들렀다 가겠느냐고 청하지를 않았다. 하는 수 없이 엘즈워스 여사가 먼저 잠깐 집에 들어가도 좋겠느냐고 부탁을 해야 했다.

"제 아파트는 오 층에 있어요." 오시올라가 말했다. "엘리베이터도 없고요."

"상관없어." 백인 여인이 말했다. 그녀는 엘리베이터가 있건 없건 오시올라의 삶의 이면을 들여다볼 작정이었다.

아파트는 그녀가 예상했던 것을 크게 벗어나지 않았다. 적어도 그녀는 토머스 버크의 소설 『라임하우스 나이츠』*를 읽어 본 적이 있었다. 비록 오 층이기는 하지만 이곳도 초라하기는 마찬가지였다. 그녀의 창은 슬럼가를 내려다보고 있었다. 오시올라의 집에는 하녀 방 크기만 한 조그만 방들만 네 개 있었고 피아노가 응접실의 반을 차지했다. 오시올라는 식당에서 잠을 잤고 룸메이트는 부엌 건너편의 침실에서 잠을 잔다고 했다.

"그래, 룸메이트는 지금 어디 있지?"

"그 사람은 여름 내내 기차를 타고 일을 해요." 오시올라가 말했다. "잠깐 들렀다 가는 게 다죠."

"어떻게 이렇게 좁은 곳에서 숨을 쉬고 살 수 있지?" 엘즈워스 여사가 말했다. "너무 좁아. 네 영혼에게 좀 더 넓은 공간을 허락해 주어야 할 것 같구나. 그랜드피아노를 들여놓기에도 너무 좁은 공간이고. 참, 저기 빌리지 쪽에……"

"전 여기가 좋아요." 오시올라가 말했다.

"하지만 훌륭한 예술인들이 많이 사는 빌리지에 집을 하나……"

---

* *Limehouse Nights*(1916). 런던의 라임하우스 지역의 빈민가를 무대로 한 단편소설집.

"아직 집을 옮기고 싶지 않아요. 룸메이트한테도 올해 가을까지는 있어도 좋다고 약속을 해 놓았고요."

"왜 가을까지라고 약속을 한 거지?"

"메해리로 가거든요."

"결혼을 하러?"

"아니, 의대 이름이에요. 내슈빌에 있는, 흑인들을 위한 의과 대학이에요."

"흑인들을 위한 학교? 괜찮은 학교니?"

"우선, 학비가 싸요." 오시올라가 말했다. "그가 학교를 가고 난 후엔 이사를 가도 상관없어요."

"하지만 이번 여름 휴가를 가기 전에 자리를 잡아 주고 싶단다."

"돌아오신 다음에 해 주셔도 돼요. 그때까지 이렇게 지내도 전 좋아요."

"예술은 길지만," 엘즈워스 여사가 오시올라가 잠깐 잊고 있는 사실을 일깨워 주기라도 하듯 말했다. "인생은 눈 깜짝할 사이에 지나가지."

"예, 알아요." 오시올라가 대답했다. "하지만 시간에 대해 걱정을 하기 시작하면 전 정말 안절부절못하게 되거든요."

엘즈워스 여사는 룸메이트를 오시올라에게 남겨 둔 채 바 하버*로 여름을 나기 위해 떠났다.

---

* Bar Harbor. 메인 주의 관광지.

IV

그로부터 몇 년 시간이 지나면서 오시올라는 엘즈워스 여사와 예술에게 그녀의 삶의 주도권을 넘겨주었다. 오시올라는 할렘을 나와서 워싱턴 스퀘어의 서쪽에 있는 게이 스트리트에 살게 되었다. 그곳에서 그녀는 제너비브 태거드*와 어네스틴 에번스** 외에도 두세 명의 조각가들과 어울리게 되었으며 역시 엘즈워스 여사의 후원을 받고 있던 고양이 전문 화가도 한 명 알게 되었다. 오시올라는 연습을 하거나 그녀, 또는 엘즈워스 여사의 친구들을 위해 연주를 하며 시간을 보냈다. 연주회에 가거나 음악에 관한 책도 읽었다. 그녀는 더 이상 아이들을 가르치거나 성가대를 지도할 필요가 없었다. 하지만 그럼에도 돈과는 상관없이 할렘에서 벌어지는 파티들에서 연주하는 것을 좋아했다. 순전히 재즈에 대한 사랑 때문이었다. 엘즈워스 여사는 오시올라의 그런 행동이 마음에 들지 않았다. 그녀는 사람들을 보이는 그대로 표현하는 그림들, 자연을 주제로 하는 시, 싱커페이션***이 아니라 영혼이 담겨 있는 음악을 좋아했다. 예술에 관한 한 그녀는 구식이었다. 그녀는 예술에는 품위가 있어야 한다고 생각했다. 매주 토요일 밤 오시올라가 그녀의 스튜디오 아파트에 백인과 흑인들을(그들 중 일부는 병째로 진을 마시는 사람들도 있었다) 불러 모아 자신이 연주하는 단조롭고 반복적인 북소리 같은 재즈 음악에 맞추어 춤을 추게 하는 것도 그녀 재능의 어쩔 수 없는 분출로 봐야 할까? 엘즈워스 여사는 의

---

* Genevieve Taggard(1894~1948). 미국 여류 시인.
** Ernestine Evans(1889~1967). 미국의 언론인, 편집자, 작가.
*** syncopation. 재즈의 특징적인 기법. 센박이 여린박으로, 여린박이 센박으로 되어 센박과 여린박의 위치가 바뀌는 음.

아해하곤 했다. 엘즈워스는 예술을 위해 오시올라를 그녀의 환경에서 통째로 빼내고 싶었다.

봄이 되자 그런 이유로 엘즈워스는 주말이면 오시올라를 북쪽 산악지대에 있는 자신의 별장으로 데리고 가서 고원에서 별들을 바라보며 그녀의 영혼을 영원의 광대함으로 채우고 재즈를 잊어버리고 지내게 했다. 엘즈워스 여사는 재즈가 점점 더 싫어졌다. 특별히 그랜드피아노로 연주하는 재즈는.

별장에 손님들이 많은 때에는 엘즈워스 여사가 오시올라와 같은 침대에서 자기도 했다. 그녀는 불을 끄기 전까지 곁에 누운 에너지 넘치는 갈색의 몸을 의식하며 테니슨이나 브라우닝의 시들을 소리 내어 읽었고 오시올라는 졸린 목소리로 그 시들에 대해 질문을 하곤 했다. 엘즈워스 여사는 예술을 향한 여정에서 그녀가 자신의 날개 아래 깃들이게 한 흑인 처녀가 세상에 온전히 자신의 음악을 풀어낼 때까지 엄마처럼 돌봐 주어야겠다는 생각이 새삼 들었다. 그럴 때면 그 늙은 백인 여인은 자신에게 남편이 남겨 준 재산이 있다는 사실, 그것도 투자가 아주 잘되어 있어 자신이 후원을 해 주는 예술가들, 특히 가장 관심이 가는 흑인 오시올라를 도울 수 있을 만큼 충분히 수익이 난다는 사실이 감사했다.

도대체 왜 그녀에게 마음이 가장 많이 쓰이는 걸까?

엘즈워스 여사 자신도 잘 이해할 수 없었다. 분명 오시올라는 재능이 있었고 생기가 넘쳤으며 이제껏 그녀가 가까이했던 어떤 사람들과도 전혀 다르게 생겼다. 우단 같은 윤기 나는 검은 피부, 젊은 육체! 그녀에게 피아노를 가르치는 선생은 그녀의 지치지 않는 체력을 침이 마르도록 칭찬했었다.

"그녀는 훌륭한 피아노 연주자가 될 거예요." 피아노를 가르치는 선생이 그녀에게 말했었다. "필요한 자질을 모두 갖추고 있어요."

"맞아요." 엘즈워스 여사도 그의 말에 동의했다. 하지만 그녀의 가슴 한구석에선 메헤리에 있는 기차 승무원이 마음에 걸렸다. "하지만 먼저 영혼을 순화하는 법을 배워야 할 거예요." 그녀가 말했다.

그래서 그다음 두 해 동안 오시올라는 엘즈워스의 후원으로 해외에서 생활을 했다. 그녀는 필리프 앙트르몽과 같이 공부했고 레프트뱅크에 있는 작은 아파트에서 생활하면서 드뷔시에 영향을 미친 아프리카 음악도 알게 되었다. 그녀는 알제리의 많은 흑인과 프랑스령 서인도 제도 출신의 학생들을 만나게 되었고 마커스 모지아 가비*, 피카소, 오스발트 슈펭글러**, 장 콕토를 둘러싼 그들의 그칠 줄 모르는 논쟁을 들으며 그들이 모두 미친 게 틀림없다고 생각하기도 했다. 도대체 무엇 때문에 삶과 예술에 대해 저토록 열심히 논쟁을 벌이는 걸까? 그녀는 그저 자신의 인생과 예술을 살고 즐겼다. 멕시코 유학생들만이 그녀에게는 정상적인 사람들로 보였다. 왜냐하면 그들은 적어도 손님들에게 먹을 것을 항상 풍족하게 내놓았기 때문이다. 그게 중요한 것이었다. 오시올라는 그녀가 굶주리던 시절을 떠올렸다. 그녀 생각에 나머지 것들에 관한 논쟁은 뜬구름 잡기 같았다.

오시올라는 대부분의 예술가들은 물론 프랑스어와 영어의 '예술'이란 말까지도 싫었다. 피아노를 연주하거나 그림을 그리거나 글을 쓰고 싶으면 그냥 그렇게 하면 그뿐일 텐데 사람들은 항상 그것을 둘러

---

* Marcus Mosiah Garvey, Jr.(1887~1940). 미국에서 아프리카로 흑인들의 복귀 운동을 시작한 흑인 지도자.

** Oswald Spengler(1880~1936). 독일의 문화 철학자.

싸고 말이 많았다. 몽파르나스는 그 점에서 빌리지보다도 훨씬 심했다. 예술이 피부색의 경계를 허물고 흑인을 보호해 주고 폭력의 대상이 되지 않도록 해 줄 거라는 교육받은 흑인들의 주장을 그녀는 "헛소리!"라고 일축했다. "우리 엄마와 아빠는 음악에 관한 한 벌써 예술가라고 할 수 있었어요. 하지만 앨라배마에서는 두 사람이 옷을 차려입었다는 이유만으로 백인들에 의해 마을에서 쫓겨났죠. 유대인들의 경우도 마찬가지예요. 이 세상의 예술가들 중에 유대인들이 가장 많잖아요? 그럼에도 사람들은 그들을 여전히 미워하죠."

그녀는 뉴욕에 있는 엘즈워스 여사를 생각했다. 그녀는 흑인들 흉을 보는 일은 없었지만 유대인들은 가끔 흉을 보곤 했다. 예를 들면 예후디 메뉴인에 관해서는 "그 애는 천재야—유대인이 아니라"라고 애써 그의 혈통을 무시하려 했다.

오시올라는 파리에서 특별히 서인도 제도 사람들의 무도회에 즐겨 참석했다. 그곳에서는 식민지 흑인들이 비긴*을 추었다. 그녀는 브릭톱 나이트클럽의 공연자들도 마음에 들었다. 때때로 느지막이 그곳에서 피아노에 앉아 브릭과 손님들을 위해 연주를 하곤 했다. 흑인 민속음악을 연주할 때 그녀는 마음대로 음악을 바꾸거나 고전적인 멜로디로 곡을 채우거나 번지르르하게 꾸미지 않았다. 그녀가 블루스를 연주할 때 저음은 작은북들의 소리처럼, 고음은 작은 플루트들처럼 소리를 냈다. 땅속 깊은 곳과 까마득하게 높은 하늘의 두 음들의 경계 안에서 그녀의 음악은 모든 것을 이해하는 듯했다. 클럽의 손님들이 자리에서 일어나 그녀의 블루스 음악에 맞춰 춤을 출 때면 브릭톱은 "헤

---

* beguine. 서인도 제도 원주민의 볼레로조調의 춤.

이! 헤이!" 하고 추임새를 넣곤 했다. 오시올라는 크릴용 살롱에서 그녀의 음악에 찬탄을 금치 못하는, 연미복을 빼입은 청중들 앞에서 쇼팽의 에튀드를 연주할 때만큼이나 행복했다.

오시올라에게 음악은 동작과 표현, 춤과 그것에 어울리는 삶이었다. 그녀는 흑인 교회 성가대를 지도하는 것도, 청중이 좌석에서 일어나 춤을 추며 예수님을 외쳐 부르도록 만드는, 리듬이 넘치는 흑인 영가들을 부르는 것도 좋아했다. 그녀는 아멘을 외치는 것이나 춤을 백안시하는 세련된 흑인 교회들이 마음에 들지 않았다. 그런 곳에서는 영가들이 아니라 백인들의 찬송을 불렀다. 오시올라의 삶은 모빌이라는 지역과 빌리 커샌드 유랑 악단, 예배를 드리는 것이 곧 기쁨이었던 영성 교회*에 깊이 뿌리를 내리고 있었기 때문에, 으레 백인들이 그렇듯이, 연주하는 그랜드피아노 너머로 그윽한 눈길을 던지면서 베토벤의 음악은 삶과 아무 관련이 없다는 듯, 혹은 슈베르트의 곡들은 오직 영혼의 승화를 위한 것이라는 듯 행동할 수가 없었다.

엘즈워스가 파리에 올 때마다 두 사람은 교향곡과 현악 사중주, 피아노 연주를 듣곤 했다. 오시올라도 연주회를 즐기기는 했지만 자신의 후원자처럼 구름 속을 떠도는 것 같은 기쁨을 느끼지는 못했다. 엘즈워스 여사는 그런 음악을 들으면 오시올라의 영혼이 말로 표현할 수 없을 정도로 고양되어 그녀가 아무 말도 할 수 없는 것이라고 여겼다. 엘즈워스 자신은 종종 음악을 들으며 말로 표현할 수 없을 정도의 황홀감에 빠졌지만 라벨의 〈볼레로〉(오시올라는 춤을 추기 위해 자주 전축으로 그 곡을 틀었다)나 레시스**는 전혀 그녀의 취향이 아니었

* Sanctified Church. 내슈빌에 본부를 둔 주로 흑인들이 다니던 교회들.
** Les Six. 20세기 초에 프랑스의 음악계에서 활발하게 활동했던 6인조 작곡가들.

다.

오시올라가 엘즈워스와 함께하면서 가장 좋아한 것은 연주회 참석이 아니라 센 강을 따라 유람선을 타는 것이라든지 엘즈워스가 빌린 르노 자동차를 타고 고성을 찾아가거나 베르사유 궁전을 구경하는 일이었다. 그녀는 나이 든 백인 여인이 낭만적으로 들려주는 전쟁과 폭동, 왕자들과 왕들, 왕비들의 사랑과 음모, 단두대, 레이스를 수놓은 손수건, 아름다운 코담배 상자들과 단검들에 얽힌 프랑스의 역사 이야기도 좋아했다. 엘즈워스 여사는 어렸을 때 프랑스를 좋아했었기 때문에 프랑스인들의 삶과 민속에 대해 많은 것을 알고 있었다. 한때는 프랑스 노래들도 꽤 잘 불렀었다. 그녀는 고인이 된 남편이 그 노래들의 아름다운 가사들을 제대로 알지 못했고 또 알려고도 하지 않았다는 사실을 항상 안타까워했다.

오시올라는 엘즈워스 여사가 아는 노래들의 반주를 할 수 있게 되었고 때로 두 사람은 함께 노래를 했다. 그 늙은 백인 여인은 흑인 처녀와 노래하는 것을 좋아했고 심지어는 흑인 영가를 부르기까지 했다. 엘즈워스가 파리의 작은 아파트를 방문할 때면 오시올라는 야식을 위해 직접 부엌에서 굴 수프나 사과나 베이컨 튀김을 만들기도 했다. 가끔 돼지 발을 요리할 때도 있었다.

"하루 종일 연주를 하고 난 다음에는 족발처럼 좋은 음식이 없어요." 오시올라가 말했다.

"그렇다면 당연히 족발을 먹어야지." 엘즈워스 여사가 동의했다.

그 모든 동안에도 오시올라의 기량은 완벽을 향해 자라 가고 있었다. 그녀의 연주음은 놀라웠고 그녀의 곡 해석은 따뜻하면서도 특색이 있었다. 파리, 브뤼셀, 베를린에서 연주회를 열었고 언론들로부터 모든 피아니스트가 갈망하는 호의적인 반응도 얻었으며 많은 유럽 신문이 그녀의 사진을 실었다. 미국의 주식시장이 붕괴해서 모든 사람들의—모든 것을 잃기엔 가진 것이 너무 많은 엘즈워스 여사 같은 이들을 제외하고—경제 사정이 좋지 않게 된 일 년 후에 그녀는 다시 뉴욕으로 돌아왔다.

오시올라가 한때 사귀었던 기차 승무원은 봄에 의대를 졸업하고 의사가 될 예정이었다. 엘즈워스 여사는 그녀가 후견을 해 주는 흑인 처녀가 그의 졸업식에 참석하기 위해 눈물을 글썽이면서 남부 지방으로 달려가는 것을 지켜봐야 했다. 그녀는 최고의 선생들에게서 수년간 사사를 한 지금쯤이면 오시올라가 음악에만 몰두하는 삶을 살 것으로 생각했다. 하지만 그녀는 충분히 음악적인 승화를 이루지 못한 것 같았다. 필리프의 지도까지 받았는데도 그녀는 승무원 피트를 그리워하고 있었다.

오시올라는 가을에 뉴욕에서 있을 연주회 준비를 하기 위해 다시 북쪽으로 돌아왔다. 그녀는 바 하버에서 휴가를 보내고 있는 엘즈워스 여사에게 편지를 해서 그의 의사 남자 친구가 여름 동안 기차 승무원으로 일을 한 후 가을에는 애틀랜타에서 인턴으로 일을 시작할 것이라고 알렸다. 그가 그녀에게 청혼을 했다는 소식도 알려 주었다. 그녀의 편지에서는 행복이 넘쳐흐르고 있었다.

엘즈워스 여사는 한참 후에야 답장을 보내왔다. 편지에는 오시올라가 이 세상에 얼마나 아름다운 음악을 제공할 능력이 있는지에 관한 장문의 글들로 가득했다. 그런 길을 포기하고 결혼을 해서 아이들 때문에 지장을 받는 삶을 살겠다니, 오 세상에!

편지를 읽으면서 오시올라는 그렇게 오랫동안 피트와 사귀었지만 아기를 갖지 않을 수 있었다는 사실을 떠올렸다. 하지만 답장 편지에는 자신이 음악과 아이들 양육을 동시에 감당할 수 있다고 생각하고, 더욱이 지금 같은 불황기에는 자기 같은 초짜 피아니스트들은 연주 여행을 하기도 어려우므로 잠깐 동안 결혼 생활을 하고 있는 것도 좋을 것이라고 썼다. 피트는 얼마 전 세인트루이스로 가는 일을 마지막으로 마친 후 그녀에게 남부 지방에서 결혼하자고 제안을 했다. "그 사람은 아주 조급해요. 제가 그렇게 필요하다더군요."

그녀의 편지에 엘즈워스 여사는 아무 답장을 하지 않았다. 그녀는 구월 하순에 뉴욕으로 돌아왔다. 십일월에 오시올라는 타운홀*에서 연주를 했다. 비평가들은 호의적인 반응을 보이긴 했지만 열렬한 정도는 아니었다. 엘즈워스 여사는 그것이 모두 피트라는 인간이 그녀의 후견을 받고 있는 처녀에게 미친 영향 때문이라고 생각했다.

"하지만 그이는 연주회 때 애틀랜타에 가 있었잖아요?" 오시올라가 항의했다.

"그의 정신은 이곳에 있었어, 네가 무대에서 연주를 하고 있던 내내 그 괴물이 여기에 있었다고! 너를 집중하지 못하도록, 연주에 몰두하지 못하도록 하면서 말이야."

"아뇨, 그이는 그렇게 하지 않았어요. 그이는 애틀랜타에서 수술을 하고 있었어요."

그날 이후로 두 사람의 사이가 조금씩 틀어지기 시작했다. 그녀의 아름다운 화실에서 옥으로 된 화병들과 호박으로 만들어진 고가의 컵들에 둘러싸인 채 오시올라를 만나면서 백인 여인은 눈에 띄게 그녀

---

* 뉴욕의 6번가와 브로드웨이가 만나는 곳에 있는 공연장.

를 냉랭하게 대했다. 엘즈워스를 기다리는 동안 오시올라는 혹시라도 실수를 해서 방 안의 아무것이라도 깨뜨리지 않을까 두려웠다. 할렘에 사는 사람들의 월급으로는 십 년을 모아도 만지기 힘든 물건들이었다.

찻잔을 마주하고 엘즈워스 여사는 아무 후원 기관이 나서지 않으면 자신이 직접 자금을 지원하려 했던 오시올라의 피아노 연주 여행을 더 이상 화제로 올리지 않았다. 그 대신에 오시올라가 유럽에서 돌아온 이후 연주 감각을 잃어버린 것 같다고 이야기했다. 무엇 때문에 오시올라가 할렘에 살겠다고 고집을 부리는지 모르겠다는 것이었다.

"저는 제 동족들로부터 너무 오랫동안 떨어져 있었어요." 오시올라가 말했다. "저는 다시 한 번 그들 한복판에서 그들과 함께 살고 싶어요."

엘즈워스 여사는 다시 오시올라에게 왜 지난번 할렘의 교회에서 프로그램에 나온 대로 클래식 곡들을 연주하는 대신 영성 교회들에서 불리는 재즈풍으로 그녀가 편곡한 곡을 끼워 넣었느냐고 물었다. 그녀의 연주를 듣던 흑인 노파 한 사람은 자리에서 일어나 "오늘 저녁에 하나님께 영광을 돌립니다! 예스! 할렐루야! 우우!"라고 탄성을 질렀었다. 엘즈워스 여사에게는 그런 일이 촌스럽게 느껴졌고 필리프에게 가르침을 받은 사람에게 어울리지 않는다고 생각했다. 게다가 피트가 추수감사절을 보내러 뉴욕에 온다고? 누가 그에게 이곳에 올 수 있도록 돈을 보내 준 거지?

"제가요." 오시올라가 말했다. "인턴을 하는 동안은 급여가 없거든요."

"솔직히 말하자면," 엘즈워스 여사가 말했다. "나는 그 사람, 별로야."

하지만 오시올라는 엘즈워스의 생각 따위는 전혀 개의치 않는 눈치였다. 그녀는 엘즈워스의 말에 대꾸조차 하려 하지 않았다.

추수감사절 날 저녁, 할렘에 있는 그들 아파트의 침대에 누운 피트와 오시올라는 다가올 결혼식에 대해 이야기를 하고 있었다. 그들은 음악이 많이 연주되는 성대한 식을 교회에서 올릴 예정이었다. 피트는 그녀에게 반지를 끼워 줄 것이고 그녀는 비록 비단은 아니지만 흰색의 가볍고 솜털 같은 웨딩드레스를 입을 것이다. "나는 비단이 싫어요." 그녀가 말했다. "비싼 물건들 말이에요." (그녀는 형편이 어려울 때 죽는 바람에 면 치마를 입고 무덤에 묻힌 그녀의 엄마를 기억했다. 엄마도 그녀의 결혼식에 대해 알게 된다면 무척 기뻐했을 것이다.) "피트," 오시올라가 그를 안으며 말했다. "우리 같은 흑인들이 많이 사는 애틀랜타에 가서 살아요."

"엘즈워스 여사는 어쩌고?" 피트가 물었다. "우리 결혼식을 위해 애틀랜타에 오신다고는 했어?"

"모르겠어요." 오시올라가 말했다.

"안 오셨으면 하는 게 내 솔직한 바람이야. 만약 여사님이 큰 호텔에 가서 묵으면 그녀를 만나러 후문으로 출입을 해야 할 텐데, 난 그게 싫어. 남부 지방에서 마음에 안 드는 게 그거야—백인들이 있는 곳에서는 후문을 이용하는 것 말이야."

"그러면 우리와 함께 머무실 수도 있죠." 오시올라가 말했다. "나는 상관없어요."

"그럼 큰일이지." 피트가 말했다. "백인들이 린치를 하러 올걸?"

결국 엘즈워스 여사는 결혼식에 참석하지 않기로 했다. 사랑이 예술을 정복하는 것을 보고 그녀는 자신이 오시올라의 인생에 더 이상 영향을 미칠 수 없다고 결정을 한 것이었다. 오시올라의 시대는 끝이 났다. 가끔 그녀는 오시올라가 필요하다고 하면 그녀에게 수표를 보내 줄 것이다. 물론 결혼 선물도 좋은 것으로 하나 보내 줄 것이다. 하지만 거기까지이다. 추수감사절이 끝나고 그녀는 오시올라에게 다음과 같이 말했다.

"얘, 오시올라. 나는 겨울 동안 유럽에서 지내려고 해. 십이월 십팔일에 출발할 거야. 네가 결혼을 하는 크리스마스를 즈음엔 안토니오 바스하고 파리에 있을 거란다. 일월에 마드리드에서 유화 전시회를 연다고 하는구나. 봄에는 젊은 시인 한 명을 피렌체로 불러서 그곳을 좀 보여 주려고 해. 오마하 출신의 매력적인 금발 소년인데 유럽에 와서 상처를 많이 받은 것 같더라. 그 애를 도와주려고. 걘 다른 모든 것들은 잊고 예술만을 위해 살아가는 얼마 안 되는 사람들 중의 한 명인 것 같구나…… 정말 아름다운 삶이라 할 수 있지! ……내가 유럽으로 출발하기 전에 한번 와서 연주를 해 줄 수 있겠니?"

"네, 엘즈워스 여사님." 오시올라가 말했다. 그녀는 진심으로 그들의 관계가 거기서 끝이라는 사실이 안타까웠다. 왜 백인들은 내가 예술만으로 살아갈 수 있다고 생각하는 걸까? 정말 이상하고 이상한 일이 아닐 수 없었다.

V

할렘에서 온 오시올라 존스가 도라 엘즈워스 여사를 위해 마지막 연주를 할 음악실에 있는 페르시아산 꽃병들은 길게 꺾은 백합들로 채워져 있었다. 엘즈워스 여사는 검은 우단 가운을 걸치고 진주 목걸이를 하고 있었다. 그녀는 큰 잘못을 저지르고도 아무것도 모르는 천진한 아이를 다루기라도 하듯 오시올라에게 친절하고 부드러웠다. 하지만 할렘에서 온 여인의 눈에는 그녀가 아주 차갑고 희게 보였고 그녀의 그랜드피아노는 세상의 피아노들 가운데 가장 크고 무겁게 느껴졌다. 오시올라는 피아노 앞에 앉아서 엘즈워스 여사가 돈을 대 줘 배운 기예로 피아노를 연주하기 시작했다.

점점 자신이 나이 들어 간다는 것을 의식하는 부유한 백인 여인은 오시올라가 검고 강한 어깨를 좌우로 움직이며 연주하는 베토벤 소나타의 거대한 흐름과 달빛의 바다 같은 쇼팽 야상곡을 듣다가 자신도 모르게 예술과 음악으로부터 애틀랜타와 사랑—그녀의 신발 끈을 묶을 만한 가치도 없는 남자에 대한—으로 도망치는 그녀를 큰 소리로 나무라기 시작했다.

"너는 네 음악으로 하늘의 별들도 움직일 수 있어, 오시올라. 경제가 불황이든 활황이든 나는 너를 위대한 피아니스트로 만들 수 있다고. 하지만 너는 기껏 스스로 무덤을 파고 있잖니? 예술은 사랑보다 훨씬 크단다."

피아노 치는 손을 멈추지 않으며 오시올라가 대답했다. "엘즈워스 여사님, 무슨 말씀을 하시는 건지 알아요. 하지만 결혼을 했다고 순회공연을 못 한다거나 예술가가 될 수 없다는 법은 없어요."

"그렇게 될 거야. 그가 네게서 음악을 모두 앗아 갈 거라고." 엘즈워스가 말했다.

"아니에요, 그렇지 않아요." 오시올라가 대답했다.

"얘야, 너는 아직 아무것도 모른단다. 남자가 어떤 존재들인지." 여사가 말했다.

"아뇨, 잘 알아요." 오시올라는 대답을 하며 천천히 건반 위로 물 흐르듯 손을 움직여 부드럽고 느긋한 흑인 블루스를 연주하기 시작했다. 블루스는 깊어지는 듯하더니 어느새 경쾌한 재즈로 바뀌었고 이내 음악실의 페르시아산 물병들까지도 들썩거릴 정도로 강한 리듬으로 옮겨 갔다. 오시올라의 거친 싱커페이션은 집 안을 가득 채우며 그녀가 아름다움을, 자신의 진정한 자아를, 삶의 희망을 저버리고 있다는 백인 여인의 비난을 묻어 버린 후 다시 처음의 느긋한 블루스 곡조로 돌아왔다.

피아노에 앉은 여인에게 백인 여인의 탄식이 들려왔다. "이게 너를 가르치기 위해 내가 수천 달러를 투자한 결과란 말이니?"

"아니에요." 오시올라가 자르듯 말했다. "이건 제 거예요…… 들어 보세요! ……얼마나 슬프고도 쾌활한 소리인지. 우울하면서도 행복하고—웃으면서 눈물이 흐르고…… 얼마나 여사님처럼 희지만 나처럼 검은지…… 얼마나 남자 같으면서…… 얼마나 여성스러운지…… 피트의 입술처럼 따뜻한지…… 이게 지금 제가 연주하고 있는…… 블루스예요."

엘즈워스 여사는 얼어붙은 듯 자리에 앉아서 오시올라가 땅속 깊은 곳에서 울려오는 북소리처럼 깊은 저음을 연주할 때 값비싼 페르시아산 화병에서 미세하게 떨리는 백합을 바라보고 있었다.

오, 내가 큰 소리로 소리칠 수 있다면

블루스가 잔잔히 흘렀다.

산골 무지렁이처럼

나는 산에 오르겠네

블루스가 잔잔히 흘렀다.

그리고 내 애인에게 다시 돌아오라고 소리치겠어

"나는 나가서 별들을 좀 봐야겠다." 엘즈워스 여사가 자리에서 일어나면서 말했다.

이유가 뭐야?
Why, You Reckon?

나로 말할 것 같으면 그 일이 있기 전이나 후에나 잘못을 저지른 적이 없고 또 저지를 생각도 없어요. 하지만 그날은 정말 배가 고팠어요. 정말이에요. 경제공황이 닥쳤지만 아직 군수공장도 문을 열지 않은 때였죠.

눈을 맞으며 133번가를 따라 걸어가고 있자니 역시 쫄쫄 굶고 있던 것처럼 보이는 다른 흑인 하나가 다가와 "여, 친구. 쩐 좀 만지지 않을 테요?"라고 말을 걸었어요.

"좋소." 내가 말했어요. "근데 어떻게?"

"강도질을 하는 거지." 그가 말했어요. "저기 밀춧집에서 나오는 첫 번째 백인을 터는 거요, 물론 좀 있어 보이는 놈으로 골라서 잡아채는 거지!"

"말도 안 돼!" 내가 말했어요.

"말 되고말고. 우리는 해치울 거요." 그가 말했어요. "당신, 배고프지 않소? 아까 보니까 저기 무료 급식소에서 아무것도 얻어먹지 못하고 서성이던데. 물론 나도 그랬지만 말이오. 뭐라도 좀 얻어먹었소? 그럴 리가 없지! 그럼 할 수 없이 해야 할 일을 하는 수밖에 없는 거요. 손을 뻗어서 움켜쥐는 거지." 그가 말했어요. "굶더라도 바보처럼 굶고 있지만은 말자는 거요. 백인들을 좋아하는구먼, 아니면 쫄았거나. 그래 봤자 그 사람들이 당신 같은 사람 상관이나 할 줄 아슈?"

"그렇지는 않겠지."

"당연하지. 이 돈 많은 친구들은 할렘에 와서 하룻밤에 사오십 달러를 나이트클럽과 주류 밀매소에 날리지만 우리같이 길거리에 나앉은 사람들에겐 눈곱만큼도 관심이 없어. 내 말이 틀려요? 그 인간들 가운데 한 명이 오늘 집에 가기 전에 돈을 좀 내놔야 할 거요."

"경찰이 무섭지 않소?"

"경찰은 무슨 개뿔!" 그가 말했어요. "자, 내 말을 한번 들어 봐요. 난 여기 지하에 살아요, 보일러 뒤쪽의 잿더미 위에서 잠을 자죠. 해가 지면 아무도 절대로 내려오지 않는 곳이오. 보일러가 꺼지지 않도록 돌봐 주는 대가로 여기서 지내는 거요. 위층들은 창녀촌이오. 알맞은 인간을 하나 고른 다음 당신이 이쪽 지하실 문 쪽으로 끌어오면, 바로 이리로 말이오, 다음엔 내가 붙잡아 끌어 내려 보일러실로 데려가서는 돈, 시계, 옷, 몽땅 터는 거요. 그다음 뒷마당으로 내보내는 거지. 만약 그가 소리를 지르더라도—갑자기 찬 바람을 맞으면 정신이 퍼뜩 들어서 틀림없이 소리를 지르겠지—사람들은 위층의 흑인 창녀들과 말다툼을 하다가 옷도 챙겨 입지 못하고 도망을 나온 술 취한 백인 정도로

114

생각을 할 거요. 그때쯤이면 우리는 벌써 이곳을 떠난 지 한참일 거고. 어떻소?"

솔직히 그날 밤 난 너무 춥고 배고프고 피곤해서 다른 대답을 하려야 할 수가 없었죠. 그래서 나는 그에게 좋다고, 같이 한탕 하자고 동의를 했어요. 마침 그때는 133번가가 활기를 띠기 시작하는 시간이었어요. 손님을 찾아다니는 택시들, 손님을 유혹하는 여자들, 재미를 보기 위해 시내에서 찾아오는 백인들.

시간은 자정쯤이었어요.

그 친구의 지하실 정문은 딕시 바 바로 옆쪽이었어요. 여가수가 흰둥이들이 사족을 못 쓰는 블루스를 노래하는 곳이었죠.

우리가 바라던 일이 바로 눈앞에서 벌어지기 시작했어요. 모피 등으로 몸을 휘두른 백인들 한 무리가 시내로부터 몰려왔죠. 타고 온 차는 아마 레녹스쯤에 주차를 해 두고 온 것 같았어요. 택시를 타고 오지 않았거든요. 눈길을 걸어오고 있었죠. 우리 앞을 막 지나칠 때 그들 중 백인 여인 하나가 "에드워드, 내가 깜빡하고 지갑이랑 담배랑 콤팩트를 차에 두고 왔네. 가서 기사에게 좀 받아 오련?"이라고 말을 했어요. 나머지 사람들은 딕시 안으로 들어가고 에드워드라고 불린 소년이 다시 레녹스 쪽으로 발길을 돌렸죠.

하지만 에드워드는 그날 밤 딕시 바에 다시 돌아갈 수가 없었어요. 에헴. 우리가 걔를 낚아챘으니까. 탐나는 멋진 검은색 코트를 입고 미끄러져 넘어질까 조심조심 다시 걸어 돌아오는 애를 내가 붙들었어요. 입도 뻥긋하기 전에 나는 걔를 계단 아래로 밀어 넣었고 아래에 기다리고 있던 다른 친구가 끌어당겼죠. 아이가 정신을 차렸을 때는 이미 보일러 뒤쪽 석탄 창고에 와 있었어요.

"소리 지르지 마." 내가 끌고 내려오며 말을 했죠.

그곳에는 빛이라곤 거의 없었어요. 구멍으로 뿜어져 나오는 푸르스름한 증기만이 석탄 먼지 속에서 번득였죠. 몇 분이 지나서야 우리는 그의 얼굴이 눈에 들어왔어요.

"에드워드," 다른 친구가 말했어요. "여기에서 소리를 지르면 알지?"

에드워드는 소리를 지르지 않았어요. 그냥 석탄 더미 위에 주저앉더군요. 겁을 먹어서 기운이 빠졌나 보다 하고 생각했죠.

"석탄을 집어 던질 생각이라면 포기하는 게 좋아." 다른 친구가 말했어요. 하지만 에드워드는 석탄을 던지려고 할 것 같지도 않았어요.

"원하는 게 뭐예요?" 조금 시간이 지나자 걔가 백인들이 쓰는 말투로 말했어요. "지금 내가 납치된 건가요?"

그때까지 우리는 납치 같은 건 생각하지도 않았거든요. 우리는 순간 당황을 했죠. 흘깃 동업자를 보니 몸값을 받을 때까지 걔를 붙잡아 두는 것도 좋을 것 같다고 생각하는 눈치였어요. 하지만 그는 곧 그 생각을 포기한 것 같았어요. 그가 소년에게 말했죠. "아니, 넌 납치된 건 아냐. 그럴 시간이 없거든. 우린 지금 배가 고플 뿐이야. 그러니까 친구, 가지고 있는 돈을 좀 내놓지."

백인 소년은 차에서 가져온 여인의 예쁜 구슬 백을 코트 호주머니에서 꺼내 놓았어요. 다른 친구가 지갑을 들어 보았죠.

"좋았어." 그가 말했어요. "우리 마누라가 마음에 들어 하겠군. 예쁜 물건이라면 환장을 하니까. 자, 똑바로 서 봐. 어디 한번 털어 보자."

백인 소년이 일어서자 그 친구가 소년의 주머니들을 뒤지기 시작했어요. 지갑과 금시계, 라이터, 멋있는 열쇠 고리, 흑인들은 사용하지 않는 기타 다른 자질구레한 물건들이 나왔죠.

"고맙네." 그가 백인 소년의 몸을 다 뒤진 후에 말했어요. "이제 내일은 굶지 않겠구먼. 당장 담배도 좀 피울 수 있게 되었고 말이야." 그가 백인 소년의 담뱃갑을 열면서 말했어요. "한 대씩들 피우지?" 그가 나와 소년에게 담배를 한 개비씩 돌렸죠. "담배 이름이 뭐야?" 그가 물었어요.

"벤슨 앤드 헤지스예요." 겁을 집어먹은 모습으로 백인 소년이 대답을 했죠. 다른 친구가 담배를 물고는 인상을 잔뜩 쓰고 있었거든요.

"마음에 들지 않아." 그가 얼굴을 찌푸린 채 말했어요. "왜 백인들은 제대로 된 담배를 피우지 않는 걸까? 이유가 뭐야?" 그가 석탄 더미에 올라서 있는 소년에게 물었어요. "이 따위 담배를 가지고 할렘에 오는 이유가 뭐냐고. 흑인들이 이런 담배를 피우지 않는다는 사실을 모르느냐고. 모피 코트를 걸친 부티 나고 예쁜 백인 여자들을 이리로 잔뜩 데려오는 이유는 또 뭐지? 우리는 흰 모피는 고사하고 검은색 모피도 걸치지 못하는데? 어디, 그 이유를 좀 물어보자." 다른 친구가 말했어요.

딱한 백인 소년은 울상을 지었어요. "나는 지난 서너 달 동안 신발 밑창을 갈 돈이라도 벌 데가 없을까 레녹스 거리를 헤매 다녔지. 자, 한번 보라고." 흑인 친구가 신발 바닥을 들어 올려서 백인 소년이 볼 수 있도록 해 주었어요. 과연 그의 신발 밑창에는 커다란 구멍이 하나 나 있었죠. "한번 잘 보라고!" 그가 백인 소년에게 말했어요. "그런데도 너희들은 뻔뻔스럽게 번쩍번쩍 다이아 장식이 붙은 턱시도에 빳빳한 셔츠를 근사하게 차려입고 비단 머플러를 두르고는 두꺼운 오버코트까지 걸치고 할렘에 나타나지. 그 오버코트, 이리 내." 그가 말했어요.

그는 그 백인 소년의 오버코트를 낚아챘어요.

"네가 입고 있는 옷을 내가 입을 수는 없지만 거기 달려 있는 단추들로 우리 딸들의 귀걸이는 만들 수 있을 것 같군." 그가 소년이 입고 있는 턱시도를 보며 말했어요. "어서 턱시도도 벗어."

그러는 내내 나는 멍청히 옆에 서 있었어요. 다른 친구는 빼앗은 물건들을 한 아름 들고 서 있었죠.

"나는 쫄쫄 굶고 있는데 다이아를 주렁주렁 차고 할렘에 나타났다 이거지!" 그가 말했어요. "빌어먹을!"

"미안해요." 백인 소년이 말했어요.

"미안하다고?" 그가 말했어요. "이름이 뭐지?"

"에드워드 피디 맥길 삼세예요." 백인 소년이 말했어요.

"뭐, 삼세?" 흑인 친구가 물었어요. "그럼 다른 두 명은 어디 있어?"

"우리 아버지하고 할아버지예요." 백인 소년이 대답했어요. "제가 삼세고요."

"나도 할아버지하고 아버지가 있지만 난 삼세가 아냐. 내가 첫 번째지. 나 같은 사람은 이제껏 없었어. 나는 완전 새 모델이라고." 그가 말을 끝내고 큰 소리로 웃었어요.

그가 웃는 것을 본 백인 소년은 정말 겁을 먹은 것처럼 보였어요. 그는 당장이라도 비명을 지를 것 같았죠. 그는 다시 석탄 더미에 주저앉았어요. 다이아들을 뜯어낸 소년의 와이셔츠 앞쪽은 석탄이 묻어 새까매졌죠. 석탄 창고 위의 깨진 유리창으로 바람이 불어 들어와서 백인 소년은 덜덜 떨면서 앉아 있었어요. 걔는 정말 애송이였어요, 열여덟이나 기껏 스물이나 되었을까?

"우리는 너를 죽이지는 않을 거야." 다른 친구가 웃으며 말했죠. "그럴 시간이 없거든. 어쨌건 거기 석탄 더미 위에 계속 앉아 있으면 너도 나만큼 검어지겠다. 자, 이번엔 네 신발을 내놔. 어쩌면 내다 팔 수 있을지도 모르니까."

백인 소년이 신발을 벗었어요. 신발을 흑인에게 건네주던 소년은 자기도 모르게 웃음을 터뜨렸죠. 누군가 다른 사람에게 자신이 신던 신발을 벗어서 건네준다는 게 너무 웃겼나 봐요. 우리 모두 웃음을 터뜨렸어요.

"하지만 최후의 승자는 결국 나야." 동업자가 말했어요. "자네 두 사람은 여기서 실컷 웃고들 있으라고. 하지만 나는 이만 실례를 해야겠어. 그럼 잘들 있게!"

그렇게 말하고 그는 빼앗은 물건들을 다 든 채 지하실을 나갔죠. 나는 들어왔을 때나 마찬가지로 맨손인 채로 남겨 두고요. 정말이에요. 그는 나를 석탄 더미에 앉아 있는 백인 소년과 함께 남겨 두고 떠난 거예요. 돈, 다이아, 심지어 신발까지 모든 것을 다 들고 말이에요. 난 동전 한 푼 남겨 주지 않고 말이죠. 내가 사기를 당한 것이었을까요? 잘 모르겠더라고요.

"나한테는 아무것도 주지 않을 건가?" 그를 쫓아 어두운 계단을 뛰어 올라가며 내가 큰 소리로 외쳤어요. "내 몫은 어디 있는 거야?"

어두워서 그의 모습조차 보이지 않았죠. 하지만 그의 목소리는 들을 수 있었어요.

"다시 있던 곳으로 돌아가." 그가 내게 소리를 질렀어요. "내가 이곳을 완전히 벗어날 때까지 그 백인 애송이를 감시하라고. 어서 돌아가라." 그가 계속 고함을 질렀어요. "그렇잖으면 네놈을 흠씬 두들겨 패줄 테니까. 어차피 나는 네가 누군지도 몰라."

나는 다시 지하 보일러실로 돌아왔죠. 그곳에서 나는 낯선 석탄 창고에 붙잡혀 있는 백인 소년과 함께 둘이 서 있었어요. 빙충맞은 닭 같은 꼴의 그와 바보가 된 나. 우리는 서로를 바라보며 웃음을 터뜨릴 수밖에 없었죠.

"저," 소년이 말했어요. "그 사람 갔어요?"

"여기는 없는 것 같네." 내가 말했어요.

"정말 흥미로웠어요." 그 백인 소년이 턱시도 깃을 세우며 말했죠. "스릴 만점이었다고요!"

"뭐라고?" 내가 물었죠.

"내가 태어나서 처음으로 겪은 신나는 일이었어요." 백인 소년이 말했어요. "할렘에 와서 처음으로 재미있는 시간이었다고요. 이제까지 여기서 경험한 것은 전부 가짜, 쇼들뿐이었거든요. 돈을 내고 구경하는 것들 말이에요. 하지만 이건 진짜였잖아요?"

"글쎄, 만약 내가 너처럼 돈이 많다면 언제나 즐거울 것 같은데." 내가 말했죠.

"아뇨, 그렇지 않아요." 소년이 말했어요.

"아냐, 그럴 거야." 내가 반박했지만 소년은 머리를 절레절레 흔들었어요. 그러더니 내게 이제 집으로 돌아가도 좋으냐고 묻더군요.

"물론이지! 안 될 이유가 없잖아!" 그래서 우리 둘은 어두운 계단을 올라갔어요. "잠깐만!" 내가 말했어요.

나는 먼저 계단을 올라가 밖을 내다봤지만 경찰은커녕 아무도 거리에 보이지 않았죠. 소년에게 말했어요. "잘 가라. 어쨌든 즐거웠다니 다행이다." 양말만 신은 채 택시를 잡으려 기다리는 그를 뒤로하고 나는 그 자리를 떴어요.

나는 전보다 더 주린 배를 움켜쥐고 거리를 걸었어요. 소년이 했던 말이 계속 생각이 나더군요. "돈 많은 백인들은 도대체 왜 그런 식이지? 왜 행복하지가 않다는 거야?" 이해를 할 수가 없었어요.

늙은 스파이
Little Old Spy

몇 년 전 쿠바의 보수 정권이 종막으로 치달을 즈음의 일이다. 아바나에 도착한 후 이틀째 저녁에 나는 미행을 당하고 있다는 것을 깨달았다. 작은 늙은이 하나가 우연히 같은 길을 가는 사람이라고 생각하기에는 꽤 떨어진 거리에서 줄곧 나를 따라오고 있었다. 알함브라 식당 건너편의 가판점에서 신문을 살 때 내 곁에 서 있던 그를 처음으로 눈치챘었다. 그는 내가 무엇을 사는지 궁금한 눈치였다.

그 후 나는 그를 잊고 있었다. 나는 황혼이 내린 따뜻한 프라도 거리를 따라 걸으며 미국 관광객들의 무리와 지나치는 멋진 자동차들, 하나둘 켜지기 시작하는 가로등들을 바라보고 있었다. 물가의 성채 옆에 있는 야외무대에 도착한 나는 누더기를 걸친 구두닦이 아이에게 구두를 닦게 했다. 담배에 불을 붙여 문 순간 가판점에서 봤던 작은 늙은이가 내 앞을 유유히 지나갔다. 몇 걸음 더 걷던 그는 아이를 하나 불러 구두를 닦게 했다. 꼭 끼는 양복, 크림색 각반, 젊은이들한테나 어울릴 화려한 테두리의 챙 넓은 파나마모자 등 그의 다소 튀는 복장이 눈에 들어왔을 뿐 그때만 해도 나는 그의 존재에 대해 별달리 생각하지 않았다. 그는 이십 대처럼 옷을 입은 괴짜 육십 대 늙은 쿠바인이었다.

일 마일쯤 떨어진 방파제 길—나는 제방 길을 따라 계속 걸었었다—에서 시계를 들여다본 나는 일곱 시가 다 되어 가고 있는 것을 깨달았다. 플로리다 카페에서 친구들을 만나기로 되어 있었다. 왔던 길을 다시 거슬러 가다가 내가 누구를 만났겠는가? 바로 그 작은 늙은이였다. 그 순간부터 나는 그가 수상스럽게 생각되었다. 그는 마치 나를 보지 못한 듯 아무렇지도 않게 내 옆을 지나쳐 천천히 걸어갔다. 하지만 사백 미터쯤 약속 장소를 향해 가다가 내가 뒤를 돌아보자 그는 여전히 꽤 먼 거리를 두고 나를 따라오고 있었다.

레스토랑에서 샐러드를 먹다가 나는 화려한 식당에는 어울리지 않는 행색을 한 그가 멀리 떨어진 테이블에서 홀로 앉아 커피를 마시고 있는 것을 보았다.

"혹시, 저 친구 누구인지 알아?" 내가 신문사 편집자로 일하는 친구에게 물었다. 나는 그의 사촌인 시인과 마타라는 이름의 자그마한 댄서와 동석을 하고 있었다. 편집자인 카를로스가 레스토랑 건너편 내가 가리키는 쪽을 쳐다봤다.

"그렇게 한꺼번에 보면 어떡해?" 그쪽을 향해 고개를 돌리는 마타와 호르헤를 내가 만류했다. "저 사람이 무안하잖아."

하지만 우리 쪽으로 고개를 돌린 카를로스가 목소리를 낮춰서 "스파이야"라고 말하자 모두 다시 카페 건너편에 앉아 있는 그를 흘끔거리며 쳐다볼 수밖에 없었다.

"뭐라고?" 내가 물었다.

"들었잖아." 카를로스가 대답했다. "정부 스파이야."

"하지만 정부 스파이가 나를 왜 미행해?" 내가 다시 물었다.

"저 사람이 너를 미행했다고?"

"오후 내내."

"어쩌면 네가 공산주의자라고 생각하는지도 모르지." 카를로스가 말했다. "그게 저 사람들이 두려워하는 거니까."

"하지만 그들은 그것보다 두려워해야 할 게 훨씬 많을 텐데." 호르헤가 말했다.

"그러게 말이야." 내가 말했다. 모든 사람이 쿠바에 혁명이 임박했음을 다 의식하고 있었기 때문이다. 학교는 문을 닫았고 공공기관들은 삼엄한 경계하에 있었다. 우리는 정부와 그 우두머리인 독재자를 은밀하게 '그들'이라고 불렀다. 하지만 아무도 공공연히 독재자의 이름을 말하지 않았다. 혹여 말하더라도 목소리를 낮춰야 했다.

수개월째 수도의 거리에선 정치적인 암살이 자행되고 있었고 지방에선 폭동이 일어났다. 미국 군함들도 항구에 정박을 하고 있었다. 폭도들은 날로 대담해지고 있었다. 그들은 내놓고 "양키들은 물러가라! 양키들 편인 정부를 타도하자!"라고 외쳤다. 하지만 관광객들은 이런 모든 일들에 아랑곳하지 않았다. 그들은 여전히 카지노로 모여들었고 고통으로 가득한 오랜 거리들을 좋은 옷을 입은 채 배회했으며 큰 호텔들에서 밤새도록 룸바를 추었고 교외로 단체 관광을 가서는 사탕수수를 베는 노동자들의 초라한 움막들 앞에서 "정말 그림 같아요! 정말

앙증맞지 않아요?"라고 떠들어 댔다.

"분명해." 카를로스가 맥주를 따르며 (이번에는 영어로) 말했다. "저 사람은 스파이야. 내가 아는 사람이야. 신문사에 근무를 하다 보면 모든 사람에 대해 알게 되지. 하지만 위험한 친구는 아냐."

"위험하지는 않다고?" 내가 물었다.

"그래. 그냥 별 볼 일 없는 늙은이일 뿐이야. 옛날엔 뚜쟁이였지만 지금은 스파이 일을 하고 있지."

"그래?" 내가 말했다.

"하지만 어찌 됐건 정부는 네가 누구하고 같이 저녁 식사를 했는지 알게 될 거야." 마타가 말했다. "경우에 따라서 그건 위험한 일일 수도 있고."

"아바나에서 아무하고라도 저녁을 먹는 건 위험한 일이야." 호르헤가 웃으며 말했다. "제일 꼭대기의 우두머리하고 먹는 게 아니라면 말이지. 경찰을 제외하면 모두가 정부의 반대편이니까. 내 사촌이 일하는 신문사도." 그가 카를로스를 가리켰다. "와장창! 열 번이나 정간을 당했지."

"하지만 그게 이 나라에서 제일 좋은 신문인데도?"

"맞아, 문제는 그들도 자기들이 이곳에서 제일 좋은 정부라고 생각을 한다는 거지."

그때 웨이터가 맥주를 더 내왔고 우리는 화제를 바꾸어 당시 카를로스네 신문 독자들에게 큰 관심을 끌고 있던 픽포드와 페어뱅크스의 연애 사건에 관해 스페인어로 떠들었다.

"그럼 난 이제 어떻게 해야 하지? 스파이가 따라붙었으니 말이야." 웨이터가 돌아가고 난 다음 내가 말했다. "이렇게 내놓고 스파이가 감시를 하는 줄은 몰랐어."

"여기서는 그래." 카를로스가 말했다. "별로 숨기는 게 없지."

"저 사람하고 친구가 되어 보지그래." 푸딩을 먹으며 호르헤가 말했다. "정말 재미있을 것 같은데."

"술을 몇 잔 사 줘." 카를로스가 말했다. "저런 사람들에 대해서는 내가 잘 알아. 저런 부류가 원하는 건 기껏해야 공짜 술 몇 잔 얻어 마시는 거지. 이 정부는 주정뱅이들로 가득하니까."

우리가 이야기를 나누는 동안에도 그 작은 사내는 식당 건너편에서 우울하게 커피를 홀짝이고 있었다. 업무상 이런 비싼 레스토랑으로 들어올 때도 그의 월급으로는 커피 이상의 지출을 할 수가 없는 것이 분명했다. 나는 눈앞에 지나가는 좋은 음식들을 지켜만 보며 앉아 있는 그가 딱해 보였다.

"너하고 마타한테 위험하지 않아? 이렇게 나랑 앉아 있는 게 말이야. 만약 내가 위험인물로 의심을 받고 있다면 말이지."

"아바나에서는 누구하고 앉더라도 위험해." 호르헤가 대답했다. "그렇지만 모든 사람들을 다 가둘 수는 없잖아? 모두를 죽일 수도 없고 말이야. 그들은 내 사촌이나 나 같은 글쟁이들은 사실 두려워하지도 않아. 마타처럼 순회공연을 온 댄서도 마찬가지고. 그들이 두려워하는 건 노동자들이야. 그 사람들은 정유 공장의 가동을 멈출 수도 있고 배에 화물 선적을 못 하게 막을 수도 있어. 사탕수수 수확에서 손을 놓을 수도 있고. 그럼 결국 자신들이 경제적으로 타격을 입을 수밖에 없거든. 그건 외국 자본의 지분을 보호해야 하는 것을 사명으로 하는 이 정부한테는 금물이지."

"그건 분명해." 내가 말했다. "하지만 저 사람은 왜 나를 감시하는 거지?"

"오자마자 카지노로 가지 않는 외국인들은 감시를 받는 거야. 가난한 외국인들은 우리 나라의 혁명 세력에 동조할지도 모르니까. 아니면 외국에 망명해 있는 단체들로부터 비밀 메시지를 전달하려는 사람들일지도 모르고. 그래서 너를 감시하는 거지."

"하지만 저 사람이 자신의 일을 모두 잊게 하고 싶으면 술을 몇 잔 사 주라고." 카를로스가 어깨를 으쓱했다. "정부의 뛰어난 스파이들은 없애야 할지도 모르지만 저런 퇴물들은 신경 쓸 필요도 없지. 총알이 아까워서도 말이야."

멀리 건너편에 앉아 있는 왜소한 사내는 싸구려 담배를 한 갑 꺼내어 담배를 피우기 시작했다. 카를로스, 마타, 호르헤와 나는 거의 자정이 될 때까지 이야기를 나눴다. 잘 차려입은 미국인들과 배가 나온 쿠바인들이 테이블 사이를 지나치고 또 지나갔다. 유명한 스페인 여배우 한 사람이 남자의 팔짱을 낀 채 들어왔다. 카페 뒤쪽 어디선가에서 음악 소리가 들려왔고 사람들의 말소리, 웃음소리, 식기들이 부딪는 소리가 식당에 가득했다. 우리는 스파이에 대해서 생각하는 것을 멈추고 블라디미르 마야콥스키에 관해 이야기를 하기 시작했다. 그의 시를 스페인어로 번역하고 있던 호르헤는 그가 20세기의 가장 위대한 시인이라고 단언했다. 하지만 카를로스가 페데리코 가르시아 로르카가 더 훌륭하다고 주장하는 바람에 열띤 토론이 벌어졌다.

내가 친구들과 헤어졌을 때 그 작은 갈색의 사내는 바로 내 뒤를 따라왔다. 그는 내가 택시를 탈 때까지 따라붙었다. 차가 출발할 때 나는 그가 차량의 번호를 적고 있다는 것을 알았다. 나중에 경찰은 운전사를 통해 내 행선지를 알 수 있을 것이다.

나는 그렇게 철저히 감시를 당한다는 것이 조금도 달갑지 않았다. 할렘에서 나는 그저 무명의 흑인 작가에 불과했다. 하지만 이곳 아바나에서는 갑자기 쿠바 정부가 신경을 쓰는 유명 인사가 되었다. 그 이유를 나는 잘 알고 있다. 이곳 정부는 갑자기 흑인 인구들—흑인 구두닦이 소년들, 사탕수수 노동자들, 쿠바 군대의 대부분을 이루고 있는 흑인 병사들, 수병들, 택시 운전사들, 거리의 행상들—을 두려워하기 시작했다. 이 섬나라의 다른 모든 구성원이 집권하고 있는 독재자에게 공개적으로 저항을 시작한 이후 마침내 흑인들까지 그 독재자를 쿠바에서 몰아내기 위해 학생들과 함께 들고일어서는 참이었다.

낯선 뉴욕의 흑인이 아바나에 나타난 이유는 이곳 흑인들을 선동하기 위한 것일지도 몰랐다. 할렘의 흑인들은 이곳 쿠바에서도 그리 순종적이지도, 아주 멍청하지도 않은 존재들로 알려져 있다. 가령, 할렘 출신인 마커스 가비는 흑인들을 일깨워 그들이 지닌 잠재적인 힘을 알게 하지 않았던가?

'그들', 즉 쿠바의 독재자는 할렘에서 온 흑인들을 경계했다. 당시 미국의 증기 여객선들은 흑인들에게 쿠바로 가는 티켓을 팔지 않으려 했다. 아바나의 항구에 있는 출입국 관리소도 혹여 배를 타고 온 흑인들이 있으면 상륙시키지 않았다. 그런 어려움을 뚫고 도착해 보니 내게 미행이 붙어 있는 것이다.

다음 날 나는 아침 식사를 하기 위해 호텔 아래층의 카페 겸 바로 내려갔다. 쇠로 된 셔터가 모두 올려져 있었고 건물 전면이 거리로 활짝 열려서 빛과 먼지가 들어왔다.

거리 건너편 스페인 와인을 파는 가게 안에 어제 봤던 왜소한 늙은이가 나를 기다리고 있는 모습이 눈에 들어왔다.

'오늘은 한번 친구가 되어 보자고. 들을 수만 있다면 당신에게는 뭔가 재미있는 사연이 있을 것 같아, 늙은 양반.' 나는 마음속으로 생각했다.

아침을 먹은 후 나는 일부러 재미 삼아 그를 뒤에 달고 부지런히 돌아다니기 시작했다. 전차를 탔다가 택시를 타기도 하고 좁은 골목길을 걷다가 대로를 걸었다. 아바나의 도심을 그런 식으로 그는 내내 나를 쫓아다녔다. 몇 가지 볼일이 있었는데 나는 가능한 한 동선을 지그재그식으로 움직였고 그러다가 어느 순간 그를 놓쳤다. 엘센트로에 도착한 내가 좀 천천히 돌아다닐걸 하며 후회하는 마음으로(게임이 시들해지면 재미가 없으므로) 혹시나 하고 주위를 둘러보니 바로 삼 미터쯤 떨어져 그가 숨을 헐떡이며 서 있는 것이 눈에 띄었다. 나는 웃음을 터뜨렸지만 땀을 흘리며 서 있던 그 작은 사내는 그 상황이 별로 마음에 들지 않는 눈치였다. 뛰어다니느라 각반 한쪽이 풀려 있었고 주머니 시곗줄도 바깥으로 늘어져 있었다.

그날 오후 나는 칠레의 소설가인 바리오스 여사와 차를 마시며 대화를 나눴고 내 스파이는 그녀의 집 밖에서 참을성 있게 나를 기다렸다. 집에서 나왔을 때 택시가 보이지 않아 나는 도심을 향해 걷기 시작했다. 늙은 스파이는 다시 운동을 좀 해야만 했다.

고메스의 동상 근처의 한적한 거리에서 작은 바를 하나 발견한 나는 저녁 식사 전에 술을 한잔 걸치기 위해 가게 안으로 들어갔다. 풍상에 삭은 듯한 내 신사는 외로이 밖에 서 있었다.

'그를 좀 지치게 만들면 재미있을 것 같군.' 나는 생각했다. '느긋하게 시원한 맥주를 마시면서 기다리면 언젠가는 견디지 못하고 가게 안으로 따라 들어오겠지. 그러면 불러서 맥주를 한잔하면서 꼴을 보

자고.'

내 계획은 효과가 있었다. 그 왜소한 늙은이는 내가 편안하게 가게 안에 자리를 잡고 맥주 마시는 모습을 끝없이 지켜보고 있을 수만은 없었다. 그는 갈증을 느꼈을 것이다. 마침내 이마의 땀을 훔치며 가게로 들어온 그는 바를 향해 아니스주를 한 병 달라고 주문을 했다.

"나하고 바카르디 칵테일을 한잔하는 게 어때요?" 내가 그에게 말을 걸었다. "혼자 술을 마시니 재미가 없군요."

그 늙은 스파이는 내 말을 듣고 깜짝 놀라더니 대답을 해야 할지 말아야 할지 잠시 망설이며 나를 쳐다보다가 마침내 내 테이블의 건너편 의자에 와 앉았다. 웨이터가 술을 두 잔 가지고 와서는 대리석 테이블 위에 올려놓았다.

"날씨가 무척 덥군요." 내가 친근하게 말을 붙였다.

"네, 세뇨리토*, 마치 찜탕 같네요." 그가 대답했다.

"오늘 꽤 많이 걸었죠?" 내가 웃었다.

"내 나이에는 벅차군요." 노인이 말했다. "당신네 미국 사람들은 너무 활동적이에요. 이런 날씨에는 좋지 않죠."

"한 잔 더 해요." 내가 권했다.

노인은 망설임 없이 내 권유를 받아들였다. 카를로스가 말한 대로 그는 술을 즐겼다. 그는 내가 웨이터를 부를 때 미소를 지으며 고개를 끄덕였다.

"아주 좋은 직장에 근무하는 것 같군요." 내가 말했다.

"그런 셈이죠." 그가 대답했다. "하지만 세뇨리토, 이건 감옥에 가지

---

* '미스터mister'를 뜻하는 스페인어. '세뇨르señor'에서 나온 단어로, 주로 자신보다 어린 사람에게 쓰는 호칭.

않기 위해 하는 일이에요."

"그게 무슨 말이죠?" 내가 물었다. "감옥이라뇨?"

"내가 여자를 칼로 찌른 적이 있거든요." 그가 말했다. "내가 저한테 어떻게 했는데, 다른 놈팡이한테 돈을 주더라고요. 거의 여자를 죽일 뻔했죠."

"여자 문제에 얽히기에는 좀 늦지 않았나요, 세뇨르?"

"나를 화나게 하면 아직 칼침을 놓을 만큼은 젊죠. 그래서 감옥엘 갔어요. 하지만 내가 그 사람들에게 말했죠. 내가 여기 있어 봤자 나나 당신들한테나 이득이 될 것이 없다, 나는 외국어를 할 줄 알고 아는 사람들도 있고 머리도 꽤 있는 편이다. 그 말을 들은 짭새가 내게 혁명분자들을 색출하는 일을 맡겼어요. 지금은 외국인 수사대에서 일을 하는 덕분에 당신 뒤를 쫓아만 다녀도 하루에 이 달러를 받죠. 그들은 수상한 외국인들을 좋아하지 않아요."

우리는 스페인어로 이야기하고 있었지만 내가 영어를 사용해 말을 해도 그는 내 말을 마찬가지로 잘 이해했다.

그는 부두 건달들이 쓰는 영어와 카스티야어*를 흉내 내는 엉성한 스페인어를 사용했다. 그는 촌사람이고 허세가 있는 듯했지만 여자가 주제일 때는 바로 시적인 분위기로 바뀌었다.

그와 술을 마시면서 나는 그가 수년 동안 항구에서 포주로 일했다는 것을 알게 되었다. 그의 부인에게조차—부인이 있었을 때—뱃사람들을 손님으로 데려갔다. 그에겐 그의 손에 쥐인 지폐 한 장, 은화 한 닢이 어떤 여자들보다 의미가 컸다는 것을 나는 그의 말을 통해 알

---

* 스페인 내에서 사용되는 스페인어.

수 있었다.

그날 오후 나를 쫓아다니느라 그는 꽤 지쳐 있었다. 그는 어디엔가 앉아서 술을 한잔하며 쉴 시간과 그의 말을 들어 줄 누군가가 필요했다. 나는 그의 말에 흥미가 동해 계속 그에게 술을 권하며 질문했다.

"당신이 돈을 뜯은 여인들 말이에요." 내가 말했다. "그녀들은 당신이 그들을 이용해도 아무렇지도 않았나요?"

"전혀요." 그가 말했다. "전부 가난한 애들이었고 흑인들도 있었죠. 모두 나를 사랑했어요. 그들은 그런 것에 신경 쓸 처지가 아니었죠. 내가 아니었더라면 걔들은 어차피 다 죽었을 거예요. 내가 걔네들을 돌봐 준 거예요. 내가 젊었을 때 걔들을 통해 벌어들인 돈을 생각하면, 와우!"

그의 이야기를 들으면서 나는 그가 삶에서 어떻게 해서든 쾌락만 얻으면 그만이라고 여기는 인간의 전형이라는 것을 깨달을 수 있었다. 그에게는 윤리라는 것 따위는 없었다. 그는 이익을 얻기 위해서 그를 사랑하는 여인들, 혹은 그의 보호를 필요로 하는 여인들을 아무 양심의 가책 없이 이용해 먹었다. 하지만 그가 나이 들어 감에 따라 그녀들은 자연스럽게 젊은 포주들에게로 마음이 기울었다. 사창가에도 새로운 지배자들이 나타나기 시작한 것이다. 그는 그의 권력을 지키기 위해 위협을 하고 칼과 구타에 의지했지만 더 이상 경찰에 상납할 수 없게 되자 그들은 그를 감옥에 던져 넣었고 그는 스파이로 변신한 것이었다.

"마십시다." 내가 말했다.

"그럽시다, 세뇨르."

잔을 내려놓은 그는 점점 어두워지는 카페 안에서 팔자수염의 한쪽

끝을 꼬아 올리며 대리석 테이블 건너편의 나를 건너다보았다. 바깥에 가로등들이 켜져 있었고 열대의 밤이 깊어 가고 있었다.

"산이시드로 거리로 갑시다, 세뇨리토." 작은 사내가 말했다. "여자들이 나올 시간이에요."

"거기 뭐가 있죠?" 내가 물었다. "산이시드로 거리 말이에요."

"여자들요." 그가 말했다. "선창의 여자들 말이에요."

"예쁜가요?" 내가 물었다.

"그럼요." 그가 답했다. "아주 예쁘죠."

"자, 그럼!" 내가 말했다. "한 잔 더 합시다."

나는 웨이터에게 럼을 통째로 한 병 가져오라고 시킨 후 테이블 위에 올려놓았다. 잔을 비울수록 늙은 사내는 더욱 여자들에 관하여 허풍을 떨기 시작했다.

"쿠바의 여인들은," 그가 말했다. "산타클라라의 석류 열매 같죠. 그들의 영혼은 보석으로 덮여 있고 젊어요. 그들의 피는 붉고 입술은 달콤하죠. 그중에서도 제일은 카마구에이*의 물라토들인 아메리카니토들이에요. 그들이 제일이죠."

"왜 하필 물라토죠?" 내가 물었다.

"왜냐하면," 노인이 대답했다. "그들은 두 세계의 혼합물이니까요. 두 개의 궁극, 두 가지 피. 세뇨리토, 흑인들의 열정과 백인들의 열정이 끓어오르는 정염 속에서 결합한 것, 그게 물라토들이에요. 비너스의 장미가 그들의 몸에서 피어나죠. 그녀들은 고통이고 쾌락이에요. 세뇨리토, 난 잘 알아요. 순전한 흑인들의 영혼과 몸은 별개예요. 백인

---

* Camagüey. 쿠바 중부에 위치하고 있는 도시.

들의 경우에는 그 둘이 엉성하게 결합이 되어 있어요. 하지만 물라토들의 영혼과 몸은 서로를 목 조르죠. 거기서 생겨나는 달콤한 즙이 바로 황갈색 여인의 사랑이에요."

감탄할 만한 진술을 마친—한때는 육체의 상인이었던—노인은 들고 있던 럼 잔을 한 번에 비웠다.

잔을 내려놓으며 그가 약간 비틀거렸다. 그는 아련한 눈빛으로 나를 쳐다봤다. "다시 한 번 젊어질 수 있다면 얼마나." 그가 말했다. "자, 산이시드로로 갑시다, 젊은이."

"좋아요, 잠깐만요."

나는 자리에서 일어나 테이블을 떠났다. 내가 돌아보았을 때 노인은 눈을 감은 채로 팔베개를 하고 있었다. 나는 바텐더에게 계산을 하고 반병이 넘게 남은 바카르디를 테이블에 남겨 놓은 채 가게를 나왔다.

그날 밤 나는 할렘의 남미계 거주 지역에 있는 쿠바 망명객들의 메시지들을 아바나에 있는 혁명 동지들에게 모두 전해 주었다.

이틀 후 뉴욕으로 돌아가는 배가 조지아 주 연안을 지날 무렵 나는 무선을 통해 쿠바 정부가 무너지고 있고 "선창가의 흑인 여인들이 감옥에 있는 남편들을 만나러 갔다가 관료 부인들의 옷을 갈기갈기 찢어 버렸다"는 뉴스를 들었다.

만약 내가 그날 밤 그 늙은 노인을 따라가서 그들에게 그가 스파이라는 것을 속삭여 알려 주었더라면 산이시드로의 여인들은 그를 어떻게 했을까? 그들은 아마 그를 가루로 만든 후 그의 금시계는 다른 젊은 남자에게 주었을 것이다. 그래 봐야 그의 금시계 줄 끝에는 시계도 달려 있지 않았을 테지만.

핏줄
Spanish Blood

사람들이 끊임없이 새로운 것을 건설하는 놀라운 도시 맨해튼에 발레리오 구티에레스라는 젊은 흑인이 살았다. 금주 시대 때의 이야기이다. 그의 엄마는 할렘에서 세탁부로 일을 했고 아버지는 푸에르토리코 선원이었다. 발레리오는 거리에서 자랐다. 공부는 신통찮았지만 신문을 팔거나 동전 던지기 노름, 당구에는 뛰어난 실력을 보였고 십대 때는 센트럴파크 북쪽의 남미인들이 사는 지역에서 가장 유연한 춤꾼이 되었다. 룸바가 인기를 얻기 한참 전에 그는 진짜 쿠바인들이 추는 식으로 룸바를 출 줄 알았기 때문에 모든 소녀는 그와 짝이 되어 춤추는 것을 두려워했다. 게다가 그는 굉장한 미남이었다.

열일곱 살 때에는 라플로르라는 미용실을 운영하는 중년의 여인이 그에게 넥타이들을 사 주기 시작했고 열여덟 살이 되자 그에게 용돈을 주며 그녀의 자동차를 몰도록 해 주었다. 열아홉 때에는 더 젊고 아름다운 여인들―매력적인 스페인 과부와 바리오 박사의 백인 와이프―이 그가 맵시 입게 옷을 입고 다닐 수 있도록 해 주었다.

"넌 아무 쓸모 있는 인간이 되지는 못할 거다." 그의 흑인 엄마가 말했다. "도대체 왜 직장을 구해 일을 하지 않는 거냐? 다 네 몸속에 흐르는 외국의 피 때문이지. 네 아비처럼 말이야."

"말도 안 돼요." 발레리오가 씩 웃으며 스페인어로 대답했다.

"내 앞에서는 스페인어를 쓰지 말라고 했지?" 엄마가 말했다. "내가 못 알아듣는다는 걸 알면서."

"알았어요, 엄마." 발레리오가 말했다. "일하러 갈 거예요, 일하러 가."

"그러는 게 네 신상에 좋을 거다." 그의 엄마가 대꾸했다. "제발 좀 일을 하렴! 하루 종일 중국인 세탁소에서 일을 하다 밤중에 돌아와 봐야 뭐하겠어. 자식이 망종이 되어 있으니. 아무래도 이곳 스페인 주거 지역을 떠나서 할렘 안쪽, 진짜 흑인들이 사는 곳으로 이사를 해야겠다. 미국 흑인들이 사는 곳 말이야. 여기 쿠바 사람들, 푸에르토리코 사람들 중에는 눈을 씻고 찾아봐도 네가 본받을 만한 제대로 된 인간들이 없어. 네 아비도 그런 인간들 중의 하나였지만. 나는 한 번도 이 사람들을 좋아해 본 적이 없었어."

"제발, 엄마, 스페인어를 좀 배워요. 흑인들처럼 영어를 쓰지 말고."

"한 번만 더 어미한테 흑인이라는 소리를 해 봐! 외국 피 때문에 머리가 직모이고 피부가 좀 희다고 해서 어미한테 흑인이라고? 나는 네 어미다. 그런 소리는 참을 수가 없어. 알아들었어?"

"알았어요. 하지만 제 말이 그런 뜻이 아니라는 건 아시잖아요. 흑인들처럼 말을 하지 말라는 것뿐이에요. 피부가 희지 않다고 해서 골목 안으로 숨어들어 가서 살아야 하는 건 아니잖아요. 제발, 할렘 안으로 이사 가겠다는 말은 하지 말아요. 여기 106번가에는 한집에 백인들과 흑인들이 같이 살잖아요—어떤 사람은 백인이고 어떤 사람은 흑인이어도 모두 스페인어를 사용하면서 말이에요. 모두 흑인들밖에 없는 할렘 안쪽으로 가서 뭘 하려고요? 여기 있는 내 친구들은 모두 스페인과 이탈리아 애들이에요. 우리는 아주 친하다고요."

"내 말이 바로 그 말이야." 그의 엄마가 말했다. "그래서 이사를 가겠다고 하는 거야. 여기서는 온통 외국 애들과 어울려 싸돌아다니느라 도대체 네가 어디에 가 있는지 알 수가 없어. 모든 피부 빛깔을 가진 여자들한테 돈을 받아 쓰면서 말이야. 어쨌든 네가 어디를 가든, 어떤 말을 사용하든, 백인이 아닌 이상 너는 여전히 흑인이야."

"아니에요." 발레리오가 대답했다. "나는 미국인, 남미계 미국인이라고요."

"어처구니가 없구나!" 그의 엄마가 말했다. "곱슬머리가 아닌 걸 다행으로 알아라."

"그게 내가 미국인인 것하고 무슨 상관이에요?"

"아주 상관이 많지." 엄마가 말했다. "미국에서는 말이야."

그들은 '미국' 할렘의 한가운데인 143번가로 이사했다. 해티 구티에레스는 그곳이 더 마음에 들었다. 어린 시절 그녀의 성은 구티에레스가 아니라 존스였다. 흑인 존스. 그녀는 남미가 아니라 버지니아 출신이었다. 노퍽에서 푸에르토리코 출신의 선원을 만난 그녀는 그곳과 뉴욕에서 십여 년을 그와 살았고 아들을 낳았다. 그동안 그녀는 뼈 빠지게 일을 해서 남편과 가정을 돌봤다. 그러던 어느 겨울 남편은 홀연히 자취를 감췄다. 멀리 이국의 항구에서 배를 놓쳤거나 어느 여자하고 눈이 맞아 아무 걱정 없이 룸바춤을 추고 럼주를 마시며 지낼지도 몰랐다.

구티에레스가 남기고 간 발레리오는 아빠만큼 피부가 희지는 않았지만 밝은 겨자색 피부에 스페인 사람들의 머릿결을 지닌 덕분에 흑인이라기보다는 외국인으로 보였다. 발레리오는 자라면서 점점 키가 커졌고 인물도 훤칠해졌다. 그의 친구들이 대부분 스페인어를 사용하는 덕분에 그도 영어만큼이나 스페인어를 능숙하게 할 줄 알았다. 그는 학교 밖에서는 똑똑하고 재미있는 아이였다. 문제는 그가 일을 하려 하지 않는다는 것이었다. 그의 엄마는 그게 걱정이었다. 하지만 불황기에 그 또래의 대다수 흑인들이 오랜 시간 일에 매달린 후 받는 저임금은 그가 원하는 것이 아니었다. 그는 고생을 하지 않아도 살 수 있었고 그래서 그렇게 살았다.

그는 춤과 당구를 좋아했다. 110번가의 당구장들, 도박장들, 한 곡당 얼마의 비용을 내고 댄스 파트너를 빌릴 수 있는 무도장이 그가 시간을 보내는 곳이었다. 그는 삶에서 달콤한 것들만을 골라서 살자는 주의였다. 엄마가 그를 끌고 흑인들만 사는 143번가로 이사를 간 것도 그에게는 별 영향을 미치지 못했다. 아니, 사실은 돌아가는 팽이에 채찍질을 한 형국이 되었는데 할렘에서도 그가 성격 좋고 잘 놀 줄 아는 멋쟁이로 통했기 때문이다. 한마디로 그는 할렘통이 되었다.

그는 노란색 머리에 기름을 발라 위로 추켜올렸다. 아무 클럽에도 따로 속하지는 않았지만 젊은이들이 드나드는 회원제 클럽의 모든 공식 초청 행사에 초대를 받았다. 새벽까지 공연이 이어지는 공연장에서도 그의 모습을 찾아볼 수 있었다. 플로리타 서턴이 목요일 밤에 그녀의 비좁은 슈거힐 아파트에서 여는 파티에도 초대를 받았는데 그곳에는 미국을 방문한 영국 귀족들이나 작가들, 흑인 탭댄서들, 야회복을 입은 시내 사람들이 몰려왔다. 발레리오의 엄마 해티는 여전히 중국인의 세탁소에서 다림질을 했지만 그녀에게 신경을 쓰는 사람은 아무도 없었다.

하지만 발레리오는 착한 아이였다. 그는 자신의 수입을 엄마와 나눠 쓰고 선물로 받은 반지 등을 전당포에 잡혀 엄마가 집세나 보험료를 낼 수 있도록 해 주었다. 일주일에 한두 번 그녀는 아침에 출근할 때 집으로 들어오거나 그녀가 밤중에 퇴근해서 집에 올 때 밖으로 나가는 발레리오를 만나곤 했다. 그동안 그는 하루 종일 잠을 잤다. 그녀는 투덜거렸다. "네가 장차 뭐가 될지 나는 정말 모르겠다. 넌 네 아비의 판박이야."

하지만 신기하게도, 어느 날 발레리오는 일자리를 얻었다. 그것도 좋은 일자리를—적어도 급여는 충분했다. 그의 친구 중 한 명이 성니콜라스 거리에 밤늦게까지 영업을 하는 나이트클럽을 하나 운영하고 있었다. 갱들이 클럽의 주인이었지만 흑인을 내세워 운영을 맡겼는데 최고로 인기가 있는 재즈 악단과 혼혈인들이 코미디를 공연하는 동안 밀주를 팔기도 했다. 쿠바 음악이 할렘에 유행하기 시작하자 그들은 발레리오를 고용해 룸바를 손님들에게 보여 주도록 했다. 그는 그 춤을 위해 태어난 사람 같았다. 춤은 그에게 일이 아니었다. 하지만 클럽은 발레리오에게는 엄연한 직장이었고 그의 엄마는 그가 일을 하게 된 것이 기뻤다.

노란 비단 셔츠와 흰 공단 바지에 선홍색 장식 띠를 허리에 두르고 발레리오는 밤마다 북소리와 래틀* 소리, 그에 곁들여지는 기타 소리에 맞추어 춤을 추었다. 그는 붉은 치마에 피부가 갈색인 작은 쿠바 소녀, 콘차와 춤을 추었는데 그녀는 삼단 같은 머리를 휘날리며 경쾌하게 엉덩이를 돌렸다.

두 사람의 춤은 장안의—아니, 적어도 밤무대의 세계에서는—화제가 되었다. 발레리오는 열 살 때 노픽에서 아버지가 가르쳐 준 대로 조금의 가감 없이, 즐거우면서도 우스꽝스럽고 아름다운 춤을 있는 그대로 천진하게 추었는데 그의 춤에서는 언젠가 어느 곳에서 얻을 수 있을 것 같은 무언가에 대한 달콤한 간절함이 느껴졌다.

어쨌건 클럽은 문전성시를 이루었다. 무대 옆의 좌석들은 발레리오가 춤추는 것을 보기 위해 몰려온 손님들로 만석이었다.

"쟤는 정말 환상적이에요." 리츠 호텔 레스토랑을 안방처럼 드나드는 여인들이 말했다.

"저 친구는 제대로 춤을 출 줄 아는군." 자신의 소득세를 계산하기 위해 따로 변호사를 고용해야 하는 배 나온 신사들이 그의 춤을 보며 말했다. "정말 제대로 춤을 춰!" 그들도 속마음으로는 발레리오처럼 춤을 추고 싶었다.

"끝내주는 놈이군." 밀주 운반업자들은 마리화나를 피우고 진을 마시며 말했다.

"타고난 동부 춤꾼이야." 햇볕에 탄 피부 위에 다이아몬드 손목시계를 찬 여인이 탄성을 질렀다. "저 친구라면 내가 가진 모든 것을 다 주어도 아깝지 않겠어."

---

* 흔들어서 소리를 내는 딸랑이 같은 악기.

하지만 너무 많은 사람이 발레리오에게라면 자기들이 가진 것을 모두 주어도 좋겠다고 생각하는 것이 문제라면 문제였다. 덕분에 그는 별다른 노력을 하지 않고도 호사롭게 지낼 수가 있었다. 시내에서 벌어지는 화려한 칵테일파티들에 초대를 받기 시작했는가 하면 종종 백인들과 서턴 지역으로 저녁을 먹으러 다니기도 했다. 하지만 그의 엄마는 여전히 중국인 세탁소 일을 그만두지 않았다.

어쩌면 후에 벌어질 일들을 생각하면 그녀의 선택은 옳았는지도 모른다. 발레리오에게 세상은 그가 한껏 거들먹거릴 수 있는 곳이었고 조명과 음악, 돈, 모든 것을 가진, 혹은 그렇게 생각하는 사람들로 넘쳐 나는 곳이었다. 매일 밤 클럽에서 오케스트라는 래틀과 드럼을 사용하여 멋있는 곡들을 연주했다. 발레리오는 불타는 듯한 빨간 장식용 허리띠에 공단 바지를 입고 작은 쿠바 소녀와 춤을 췄다. 그녀는 춤을 추는 것이 이렇게 즐거울 줄 몰랐다는 듯 항상 호들갑스러운 표정을 짓고 있었다. 발레리오와 그녀가 비록 요란스레 엉덩이를 움직이며 룸바춤을 추었지만 그들의 춤은 마치 여름 태양처럼 음침한 것과는 거리가 멀었다.

다른 나이트클럽들에서도 일을 같이하자는 제의가 쇄도하기 시작했고 소규모 흥행주들로부터도 제안이 들어왔다. "뭔가 큰 제안이 올 때까지 느긋하게 기다리렴." 카바레 주인이 충고를 해 주었다. "윈터 가든* 같은 곳에서 부를 때까지 말이야."

충고대로 때를 기다리고 있던 발레리오에게 숫자 도박으로 생활을 하던 서니라는 이름의 젊은 흑인이 그의 유명세를 이용하여 같이 돈

---

* 브로드웨이에 있는 극장.

을 벌어 보지 않겠느냐고 접근했다. 아파트를 하나 빌려서 다른 나이트클럽들이 문을 닫을 시간에 술을 마시며 춤을 출 수 있게 하고 원하는 손님에게는 매춘도 제공하자는 것이었다. 아무나 손님으로 받지 않는 대신 술값을 높게 매기면 돈을 벌 수 있다는 것이 그의 생각이었다. 발레리오를 호스트로 내세우면 분명히 돈을 물 쓰듯 하는 사람들이 몰려올 테고 두 사람은 금방 부자가 될 것이었다.

"좋은 생각이군. 나는 찬성이야." 발레리오가 말했다.

"내가 가게를 운영하겠어." 서니가 말했다. "네가 할 일은 가게에 있다가 잠깐씩 춤을 춰 주는 거야. 손님들이 편안하게 느끼도록 분위기를 만들어 주는 거지."

"좋아." 발레리오가 말했다.

"수익은 너와 나, 그렇게 둘이 나누기로 하고."

"그래."

그래서 둘은 7번 대로에 커다란 아파트를 하나 얻어서 쿠션 좋은 부드러운 소파들과 작은 테이블들을 들여놓고 거대한 아이스박스를 설치한 후 영업을 시작했다. 매주 꼬박꼬박 경찰들에게 상납을 했고 좋은 위스키를 들여놓았다. 돈에 구애받지 않는 시내 사람들에게 수백 장의 초대장을 보냈고 발레리오가 춤을 추던 카바레 단골손님들에게도 통지를 했다. 백인들은 발레리오의 가게로 가 진정한 할렘의 본면모를 보게 된 것에 스릴을 느꼈다.

개업 날부터 발레리오의 아파트는 자정에서 아침 해가 떠오를 때까지 백인들로 만원을 이뤘다. 대부분 말쑥하게 옷을 차려입은 사람들이었는데 무용단원들과 동행한 젊은 멋쟁이들, 경마장의 기수들, 카바레에서 공연을 마친 후 자신들도 유흥을 즐기기 위해 찾아온 백인 공연자들, 새로운 춤을 배우려는 뮤지컬 코미디의 스타들이었다. 분위기를 띄우기 위해 풀어놓은 서너 명의 혼혈 매춘부들과 흑인 제비족들이 그들 가운데 섞여 있었다.

피아노 연주 순서도 있었고 발레리오가 춤을 추는 순서도 있었다. 손님들이 즉석에서 무대에 오르기도 했다. 종종 유명한 라디오 스타들이 일어서서 노래를 하기도 했고 나이트클럽에서 비싼 출연료를 받으며 공연하는 사람들이 자리에서 일어나 한 곡—좀 취했을 때는 여러 곡까지 부르기도 했다. 한창 분위기가 올랐을 때는 그들을 자리에 앉히는 것이 어려웠다.

종종 손님들은 만취해서 밤새 아파트에 머물다가 다음 날 낮이 될 때까지 잠을 자곤 했다. 발레리오와 잠을 자는 손님들도 있었다.

얼마 후 할렘에는 발레리오가 7번 대로를 따라 몰고 다니는 빨간색 로드스타 자동차가 화제로 떠올랐다. 세계적으로 유명한 금발의 희극 스타가 차 전체를 니켈로 도금한 자동차를 그에게 선물로 주었다며 발레리오가 고급 기둥서방이 되는 길로 접어들었다고 사람들은 수군거렸다.

"발레리오는 인종, 피부색을 전혀 가리지 않는군." 할렘 사람들은 속삭였다.

"왜 그러잖겠어?" 그들은 자기들끼리 당연하다는 듯 반문을 했다. "흑인들은 돈이 없잖아—그 아이가 쫓는 것은 돈이고 말이야."

하지만 그 점은 할렘 사람들이 틀렸다. 발레리오는 돈에는 관심이 없었다. 그는 즐겁게 사는 것에 만족할 뿐이었다. 그 때문에 그의 엄마가 계속 중국인 세탁소에서 일을 한 것은 잘한 일이었다. 왜냐하면 어느 날 서니 앞으로 경고장이 하나 날아들었기 때문이다. "아파트 영업장을 폐쇄할 것. 그것도 당장!"

갱들에게서 온 경고장이었다.

"이게 무슨 수작이지?" 서니는 갱들에게 전화를 걸었다. "우리는 밀리지 않고 제때 당신들과 경찰에 상납금을 바쳐 왔어요. 갑자기 왜 이러는 거죠?"

"자발적으로 폐쇄하지 않으면 가서 쑥대밭을 만들어 놓겠어." 대답 대신 다시 한 번 경고가 돌아왔다. "우리는 너희가 장사를 하는 방식이 마음에 들지 않아, 검둥이. 발레리오에게도 말을 전해서 백인 계집에게 차를 돌려주라고 해― 당장!"

"말도 안 돼!" 서니가 말했다. "우리는 경찰들한테도 돈을 바치고 있으니까 그쪽하고는 손을 끊겠어."

서니는 어리석었다. 그는 갱들이 내린 명령이라면 경찰도 별로 도움이 되지 않는다는 것을 잘 알고 있었다. 하지만 그는 가게에서 나오는 짭짤한 수익에 도취되어 갱들을 무시하고 계속 영업을 했다. 그는 발레리오에게 갱들로부터 경고를 받았다는 사실조차 말하지 않았다. 빨리 돈을 모아 자신의 도박장을 차리고 싶었던 그는 발레리오가 사실을 알면 사업에서 발을 뺄까 두려웠다. 하지만 그것은 그의 판단 착오였다.

어느 일요일 밤, 아홉 시 반쯤 되었을 무렵 응접실에 빽빽하게 들어선 손님들이 열정적인 피아노 음악에 맞추어 춤을 추고 있었다. 그들중 십여 명은 할리우드와 웨스트포드에서 온 유명 인사들로 신문에도자주 오르내리는 사람들이었다.

손님들은 모두 기분이 좋았다.

발레리오가 아직 일하던 클럽의 일을 마치고 가게로 왔을 무렵 서니는 문을 지키고 있었고 혼혈 바텐더는 하이볼 잔들을 챙기고 있었다. 발레리오는 침실로 가서 무도화를 바꿔 신었다. 눈이 내려 가게로 오는 동안 발이 꽁꽁 얼어붙었기 때문이었다.

영원히 나와 춤을 춰요, 오, 아름다운 여인이여……

머리를 매끈하게 뒤로 넘긴 할렘 가수가 피아노 앞에서 노래를 하고 있었다.

춤을 춰요, 춤을 춰요, 그대여, 이 밤이 지나고 아침이 올 때까지

바로 그때, 마치 행성이 폭발이라도 하듯 엄청난 소리가 복도와 집 전체를 흔들었고 전형적인 갱스터들처럼 보이는 야회복을 입은 다섯 명의 이탈리아 신사들이 집 안으로 걸어 들어왔다. 갱들이 문을 부수고 들어온 것이었다.

그들은 아무 말도 없이 들고 온 긴 도끼로 닥치는 대로 물건들을 부수기 시작했다. 여자들은 비명을 질렀고 남자들은 고함을 질렀다. 피아노는 연주하는 손이 아니라 도끼에 맞아 진동음을 냈다.

"나가게 해 줘요." 피아노 연주자가 소리를 질렀다. "나가게 해 달라고요." 하지만 문간은 아수라장이었다.

"윗도리 없이 나갈 수는 없어." 한 여인이 소리를 질렀다. "서니, 내 털 코트 어디 있어요?"

"움직일 생각일랑 하지 마!" 갱들 중의 한 명이 서니에게 말했다.

커다란 백인의 주먹이 그의 갈색 코를 납작하게 무너뜨렸다.

"너를 해치워야겠어." 두 번째 갱이 말했다. "분명히 경고를 했잖아. 자, 한 대 더 맞아라."

서니는 이빨 두 개를 입 밖으로 뱉었다.

실내 바와 가구들로 도끼들이 날아들었다. 유리 조각들이 튀었고 나무들이 갈라져 나갔다. 손님들은 모자나 겉옷도 챙기지 못하고 밖으로 도망을 갔다. 그때쯤 해서 경찰들도 가게에 들이닥쳤다.

가게를 지켜 주기는커녕 경찰들은 가구들뿐 아니라 눈에 띄는 흑인들을 다짜고짜 두들겨 패기 시작했다. 서니가 그들의 처음 목표였다. 다음으로는 바텐더와 웨이터들을 때려눕혔다. 그들은 침실에서 나오는 발레리오를 붙들어서는 얼굴을 죽이 되도록 때렸다. 피아노 연주자는 엉덩이를 두 번이나 몽둥이로 맞았다. 그들은 경찰봉을 마음대로 휘둘렀다. 갱들이 도끼들을 가지고 떠나는 동안 경찰들은 가게 안에 있던 흑인들(백인들은 한 명도 체포하지 않았다)을 모두 체포했다. 발레리오의 가게는 그렇게 끝이 났다.

감옥에서 발레리오는 밀주 샴페인 공급망을 장악하고 수십 척의 밀주 운반선을 가지고 있는 갱의 애인이 자기에게 자동차를 주었다는 것을 알게 되었다.

"어쩐지! 그게 이유였군." 붕대에 감싸인 서니가 말했다. "그놈이 우리 가게를 박살 내라고 갱들을 보내고 경찰들한테까지 우리를 혼내 주라고 말을 했을 거야."

"그녀가 내게 차를 주었다는 건 어떻게 안 거지?" 발레리오가 천진스럽게 물었다.

"백인들은 모든 것을 알고 있어." 서니가 말했다.

"제발, 검둥이처럼 말하지 마." 발레리오가 대답했다.

감옥에서 나왔을 때 그의 얼굴에는 여전히 곤봉 자국이 남아 있었고 세월이 지난 후에도 사라지지 않았다. 그는 피로하고 속이 메슥거렸으며 항상 배가 고팠다. 갱스터들이 할렘의 모든 나이트클럽에게 그를 고용하지 말라고 명령을 내렸기 때문에 그는 할 수 없이 엄마 곁으로 돌아와야 했다.

"내가 계속 일자리를 지키고 있으니까 망정이지. 다행이야…… 이리 와서 자리에 앉아 뭘 좀 먹으렴. 이제 뭘 할 작정이니?" 그녀가 물었다.

"춤 연습을 다시 해야죠. 브라질에서 일자리를 주겠다는 연락을 받았어요. 리오에 있는 큰 클럽이에요."

"누가 브라질까지 가는 비용을 대준다던?"

"콘차요." 발레리오가 대답했다. 삼단 같은 머리를 가진 그의 룸바춤 파트너 이름이었다. "콘차가 대준대요."

"여자!" 그의 엄마가 놀라 말했다. "그걸 내가 왜 몰랐을까. 하지만 거기까지는 내 생각이 미치지 못했어. 맙소사, 하지만 나는 잘 모르겠다. 잘 모르겠어."

"뭘 모른다는 거예요?" 발레리오가 씩 웃으며 물었다.

"여자가 어떻게 너를 도울 수 있을지 말이야." 엄마가 말했다. "맹세코 너는 네 아비와 똑같아. 내가 그 인간을 십 년 동안 먹여 살렸지. 아마 이게 다 스페인 피 때문인가 보다."

"말도 안 돼요!" 발레리오가 스페인어로 말했다.

길 위에서
On the Road

그는 눈 따위엔 관심이 없었다. 경제공황기의 어느 날 초저녁 화물 기차에서 내렸을 때 상사는 눈이 내리는 것조차 깨닫지 못했다. 하지만 그도 차갑고 축축한 눈이 그의 목으로 스며드는 것을 느끼기는 했을 것이다. 신발도 흠뻑 젖었다. 하지만 그에게 물어보았다면 그는 눈이 내리는 줄 몰랐다고 말했을 것이다. 한길가의 환한 조명 아래서도 상사는 하늘에서 떨어지는 희고 얇은 눈송이들이 눈에 들어오지 않았다. 그러기에는 그는 너무 배고프고 졸리고 피곤했다.

하지만 도르셋 목사는 눈이 내리는 것을 알았다. 그가 현관의 불을 켜고 목사관의 문을 열었을 때 그의 눈앞에 서 있는 거구의 흑인 얼굴 위에 눈이 붙어 있는 것을 보았기 때문이다. 실직자임이 분명한 그는 얼굴에 눈을 묻힌 밤의 한 조각처럼 보였다. 상사가 입을 채 열기도 전에 목사는 말했다. "미안해요. 안 돼요. 거리를 쭉 따라 네 블록을 더 가서 왼쪽으로 방향을 틀어 일곱 블록만 가면 구호소가 있어요. 미안 하지만 대답은 '노'예요!" 목사는 문을 닫았다.

상사는 그 성직자에게 그 구호소에는 이미 들렀다고, 아니 경기가 악화된 후 그는 수백 개의 다른 구호소들에도 들러 봤지만 잠자리는 언제나 만원이었고 식사 시간은 이미 끝났으며 그나마 흑인들은 그곳 에서도 차별을 받는다고 말을 하고 싶었다. 하지만 목사는 '노'란 말만 남기고는 그의 면전에서 문을 닫았다. 분명 그는 그런 이야기를 듣고 싶어 하지 않았을 것이다. 어찌 되었든 그는 닫을 문이라도 가지고 있 었으니까.

거구의 흑인 사내는 몸을 돌이켰다. 쏟아지는 눈발 한가운데로 걸어 갔지만 그에게는 여전히 내리는 눈이 보이지 않았다. 어쩌면 그는 차 갑고 축축하게 그의 턱에 달라붙는, 그의 검은 손을 적시는, 신발을 흠 뻑 젖게 하는 눈을 느꼈을지도 모른다. 그는 배고프고 졸립고 추워서 인도에서 구부정하니 걸음을 멈추고 길 앞쪽을 위아래로 쳐다봤다. 그는 자신이 교회 앞에 와 있다는 것을 문득 깨달았다. 교회라! 그야 당연하지! 목사관 옆에는 당연히 교회가 있어야지.

교회에는 문이 두 개 있었다.

넓은 계단은 밤인데도 불구하고 눈을 맞아 흰색으로 보였다. 아치형 의 높은 문들을 양쪽으로 날씬한 돌기둥들이 받치고 있었다. 위쪽, 두 문들의 중간쯤에는 둥근 창문이 하나 있었는데 가운데에 석조 십자가 가 있었고 그 위에는 예수님이 못 박혀 있었다. 가로등의 창백한 불빛 을 받아 눈 속의 이 모든 장면이 차갑고 딱딱해 보였다.

상사는 눈을 껌벅였다. 하늘을 올려다보자 눈송이가 그의 눈 안으로 떨어져 내렸다. 그날 밤 처음으로 그는 눈이 내리고 있는 것을 보았다. 그는 머리를 흔들었다. 코트 자락에서 눈을 털었다. 배가 고팠고 길을 잃은 것 같기도 하고 제 길 위에 있는 것 같기도 하고 추웠다. 그는 교회 계단을 걸어 올라갔다. 문을 두드렸지만 아무 대답이 없었다. 문고리를 돌려 보았지만 잠겨 있었다. 그는 어깨를 문에 붙인 채 그의 긴 검은색 몸을 쇠기둥처럼 문 쪽으로 기울였다. 그가 힘을 썼다. 그는 마치 쇠사슬에 묶인 죄수들이 일을 할 때 부르는 노래처럼 규칙적으로 용을 쓰는 소리를 냈다.

"피곤해…… 알아? ……배고프다고…… 알아? ……졸려…… 알아? 춥다고…… 잘 곳이 필요해." 상사가 중얼거렸다.

"여긴 교회야, 그렇잖아?"

그는 문에 기댄 채 힘을 썼다.

맹렬하게 기대어 힘을 쓰는 거구의 흑인 사내에게 갑자기 삐걱대는 소리, 깨지는 소리가 들리며 문이 열리기 시작했다.

하지만 그때쯤에는 두세 명의 백인들이 가던 걸음을 멈추고 거리에 서서 그를 지켜보고 있었다. 상사의 의식 속에 희미하게 그들이 문에 대해 뭐라고 고함을 지르는 것이 느껴졌다. 서너 명의 백인들이 더 그에게 소리를 지르며 달려오고 있었다.

"이봐!" 그들이 말했다. "이보라고!"

"알아요." 거구의 흑인이 그들에게 말했다. "백인들이 다니는 교회라는 걸 나도 안다고요. 하지만 나는 잠잘 곳이 필요해요." 그는 다시 한 번 문에다 힘을 썼다. "끙!"

문이 갑자기 부서지며 열렸다.

하지만 바로 그 순간 차를 타고 도착한 두 명의 백인 경찰관들이 서

둘러 계단을 뛰어 올라와서는 상사를 붙들었다. 하지만 상사는 절대로 문에서 물러날 기세가 아니었다.

상사는 버텼다. 그는 부서진 문처럼 부실한 것이 아니라 문 양쪽의 커다란 돌기둥을 꽉 붙잡고 놓지 않았다. 거리에 있던 사람들도 경찰들의 뒤에 서서 상사를 문에서 떼어 내는 데 힘을 모았다.

"실직한 검은 흑인이 우리 교회를 붙들고 놓지 않는다 이거지!" 사람들은 모두 생각했다. "주제도 모르고!"

경찰들은 방망이로 상사의 머리를 때리기 시작했지만 그들을 말리는 사람은 아무도 없었다. 하지만 상사는 손을 놓지 않았다.

그 순간 교회가 무너지기 시작했다.

서서히 커다란 돌로 지어진 교회의 현관—벽들과 서까래와 십자가, 예수님—이 무너져 내리더니 건물 전체가 붕괴되었다. 경찰들과 사람들은 벽돌들, 돌들, 기타 건물의 잔해에 덮였다. 교회 건물이 내리는 눈 속에 완전히 주저앉았다.

건물 더미에서 빠져나온 상사는 교회의 석조 기둥을 어깨에 얹은 채 거리를 걷기 시작했다. 그는 아마도 자신이 목사관과 자신에게 '노!'라고 말한 도르셋 목사를 모두 묻어 버린 것 같다는 생각이 들었다. 그는 웃음을 터뜨리며 여섯 블록 정도 더 가서 돌기둥을 던져 버리고는 길을 계속 걸었다.

상사는 혼자 길을 걷고 있다고 생각했지만 자신의 발걸음 소리에 발을 맞춰 뽀드득뽀드득 길을 걷는 또 다른 발걸음 소리를 눈치챘다. 주위를 둘러보던 그의 눈에 바로 옆에서 그와 같이 걸음을 걷고 있는 예수님이 들어왔다. 교회의 십자가에 달려 있던 예수였는데 아직도 돌로 거칠게 깎인 모습이었다. 아마도 교회가 무너질 때 십자가에서 떨어져 나온 것 같았다.

"원, 세상에." 상사가 말했다. "십자가에서 내려오신 모습은 처음 보네요."

"그래." 예수님이 대답했다. "나를 풀어 주기 위해서 네가 교회를 무너뜨렸지."

"마음에 드세요?" 상사가 물었다.

"당연하지." 예수님이 대답했다.

두 사람은 웃음을 터뜨렸다.

"전 정말 굉장한 놈이죠?" 상사가 말했다. "교회를 무너뜨려 버렸으니 말이에요."

"정말 훌륭한 일을 했네." 예수님이 말했다. "그들은 나를 거의 이천년 동안이나 못 박아 두었었거든."

"세상에!" 상사가 말했다. "풀려나신 게 무척 기쁘시리라는 것을 알아요."

"정말이네." 예수님이 말했다.

그들은 계속 길을 걸었다. 상사가 돌로 된 사람을 쳐다보았다.

"거기 이천 년이나 달려 계셨다고요?"

"정말이야." 예수님이 대답했다.

"저한테 돈이 좀 있었더라면," 상사가 말했다. "여기저기를 조금이라도 구경시켜 드릴 수도 있었을 텐데."

"나도 꽤 돌아다녔지." 예수님이 대답했다.

"예, 하지만 오래전 이야기잖아요?"

"어쨌든," 예수님이 말했다. "나도 꽤 돌아다녀 봤어."

눈길을 걷던 두 사람 앞에 철도 야적장이 나타났다. 땀범벅이 된 상사는 지치고 피곤했다.

"어디로 가시게요?" 철로 옆에 멈춰 선 상사가 예수님께 물었다. 그는 예수님을 쳐다봤다. 상사가 다시 입을 열었다. "저는 그저 떠돌이일 뿐이에요. 예수님은요? 어디 가실 데라도 있으세요?"

"그분만이 아시겠지." 예수님이 말했다. "어쨌든 나는 이곳을 떠나려네."

그들은 눈에 덮여 반쯤 가려진 야적장의 빨간색과 초록색 불빛을 바라봤다. 야적장 아래쪽으로 떠돌이들이 움막을 쳐 놓은 곳에 화톳불 불빛이 어른거렸다.

"전 저곳으로 가서 잠을 좀 자야겠어요." 상사가 말했다.

"그럴 수 있겠나?"

"그럼요." 상사가 말했다. "저곳은 문이 없어요."

마을 밖, 기찻길을 따라서 황량한 나무들과 잡목들이 어둠 속에서 희뿌옇게 보이는 둑 밑쪽에 자리 잡고 있었다. 나무들과 잡목들 아래에는 박스들과 양철 판, 나무 조각들과 캔버스 천으로 엉성하게 만든 집들이 있었다. 밤중에는 그것들이 보이지 않았지만 떠돌이로 살아봤거나, 경기 침체기의 굶주린 노숙자들과 함께 생활해 본 사람이라면 그들의 존재를 알 수 있었다.

"저는 여기서 샛길로 빠질게요." 상사가 말했다. "많이 피곤해서요."

"나는 캔자스시티까지 가려네." 예수님이 말했다.

"네." 상사가 말했다. "그럼 안녕히 가세요!"

그는 떠돌이들의 임시 거주지로 가서 자리를 잡고 잠에 들었다. 그에게는 더 이상 예수님이 보이지 않았다. 아침 여섯 시쯤, 화물차가 하나 지나갔다. 상사는 십여 명의 떠돌이들과 함께 임시 거처로부터 둑을 기어올라 철로를 따라 달리다가 화물칸을 붙들었다. 이른 새벽이라 춥고 어두웠다.

'예수님은 지금 어디에 계실까?' 상사는 생각이 났다. '임시 거처에서 주무시지 않았으니까 길을 따라 꽤 많이 가셨을 거야.'

상사는 기차를 잡은 손에 힘을 주고 달리는 석탄 차 너머로 몸을 끌어 올리려 했다. 하지만 이상하게도 차 안은 경찰들로 가득했다. 가장 가까이 있던 경찰이 상사의 손가락 관절들을 곤봉으로 힘껏 내리쳤다. "딱!" 그의 커다란 검은 손이 기차를 붙들고 있다는 이유로 가격당했다. "딱!" 하지만 상사는 손을 놓지 않았다. 그는 기차에 매달려서 몸을 차 안으로 끌어 올리려 애를 썼다. 그는 목청껏 소리를 질렀다. "제기랄, 좀 타자고요!"

"닥쳐." 경찰이 소리쳤다. "이 미친 검둥이!" 그가 다시 상사의 관절을 몽둥이로 내려치고 그의 배를 주먹으로 때렸다. "넌 지금 정글에 와 있는 게 아니라고. 여긴 기차도 아니고. 넌 지금 감방에 있는 거야."

"딱!" 감방의 철창을 잡고 있는 그의 검은 손가락들에 다시 몽둥이가 떨어졌다. "딱!" 철창 아래쪽으로 디밀어진 곤봉이 그의 정강이를 후려쳤다.

상사는 문득 자신이 있는 곳이 정말로 감옥이라는 것을 깨달았다. 그는 기차에 있는 것이 아니었다. 전날 밤 입은 상처에서 흐른 피가 얼굴에 더께로 앉아 있었고 머리가 깨질 듯 아팠다. 복도에 서 있는 경관은 소리를 지르며 철창문을 붙들고 흔드는 그의 손을 사정없이 몽둥이로 때리고 있었다.

'어제 문을 부쉈다는 이유로 이리로 끌려온 게 틀림없어.' 그가 생각했다. '교회 문 말이야.'

상사는 철창 안쪽으로 가서 차가운 돌벽에 등을 기대고 나무 의자 위에 앉았다. 전보다 더 깊은 허기가 밀려왔다. 축축하게 젖은 옷은 차가우면서도 끈적였고 신은 눈 녹은 물로 질척거렸다. 막 동이 트려는 시간에 그는 철창에 갇혀 상처 난 손을 쓰다듬고 있었다.

상처가 난 것은 문이 아니라 그의 손가락이었다.

곤봉도 아니었고 그의 손가락들이었다.

"잠깐만," 상사가 차가운 감옥의 벽에 등을 기대고 중얼거렸다. "나는 이 문도 부숴 버리겠어."

"닥쳐— 계속 떠들면 죽을 만들어 줄 테니까." 경관이 말했다.

"이 문을 부숴 버릴 거라고." 상사가 소리를 지르며 유치장 안에서 일어섰다.

하지만 그는 혼잣말을 하고 있었음이 틀림없다. 왜냐하면 그가 물었기 때문이다. "예수님은 어디로 가셨을까? 정말 캔자스시티로 가셨을까?"

어떤 용기
Gumption

당신들 젊은이들은 대공황이 어땠는지 기억을 못 할 거예요. 하지만 나는 잘 기억하고 있죠. 그해 겨울 우리 집에는 돈을 버는 사람이라곤 우리 집사람밖에 없었어요. 그 점에 대해서 그녀는 온갖 그악스러운 성질을 부려 댔죠. 아직 손빨래를 하던 시절이어서 그녀는 가끔 백인들의 빨랫감을 받아 왔고 그렇게 근근이 생활을 꾸려 갈 수 있었어요. 하지만 그녀는 내가 앉아 빈둥거리는 꼴을 견뎌 내지 못했어요. 일자리가 없어서였는데도 말이죠. 우리 마을에는 일자리가 전혀 없었어요. 아니, 다른 어떤 곳도 마찬가지였을 테지만. 우리는 남자 한 명과 그의 여자 친구, 두 사람의 하숙인들을 두고 있었지만 그들도 실직 중이었어요. 우리 부부처럼 그들도 마을의 구호 담당자들에게는 찬밥 대우를 받고 있었죠. 그런 사람들은 외지인들에게는 항상 냉랭한 법이니까. 우리 집 사람들은 모두 콩과 죽으로 근근이 겨울을 나고 있었어요.

어느 추운 이월의 아침, 하숙인들과 나, 우리 집사람이 추위를 피하기 위해 부엌의 화덕 주위에 옹기종기 모여 앉아 있을 때 오이스터 영감과 그의 아들이 골목을 지나가는 게 보였죠.

"오이스터와 아들이 지나가네." 내가 말했어요. "어치 새만큼이나 몰골이 말이 아니군."

"저 사람들은 구호용 일감도 못 얻나 보죠?" 하숙인이었던 잭이 말했어요.

"한 달에 얼마 동안씩은 일을 할 수 있었지." 내가 대답했어요. "하지만 그걸 발로 차 버렸지 뭔가."

"발로 차 버렸다고? 지금 그걸 말이라고 해요?" 마누라가 뾰족하게 말을 받았죠. "글쎄요, 저 사람들은 적어도 용기는 있는 사람들이에요. 그들은 저기 사무실에 앉아 있는 백인들에게 자신들이 하고 싶은 말을 다 했다고요. 그들이 어떤 인간들인지 말이에요."

"그래서 어떤 결과가 왔는지 보라고." 내가 말했죠. "먹을 것을 찾아 골목을 헤매고 있잖아."

"저 사람들은 용기가 있어요." 아내가 소리를 높였어요. "그건 대단한 거라고요!"

"하지만 용기가 밥을 먹여 주지는 않죠." 잭이 말했지만 그의 말은 불난 집에 기름을 붓는 꼴이었어요.

"그러면, 하루 종일 엉덩이를 깔고 앉아 있으면 밥이 나온답디까?" 아내가 화를 내며 다리미를 백인들의 셔츠 위에 꽝 소리가 나게 내려놓더군요. 하숙비도 밀린 주제에 뭔 말이 많아, 라는 눈빛으로 그녀가 잭을 노려보았어요.

그녀의 성질을 내가 돋우지 않았다는 사실만으로 나는 감사했죠.

"그게 무슨 얘기예요?" 잭의 여자 친구가 물었어요. "왜 오이스터 영감이 구호처 직원들의 미움을 사게 되었다는 거죠, 클라라 부인?"

그녀는 내게 그 이야기를 전에 들은 적이 있었지만 집사람의 관심을 다른 쪽으로 돌리기 위해, 그래서 그녀의 마음이 밀린 집세를 잠시 잊도록 하기 위해 질문을 한 거였어요.

"아직 그 이야기를 몰라요?" 아내가 열이 오른 다른 다리미를 집어 들며 말했어요. "정말 들어 둘 만한 이야기지, 적어도 나는 그렇게 생각을 해요. 오이스터가 사람들은 정말 용기가 있어요." 아내는 다시 험상궂은 눈으로 나와 잭을 쏘아보더군요. "오이스터 영감은—좀 이야기가 거슬러 올라가지만—보잘것없는 인물이었죠. 그저 가난하지만 정직한 사람이었다고나 할까. 그에게는 아들 찰리가 있었어요. 우리가 보기에는 발육불량의 왜소한 아이였지만 그는 언제나 아들을 쓸모 있는 사람으로 키우고 싶어 했죠. 그래서 그는 열심히 일을 했어요. 짐꾼으로, 벨 보이로, 공사장 인부로 닥치는 대로 말이에요. 그의 아내가 죽은 다음에는 혼자서 아이를 학교에 보내고 씻기고 옷매무새를 보살피면서 아이를 반듯하게 키워 내려고 노력했어요. 아이도 아빠의 뜻을 따라 잘 커 줬고요. 상업부기 타자수를 기르는 학교로 진학을 한 다음에는 항상 만점을 받아 왔죠. 아이는 졸업 후 백인들 회사에서 일자리를 얻더군요. 정말이에요, 나도 그런 얘기는 처음이었다니까요. 흑인 아이가 백인 마을에 가서 타자를 치고 회계를 하는 일 같은 건 말이에요. 석탄 집하장과 연료 회사를 운영하던 바텔슨 씨는 메인 주 출신으로 흑인들에 대한 편견이 없었기 때문에 어린 오이스터에게 그의 회사에서 일을 할 수 있도록 해 준 거였어요. 백인 운전사들은 질투에 눈이 멀 지경이었죠. 자기들은 밖에 나와서 트럭을 운전하는데 흑인이 사무실에 앉아 일을 하다니! 하지만 오이스터 영감의 아들은 준비가 된 사람이었어요. 비록 흑인이었지만 교육을 제대로 받았고 일도 제대로 할 수 있었죠. 아이도 운이 좋았던 거죠. 알다시피 흑인이 백인 사무실에서 일을 한다는 것은 본 적이 없잖아요.

오이스터 영감은 아들이 정말 자랑스러웠지요. 영감뿐이 아니었어요. 그가 다니던 교회, 아들이 다녔던 백인 실업학교, 모두가 자랑스러워했어요. 그렇게 이삼 년 동안은 모든 게 좋았어요. 오이스터 영감과 찰리는 집을 사려고까지 했어요. 영감도 시간당 사십 센트씩을 받고 도로 공사장에서 일을 하고 있었으니까요. 하지만 곧 경제공황이 들이닥쳤죠. 도로 공사도 중지됐고 사람들도 난방을 위한 연료 구입을 줄였죠. 석탄 야적장을 운영하던 바텔슨 씨는 파산을 하고 말았고 오이스터 영감 아들도 대부분의 다른 사람들처럼 실직을 하게 되었어요. 오이스터 영감도 일자릴 잃었어요. 도로 공사와 하수관을 놓는 공사가 줄어들면 줄어들수록 흑인들이 하던 일들이 백인들에게 돌아가잖아요? 흔히 하는 말처럼 흑인 일꾼들은 해고될 때는 최우선이고 고용은 제일 늦게 되는 거죠."

클라라는 다림질을 하며 계속 얘기했어요. "그러던 중 정부 구호소와 '공공사업 진흥국'이 생기게 되어서 사람들은 이제 상황이 좀 나아지려는가 하고 기대를 품었어요. 하지만 사실 달라질 것은 별로 없었어요, 특히 흑인들에게는 말이죠. 이 마을에 온 지 얼마 안 된 우리와 당신 두 사람을 제외하면 마을 사람들 모두 이미 구제 대상으로 올라 있었으니까요. 하지만 천만다행으로 나는 이 집 저 집 빨랫감도 조금 얻을 수 있고 집 안 청소 일도 좀 하죠. 하지만 저기 실베스터 좀 봐요." 그녀가 나를 가리켰어요. "버스 정류장에서 일하던 짐꾼들도 한 사람만 빼고는 모두 잘렸어요. 저이도 그 바람에 일자리를 잃었고요.

어찌 되었건, 다시 오이스터 씨네 집 이야기를 계속하자면, 영감님과 그의 훌륭한 아들이 일자리를 잃었다는 건 참으로 안타까운 일이었어요. 두 사람 다 꿈도 있고 믿을 만한 훌륭한 사람들이었으니까요. 구호소가 문을 열고 어려운 처지의 사람들에게 한 달에 얼마씩 일을 할 수 있는 시간을 배정해 주면서 오이스터 영감은 다시 도로 공사 일을 할 수 있게 되었어요. 하지만 그의 아들 찰리는 사무직에서만 일을 했기 때문에 도로 공사 일 같은 건 해 본 적이 없었죠. 하지만 그는 그런 일도 감수해야 하리라고 생각을 했고 별달리 항의도 하지 않았어요— 그러니까, 정부에서 소위 화이트칼라들을 위한 구호 사무실을 열기까지는 말이에요. 경기가 좋았을 때 사무실에서 일을 했던 백인들, 그러니까 보험회사 직원들, 점원들 그런 사람들 말이죠, 그런 사람들은 그곳에 가서 자기들이 하던 일들과 비슷한 일들을 얻었어요. 하지만 찰리가 그곳에 갔을 때는 그가 흑인이라는 이유로 차별을 했어요. 그들은 바텔슨 씨가 찰리에게 써 준 삼 년간의 경력 증명서에도 불구하고 '당신은 사무직 노동자가 아니오'라며 인정해 주지 않았죠. 그들은 찰리에게 아버지와 함께 공사장에서 일을 할 수 있도록은 해 주었어요.

하지만 오이스터 영감은 머리끝까지 화가 났죠. '내가 그 오랜 세월 동안 일을 해서 너를 가르친 게 고작 여기 와 내 옆에서 땅을 파게 하기 위한 것인 줄 아니? 네가 한 공부는 어떻게 하고?'

노인은 그날 아침 그 자리에서 일을 내려놓고 아들을 그리로 보낸 백인을 만나러 정부의 화이트칼라 취업 소개소로 갔죠. 거기서 바로 사달이 난 거예요."

클라라는 신이 나서 입을 놀리며 다림질을 했어요. "정부 사무실의 백인은 '요새 같은 때 아무 일이라도 당신 아들한테까지 돌아간 것만으로 고맙게 생각하쇼. 지금은 한가하게 하고 싶은 일을 골라서 할 수 있는 때가 아니오'라고 말했죠.

하지만 오이스터 영감은 물러서지 않고 아들의 권리를 주장했어요. 바로 그 점이 내가 그 사람을 용감하다고 하는 이유예요. 그는 이렇게 말했어요. '내가 일을 골라서 하겠다는 게 아닙니다. 아니, 내 일 때문에 이러는 것도 아니고, 나는 내 아들의 이야기를 하는 거요. 걔는 교육을 받았어요. 물론 흑인이기는 하지만 이 세상에 살았던 어느 사람보다 훌륭한 백인 신사 바텔슨 씨 회사에서 삼 년 동안이나 일을 했단 말입니다. 걔는 충분한 경험을 갖췄어요. 타이프를 칠 줄 알고 회계도 할 수 있어요. 도대체 무슨 이유로 걔를 밖으로 보내 나와 같이 일을 하도록 만든 겁니까? 여기서 백인들에게는 이전에 하던 일, 그들이 할 줄 아는 일들을 다시 할 수 있게 해 주잖아요? 우리 애는 곡괭이나 삽질은 전혀 할 줄 몰라요. 왜 걔한테도 다른 사람들처럼 걔가 할 수 있는 일을 주지 않나요?'

'우리에게는 니그로들이 할 수 있는 사무직 일자리가 없소.' 그가 딱 잘라 말을 했죠. '그래서 내가 당신 아들을 도로 공사장으로 보낸 거요. 나는 니그로들은 모두 구호 명단에 노동자로 분류를 하니까.'

그 말은 들은 오이스터 영감은 머리끝까지 화가 났죠. 그가 말했어요. '젠장, 나도 시민이오! 공공사업 진흥국이라는 게 더 많은 차별이 필요해 만든 기관이란 말이오? 나는 왜 우리 애가 훈련을 받은 다른 사람들처럼 타자수가 될 수 없는지 알아야겠소. 비록 임시변통으로 하는 일이더라도 말이오. 걔가 백인들의 사무실에서 일을 할 수 있었다면 당신네, 그리고 정부로부터도 역시 일을 얻을 수 있어야 하는 것 아니오?'

그의 말은 백인을 화나게 만들었죠. 그가 소리쳤어요. '당신은 공산당이 틀림없어, 안 그래?' 그가 경찰서에 연결된 비상벨을 눌렀어요.

오이스터 영감은 이제껏 마을에서 어떤 문제도 일으킨 적이 없는 사람이었죠. 하지만 경찰들이 들이닥쳐서 그를 붙들어서는 사무실 밖으로 쫓아내려 하자 그는 완강하게 저항했어요. 당연히 그럴 만도 했죠. 하지만 경찰들은 그렇게 생각하지 않았고 그들 중 한 명이 경찰봉으로 영감의 머리를 때려서 기절을 시켰어요.

영감이 정신을 차렸을 때는 유치장 안이었대요.

다음에는 영감의 아들이 자신이 남자임을 보여 주었죠. 찰리는 도로 공사장에서 일을 마치고 집에 돌아온 후 무슨 일이 벌어졌는지를 전해 듣곤 끓어오르는 분노를 느끼며 감옥으로 가서 아버지를 만났어요. 백인 사무원이 경찰을 불러 그의 아버지를 때려눕혔다는 이야기를 들은 그가 아버지에게 말했죠. '아버지, 내일이면 저도 유치장, 아버지 옆자리로 올게요.' 과연 그는 자신의 말을 행동으로 옮겼어요. 다음 날 아침 백인 사무직 노동자들의 구호 사무실로 간 그가 그 백인 사내를 얼마나 흠씬 두들겨 주었는지 아직도 다 회복을 못 했을 정도래요.

'우리 아버지가 여기에 와서 시민으로서 우리의 권리를 이야기했다고 그를 두들겨 패서 끌고 나갔다고? 당신은 도대체 뭐지? 나보다 얼마나 대단한 존재야? 어디, 나도 한번 밖으로 쫓아내 보시지? 그 전에 내가 먼저 너를 죽이 될 때까지 두들겨 패 줄 테니까!'

그 백인 남자는 다시 경찰들을 부르려고 책상 위의 벨을 향해 손을 뻗었죠. 하지만 그의 손을 오이스터 영감의 아들이 낚아챘죠. 그 백인이 찰리에게 얼마나 겁을 집어먹었을지 구경할 수 있었으면 좋았으련만. 그는 백인을 놓아주지는 않으면서 가지고 놀았죠. 경찰들이 도착했을 땐 이미 백인이 꽤 두들겨 맞은 상태였기 때문에 찰리도 자기 말대로 감옥에 갇혔고요. 구제를 한다고 와서는 이전보다 더 차별을 하다니, 더구나 이렇게 힘든 때 말이에요."

클라라가 다리미를 화덕 위에다 쾅 소리가 나게 내려놓았어요. "어쨌거나, 그들은 오이스터 부자를 감옥에 오랫동안 붙들어 두지 않았어요. 머레이 판사가 두 사람에게 각각 한 달간 투옥을 선고했지만 집행 유예로 풀어 주었죠. 그렇지만 감옥에서 나온 뒤로 구호소 사람들은 오이스터 부자에게 아무런 일자리를 주지 않았어요. 자신들은 흑인 공산당들을 먹여 살릴 수는 없다고 하면서 말이에요. 공산주의자란 말조차 들어 본 적 없는 오이스터 영감과 아들에게, 자기들 사무실에 와서 그들의 권리를 주장했다고 빨갱이라고 부르는 거예요. 그들은 자신들의 권리를 찾기 위한 투쟁에서 승리를 하지는 못했어요. 덕분에 골목에서 쓰레기 나르는 일을 하지만 그래도 그들은 용기가 있는 사람들이에요!"

"용기가 밥을 먹여 주지는 않지." 내가 현실적인 척 말을 했죠.

"그렇기는 하죠, 하지만 수치심 때문에 숨이 막혀 죽을 수는 있어요!" 아내가 목소리를 높인 후 나와 잭을 쏘아보았어요. "나는 당신 두 사람이 뭔가를 위해 투쟁하는 꼴을 본 적이 없어요. 두 사람도 지금 형편이 안 좋으니까 어딜 가서든 소란을 좀 떨고 뭔가를 챙겨 와 봐요!" 그녀가 다리미를 요란하게 내려놓았어요. "나는 아들이 있으면 '용기가 밥 먹여 줘?'라는 헛소리나 하며 난로 옆에 앉아 시간을 때우는 당신보다는 오이스터 영감의 아들 같았으면 좋겠어요. 용기가 당신에게 밥을 먹여 주진 않겠죠, 용기란 게 아예 없으니까! 난롯가에서 엉덩이를 떼고 여기서 썩 나가요. 당신 두 사람 다! 나가서 빵이든 돈이든 일자리든, 쓸모 있는 것들을 좀 가져와 봐요. 뭐라도 상관없어요. 썩 일어나서 나가라고요!"

그녀는 다리미를 셔츠가 아니라 내 얼굴에 내려놓기라도 하려는 듯 공중에서 흔들어 댔어요. 잭과 나는 따뜻한 집을 나와서 차가운 거리를 이리저리 쏘다녀야 했죠. 집에 들어가면 시끄러워질 게 분명했으니까. 조금이라도 용기를 불러일으키는 수밖에 없었어요.

교수
Professor

정확히 일곱 시가 되자 커다란 자가용이 부커 T. 워싱턴 호텔 앞에 멈춰 서더니 유니폼을 입은 백인 운전사가 내려서는 투숙객 중에 T. 월턴 브라운이라는 흑인 교수가 있는지 물어보려고 안내 데스크 쪽으로 걸음을 옮겼다. 하지만 교수는 흰 목도리를 두르고 단추를 채우지 않았을 뿐 야회복 위에 코트까지 걸친 후 이미 로비에 나와 앉아 있었다.

기사가 호텔로 들어서자마자 교수가 그에게 다가갔다. "챈들러 씨가 보낸 차인가요?" 그가 주저하면서 물었다.

"예, 맞습니다, 선생님." 백인 운전사가 깔끔하게 옷을 차려입은 작은 니그로에게 말했다. "월턴 브라운 박사님이신가요?"

"네." 교수가 웃으면서 약간 머리를 숙였다.

기사가 브라운 박사를 위해 호텔 문을 열어 준 후 자동차로 달려가 그가 탈 수 있도록 문을 열고 대기했다. 차는 실내뿐만 아니라 딛고 올라서는 발판에도 조명이 들어왔다. 교수는 부드러운 쿠션들과 폭신한 양탄자, 꽃이 꽂혀 있는 크리스털 꽃병이 놓인 차 안으로 들어갔다. 운전사가 아주 공손하게 교수의 무릎에 올린 모피 자락을 차 안으로 밀어 넣은 후 문을 닫고 유리 칸막이 앞 자신의 자리에 앉자 부드러운 엔진 소리를 내며 차가 움직이기 시작했다. 싸구려 호텔의 로비에 앉아 있던, 옷도 제대로 입지 못한 니그로들이 이 모든 광경을 놀라서 쳐다보고 있었다.

"굉장한 거물인가 봐!" 누군가 말을 했다.

길모퉁이에서 두세 명의 잿빛 아이들이 자동차 앞을 지나갔다. 운전사가 아이들을 지나가게 하기 위해 속도를 멈추었고 그들의 앙상한 다리들과 엉성한 입성이 자동차 헤드라이트에 고스란히 드러났다. 모퉁이를 돈 차는 전당포들, 맥줏집들, 족발 가판대, 싸구려 영화관, 이발소, 기타 그 거리의 가난한 흑인들이 애용하는 이런저런 가게들을 지나쳐 갔다. 커다란 승용차에 앉아 밖을 내다보던 월턴 브라운 박사는 몸담고 있는 대학을 위해 자신이 지금 강연을 하고 다니는 중서부의 큰 도시들에 있는 흑인 거주 지역들을 떠올리고는 쓸쓸한 느낌을 감출 수 없었다. 흑인들이 사는 지역의 큰길은 언제나 꾀죄죄하고 역겨운 외관을 보였다. 돼지 족발집들, 전당포들, 맥줏집들―물론 매춘 굴도 그 가운데 포함되어 있었지만 최소한 그런 곳은 엉성한 간판들을 내걸지는 않았다.

교수는 전형적인 흑인 동네의 가난하고 산만한 풍경에서 눈을 돌렸다. 그는 유리 칸막이 앞에 앉아 있는 백인 운전사의 품위 있는 흰 목을 쳐다봤다. 야회복 차림을 한 교수의 갈색 피부는 흰 비단 목도리를 두른 탓에 더 검어 보였고 모피를 덮은 그의 몸은 따뜻하고 안락했다. 하지만 동시에 그는 남부 지방의 변경에 위치한 이 지방에서 백인 운전사가 운전하는 고급 승용차에 흑인인 자기가 타고 있다는 사실이 약간 불안하게 느껴지기도 했다.

'그렇지만,' 그는 생각했다. '이 차는 랠프 P. 챈들러의 자가용인데 누가 감히 나한테 해코지를 할 수 있겠어. 챈들러 가문 하면 중서부와 남부 지방의 권세가니까. 아마 미국에서 가장 부유한 가문 중 하나일 걸. 널리 알려진 대규모 자선사업들에 있어서도 이 가문처럼 차분하게 계획을 세워 큰 금액을 출연하는 단체도 없어. 니그로 교육의 큰 기둥이기도 하고. 그래서 내가 오늘 저녁 초대를 받아 가고 있는 중이기도 하고 말이야.'

챈들러 부부는 최근 교수가 학생들을 가르치고 있는 작은 니그로 대학에 흥미를 보이고 있었다. 그들은 그 학교를 미국에서 제일 큰 니그로 대학들 중 하나로 만들고 싶어 했다. 더욱이 그들은 교수가 가르치는 분야인 사회학부에 가장 큰 관심을 보이고 있었다. 그들은 학교에 연구 교수 자리를 만들 수 있도록 자금을 지원해서 능력 있는 박사나 학자를 그 자리에 앉히고 싶어 했다. 브라운 교수처럼 명망이 있는 사람으로 말이다. 절제되고 보수적인 시선에서 저술된 T. 월턴 브라운 박사의 저서 『편견의 사회학』은 최근 챈들러 위원회의 주목을 받고 있었다. 마침 대학을 방문 중이던 챈들러 위원회의 자선사업 담당자는 교수와 꽤 긴 시간 동안 그가 저술한 책과 그가 품고 있는 생각에 대해 대화를 나누었는데 월턴이 거의 모든 면에서 백인 자신과 일치된 견해를 가지고 있다는 데 깊은 만족감을 느꼈다.

그가 위원회로 보낸 보고서에는 "아주 훌륭하고 믿을 만한 젊은 니그로"라고 브라운 교수가 묘사되어 있었다.

그가 가까운 흑인 교회에서 강연회를 연다는 이야기를 들은 랠프 챈들러와 그의 부인은 남부의 가장자리에 있는 그의 대저택으로 저녁 식사를 하러 오라고 초대를 한 후 부커 T. 워싱턴 호텔로 차까지 보내 주었다. 호텔은 뜨거운 물을 틀어도 차가운 물만 나왔고 팁에만 관심이 있는 벨 보이들은 교수에게 맥주, 아니면 여자가 필요하지는 않은지 저녁에만 벌써 두 번 성가시게 물었다.

하지만 지금 그가 타고 있는 크고 안락한 차는 흑인들의 슬럼을 한참 전에 지나치고 깨끗한 대로를 쏜살같이 달리고 있었다. 교수는 기뻤다. 그는 마을의 홍등가에 위치한 호텔로 백인 운전사가 그를 데리러 온 데 대해 무척 마음이 쓰였었다. 하지만 어느 도시의 호텔이든 백인들이 이용하는 호텔은 아무리 교양이 있더라도 니그로들을 받지 않았다. 메리언 앤더슨조차도 공연이 있던 날 이곳에서 괜찮은 숙소를 찾을 수 없었다고 흑인 신문들은 보도를 했었다.

한숨을 쉬면서 교수는 창밖으로 가로등이 환하게 켜진 대로를 따라 늘어선 널찍한 정원을 갖춘 백인들의 아름다운 집들을 내다봤다. 얼마 후 자동차는 인가가 뜸해진 깔끔한 교외 지역을 달리고 있었다. 담쟁이덩굴이 걸린 담장들, 손질이 잘된 정원수들과 회양목들은 그곳에 있는 집들이 그저 집들이 아니라 장원莊園들임을 보여 주고 있었다. 큰길에서 벗어난 자동차가 포장이 된 길을 따라 들어가 작은 경비 건물을 지나친 후 마치 공원처럼 분수와 나무로 가득한 정원을 지나서는 호텔만큼이나 큰 저택 앞에 멈춰 섰다. 현관으로 이어진, 기둥으로 받쳐진 지붕에 커다란 등이 매달려서 크롬 코팅이 된 검은색 자동차의 몸체에 은은한 조명을 뿌려 주었다. 백인 운전사는 운전석에서 재빨리 나와서 흑인 교수의 옆문을 정중하게 열어 주었다. 대기하고 있던 영국인 집사가 그를 맞은 후 코트, 모자, 목도리를 받아 들었다. 집사는 교수를 두 명의 남자와 여자 한 명이 서서 대화를 나누고 있던 화실의 벽난로 쪽으로 인도해 갔다.

낯선 사람들 앞에서 교수가 잠시 주저하는 사이 챈들러 부부가 먼저 다가와서 악수를 청하며 자신들을 소개하고는 그날 저녁 초대받은 또 다른 손님이었던 그 지역 뮤니시펄 대학의 불윅 박사를 소개했다. 브라운 박사의 기억에 의하면 그 대학은 흑인 학생들의 입학을 허락하지 않는 곳이었다.

"만나서 반갑습니다." 불윅 박사가 말했다. "저도 사회학자입니다."

"이미 존함은 들어 알고 있습니다." 브라운 박사가 정중하게 인사를 했다.

집사가 은주전자에 셰리주를 담아 내왔다. 방 안에 있던 사람들은 모두 자리를 잡고 앉았고 백인들은 품위 있게 대화를 나누기 시작했다. 그들은 브라운 박사에게 그의 강연 여행에 대해 물었다. 청중들의 반응은 어떤지, 주로 흑인들이 청중들의 대부분인지 아니면 다른 인종들도 섞여 있는지, 그의 대학에 대해 사람들이 흥미를 보이는지, 기부금은 걷히고 있는지 등을 물었다.

불윅 박사는 교수가 지은 책, 『편견의 사회학』에 대해 질문했다. 어디에서 연구의 소재를 구했는지, 누구 밑에서 공부했는지, 그의 생각엔 니그로 문제가 해결이 될 수 있으리라고 보는지에 관한 질문이었다.

브라운 박사는 명랑한 목소리로, "우리는 진전을 보이고 있습니다"

라고 대답을 했다. 전형적인 답변이었지만 종종 그는 자신이 거짓을 말하고 있다는 느낌을 받고는 했다.

"맞아요." 불워 박사가 그의 말에 동의했다. "정말 맞는 말이에요. 우리 학교에서 인종에 관련된 좋은 실험을 한 적이 있어요. 몇 명의 흑인 목사들과 고등학교 선생들을 우리 수업에 참관하게 했었죠. 결과적으로 그들 모두 아주 똑똑한 사람들이라는 것이 밝혀졌어요."

자기도 모르게 브라운 박사가 불쑥 말했다. "하지만 학교에 흑인들을 학생으로 받으시지는 않잖아요, 안 그런가요?"

"맞아요." 불워 박사가 말했다. "안타까운 일이죠. 하지만 니그로들을 위한 지방 대학이 없다는 것은 우리가 가진 많은 문제들 중의 하나예요. 우리 나라 전체 인구의 거의 사십 퍼센트가 흑인인데 말이죠. 어떤 사람들은 흑인들을 위한 전문대학을 따로 세우는 것이 좋겠다고 이야기하지만 정치인들은 그럴 재원이 없다고 반대를 하죠. 그렇다고 우리가 그들을 우리 캠퍼스에 받아들일 수는 없어요. 그건 현재로서는 불가능하죠. 정말 어려운 문제예요."

"하지만 브라운 박사님," 손가락들에 다이아 반지들을 끼고 말할 때마다 미소를 짓는 챈들러 부인이 대화에 끼어들었다. "박사님은 박사님네 사람들이 따로 학교를 다니는 게 더 행복할 거라고 생각하지 않으세요? 두 무리들을 섞이지 않도록 하는 게 최선이 아닐까요?"

생각할 겨를도 없이 브라운 박사의 입에서 대답이 튀어나왔다. "상황에 따라 다를 수 있겠죠, 챈들러 부인. 만약 흑인들만 다니는 대학밖에 없었더라면 나는 학위를 받을 수 없었을 겁니다."

"맞는 말이에요." 미스터 챈들러가 말했다. "그런 시스템에서 고급 교육을 받을 수는 없을 거예요. 하지만 지금 박사님이 가르치고 있는 대학을 발전시킬 수 있다면—그것이 우리가 희망하는 바이고 우리 위원회가 그 목적을 위해 기금을 출연하려고 합니다만—그리고 박사님 같은 분들이 학교를 이끌 수만 있다면 박사님도 더 이상 '상황에 따라 다르겠죠'라는 말을 하실 수는 없겠죠."

"지당하신 말씀입니다." 비로소 제대로 정신이 돌아온 브라운 박사가 그날 밤 그곳에서의 자신의 임무를 떠올리며 대답했다. "맞는 말씀입니다." 기금이 출연되어 만들어질 사회학부 연구 교수 자리와 자신이 그 자리에 앉아 있는 모습, 그러면 자신이 받게 될 육천 달러의 연봉, 자신이 할 수 있을 연구, 출판할 책들을 그려 보며 그가 말했다. 하지만 그가 지나쳐 온 빈민가의 참상, 뜨거운 물을 틀어도 찬물만 쏟아지는 흑인 전용 호텔, 그가 강연을 했던 흑인 교회들, 백인들 학교에 비해 기구나 재정이 훨씬 열악한 흑인들 학교, 백인들은 언제나 재판석이나 배심원석에 앉고 그의 동족들은 언제나 심판대에 앉아 있는 남부 지방의 사법 시스템, 백인들에게 주어지는 것보다는 언제나 저열한 것이 주어지는 흑인들만의 공동체 모습이 그의 머리 한편 구석을 스쳐 지나갔다. 브라운 박사는 애써 그런 모습들을 외면하며 말했다. "맞는 말씀입니다." 어쨌든 돈줄을 쥐고 있는 이는 미스터 챈들러였다!

그는 따뜻한 화실 안에 편안하게 자리를 잡고 앉아 챈들러 부부에게 흑인들을 위한 더 크고 좋은 학교가 있어야 할 필요성, 흑인들의 삶을 더 많이 연구해야 할 이유, 자신의 작은 학교에 개설되어 있는 훌륭한 사회학부에 대해 열성적으로 설명을 하기 시작했다.

"저녁 식사가 준비되었습니다." 집사가 알렸다.

그들은 일어서서 양초가 밝혀진 테이블에 꽃들이 놓여 있고 은 식기와 면 테이블보가 깔린 식당으로 갔다. 브라운 박사는 안주인의 옆에 앉아서 식사를 했다. 수프가 나왔을 때 대화는 가볍고 부담 없는 주제였지만 고기가 나올 때쯤에는 다시 진지한 사회학적 주제가 논의되었다.

"미국 니그로들은 공산주의에 경도되어서는 안 됩니다." 집사가 콩 접시를 돌리는 동안 불윅 박사가 결연한 목소리로 말했다.

"그럴 일은 없을 겁니다." 브라운 박사가 말했다. "제가 장담을 하건대 우리의 지도자들은 공산주의에 정면으로 맞서고 있어요." 그는 챈들러 부부를 향해 까딱 머리를 숙였다. "모든 뛰어난 사람들은 하나같이 그것에 반대를 하고 있는 입장이죠."

"미국은 니그로들을 위해 너무 많은 것을 베풀어 왔어요." 미스터 챈들러가 말했다. "그런 혜택을 받고 미국을 파괴하려는 행동을 할 리가 없죠."

브라운 박사는 머리를 끄덕이고 또 끄덕였다.

"박사님의 저서 『편견의 사회학』 중에서," 불윅 박사가 입을 열었다. "제가 가장 공감한 곳은 결론 부분이었습니다. 우리 미국이 제대로 돌아가게 하는 기독교 도덕률과 정의라는 분명한 원칙에 교수님이 호소를 하는 그 명장면 말이죠."

"아, 네." 박사는 연신 그의 검은 머리를 조아렸다. 연봉 육천 달러를 받으면 그는 식구들을 일 년에 세 달 동안 자신들이 니그로라고 느끼지 않아도 좋을 남아프리카로 데리고 갈 수 있을 것이었다. "맞습니다, 불윅 박사님." 그가 머리를 끄덕였다. "두 인종의 가장 좋은 점들이 기독교의 형제애로 뭉쳐질 수 있다면 우리는 이런 문제들을 해결할 수 있을 거라고 저도 박사님만큼이나 확신합니다."

176

"정말 아름다워요." 챈들러 부인이 말했다.

"실제적인 방법이기도 하지." 그녀의 남편이 말했다. "다시 학교 문제로 잠깐 돌아가서 이야기를 하자면—박사님은 대학이라고 말씀을 하셨죠?—그것을 최고급 수준까지 끌어올리려면 얼마나 필요……?"

"저희가 필요한 금액은……" 브라운 박사는 자기 학교의 대변인으로서, 그 학교에 다니는 남부 지방 니그로 학생들의 대변인으로서, 한때 북부 지방의 고등학교보다 못했던 대학을 다녔던 자신, 그래서 백인들이 다니는 대학으로 옮겨서 이 년을 더 보스턴에서 공부를 해야 했고 밤에는 기차역에서 짐꾼으로, 박사 학위를 받을 때까지 칠 년 동안은 다시 웨이터로 일을 해야 했던 찢어지게 가난하던 옛 자신을 대변해서, 그렇게 학위를 땄지만 북부 지방에서는 교직을 얻지 못하고 다시 남부로 내려와서 지금의 일자리를 얻은 자신을 대변해서 말을 했다. 그 시원찮은 일자리가 지금 그의 눈앞에서 놀라운 기회, 즉 다른 학자들이 박사 학위를 받기 위한 연구 대상으로 삼을 만할 연구를 하고, 일 년에 한 번 자신들이 니그로라는 것을 잊을 수 있는 남아프리카로 가족들을 데리고 여행을 갈 수 있을, 연봉 육천 달러라는 놀라운 기회로 바뀌려 하고 있었다. "미스터 챈들러, 저희가 필요한 금액은……"

브라운 박사의 작은 대학이 필요로 하는 금액은 챈들러 부부의 눈에는 미미한 것이었다. 브라운 박사가 그들에게 펼친 주장은 챈들러 부부의 마음에 꼭 들 만큼 온건하고 보수적이었다. 미스터 챈들러와 불워 박사는 그들의 마을에 니그로들이 다니는 전문대학을 짓는 대신에 그 지역의 흑인 학생들을 남쪽에 있는 작지만 좋은 학교, 그들과 같은 종족이 교수로서 가르치는 학교로 가라고 떳떳하게 안내를 할 수 있게 되었다고 생각했다.

커피를 마시면서 그들은 다가오는 연극 공연들에 대해 이야기를 나누었다. 챈들러 여사는 자신이 얼마나 니그로 가수들을 좋아하는지 모른다며 미소를 짓고 또 지었다.

얼마쯤 시간이 지난 후 교수는 돌아가기 위해 자리에서 일어섰다. 자동차가 다시 대령되었고 그는 불워 박사 그리고 챈들러 부부와 악수를 나누었다. 백인들은 브라운 박사가 아주 마음에 들었다. 그도 그런 사실을 그들의 표정에서 읽을 수 있었다. 과거에 그가 웨이터로 일을 할 때도 부드러운 스테이크와 그의 친절한 서비스에 만족한 백인 손님들의 얼굴에서 그는 그런 표정을 읽었었다.

"총장님에게 곧 연락을 드리겠다고 말해 주세요." 챈들러 부부가 말했다. "어쩌면 바로 다시 사람을 보내 총장님의 학교 확장 프로그램에 대해 알아볼 수도 있을 거예요." 그들은 인사를 하고 헤어졌다.

차가 다시 마을을 향해 속도를 높일 때 브라운 박사는 부드러운 모피 덮개, 안락한 쿠션 사이에서 백인들의 분리 교육 정책에 적당히 호응을 해 준 결과로 얻게 될 육천 달러의 연봉, 니그로 대접을 받지 않아도 될 남아프리카로 가족들을 데리고 갈 여름 여행 계획에 부풀어 있었다.

대부흥회
Big Meeting

  팔월의 어느 밤 버드와 내가 숲에 가까워졌을 무렵 일찍 나온 별들
이 벌써부터 반짝이기 시작했다. 늙고 젊은 수많은 니그로들이 부흥
회장으로 가기 위해 터덜터덜 흙길을 걷고 있었다. 램프로 불이 밝혀
진 천막에 도착하기 훨씬 전부터 우리는 미리 도착한 사람들이 힘차
게 손뼉을 치며 노래하는 소리들, 마치 북소리처럼 뚜렷하게 연호하
는 소리들을 들을 수 있었다. 〈성자의 행진〉이나 〈어릴 적 믿음〉 같은
노래들이 사위를 가득 채웠다.

  숲을 지나치는 길에는 백인들이 자동차나 마차를 천막 근처에 세워
놓고 노래를 듣고 있었다. 백인들은 호기심 어린 눈으로 상수리나무
들 틈으로 보이는 천막 안 사람들의 요란한 몸짓을 바라봤다. 더위 때
문에 강단 뒤쪽을 제외하고는 천막을 모두 접어 올려놓아서 길에서도

집회가 벌어지는 광경을 고스란히 지켜볼 수 있었다. 버드와 나도 길에 서서 구경을 하고 있었다. 십 대였던 우리는 아직 제멋대로였고 부흥회에서 벌어지는 일들에 별 관심도 없었기 때문에 백인들처럼 길가에 서서 담배를 피우며 웃고 떠들었다. 하지만 버드와 우리 엄마는 천막 안에서 열정적으로 찬송을 하며 예배에 참석하고 있었다. 우리가 근처에 와 있다는 것을 알았다면 그녀들은 틀림없이 우리를 붙잡아 안으로 끌고 들어갔을 것이다.

어려서부터 매년 여름마다 남부 지방에서 열리는 대부흥 집회에 참석을 해 왔기 때문에 우리는 예배가 세 단계로 진행된다는 것을 알고 있었다. 먼저 두세 사람이라도 사람들이 모이면 간증과 찬송가 부르는 순서가 시작된다. 목사가 도착하면 설교가 시작되고 중간중간 찬송과 청중의 열띤 호응 소리와 함께 진행이 되다가 참회의 의자로 사람들을 불러내어 죄인들, 신앙을 유지하다가 타락한 사람들을 위해 기도를 하는 순서에 이르면 예배가 정점에 다다른다. 예배가 그쯤 되면 버드와 나는 그곳을 떠날 것이다. 우리는 죄인으로 사는 게 너무 재미있었기 때문에 구원을 받고 싶지 않았다—적어도 당분간은.

우리가 도착했을 때 이비 데이비스 아줌마가 귀에 익숙한 찬송을 막 시작하고 있었다.

첫 번째 나팔 소리가 울릴 때 저는 어디에 있을까요?
주님, 나팔 소리가 크게 울려 퍼질 때 저는 어디에 있을까요?

급히 불어나는 회중들이 그녀의 노래를 따라 부르기 시작했고 곧 찬송 소리가 도도한 흐름으로 천막 안에 넘실거렸다. 머리를 뒤로 젖히고 발과 손으로 박자를 맞추면서 그들은 노래를 하고 또 했다. 새로 도착하는 사람들도 천막 기둥에 매달린 희미한 램프 빛에 의지해서 통로를 따라 걸어 들어오며 바로 노래에 합류했다.

길가의 커다란 나무 밑에서 버드와 나는 도착하는 사람들을—특히 여자아이들을 찾아보며— 쳐다보고 있었다. 수십 명의 니그로들이 근처 마을과 농장으로부터 음악과 설교에 끌려 몰려들었다. 어떤 이들은 머리가 백발이었고 어떤 사람들은 장년층이었고 사내아이들과 소녀들, 맨발의 꼬맹이들도 있었다. 집회 십이 일째가 되는 날이었다. 사람들은 그들의 영혼을 찬송가에 적시고 브래스웰 목사의 유창한 설교를 듣고 공감하고 울고 신음하기 위해, 아직 복음을 영접하지 못한 그 지역의 모든 죄인을 위해 기도하려고 몇 마일 떨어진 지역에서부터 집회를 찾아왔다. 비록 흑인들의 집회였지만 백인들도 와서 차에 앉은 채 지켜보는 것을 좋아했다. 때로는 열두엇 무리의 백인들이 어둠 속에 차를 주차해 놓고 담배를 피우며 집회를 구경했고 버드와 나처럼 가벼운 마음으로 즐거운 시간을 보냈다.

이비 데이비스 아줌마가 노래하고 있을 때 커다란 빨간색 뷰익이 버드와 내가 앉아 있는 나무 밑 옆쪽에 와서 멈춰 섰다. 차에는 백인들이 한가득 타고 있었는데 파키즈 씨가 운전석에 앉아 있었다. 그는 마을에서 약국을 경영하는 사람으로 그곳에서는 흑인들에게 소다수를 팔지 않았다.

커다란 나팔 소리에 죽은 자들도 깨어나겠네!

주님, 나팔 소리가 크게 울려 퍼질 때 저는 어디에 있을까요?

"여기에 나오면 가끔 꽤 좋은 노래도 들을 수 있어." 파키즈 씨가 차 안에 앉은 여인에게 말했다.

"난 검둥이들 노래가 참 좋더라고요." 그녀가 뒷좌석에서 대답했다.

버드가 '검둥이'라는 말을 듣고 내 옆구리를 쿡 찔렀다.

"나도 들었어." 울퉁불퉁한 나무뿌리에 앉은 내가 담배를 꺼내 물고 말했다.

천막 안에서는 노래가 끝나고 늙은 흑인 여인 한 명이 일어나 말하기 시작했다. "난 오늘 저녁 예수님을 위해 증언을 하려고 일어섰어요." 그녀가 말했다. "내 구원자, 내 대속자, 내 영혼을 살리시는 성소. 형제, 자매님들 저를 위해 기도해 주세요. 은혜롭게 내 모든 행사를 축복해 주시고 이 땅의 모든 여로에 이르는 동안 여러분의 기도가 저와 동행하게 해 주세요."

"아멘, 할렐루야!" 우리 엄마가 목청껏 외쳤다.

천막 가장자리 쪽, 우리 바로 앞에 앉은 여인 한 명이 맑은 소프라노 목소리로 노래를 하기 시작했다.

　　나는 가난한 슬픔의 순례자
　　이 넓은 세상을 혼자 걸어가네……

곧 다른 사람들이 그녀의 노래에 합류했고 이내 천막 안 사람들이 모두 합창을 했다.

　　때로 나는 던져지고 쫓겨나지,
　　때로 나는 갈 곳을 몰라……

"정말 잘 부르지 않아?" 우리 뒤에 자리한 차 속 여인이 다시 말했다.

> 하지만 나는 천국이라는 나라의 이야기를 들었네
> 그리고 그곳을 내 집으로 삼기로 했네

노래가 끝나자 노래를 이끌었던 여인이 자리에서 일어나 남편이 아이들 여섯을 두고 가정을 떠났고 그녀의 엄마는 구빈원에서 사망했다는 이야기를 털어놓았다. 세상은 항상 그녀에게 적대적이었지만 그래도 그녀는 포기하지 않고 살아간다고 했다.

"어쩜, 정말 힘들게도 살았네." 차 안의 여자가 킥킥 웃으며 말했다.

"정말이야." 파키즈 씨가 맞장구를 쳤다. "저 말이 사실이라면 말이지."

그들이 말을 주고받는 꼴을 보자니 몸에서 소름이 돋았다.

"시험과 환난이 나를 포위해도 나는 포기하지 않을 거예요." 천막 안의 여자가 목소리를 높였다. 그녀의 말에 공감하고 격려를 하는 소리들이 청중들 안에서 터져 나왔다.

"하나님을 찬양하라!"

"그의 거룩한 이름에 축복을!"

"당신이 옳아요, 자매님!"

"사탄이 나를 공격해도 나는 포기하지 않을 거예요!" 여인이 다시 말했다. "친구 하나 없어도 나는 포기하지 않을 거예요!"

"예수님이 자매님의 친구예요! 예수님이 자매의 친구!" 청중이 대답했다.

"예수님에게 축복을! 저는 포기하지 않을 거예요!"

"옳아요!" 버드의 엄마인 마브리 자매가 앉은 자리에서 몸을 들썩이며 팔을 사방으로 던지면서 소리를 높였다. "이 세상을 내게서 다 앗아가도 나는 예수님만 있으면 족해요!"

"우리 엄마 좀 봐 봐." 버드가 내 옆에 앉아 담배를 피우다가 설핏 웃으며 말했다. "점점 더 행복해지나 봐."

"우ー우ー우! 전능하신 하나님!" 강단 근처에 앉아 있던 월스 아저씨가 소리를 질렀다. "나는 이 기쁨을 참을 수 없네, 저녁에도, 아침에도, 저녁에도, 아침에도! 오, 주님!"

"저를 위해 기도해 주세요ー 저는 포기하지 않을 겁니다!" 그 여인이 다시 말했다. 간증을 하다가 그녀는 겨드랑이가 축축하게 젖고 얼굴은 눈물로 범벅이 된 채 지쳐 자리에 앉았다.

"그녀의 기도를 들으셨나요, 여호와 하나님?"

"하나님은 그녀의 말을 들으셨어요! 할렐루야!"

"아침에도, 저녁에도, 아침에도! 오, 주님!"

네이스 유뱅크스 형제가 노래를 하기 시작했다.

예수님은 홀로 십자가를 지셔야만 했나
온 세상이 자유를 얻도록?

그들은 천천히 한 줄 한 줄 가사를 노래했다. 그다음에는 네이스 아저씨가 일어나서 그가 죄인이었다가 새사람으로 변한 날 그에게 임했던 환상을 이야기했다.

"나는 침대에 누워 있었어요. 이십이 년 전 바로 이 도시 714 파인

184

가에서 있었던 일이에요. 자정쯤이 되었을까 눈처럼 흰 양이 방으로 들어와서 세면대 뒤에 섰죠. 양이 내게 불의 혀 같은 방언으로 말을 했어요, '네이스, 일어나! 일어나서 나와 함께 가자!' 정말 그랬어요. 머리에는 달처럼 둥근 빛이 감돌고 있었고 비둘기 같은 날개가 달린 데다 황금으로 된 굽으로 걸으며 내게 말했어요, '한때 나는 길을 잃었으나 이제는 구원을 받았다. 너도 나처럼 되어라!' 정말 그랬어요. 그날 이후로, 형제자매들이여, 나는 어린 양의 자녀예요. 나를 위해 기도를 해 주세요!"

"그를 도우소서! 예수님!" 마브리가 소리를 높였다.

"아멘!" 로즈 집사가 외쳤다. "아멘! 아멘!"

영광! 할렐루야!
할렐루야, 춤을 추세!
널리, 멀리 내 구세주를 찬양하겠네!

그것은 우리 엄마가 좋아하는 찬송이었다. 엄마는 그 노래를 마치 승리의 찬가라도 되듯 자리에서 일어나 불렀다.

"우리 엄마 좀 봐!" 내가 버드에게 말했다. 그녀는 매일 밤 집에서 외쳐 부르던 찬송을 이제 막 시작하고 있었다.

"알아." 버드가 말했다. "저기 저렇게 서서 노래하다가 우리를 보실까 무섭다. 당장 이리로 와서 우릴 붙들어다가 참회의 의자에 앉힐 거야."

"그러기 전에 여기를 떠나지." 내가 대답했다.

나는 천국을 향해 열었어요
내 영혼의 모든 창들을
나는 이제 찬양을 하는 사람들 쪽에 머물죠!

두 번째 노래가 우렁차게 천막 아래에서 울려 퍼지는 동안 엄마는 손뼉을 치며 자랑스럽게 앞뒤로 몸을 흔들기 시작했다. 그녀가 시작한 노래의 폭포 한가운데서 그녀는 입을 다물고 기쁨에 겨워 목을 뒤로 젖히고 있었다―우리 엄마는 흥거운 추임새를 넣는 데 뛰어났기 때문이다. 노래의 박자에 맞추어 우아하게 회중 가운데 빈 통로로 나온 엄마는 짧고 리드미컬한 동작으로 폴짝폴짝 뛰기 시작했다. 사람들의 박수, 발로 구르는 박자, 회중의 우렁찬 찬송 소리에 맞춰 그녀는 긴 통로를 따라 강단에 이르기까지 부드럽게 몸을 움직였다. 이내 커다란 행복감에 사로잡힌 엄마가 입술에 미소를 띤 채 땀으로 번들거리는 몸으로 원을 그리며 회전하기 시작했다.

나는 천국을 향해 열었어요
내 영혼의 모든 창들을……

엄마는 눈을 감은 채, 입가에는 미소를 머금은 채, 머리를 높이 들고 주님 앞에서 춤을 추고 있었다.

나는 이제 찬양을 하는 사람들 쪽에 머물죠!

춤을 추면서 그녀는 마치 모든 세상의 근심을 던져 버리기라도 하듯 두 손을 가슴으로부터 하늘을 향해 올렸다.

바로 그 순간 파키즈 씨의 차 안에 있던 백인 여인이 웃음을 터뜨렸다. "세상에, 존, 정말이지 웬만한 쇼보다 더 재미있어요!"

그녀의 웃음소리를 듣자니 피가 끓어오르는 것 같았다. 춤을 추며 추임새를 넣고 있는 사람은 우리 엄마였다. 어쩌면 쇼를 보는 것보다 나은 구경거리일지도 모르지만 그렇다고 그녀를 비웃을 이유는 없었다. 더군다나 백인들이 말이다.

나는 버드를 바라보았지만 그는 아무 말이 없었다. 어쩌면 그는 우리 자신도 그동안 추임새를 넣는 사람들을 얼마나 비웃었는지, 우리의 부모를 바라보며 미쳤다고 얼마나 조롱했는지 생각을 하는 것 같았다. 하지만 우리는 마음속 깊은 구석에서는 왜 사람들이 대부흥 집회에 몰려오는지 알고 있었다. 일평생 백인들을 위해 일을 해 온 그들은 "찬양을 하는 사람들 쪽에 머물 수 있다"고 믿어야만 했다.

나는 일어서서 노래를 하고 있는 엄마를 바라봤다. 얼마나 오랜 세월 동안 그녀가 교회와 부흥회에 참석해서 기도를 하고 추임새를 넣고 찬양을 한 후 집으로 돌아와 잠깐 눈을 붙이고는 새벽이면 다시 일어나서 다른 사람들을 위해 음식을 만들고 마루를 닦고 청소를 해 왔는지 떠올렸다. 그런 우리 엄마에게 백인들이, 특별히 그들의 약국에서 니그로들에게는 한 잔의 소다수도 팔지 않는 백인들이 차 안에 앉아 비웃고 있는 꼴을 보자니 부아가 치밀었다.

"담배 한 개비 줘 봐, 버드. 우리 뒤쪽의 멍청이들이 한마디라도 더 지껄이면 내가 가서 쓴소리를 한마디 해야겠어."

"지옥으로나 꺼져 버리라지." 버드가 대답했다.

나는 길가의 옹이가 진 나무뿌리에 몸을 기대고 담배를 한 모금 깊이 빨아 마셨다. 차 안의 백인들은 노래를 듣는지 다시 조용해졌다. 차 안은 어두워서 그들이 여전히 즐거운 표정을 하고 있는지는 알 수 없었다. 하지만 그들이 니그로들에게서 원하는 것은 대부분 그런 것이었다. 일과 재미. 정당한 대가도 지불하지 않고 그들은 니그로들에게서 노동과 오락을 원했다.

박수를 치고 몸을 흔들고 발을 구르면서 엄마는 합창을 하고 또 했다. 여신도들은 몸을 솟구치고 추임새를 넣었고 땀투성이인 남신도들은 통로에서 걸어 다니며 좌우로 인사를 하고 리듬에 맞춰 몸을 흔들며 악수를 하고 웃음을 터뜨리고 노래를 했다. 그 순간 천막 뒤쪽에서 듀크 브래스웰 목사가 나타났다.

큰 키에 힘이 넘치는, 칠흑 같은 피부의 그가 성큼성큼 천막의 중앙을 가로질러 걸어갔다. 모자를 쓰지 않은 잿빛 머리에 무릎까지 닿는 짙은 녹색 코트를 입은 그의 매서운 눈길은 중앙의 설교대를 향했다. 그는 성경을 겨드랑이에 끼고 있었다.

설교대에 도착한 그는 찬송의 소용돌이 한가운데 조용히 서서 커다란 흰 손수건으로 그의 이마를 훔쳤다. 이내 그도 눈부시게 흰 이를 보이며 태풍 같은 목소리로 찬송을 따라 하기 시작했다. 마침내 그가 손바닥을 들어 올리자 노랫소리는 점차 줄어들기 시작했지만 청중은 아직 낮은 소리로 콧노래를 부르며 손발로 박자를 맞추고 몸을 움직이고 있었다. 가끔 외치는 추임새와 콧노래 소리 위로 목사의 목소리가 들려왔다.

"가너 형제, 기도를 부탁드립니다."

브래스웰 목사가 무릎을 꿇었고 회중은 고개를 숙였다. 가너는 얼굴을 양손에 묻은 채 목소리를 높였다. 사람들은 슬픈 신음 소리로 그의 기도에 호응을 했다.

"주님, 이 저녁에 우리는 두려움과 떨림으로 당신 앞에 나옵니다. 당신의 집에 나올 자격도, 당신의 이름을 부를 자격도 없지만 우리는 당신 앞에 나옵니다. 왜냐하면 우리는 당신이 온 땅에서 전능하시고 강력하시고 모든 별들보다 위대하시고 달보다 밝으심을 알기 때문입니다. 오, 주님, 당신은 온 세상보다 크시고 태양을 오른손에 아침의 별은 왼손에 쥐고 계십니다. 우리 불쌍한 죄인들은 당신 앞에 아무것도 아닌, 당신의 발아래 모래만도 못한 죄인들입니다. 하지만 주님, 이 저녁에 우리의 기도를 들어주십시오, 당신의 아름다운 아들 예수님을 우리에게 보내셔서 우리와 슬픔의 길을 함께 걷게 해 주시고 우리가 어디로 가야 할지 몰라 길에서 지쳤을 때 위로하게 해 주십시오. 이 저녁에 우리는 당신께 기도합니다. 집에서 떠나 방황하는 우리의 어린 것들을 굽어살펴 주십시오. 세인트루이스, 멤피스, 시카고를 살펴보시고 만약 그들이 당신의 이름을 헛되이 하거나 도박을 하고 있다면, 주님, 그들이 잘못된 길에 들어서 있다면 손을 내미셔서 그들을 바로 세우시고 그들에게 '나와 함께 가자. 내가 포도나무이고 농부이고 영광으로 이끄는 문이다'라고 말해 주십시오!"

타지에 나가 있는 아들들을 생각하고 엄마들은 "그 아이를 도우소서, 예수님!" 소리를 높였다.

"이 저녁 우리를 굽어살피실 때 아프고 병든 자들에 전능한 눈길을 주옵소서. 위중한 병상에 누워 있는 하이타워 자매에게 차도를 허락해 주시고 지붕에서 떨어져 팔이 부러졌지만 집회에 참석한 카펜터 형제에게 복을 베풀어 주십시오. 목사님을 도와주셔서 이 저녁 이 천막을 성령으로 채우도록, 그래서 죄인들이 떨고 다시 타락에 빠진 자들이 소리 높여 죄를 고백하도록, 교회에 나오지 않던 자들이 참회의 의자로 나와 예수님 안에서 참휴식을 얻도록 해 주십시오. 이 저녁에 이 모든 은혜들을 베풀어 주십시오. 우리들을 이끄시고 주님의 빵으로, 거룩한 구세주 예수 그리스도를 위해 마시도록 포도주로 우리를 축복해 주시옵소서. 우리의 피난처, 반석이신 예수님의 이름으로 기도합니다. 아멘!"

겸손하신 예수 같은 친구는 없네……

열정적인 기도가 끝나자 맑고 높은 목소리로 몇 명의 여신도들이 찬송을 시작했다.

없네, 전혀 없네! ……없네, 전혀 없네!

이윽고 목사가 성경 구절을 읽기 시작했다. "지금은 너희가 근심하나 내가 다시 너희를 보리니 너희 마음이 기쁠 것이요 너희 기쁨을 빼앗을 자가 없느니라."

그가 힘 있게 성경을 닫고 강단의 가장자리로 나아왔다. "이 말씀은 예수님이 십자가로 가시기 전에 하신 말씀입니다. '내가 다시 너희를 보리니 너희 마음이 기쁠 것이요!'"

"아멘!" 회중이 대답했다. "그렇게 말씀하셨죠!"

목사는 이젠 너무 많이 들어서 친숙한 그리스도의 죽음에 관한 이야기를 하기 시작했다. 그을음이 까맣게 나는 흐릿한 램프 빛을 받으며 그는 온 세상에 권력을 가졌던 한 사람에 대한 이야기를 시작했다.

"권세." 목사가 말했다. "권세! 돈도 없고 지위도 없었고 명예도 없었지만 그에게는 권세가 있었습니다! 그의 권세는 가난하고 고통받는 사람들을 위한 것이었습니다. 예수님은 말씀하셨습니다. '먼저 된 자가 나중 될 것이고 나중 된 자가 먼저 될 것이다.'"

"그렇게 말씀하셨죠!" 버드의 엄마가 호응했다.

"할렐루야!" 우리 엄마가 큰 소리로 화답을 했다. "하나님께 영광을!"

"그러자 그 땅의 권세 있는 자들이 예수님에 대한 소문을 듣게 되었습니다." 목사가 말을 이었다. "대제사장들과 서기관들, 정치가들, 밀주 제조자들, 은행가들, 그들은 예수님에 대해 모의를 하기 시작했습니다. 왜냐하면 그분에게는 권세가 있었기 때문입니다. 예수님은 열두 제자를 거느리시고 갈릴리에서 말씀을 선포하셨습니다. 유월절 저녁, 그분이 친구들과 식사를 하시고 포도주를 마신 후, 예루살렘의 언덕들 뒤로 해가 저물었을 때, 예수님은 닭이 울기 전에 유다가 그를 배반하리라는 것, 베드로가 '나는 저 사람을 모른다'고 부인을 하리라는 것, 그래서 자신 혼자 죽음의 장소로 나가야 하리라는 것을 아셨습니다. 그렇습니다. 그분은 알고 계셨습니다. 그래서 그분은 식탁에서 일어나 기도하기 위해 동산으로 나갔습니다. 이 고통의 시간에 그분은 기도하기를 원하셨던 것입니다!"

멀리 천막의 후미에서 나이 든 여인들이 노래를 하기 시작했다.

> 한 시간도 깨어 있을 수 없더냐
> 내가 건너편에 가서 기도하는 동안……

회중이 그들의 노래를 따라 불렀고 이내 그들의 노랫소리가 열기로 뜨거운 천막 안을 가득 채우자 목사는 말을 잠시 멈추고 그의 흰 손수건으로 얼굴을 훔쳤다.

노래가 잔잔한 콧노래로 잦아들었을 무렵 그가 다시 말을 이었다. "그들은 예수님이 얼굴을 풀밭에 대고 하늘에 계신 아버지에게 울부짖으며 '이 고통의 시간을 내가 면하게 하소서'라고 기도한 곳을 겟세마네라고 부릅니다. 그는 아직 젊은이였고 죽고 싶지 않았을 것입니다. 기도를 마친 그가 다시 집으로 들어갔을 때 그의 친구들은 모두 잠들어 있었습니다. 그가 기도를 하는 동안 그의 친구들은 모두 잠에 곯아떨어진 것입니다! '계속 잠들을 자려무나.' 예수님은 말씀했습니다. '때가 이르렀으니까.' 그분은 말씀하셨습니다. '계속 자려무나.'"

"계속 자려무나. 계속 자려무나." 회중이 목사의 말을 따라 외쳤다.

"그분은 그들에게 화를 내시지 않았습니다. 그가 창밖을 내다보자 램프와 칼, 몽둥이를 든 사람들이 동산 여기저기에 보였습니다. 그가 문간으로 나가자 유다가 모여든 무리들 중에서 그에게 나왔습니다. 배반자 유다가 그의 뺨에 키스를 했습니다. 얼마나 잔인한 우정인가요! 그러자 병사들이 달려들어 주님을 포박하고 사로잡았습니다.

이때쯤 제자들도 잠에서 깼지만 그들은 모두 도망을 쳤습니다. 그들은 두려웠습니다. 무리는 예수님을 사로잡아 갔습니다.

베드로는 멀찌감치 떨어져서 포박당한 예수님이 대제사장의 궁궐로 끌려가는 뒤를 따라갔습니다. 두려움으로 잔뜩 위축된 채 예수님이 재판받는 것을 보기 위해 궁궐까지 들어갔습니다. 그는 마당의 뒤쪽에 자리를 잡았습니다. 무리들이 예수님에 대해 거짓 증언들을 하는 것을 들으면서도 그는 아무 반박도 하지 않았습니다. 대제사장이 예수님의 얼굴에 침을 뱉는 것을 보았지만 아무런 행동도 취하지 않

있습니다. 무리가 예수님의 뺨을 때리는 것도 보았지만 능욕을 당하는 예수님을 보고도 한 마디 말도 하지 못했습니다.”

“한 마디 말도! ……한 마디 말도! ……한 마디 말도!”

“대제사장의 하인들이 베드로에게 ‘나 이 사람이 누군지 알아’라고 말할 때 그는 ‘사람을 잘못 보았소!’라고 부인했습니다.

그들이 베드로에게 두 번째 물었을 때도 그는 부인을 했습니다. ‘사람을 잘못 봤소!’

그들이 세 번째 같은 질문을 했을 때 그는 맹세를 하며 말했습니다. ‘분명히 말하지만 나는 당신이 봤다는 사람이 아니오!’

바로 그때 수탉이 세 번 울었습니다.”

“수탉이 울었어요!” 이비 데이비스 아줌마가 소리를 높였다. “수탉이 울었어요! 오, 주님, 수탉이 울었어요!”

“다음 날 대제사장들은 예수님을 죽이기 위해 회의를 열었습니다. 그들은 예수님을 빌라도에게로 끌고 갔습니다. 빌라도는 이해를 할 수가 없었죠. ‘그가 대체 무슨 죄를 저질렀다는 거지?’

하지만 무리들은 외쳤습니다. ‘그를 못 박으시오!’ 왜냐하면 그들은 진실에는 관심이 없었기 때문입니다. 그래서 빌라도는 물을 가져오라고 시킨 후 자신의 손을 씻었습니다.

병사들은 예수님을 놀림감으로 삼았습니다. 그의 옷을 벗기고 가시덤불로 관을 만들어 씌우고 몸에는 빨간 천을 입히고 강에서 꺾어 온 갈대를 손에 들리었습니다.

그들은 소리쳤습니다. ‘하하! 네가 유대인의 왕이라는 거지? 하하!’ 그들은 예수님을 조롱하기 위해 그분 앞에 머리를 조아리고 놀렸습니다.

경비병들 몇몇은 그의 얼굴에 포도주를 뿌렸습니다. 취한 병사들은 그를 모욕했습니다. 하지만 아무도 '멈추어라! 그분은 예수님이시다!' 라고 말하는 사람은 없었습니다."

예수 그리스도의 죽음을 묘사하는 듀크 브래스웰 목사의 얼굴이 두려움으로 어두워졌다. "맞아요, 베드로는 두려워서 그를 부인했습니다. 유다는 은 삼십 개 때문에 그를 배반했습니다. 빌라도는 '나는 내 손을 씻었다—그를 데려가서 죽여라'라고 말했습니다.

그리고 그의 친구들은 모두 도망을 쳤습니다! ……세상에! ……그의 친구들은 뒤도 돌아보지 않고 도망을 갔습니다!"

"그의 친구들이 말이에요!"

"그의 친구들이 도망을 친 거예요!"

목사는 연설이 아니라 연호를 신음 소리와 함께 외쳤다. 한 번 연호를 할 때마다 "음흠!"이란 추임새를 넣는 그의 호흡이 가빠졌다. 그가 자기 눈앞의 허공에서 펼쳐지는 광경에 몰두해 강단을 걸을 때 그의 얼굴에서는 땀이 비 오듯 흘렀다. 회중들의 머리 위를 가로질러 어둠을 내다보며 그는 예수님이 골고다 언덕을 올라가는 모습을 묘사하기 시작했다. 예수님의 뒤를 따라오며 그를 조롱하는 군중들, 그의 어깨 위에 올려진 무거운 십자가.

"그때 시몬이라는 이름의 한 흑인, 나보다 더 검은 흑인이 와서 그를 위해 대신 십자가를 졌습니다, 음흠!

사람들이 십자가를 땅에 세우는 동안 예수님 혼자 높은 언덕, 이글거리는 태양 밑에 서 있었습니다. 그의 갈증을 가라앉힐 물 한 모금, 그의 아픈 머리에 그늘을 드리워 줄 나무 한 그루 없었습니다. 그분에게 따뜻한 말 한마디를 건네는 사람도 아무도 없었습니다, 음흠!

골고다 언덕 위에서 두 명의 도적들과 묶인 채 죽어 가면서 그분은 수군거리는 군중들 속에서 혼자였습니다, 음흠!

하지만 예수님은 한마디 말씀도 없으셨습니다, 음흠!

그들은 그의 몸에 손을 대어 옷을 찢어 벗기고 그리고, 그러고는," 목사의 천둥처럼 커다란 목소리가 천막을 흔들었다. "그들은 그분을 십자가에 못 박아 세웠습니다!"

회중으로부터 고통스러운 비명 소리가 터져 나왔다. 버드와 나는 담배를 피우는 것도 잊고 어느새 그의 말에 빠져들었다. 이비 데이비스 아줌마가 눈물을 흘렸다. 마브리 자매가 신음을 흘렸다. 우리 뒤쪽의 차 안에 있던 백인들도 아무 말이 없었다. 목사는 계속 말을 이었다.

그들은 네 개의 긴 쇠못을 가져왔습니다.

그들은 못 하나를 그의 왼 손바닥에 세웠습니다.

망치 소리가 울렸습니다…… 쾅!

그들은 못 한 개를 그의 오른 손바닥에 올렸습니다.

망치 소리가 울렸습니다…… 쾅!

그들은 못 한 개를 그의 왼발에 올렸습니다…… 쾅!

못 한 개는 그의 오른발에 박혔습니다…… 쾅!

"못을 박지 말아요!" 여인 한 명이 소리를 질렀다. "못들을 박지 말라고요! 제발! 오! 못을 박지 말아요!"

그들은 우리 주님을 십자가 위에 남겨 놓았습니다!

그의 손과 발에 못이 박힌 채로!

옆구리는 칼로 찔리고 머리에는 가시덩굴이 둘린 채로!

폭도들은 우리 예수님께 저주를 하고 야유를 퍼부었습니다, 음흠!

그의 얼굴에는 폭도들이 뱉은 침이 흘렀습니다, 음흠!

그의 몸이 십자가에 매달렸습니다, 음흠!

그의 옷을 한 조각 기념품으로 다오, 음흠!

그의 옷을 차지하기 위해 제비를 뽑았습니다, 음흠!

그의 옆구리 상처에서 피가 흘렀습니다, 음흠!

그의 다리를 따라 피가 흘러내렸습니다, 음흠!

다리를 따라 흘러내린 피가 땅으로 떨어집니다, 음흠!

그들이 우리 예수님에게 무슨 짓을 했는지 봐요!

그들은 그에게 먼저 돌팔매질을 했습니다!

하나님의 아들에게 온갖 욕을 다 했습니다.

그러고 나서 그들은 십자가 위에서 능욕을 했습니다.

사람들이 부르는 노래 가운데 우리 엄마가 외치는 소리가 내 귀에
들렸다.

그들이 우리 주님을 십자가에 매달 때 당신은 거기 있었나?

그들이 우리 주님을 나무에 못 박을 때 당신은 거기 있었나?

듀크 브래스웰 목사가 흰 천막을 배경으로 그의 양팔을 펼쳤다. 램
프의 노란 불빛이 그의 그림자를 천막에 십자가 모양으로 비추었다.

생각만 해도 두려움으로 전율이 흐르네!

그들이 우리 주님을 십자가에 매달 때 당신은 거기 있었나?

"이제 그만 가요." 우리 뒤쪽에 주차해 있던 차 안에서 여인이 입을 열었다. "더 이상 들을 수가 없어요!" 그들은 자동차에 시동을 걸고 먼 지구름을 남기며 요란하게 그 자리를 떠나갔다.

"가지 마." 나무뿌리에 앉아 있던 내가 그들을 향해 소리를 질렀다. "가지 말라고." 나는 자리에서 벌떡 일어서면서 다시 소리를 질렀다. "이제 곧 참회의 의자로 죄인들을 초대할 순서야. 가지 말라고!" 하지만 그들의 차는 이미 내 소리가 미칠 수 없는 곳에 있었다.

입에 찝찔한 맛이 느껴지기까지 나는 내가 울고 있었다는 것도 몰랐다.

천사들의 문제
Trouble with the Angels

　　매 공연 때마다 많은 백인 관객은 눈물을 흘렸다. 순회공연 중 매주 일요일에는 백인 목사들이 하나님 역을 맡은 니그로 배우를 그들의 교회로 초대해 연설을 하게 해서 인종 문제 해결에 도움이 되고자 했다. 어느 곳이나 인종 문제가 여전히 심했기 때문이다. 연극은 뉴욕에서 대성공을 거두었지만 출연한 니그로 배우들과 가수들은 백인들이 공연을 했더라면 받을 수 있었을 액수에는 훨씬 못 미치는 보수만을 받았다. 백인 연출자와 그를 돕는 사람들은 오십만 달러가 넘는 돈을 벌었지만 순회공연 중인 흑인 단원들은 싸구려 호텔들에서 생활하며 벌레들이 들끓는 침대에서 잠을 자야 했다. 단지 하나님 역을 맡은 배우만이 가끔 백인들의 호텔이나 훌륭한 백인 가정들에 머물 수 있었고 그 도시에서 가장 부유한 흑인들의 집에 초대를 받았다. 하나님 역을 맡은 배우는 세상이 아름답기만 하다고 생각했을지도 모른다. 신문들도 그의 연기에 호평을 보냈다.

그러던 중 그들은 워싱턴에서 공연을 하도록 일정이 잡혔었는데 바로 그곳에서 사달이 벌어졌다. 모든 니그로가 알고 있듯 미국의 수도인 워싱턴은 최근까지만 해도 시내의 극장, 아니 극장의 이 층 좌석조차 흑인들이 입장할 수 없던 곳이었다. 제대로 된 극장들은 흑인들이 앉을 좌석이 없었다. 믿기지 않겠지만 잉그리드 버그먼이 그런 차별에 대해 반대 운동을 펼치기 전까지 워싱턴은 남부의 오지보다 오히려 더 심한 곳이었다.

하지만 하나님 역을 맡은 배우는 워싱턴에서 공연하는 것에 대해 아무런 걱정도 하지 않았다. 그는 자신이 그곳의 인종 문제에 도움이 될 것이라고 생각했다. 그는 비록 흑인들, 정부를 위해 일하는 흑인들, 흑인 국회의원들조차 그의 연극을 볼 수 없었지만 워싱턴의 양식이 있는 백인들이 그―유색인 하나님―를 보는 것은 좋은 일이라고 생각했다.

하지만 매력적인 검둥이들이 하늘나라의 생선 튀김 가게에서 에그노그*를 마시는 유명한 '니그로' 연극이 워싱턴에서 공연되기 몇 주일 전쯤 먹구름이 끼기 시작했다. 무슨 이유에선지 자신들도 그 연극을 봐야겠다고 생각한 워싱턴의 흑인들이 극장 경영진에게 그 가능성을 타진했다. 그러나 경영진은 그들의 요구에 차가운 반응을 보였다. 그들은 흑인에게 팔 좌석이 없다고 거절했다. 연극을 구경하겠다는 백인들이 줄을 섰기 때문에 심지어 이 층 구석 자리도 내줄 수 없다고

---

* eggnog. 달걀, 크림, 우유, 브랜디 등을 섞은 음료.

했다.

극장 측의 반응은 워싱턴의 니그로들, 특히 정부에서 일을 하는, 상류사회 흑인들을 화나게 만들었다. 하워드 대학* 교수들도 화가 났고 무대 위에 묘사된 흑인들의 천국이 어떤 모습일지 궁금해하던 흑인 목사들도 화가 났다.

하지만 아무 소용이 없었다. 극장 측은 완강했다. 그들은 정말로 니그로들에게 표를 팔 수가 없다고 했다. 니그로 배우들이 나오는 연극을 무대에 올려 돈을 버는 것에는 양심에 아무 꺼림이 없었지만 정작 니그로들이 극장의 좌석에 앉는 일은 허락하지 않았다.

워싱턴 니그로들은 브로드웨이에서 대성공을 거둔 하나님, 아니 하나님 역을 맡은 흑인 배우에게 직접 편지를 썼다. 그들은 그가 자신들을 도울 것이라고 확신했다. 필라델피아에서 연극이 공연되는 동안 니그로 목회자 협회 같은 몇몇 단체들이 그에게 연락을 했다. 얼마나 말이 안 되는 일입니까, 그들은 편지에 썼다. 당신이 워싱턴에서 공연을 할 때 우리가 당신 연극을 볼 수 없도록 백인들이 막고 있으니 말입니다. 우리는 항의 운동을 할 예정입니다. 우리는 당신의 도움을 필요로 합니다. 도와주실 거죠?

하나님 역을 맡은 배우는 오랜 세월 동안 워싱턴에서 흑인들이 아무런 공연도—극장은 물론 교회에서의 공연도—볼 수 없었다는 사실을 잘 알고 있었다. 그런데 이제 와서 왜 갑자기 백인 극장에서 연극을 봐야겠다고 생각하는 걸까?

하나님 역을 맡은 배우는 꽤 수입이 좋았고 유명세도 타고 있었다.

---

* Howard University. 흑인의 하버드로 알려져 있는 워싱턴 소재 대학.

그는 비록 피를 쏟는 비통한 심정으로 글을 쓰고 있지만 자신은 배우 조합과 말썽이 생기는 일은 할 수 없다고 답장했다. 거기에 더해 자신은 불화와 미움이 아니라 사랑과 아름다움을 전파하며 다니는 사람이 되고 싶노라고 말했다. 워싱턴에 있는 백인들이 그의 공연을 보는 것은 아주 좋은 일로서 흑인 영가와 사랑스러운 흑인 천사들의 공연이 그들의 마음을 누그러뜨릴 것이었다.

워싱턴의 연극 애호가들은 하나님—그들의 흑인 하나님—으로부터 온 편지에 만족할 수 없었다. 그래서 그들은 볼티모어에서 연극이 공연되는 동안 그들의 대표단을 그곳으로 파견해서 그를 만나 보도록 했다. 최소한 볼티모어에서는 흑인들에게 극장의 이 층 자리가 허용되고 있었다.

공연이 끝난 후 하나님은 분장실에서 대표단을 만났고 상황에 도움이 될 아무런 일도 할 수 없는 자신의 무능을 탓하며 눈물을 흘렸다. 그는 물론 극단의 경영진에게 이 문제에 대해 이야기를 했고 어느 토요일 밤 하루 날을 잡아서 니그로들을 위한 특별 공연을 열 수 있을 것이라고 이야기를 했다. 하나님은 그의 동족이 얼마나 부당한 대접을 받고 있는지 생각하면 정말 마음이 아프지만 그럼에도 연극은 계속되어야 한다고 말했다.

대표단은 화가 나서 자리를 박차고 나갔으나 그들은 다른 단원들에게 그들의 분노를 전염시키고 떠났다. 곧 천사들 사이에서 워싱턴 문제에 어떻게 대처를 해야 할지 심각한 토론이 벌어졌다. 비록 하나님이 연극의 주인공이기는 했지만 천사들도 엄연히 연극의 일부였다.

천사들 중에는 조니 로건이라는 젊은 흑인이 있었는데 그는 애초에 천사 역할이 마음에 들지 않았었다. 흑인이었고 바리톤 목소리를 가졌다는 이유로 그는 뉴욕에서의 첫 번째 리허설 동안 고용되었다. 삼 년째 공연이 계속되고 있는 지금 그는 천사로서 꽤 원숙한 연기를 하고 있었다.

로건은 남부 출신이었지만 성장한 후 바로 그곳을 떠났다. 백인들 등살에 그곳에 머물 수 없었기 때문이다. 그는 대부분의 남부 백인들이 미워하는 타입의 젊은 니그로였다. 그는 편견에 맞서 싸워야 한다는 생각을 품고 있었고 인종차별이나 짐 크로*의 잔재에는 저항을 해야 하고 자신을 모욕하는 백인들은 때려눕혀야 한다고 여겼다. 그래서 그는 열여덟 살이 되자 조지아 주의 오거스타를 떠나야 했다.

뉴욕으로 온 그는 웨이트리스와 결혼을 했고 철도역에서 짐꾼으로 일하면서 할렘의 작은 아파트에서 살았다. 그의 친구들 중 몇몇이 그의 노래 재능을 알아보지 못했다면 그는 아마 계속 그런 삶을 살아갔을 것이다. 친구들은 철도역 짐꾼 사중창단에 가입하라고 그를 설득했고 그 일이 기화가 되어 불황기임에도 대성공을 거둔 브로드웨이 연극에서 천사 역할까지 맡게 되었다.

연극이 순회공연을 떠나기 바로 전에 그의 아내가 첫 번째 아이를 출산했다. 그래서 그는 노래하는 천사 역을 계속 맡아야 했다. 하지만 점점 다가오는 워싱턴 공연에 대해 생각할 때마다 그는 점점 더 분노가 치밀었다. 좌석을 따로 구분하는 것도 아니고 아예 니그로들의 출입을 막다니! 마침내 그는 나머지 출연진들을 조직해서 파업을 일으키기로 결심했다.

---

* 짐 크로 법Jim Crow laws은 1876년부터 1965년까지 시행됐던 미국의 주법. 짐 크로는 '흑인 격리'를 가리키는 말로 미국의 흑인들이 "분리되어 있지만 평등하다separate but equal"는 사회적 지위를 갖도록 꾀함. 하지만 현실에서 흑인들은 백인에 비해 열등한 대우를 받았으며 경제, 교육, 사회의 다양한 측면에서 불평등을 낳았음.

워싱턴에서의 공연이 얼마 남지 않은 때에 흑인 천사들—테너, 베이스, 소프라노, 블루스 가수들 다—모두가 들고일어났다. 하나님만 빼고 모든 출연진이 파업에 동의했다.

"흑인들만 출연하는 공연을 하는데 그곳에 사는 흑인들은 구경하러 극장에 와서 앉아 있을 수 없다는 생각이 어떻게 가능한 거지? 나는 그런 데서 일을 할 수 없어."

"이번 한 번만이라도 백인들에게 우리도 기개가 있다는 것을 보여주자고. 이제껏 보지 못한 가장 큰 배우들의 파업을 관철해 내자고."

"그럼, 당연히 그렇게 해야지."

일이 벌어진 곳은 필라델피아였다. 하지만 볼티모어에서 공연을 할 때쯤에는 그들의 뜨겁던 열기가 많이 가라앉았고 로건은 동료 천사들이 의기소침해진 모습을 보며 간신히 분노를 참고 있었다.

"나는 먹여 살릴 마누라가 있어. 한 주라도 임금을 받지 못하면 곤란해."

"나도 아내가 있어." 로건이 말했다. "게다가 아이도 있다고, 그래도 나는 파업에 참여할 거야."

"자네는 연극 단원이라고 할 수가 없어." 다른 단원이 분장을 하면서 그에게 말했다.

"모름지기 연극 단원이라면 백인 전용 극장들에서 연극을 하는 데 거리낌이 없어야 할 거야. 과거에는……" 므두셀라* 역을 맡은 사람이 그의 백발 가발에 분을 바르며 말했다.

"나도 옛날이야기는 들어서 다 알고 있어요." 로건이 말했다. "흑인

---

* 노아의 할아버지로, 성경에서 가장 장수를 한 인물.

유랑 극단이 자신들의 검은 피부가 더 검어 보이도록 분장을 하고 백인들을 위해 흑인들을 조롱하는 연극을 했었죠. 그런 과거로 누가 돌아가고 싶다는 건가요?"

"어쨌든, 이제 그만 좀 해 두지." 므두셀라가 말했다.

"모두 겁쟁이들일 뿐이에요. 내가 할 말은 그게 다예요." 로건이 말했다.

"너는 과격분자들 중의 한 명일 뿐이야. 그게 분명해." 사울 역을 맡은 나이 든 테너가 말했다. "우리도 언제 파업을 해야 하는지 하지 말아야 하는지 알고 있다고."

"좋아요, 그럼 이렇게 하면 어때요?" 공연 시간이 임박했기 때문에 날개를 달고 있는 천사들에게 로건이 말했다. "정식 파업을 할 수 없다면 공연 오프닝 날에 총퇴장을 하는 거예요. 한 회 공연만 파업을 하자는 거죠. 적어도 우리가 누워서 당하기만 하는 빙충이들은 아니라는 것만 보여 주자고요. 최소한 워싱턴의 니그로들에게 우리가 그들 편이라는 것을 알려 줄 수는 있지 않겠어요?"

"하루 정도는 괜찮을 것 같은데?" 몸이 빼빼 마른 흑인 천사 한 명이 찬성을 했다. "하루 파업을 하는 거라면 나도 참여하겠어."

"나도 할게." 공연 시간이 되어 복도로 몰려 나가면서 몇 명의 단원들이 동참 의사를 밝혔다. 하나님 역을 맡은 배우가 무대 옆에 프록코트를 입고 서 있다가 그들에게 "쉿, 조용!" 주의를 주었다.

아름다운 천국에서 흑인들이 어떻게 지낼 것인지를 보여 주는, 백인이 만든 유명한 연극이 워싱턴에서 첫 공연을 하는 역사적인 월요일이 마침내 다가왔다. 애초에 뉴욕에서 공연했던 출연진들과 같은 니그로 배우들이 나와서 니그로들만이 부를 수 있는 노래들을 부를 예정이었다. 그야말로 엉클 톰이 하나님 역할로 돌아온 셈이었다.

워싱턴에 거주하는 흑인들은 그 공연을 보이콧하려고 했지만 경찰이 그들의 움직임을 막았다. 혹시 있을지도 모를 불미스러운 사태를 막기 위해 극장 근처 몇 블록에 걸쳐 경찰들이 배치되었고 하나님 역을 맡은 배우가 묵고 있던 보수적인 니그로 교수의 집에는 사복 경찰관 두 명이 지키고 서서 그를 안전하게 보호했다. 신문들에는 흑인 과격파들이 그를 납치하겠다고 협박했다는 기사가 실렸다. 하나님을 납치하겠다니!

로건은 동료 배우들의 가라앉는 전의를 북돋기 위해 호텔 방에서 그들을 설득하며 하루 종일 애를 썼다. 그들은 로건이 옆에 있으면 하루 동안 파업을 한다는 계획에 흔들림이 없었지만 그가 주위에 보이지 않으면 다시 기세가 수그러들었다. 만약 그들이 파업을 한다면 워싱턴 경찰이 어떻게 나올지 그들은 알 수 없었다. 워싱턴은 그보다 훨씬 경미한 일로도 흑인들을 감방에 던져 넣는 곳이었다. 어쩌면 그들은 해고를 당할 수도 있었다. 소득도 없어지고 연극 무대를 다시 밟지 못하게 될지도 몰랐다. 사람답게 사는 것, 동족을 위해 일어서는 것, 모두 다 좋지만 배우도 먹고살아야 하지 않나? 하나님의 말도 틀린 말이 아니었다. 그들은 꽤 괜찮은 급여를 받으며 인기 있는 연극에서 연기를 하고 있는 것이었다. 그들은 연극의 평판을 실추시키면 안 되었다. 백인들에게 니그로들의 연극을 보여 주는 것도 의미가 있었다. 로건은 돈 게 분명했다!

"이봐, 철 좀 들게. 오늘 아무도 파업하지 않을 거야." 단원들 중의 한 명이 저녁 여섯 시쯤 흑인들이 머무는 화이트로 호텔의 로비에서 그에게 말했다. "그만 포기하라고. 자네가 맞아, 우리는 용기가 없어."

"나는 포기하지 않을 거예요." 로건이 말했다.

단원들이 극장에 도착했을 때 경찰들이 극장을 둘러싸고 있었다. 무대에도 사복 경찰들투성이였다. 극장 로비에는 긴 줄—물론 백인들의—이 입석표라도 사기 위해 서 있었다. 하나님이 오토바이에 탄 경찰들이 호위하는 자동차를 타고 도착했다. 그는 단원들에게 연설을 하기 위해 예정보다 좀 일찍 왔다. 백인 무대 감독과 뉴욕의 공연 기획사 대표가 그와 함께 나타났다.

그들은 모든 단원을 무대 위로 불렀다. 하나님은 흑인들이 오늘에 이르기까지 겪어야 했던 모든 일을 말하며 눈물을 흘렸다. 그들이 어떻게 힘들게 버텨 왔는지, 그들이 어떻게 노래를 해 왔는지, 앞으로도 백인들이 깨달을 때까지 어떻게 견디며 노래를 계속해 나가야 할지를 이야기했다. 파업은 아무 도움이 되지 않을 것이다. 파업은 그들의 대의명분만 잃게 만들 것이므로 그는 이런 슬픔을 가슴에 안고서 계속 연극을 해 나갈 것이라고 말했다. 그렇게 말하는 그는 거의 숭고해 보일 지경이었다. 그는 그의 단원들—그의 천사들—그의 자녀들—이 계속 자기와 행동을 같이할 것임을 믿는다고 말했다.

하나님 옆에 같이 자리한 백인들도 그들의 니그로 단원들이 겪고 있는 고통은 생각만 해도 가슴이 아프다는 듯 아주 엄숙한 얼굴이었다. 하지만 사실은 니그로들이 파업을 하면 한 주 치 공연 매상고가 위태로울지도 모른다는 사실이 더욱 가슴 아팠다. 그것은 그들 모두에게 해가 되는 행동일 뿐이었다.

하나님과 백인 감독들 뒤에는 거구의 백인 사복 경찰 두 명이 서 있었다.

당연히 로건만 빼고 모든 니그로는 지하실로 내려가서 날개들을 달고 분장을 했다. 로건은 출연진들을 강제로 끌어내리려고 했다. 검둥이들을 사람으로 만들기 위해 투쟁을 계속하려고 했다. 하지만 그것은 불가능했다. 그 혼자만의 힘으로는 할 수 없는 일이었다. 아무도 파업에 동참하고 싶어 하지 않았다. 누구도 흑인들의 자존심, 존엄 혹은 기본적인 인권을 위해 아무것도 희생하고 싶어 하지 않았다. 단원들은 흑인들로 가득한 천국이라는 별나지만 재미있고 소박한 연극, 백인들이 구경을 하며 웃고 우는 연극에 계속 출연하고 싶어 했다.

극단 경영진은 두 명의 사복 경찰들을 지하로 보내 로건을 체포하도록 했다. 그들은 조금이라도 일이 잘못될 빌미를 남겨 두려 하지 않았다. 무대 위에서 커튼이 올라가는 순간 그들은 치안 방해 혐의로 로건을 감옥으로 끌고 갔다. 그가 경찰에 의해 끌려 나갈 때 흑인 천사들은 모두 무대 옆에서 첫 순서로 흑인 영가를 부르기 위해 대기하고 있었다. 흑인 청년의 얼굴을 가로질러 눈물 한 줄기가 흘러내렸다.

단원들은 모두 그가 체포당한 사실 때문에 울고 있다고 생각하고 싶었다. 하지만 그들의 마음 깊은 곳에서는 모두 그가 그것 때문에 울고 있는 게 아니라는 것을 알고 있었다.

비극의 목욕탕
Tragedy at the Baths

"그런 일이 내 목욕탕에서 벌어지다니!"가 그녀가 할 수 있는 말의 전부였다. "하필 그런 일이 내 목욕탕에서 말이야!" 사람들이 아무리 위로하려 해도 그녀를 진정시킬 수는 없었다. 루에다 여사는 히스테리 증상을 보이고 있었다. 힘이 넘치는 거구의 여인이 지르는 비명 소리에 이웃들이 모두 불안해했다.

그녀와 고인이 된 그녀의 남편은 오랫동안 에스메랄다 목욕탕을 운영해 왔다. 그들의 목욕탕은 멕시코시티에서도 아주 청결한 고급 가족 목욕탕으로서 품위 있는 사람들만이 매주 한 번 목욕을 하거나 샤워, 훈증탕을 이용하기 위해 찾아오는 곳이었다. 타일이 깔린 마당과 물이 넘쳐흐르는 분수를 갖춘 그녀의 목욕탕은 중산층 아파트들과 가게들이 모여 있는 로레토 인근의 기념비적인 시설이었다. 그런데 그곳에서 그 일이 벌어진 것이다!

어째서 이런 일이! 루에다 여사는 그 젊은이를 안 지 꽤 오래되었다. 그는 아이일 때부터 매주 샤워를 하거나 타일이 깔린 작은 수조에서 수영을 하기 위해 에스메랄다 욕탕을 찾아오던 단골이었다. 가끔 형편이 좋을 때면 일 페소를 내고 개인 탕을 빌려서 훈증을 즐기기도 했다. 후안 말도나도가 그의 이름이었다. 그는 키가 훤칠하고 잘생긴 젊은이였다.

그 일요일 아침, 그가 매표소에서 이 인용—그와 그의 아내를 위한—개인 탕을 달라고 했을 때 루에다 여사는 특별히 놀라지도 않았다. 신문들을 꼬박꼬박 챙겨 보는 그녀지만 마을에서 벌어지는 모든 결혼 소식을 다 챙길 수 있는 것은 아니었으니까. 젊은이라면 언젠가 결혼을 하는 것도 당연한 일이었다.

잔돈을 거슬러 주면서 그녀는 그의 옆에 서 있는 밝은 갈색 피부에 생기 넘치는 검은 머리의 혼혈 여인을 돌아봤다. 루에다 여사는 미소를 지었다. 종업원의 안내를 받으면서 그들의 방과 욕조로 가는 두 사람의 모습을 보며 그녀는 생각했다. 참 잘 어울리는 커플이군. 두 명의 아름다운 젊은 청춘들. 그녀는 한숨을 쉬었다.

어떤 욕탕들은 실내에 이성 간 손님을 들이지 않았다. 하지만 루에다 여사는 두 사람이 합법적인 부부인 경우 별문제가 될 것이 없다고 생각했다. 고급 주택가에 있는 그녀의 욕탕에는 점잖은 손님들만 고객으로 찾아왔다. 그녀는 말도나도를 의심할 이유가 없었다.

하지만 그로부터 한 시간 후에는 이야기가 달라졌다. 방향염*조차

---

* 탄산암모늄이 주제主劑인 정신 들게 하는 약.

루에다 여사를 진정시킬 수가 없었다. 오! 왜 하필 그런 일이 그녀의 욕탕에서 벌어진 걸까! 도대체 왜!

나는 내가 들은 대로 이야기를 하고 있을 뿐이다. 어쩌면 이 이야기를 전적으로 사실이라고 주장할 수 없을지도 모른다. 로레타의 발코니와 마당에서 이 이야기가 입에서 입으로 전해지는 동안 후안과 그의 가족을 아는 사람들이 낭만적이고 원색적인 각색을 했을 수도 있다. 멕시코인들은 슬픈 실연과 아이러니한 좌절이라는 요소로 윤색된 감상적이고 낭만적인 이야기들을 사랑한다. 하지만 비록 누가 이야기를 하느냐에 따라 왜 에스메랄다 목욕탕에서 그런 일이 벌어졌는지에 대한 설명은 조금씩 다르더라도 그날 그 안에서 벌어진 일은 모두가 알고 있는 사실이었다. 그것은 아주 끔찍한 일이었다.

우선 후안과 그 여인, 두 사람은 결혼한 사이가 아니었다.

그는 그녀를 아주 이상한 인연으로 만났다. 기마경찰이 정부에 항의를 하는 데모대를 막고 있었다. 광장은 잔디와 꽃을 밟으며 데모를 하는 사람들로 가득했다. 후안은 데모대들로부터 멀찌감치 떨어져 광장을 가로질러 그가 일을 하는 가게로 출근을 하고 있었다. 그날의 데모는 그가 관심을 가진 정치 문제와는 관련이 없었다. 하지만 그가 광장을 반쯤 지나갔을 때 기마경찰들이 데모대를 향해 돌진을 시작했고 사람들은 사방팔방으로 달아나기 시작했다. 후안도 어쩔 수 없이 달음박질을 해야 했다.

모든 사람이 궁궐 건너편의 회랑들이나 성당의 문들, 안전한 골목들로 도망을 가려 했다. 뒤에서 울려오는 말발굽 소리에 쫓겨 마데로 거리를 향해 뛰던 후안은 그의 앞에서 여인 하나가 돌에 걸려 넘어지는 것을 보았다.

후안은 달리던 길을 멈추고 그녀를 일으켜 세운 후 그녀를 안고 계속 도망을 쳤다. 광장을 벗어나 조용한 골목길에 이른 후안은 그녀를 내려놓고 그녀가 얼굴에 묻은 흙과 눈물을 닦도록 손수건을 건넸다.

그제야 비로소 그는 그녀가 젊고 아주 아름답다는 것을 깨달았다. 그녀는 멕시코 인디언 혼혈인 메스티소 특유의 부드러운 갈색 피부를 지니고 있었다.

"아, 선생님," 그녀가 앞에 서 있는 키 큰 젊은이에게 말을 건넸다. "어떻게 감사의 말씀을 드려야 할지……"

바로 그 순간 한 남자가 모자도 쓰지 않은 채 눈을 휘둥그레 뜨고 그들에게로 달려왔다. 그는 도망가는 군중에 휩싸이는 바람에 아내가 넘어지는 것을 속수무책으로 바라봐야 했던 여자의 남편이었다. 하지만 곧 그녀가 사라졌고 남자는 미친 듯 허둥거리다가 마침내 골목 모퉁이에서 한 키 큰 남자를 마주하고 있는 그녀를 발견한 것이었다. 그 남자는 그녀에게 손수건을 건네주며 그녀의 사랑스러운 눈을 응시하고 있었다.

"고마워할 것 없어요." 그 젊은이가 말했다. "그저 잠깐 당신을 바라볼 수 있게 해 줘요." 그때 그녀의 눈에 그들을 향해 다가오는 남편의 모습이 들어왔다.

"일요일에 맥시모 극장 앞에서 봐요." 그녀가 속삭였다. "호젓하게 감사를 드리고 싶어요."

"기꺼이." 그가 대답을 하자마자 숨을 헐떡이며 그녀의 남편이 그들 곁에 도착했다.

그녀의 남편도 꽤 젊었지만 말도나도처럼 키가 크지도 잘생기지도 않았다. 그렇게 아름다운 여인의 남편감이기에는 키도 너무 작고 부실했다. 그는 산토도밍고의 궁궐 앞 작은 광장에서 무식한 농부들을 위해 편지를 대필해 주거나 타이프라이터로 법률 서류들의 사본을 만들어 주고 수백 장의 명함에다 멋있는 펜글씨로 이름을 써 주는 대서소를 운영하고 있었다.

남편도 골목에 서서 말도나도에게 군중들과 기마경찰들의 말발굽에 밟힐 뻔한 아내를 구해 줘서 고맙다고 사의를 표했다. 그들은 악수를 하고 키 큰 젊은이는 남쪽 방향으로, 아리따운 여인과 그녀의 남편은 북쪽 방향으로 헤어졌다.

다음 일요일에 말도나도는 험프리 보가트 영화가 상영되고 있는 맥시모 극장 앞에서 그녀를 기다렸다. 저녁 다섯 시가 되자 과연 그녀가 홀로 극장 앞에 나타났다. 그녀는 광장에서 그가 일으켜 세워 주었던 날보다 더 아름다웠고 자신의 행동이 부끄럽다는 듯 수줍어했다.

그들은 연인들이 손을 잡고 앉는 이 층 구석진 자리에 앉았다. 그리고 그들도 곧 손을 잡았다.

"그날 나를 안은 당신의 힘센 팔에서 나는 벅찬 무엇인가를 느꼈어요." 그녀가 말했다. "당신의 눈을 들여다보기 이전에 이미 나는 당신과 영원히 함께하고 싶다는 마음이 들었죠."

"그만둬!" 화면에서 경찰이 총을 쏘며 말했다.

"내 팔에 안겨 있는 당신에게도 뭔가 당신을 영원히 내려놓고 싶지 않도록 만드는 무언가가 있었어요." 후안이 말했다.

"제 이름은 콘수엘로 아길라르예요." 여인이 조용한 목소리로 말했다. "제 남편은 이미 저번에 보셨고요."

"남편에 대해 얘기를 해 봐요." 후안이 말했다.

"그는 나에 대한 집착이 심해요." 콘수엘로가 말했다. "질투심도 대단하죠. 작가가 되고 싶어 하지만 그가 하는 일이라고는 농부들의 편지를 써 주는 게 다예요."

"만약 당신이 여기 있는 것을 안다면 그가—?"

"모를 거예요. 일요일이면 집에 들어앉아 시를 쓰거든요. 그가 쓴 시가 맘에 들지 않는다고 하면 자기를 사랑하지 않는다며 자살하겠다고 협박을 하죠. 내 꼬마 남편은 아주 감정적이에요."

"그럼 그는 지금 당신이 무얼 하고 있다고 생각하고 있죠?"

"저희 이모 댁에 있는 줄 알 거예요."

그것은 첫눈에 빠지는 진정한 사랑이었다고 로레토 지역 사람들은 말했다. 하지만 그들은 후안이 약간 어리석었다고, 여자들을 대하는 데 있어서 너무 미숙했다고도 수군거렸다.

두 사람은 계속 극장과 댄스장에서 만남을 이어갔고 그들의 관계는 점점 더 위험한 지경으로 치달았다. 멕시코에서는 바람을 피운 여자의 남편이 두 연인을 죽여 버리는 일이 흔했고 그런 후에도 남편은 별다른 벌을 받지 않았다. 그건 거의 당연한 일처럼 생각되었다. 하지만 콘수엘로의 남편은 그보다 더 심한 짓을 했다. 적어도 루에다 여사가 보기에는 그랬다.

물론 그의 아내는 정말 못된 짓을 저질렀다. 이혼이 사실상 불가능한, 무슨 일이 있어도 아내가 남편을 버리는 일이 있을 수 없는, 가톨릭이 국교인 나라에서 말도나도와 함께 도망을 치려고 계획을 세웠으니까. 어리고 철부지인 그들은(로레토 사람들은 그렇게 말을 했다) 무슨 생뚱맞은 이유에서인지 같이 도망을 치기로 한 일요일 아침, 먼저 목욕탕을 들르기로 했다. 그래서 두 사람이 루에다 여사의 한적한 에

스메랄다 목욕탕에 나타난 것이다.

하지만 콘수엘로의 남편이 곧 두 사람이 있는 현장에 나타났다. 그는 그 전부터 두 사람의 뒤를 밟고 있었는지도 모른다. 놀라운 사실은 그가 두 사람을 죽이지 않았다는 것이다. 그 대신 일 년간 목욕탕을 이용할 수 있는 이용권을 사고는(그는 자신이 무슨 짓을 하고 있는지도 깨닫지 못했을 것이다) 후안과 콘수엘로가 목욕을 하고 있는 방의 복도 쪽으로 가서 총으로 그 자신을 쐈다.

곧 큰 소동이 벌어졌다. 옷을 걸쳤건 걸치지 않았건 목욕탕에서 쏟아져 나온 사람들이 사방으로 뛰어 도망을 다니며 비명을 질렀다. 열린 문들로부터 뿌연 김이 마당으로 쏟아져 나왔다. 그 소란 중에 누군가 중앙 수도관을 잠그는 바람에 분수까지 멈췄다. 무슨 일인지 알아보기 위해 밖으로 나오던 콘수엘로와 말도나도는 피투성이인 아길라르의 시체에 발이 걸려 넘어질 뻔했다.

"오! 세상에!" 콘수엘로가 비명을 질렀다. "내가 당신하고 달아나면 자살을 하겠다고 하더니."

"당신이 나하고 도망할 거라는 걸 그가 어떻게 알았지?" 젊은이가 놀라서 물었다.

"내가 그에게 말했어요." 콘수엘로가 냉혹한 눈으로 말했다. "정말 자살을 할 건지 궁금했거든요. 걸핏하면 자살한다고 말을 했었어요. 하지만 자기," 그녀가 천천히 후안에게로 몸을 돌렸다. "이제 그 사람이 죽었으니 우리는 떳떳하게 결혼할 수가 있어요."

"하지만 우리가 죽을 수도 있었어!" 몸에 수건만 두른 말도나도가 목욕탕 문간에서 몸을 떨며 말했다.

"저 조그만 겁쟁이가?" 콘수엘로가 비웃듯 말했다. "저 사람은 그럴 위인도 못 됐어요!"

"하지만 자살을 했잖아?" 말도나도가 시체로부터, 모여든 사람들로
부터 방으로 몸을 돌이키며 천천히 말했다.

"키스해 줘요." 문을 닫은 후 콘수엘로가 그녀의 예쁜 얼굴을 후안의
얼굴에 가까이 대고 속삭였다.

"저리 꺼져!" 공포로 속이 메스꺼워진 후안이 소리를 질렀다. 문을
열어젖힌 그는 그녀를 마당으로 밀 듯 떠밀쳤다.

남편의 시체에 포개지듯 넘어진 그녀는 비로소 자신이 과부가 되었
다는 것, 하지만 남편의 대서소에는 그녀가 물려받을 수 있는 여섯 개
의 훌륭한 타이프라이터가 있다는 것을 기억하고는 그런 경우 세상이
남편을 잃은 훌륭한 아내에게 기대하는 방식대로 땅바닥에서 남편의
시체를 부둥켜안고 격렬하게 울기 시작했다.

루에다 여사와 함께 경찰에게 심문을 받은 후 후안은 아직도 울고
있는 콘수엘로를 목욕탕에 남겨 둔 채 집으로 갔다. 그녀가 남편에게
자신과의 관계를 털어놨다는 사실과 그의 머릿속에 메아리치는 한 발
의 총성을 잊기 위해서 그는 몇 달을 고생해야 했다.

하지만 로레타에 떠돌던 이야기에 의하면 가장 안된 일은 그들 삼
각관계의 전말이 신문에 기사화되었을 때 그것을 읽고 충격을 받은
후안의 고용주가 그를 바로 직장에서 해고했다는 것이었다. 콘수엘로
는 마음에 들지 않았던 남편을 잃어버린 게 다였지만 후안은 일자리
를 잃은 것이다.

루에다 여사는 그 일 이후 절대로 남녀에게 같은 탕을 빌려주지 않
기로 작정을 했다.

저치를 혼내 줘요
Slice Him Down

1930년대 리노에 거주하던 흑인들 중에는 화물차에 무임승차를 하고 들어온 사람들과 그렇지 않은 사람들, 두 부류의 계급이 있었다. 같은 흑인이지만 편안한 탈것을 타고 온 사람들은 기차에 무임승차해 그 도시로 흘러들어 온 사람들을 무시하는 경향이 있었다. 그곳에 정착한 지 좀 오래된 사람들이나 객차를 타고 리노로 온 사람들은 역 근처에 전등불로 밝혀 놓았듯, '작은 도시들 중 세계에서 제일 큰 도시인 리노'에 흘러들어 오는 남녀 떠돌이들을 거만한 눈길로 대했다. 경제 공황의 여파로 서해안으로 가거나 그곳에서 떠나온 부랑자들은 네바다 주를 지나치다가 법이 허락하는 한 잠시 머물기 위해 리노를 찾곤 했다.

하지만 무임승차자들은 역 근처에서 내리지 않았다. 특히 동쪽에서 오는 사람들은, 좀 머리가 있는 축이라면, 이혼 수속이 쉬워 결혼 생활에 불만인 주부들의 성도聖都였던 리노로부터 몇 마일 전인 스파크스에서 내려 도보로 리노에 들어왔다. (어느 곳에서든, 기차표를 구매해서 객차나 침대차를 타고 온 사람들만이 바로 역에서 내리는 호사를 누릴 수 있었다.)

테리와 슬링은 솔트레이크에서 출발한 빠른 화물열차를 타고 리노로 왔다. 그 전에는 샤이엔에서 출발하는 열차를 탔었고 그 전에는 시카고에서 출발한 기차를 탔었다. 그 이전에는 남부 지방의 철로를 따라 어디쯤에서 몇 년의 덧없는 세월이 목화밭과 기억도 잘 나지 않는 흑인들만의 사연에 얽혀 흘러갔었다.

그들은 남부 출신의 닦새*들이었다. 닦새들, 니거들, 검둥이들이 그들이었다. 철도경찰들은 그들을 그렇게 불렀다. 그렇게 불러도 그들은 아무 대꾸를 할 수 없었다. 경찰들은 몽둥이와 총을 사용하는 데 조금도 주저함이 없었으니까. 어쨌든 뭐라고 불리든 중요한 문제는 아니었다. 배가 부르고 자만심이 머리 꼭대기까지 뻗쳐야 비로소 사람들은 미스터 테리니 미스터 슬링이니 불리기를 원하는 것이었다.

"어이, 이름이 뭐지?" 어둠 속에서 흑인 목소리가 들렸다.

"그걸 왜 묻지? 사복 경찰이라도 되나?"

테리는 칭찬을 듣고 입이 귀에 걸릴 만큼 찢어졌다. 그는 넝마 같은 옷의 안주머니에 손을 집어넣고 몸을 긁었다.

"그쪽도 나처럼 이름이 없는 친구인 모양이지? 어쩌면 나만큼 거칠지도 모르고 말이야. 비열하고 굶주리고 거친 남자 말이야! 이렇게 길

---

* shine. 흑인을 지칭하는 속어였음.

위에서 만난 김에 같이 여행을 하면 어때? 이름이 뭐야?"

"슬렁이라고 불러 줘."

화물들은 시카고 철도 야적장에서 땅거미가 질 때 기차에 실린다. 기차에 무임승차를 하고 어딘가를 가는 사람들은 적어도 여기보다는 나은 곳으로 가는 것일 터였다.

"나도 거친 것으로는 남에게 뒤지지 않지." 슬렁이 지나가는 기차의 화물칸들을 눈여겨보며 말했다. "나는 아침으로 무쇠를 씹어 먹는다고."

"그래? 나는 쇠로 만든 핫케이크에 시럽으로 시멘트를 부어서 먹는데." 테리가 대답했다.

"내가 이곳을 떠나는 이유도 그 때문이야. 어떤 멍청한 자식의 눈에다 침을 뱉어서 죽였거든. 내 입에서는 총알이 나가니까."

그 순간 두 사람은 서쪽을 향해 달리는 화물차를 붙잡고 올라탔다. 두 사람은 기차가 오마하에 도착할 때까지 빈 화물칸의 구석에 쪼그리고 앉아 흰소리들을 늘어놓았다. 기차에서는 수도 없이 시카고 시장으로 실려 갔을 소들이 남긴 냄새가 진동을 했다.

"나는 사람들을 하도 많이 작살을 내서 어느 날 나 자신도 실수로 작살낼 것 같아 무서울 정도라고." 슬렁이 말했다. "그래서 면도를 할 때도 거울을 안 보지. 나도 모르게 내 목을 면도칼로 그을 것 같거든. 난 정말 거친 검둥이라고."

"그래? 그래도 나만큼은 아닌 것 같군." 테리는 말도 안 되는 거짓말을 기차가 오마하에서 샤이엔에 이를 때까지 지껄였다. "마지막으로 내게 시비를 걸었던 놈에 대해 이야기를 해 주지. 기관총까지 있는 알 카포네 같은 치였지만 삼십이 구경 권총으로 간단히 쓰러뜨렸거든.

그 자식 창자로 레이스 커튼을 만들었다니까!"

"왜 그렇게까지?"

"놈이 백인이었거든. 게다가 내 여자에게 집적거리기까지 했지."

"여자 때문에 그런 말썽에 휩싸였다고?"

"그때는 그랬어."

"여자들 때문에 싸운다는 건 의미가 없는 짓이야."

"나도 알아. 그런데도 그런 짓을 하거든."

"하긴 나도 그래, 하지만 이제는 더 이상 그런 일은 없을 거야. 여자 때문에 싸우는 짓은 이제 끝냈어."

"나도 마찬가지야."

"그 점에서 우리는 통하는군. 여자들은 내 인생을 너무 꼬이게 만들어 왔어."

"나도 그랬어."

그때쯤에는 그들이 타고 있던 석탄차가 마을에 가까워지면서 속도를 줄이고 있었다. 지도를 보니 샤이엔이라는 곳이었다.

하지만 어떤 지도도 에이원 카페의 뒷문에 놓인 쓰레기통으로 가는 길을 표시해 놓을 수는 없었을 것이다. 테리와 슬림이라고 불리는 두 명의 키 큰 흑인 청년들이 쓰레기통에서 찾아낸 것이라고는 호박 껍질 대여섯 조각, 한 줌의 베이컨 껍질, 몇 개의 식빵 껍질이 다였다.

"다시 출발하자고." 별들이 나오기 시작했다.

"어서 이곳을 뜨세, 친구."

"빨리 움직여, 테리. 이번에 지나가는 초저녁 열차를 타자고."

아, 화물차를 타자!

바퀴들이 구른다!
염병을 할 내
불운한 영혼!

작은 도시들 중 세계에서 제일 큰 도시인 리노는 한밤중에도 볼 수 있도록 거리를 가로지르는 아치 위에다가 도시 이름을 환하게 밝혀 놓았다. 하지만 두 사람에게는 그 간판이 분명하지 않았다. 굶주린 데다 비까지 내리고 있었고 받은 교육도 변변치 않았기에 간판을 읽는 것은 쉬운 일이 아니었다.

가을의 리노는 굉장한 곳이었다. 경제공황의 한복판에서도 그곳의 도박장 테이블들 위에는 은화들이 산처럼 쌓여 있었고 쉴 새 없이 룰렛 판들이 돌아갔다. 사람들은 돈을 걸고 잃고 따기를 반복했다. 커다란 유리창들이 나 있는 대로변의 뱅크 클럽 안을 인도에 서서 들여다보면 주사위, 숫자 뽑기 게임, 룰렛, 은화 더미가 보였다. 볼만한 광경이었다.

"리노에는 아무런 법도 소용없는 게 틀림없어."

"그래, 틀림없어." 슬링이 동의했다.

"세상 돈은 다 리노에 있는 것 같아."

"그래, 틀림없어." 슬링이 말했다.

"우린 여기, 리노에 머물 거야."

"여기 머물자, 테리." 슬링이 말했다.

운 좋게도 두 사람은 일자리를 구해서 리노에 자리를 잡을 수 있었다. 방도 구했고 도박장에서 손님들에게 푼돈도 얻었고 여자 친구도 생겼다. 하지만 바로 그녀들이 문제였다.

테리는 역 앞에서 구두를 닦았다. 슬링은 중국인이 운영하는 복권 및 주사위 도박장에서 마루를 닦았고 그 외에도 시설 보수, 경비원, 심부름꾼 등 모든 역할을 다 했다. 두 사람은 일주일에 십 달러나 십이 달러를 벌었는데 전반적인 경제 상황을 생각하면 그럭저럭 괜찮은 편이었다. 삼 달러를 선금으로 주고 양복을 샀고 투톤 구두와 거의 실크처럼 보이는 셔츠도 샀다. 그뿐인가? 열쇠 줄도 샀다. 열쇠들은 없었지만 그까짓 게 무슨 상관이겠는가. 중요한 것은 열쇠 줄을 차고 다니는 것이었다. 가슴을 가로질러서 차거나 주머니에서 늘어뜨리거나 열쇠 줄은 마치 은처럼 반짝였다. 아니 금처럼 보였다. 열쇠는 중요하지 않았다.

"여, 언젠가 내 여친을 한번 보여 주지. 고양이처럼 귀여운 데다 이곳에 화물차를 타고 오지도 않았다고." 테리가 머리카락을 가라앉히기 위해 털모자를 쓰며 말했다.

"우리는 화물차를 타고 왔잖아, 떠벌리지 말라고." 슬링이 말했다. "내 여친도 마찬가지고. 그러니까 그런 이야기는 꺼내지 말라고!"

"알았네, 친구! 안심하라고. 너도 내가 얼마나 험한 놈인지 알잖아."

"나만큼 험하지, 그렇잖아?" 십 센트짜리로 포장된 장밋빛 탤컴파우더를 겨드랑이에 뿌리며 슬링이 말했다.

"그렇게 험하고 싶은 거겠지." 테리가 농담을 했다. 하지만 내심 그는 슬링의 목의 반을 가로질러 견갑골까지 나 있는 커다란 칼자국이 자신의 몸에도 있었으면 하는 부러움을 느꼈다. "험하게 되고 싶어 하는 거라고."

슬링은 테리의 말에 대꾸를 하지 않았다. 좀 피곤했기 때문에 농담을 하거나 말싸움을 할 기분이 아니었다. 중국인은 정말 사람을 녹초로 만드는 재주가 있었다. 그는 어디에 있든 하루 종일 사람들에게 시 달림을 당했다. 애인을 만나러 가기 위해 몸을 씻을 힘조차 없었다. 그 래서 겨드랑이에 그렇게 탤컴파우더를 뿌려 댔던 것이다.

그동안 테리는 중산모를 비스듬히 기울여 쓰고는 구두를 찾기 위해 침대 밑을 뒤졌다. 갈색과 흰색이 섞인 옥스퍼드화의 끈을 묶으면서 화물차에 무임승차하지 않고 리노에 온 그의 애인을 떠올렸다. 그랬 다. 그의 여인은 기차를 숨어 타고 이곳에 오지 않았다! 미시즈 앤젤 리나 윌스가 그녀의 이름이었다. 그녀는 샌프란시스코에서 이혼을 하 기 위해 리노를 찾아온 백인 여인이 함께 데려온 하녀였다. 그런 그녀 가 자신과 사랑에 빠진 것이었다, 하하! 앤젤리나, 그녀가 시카고풍의 부드러운 대사를 능숙하게 칠 줄 아는 이 흑인 오빠에게 넘어간 것이 다.

"황갈색 넥타이를 좀 빌릴 수 있을까?"

"얼마든지." 슬링이 말했다.

피곤하고 지쳤지만 슬링의 마음도 그의 애인에게 가 있었다. 검은 피부에 인디언처럼 생긴 얼굴. 그만의 여자. 그녀는 별로 일을 하지 않 았다. 그녀는 항상 쉬고 있는 것 같았다. 그럼에도 용케 생활을 꾸려 가고 있었다. 그녀는 토끼 가죽 코트를 입었고 금 손목시계를 차고 다 녔다…… 그녀도 무임승차로 화물차를 타고 이곳에 오긴 했지만 날이 궂은 날에는 택시를 타고 다녔다! 살고 있는 방도 좋았고 마음씨도 좋 았다. 그런 그녀가 큰 키의, 어깨에 면도칼 흉터가 있는 슬링이라는 이 름의 멋진 청년을 좋아하고 있는 것이었다.

그녀의 이름은 찰리메이였다. 찰리메이 다음은 뭐냐고? 그건 나도 모른다! 아무도 그녀의 성을 부르는 것을 들어 본 적이 없다. 어쩌면

성이 있을지도 모른다. 누가 그런 것까지 알 수 있겠는가? 찰리메이—토끼 가죽옷을 입고 금시계를 찬 인디언처럼 생긴 여자, 오! 그 여자가 내 여자란 말이다!

"어서 클럽으로 가자고." 테리가 말했다. "나는 먼저 가서 앤젤리나를 데리고 올게."

"그럼 거기서 봐." 슬링이 말했다. "천천히 오라고."

테리는 중산모를 쓰고 황갈색 넥타이를 맨 채 미시즈 윌스를 데리러 거리로 나섰다.

바로 그의 뒤를 이어 밝은 하늘색의 어깨가 넓은 양복을 입은 슬링이 번쩍이는 열쇠 줄을 출렁이며 찰리메이를 찾아 나섰다.

두 젊은이 모두 멋있어 보였지만 사실 알고 보면 십일월이 다 지나가는 지금도 그들의 멋진 양복 위에 덮을 코트도 마련하지 못한 딱한 처지였다. 아직 외투를 살 수 있을 만큼은 돈을 벌지 못한 까닭이었다. 그래서 그들은 멋있는 양복과 넥타이, 모자를 쓰기 전에 차가운 네바다의 바람을 견디기 위해서 셔츠 안에다가 스웨터, 스웨터셔츠, 기타 그들이 가진 얼마 안 되는, 따뜻하긴 하지만 볼품이 없는 옷들을 꾸역꾸역 껴입었다.

리노의 토요일이 찾아왔다. 리노의 뒷골목. 지나가는 기차 소리가 고스란히 다 들리는 철길 옆 흑인들의 리노. 기차들은 어디에서 와서 어디로 가는 걸까? 기차들이 향하는 그곳은 이곳보다 더 나은 곳일까? 흑인들은 언제나 철길 옆에 자리를 잡고 살지만 흑인이란 구별이 없는 곳으로 가는 기차는 없는 걸까? 멀든 가깝든 그곳은 토요일 밤의 리노보다 더 좋은 곳일까?

"나처럼 거칠고 냉혹한 사람이라면 흑인으로 산다 해도 뭐 문제겠어?" 테리가 공원 근처에 있는 백인 여자의 집 뒷문에서 그의 여자 친구를 데리고 나오며 말했다.

"하지만 여자들에게는 흑인으로 사는 게 쉽지 않아요." 미시즈 앤젤리나 월스가 말했다. "내가 만약 백인이었다면 훨씬 더 많은 교육을 받았을 거예요. 내가 자란 남부는 흑인들을 위한 학교가 없었어요. 사실 나는 읽고 쓰기를 배운 덕에 기죽지 않고 살긴 하지만 그래도 나는 보통 시민이 되고 싶다고요! 나도 이곳에 올 때 기차를 타고 왔다고요!"

"나한테 당신은 흠잡을 곳이 없어." 테리가 흑인들이 모이는 클럽이 있는 골목을 향해 걸어가며 자랑스러운 듯 말했다. "당신같이 지적인 여인은 말이지."

"그러면 나를 시정잡배들하고 섞이게 하지 말아 줘요." 미시즈 앤젤리나 월스가 말했다. "내가 이 클럽에 가기 싫어하는 이유도 바로 그거예요. 소나 개나 모두 가는 곳이잖아요. 거리의 여자들, 부랑자들도 말이에요."

"그렇긴 그렇지." 그렇게 교육 수준이 높은 그녀를 그런 곳에 데려가는 것에 대해 테리는 부끄러움이 느껴졌다. "하지만 리노에는 춤을 출 수 있는 곳이 거기밖에는 없어."

"맞아요, 자기." 미시즈 앤젤리나 월스가 말했다. "우리도 가끔 맥주를 마시고 춤을 추긴 해야죠."

"그럼, 그럼."

"그 클럽에 가면 정말 즐거운 시간을 보낼 수 있을 거야." 슬링이 여자가 살고 있는 싸구려 일본식 하숙집 계단을 같이 내려오며 말했다.

"그럴 거예요." 찰리메이가 토끼 가죽옷의 단추를 채우며 말했다. "음—! 오늘은 공기 냄새가 아주 좋네요."

"이렇게 춥지만 않다면 더 좋을 텐데." 슬링이 말했다. "나는 겨울이 다가오는 게 정말 싫어."

"나는 겨울이 좋아요." 찰리메이가 말했다. "내 사업에는 겨울이 낫죠. 항상 당신처럼 다정한 사람이 나를 돌봐 주는 것은 아니니까요."

"하지만 지금은 내가 있잖아." 슬링이 말했다. "그러니까 걱정할 필요가 없다고."

"우리는 언제부터 같이 살 거예요?"

"도박장의 중국인에게서 다음 급여를 받으면 바로 그렇게 하지. 하지만 테리하고 헤어질 것을 생각하면 좀 섭섭하네. 나하고는 정말 친한 사이거든. 나만큼이나 험한 친구야. 우리 두 사람 모두 허튼수작을 참고 지나치지 못하지. 분명히 말하지만, 찰리메이," 슬링이 또 흰소리를 지껄였다. "우리 두 사람이 여행을 하다 철도경찰들을 만나면 어땠는지를 봤어야 하는 건데. 우리에게 시비를 거는 놈들은 찢어발겼지. 마치 리본처럼 찢어서는 철도 야적장에 던져 버리는 거야."

"정말로?"

"당연하지."

"당신하고 테리가 그랬단 말이에요?"

"나하고 테리가! 철도경찰들을 아주 넝마를 만들었다니까."

"하지만 테리는 몸에 상처도 없잖아요?"

"그렇긴 하지." 슬링이 말했다. "지금 생각하니까 나는 너무 험한 것 같아. 난 적어도 두세 번은 칼질을 당했지."

"자기 오른쪽 어깨에 있는 상처는 너무 멋있어요." 찰리메이가 말했다. "하지만 이야기가 나온 김에 말을 하자면, 테리는 정말 여자 보는 취향이 이상한 것 같지 않아요? 미시즈 앤젤리나 윌스라고 불리는 잘난 척하는 닳아빠진 계집하고 돌아다니니 말이에요. 저번에 그 여자가 하는 말을 듣자니까 자기는 여기에 화물차를 타고 온 사람들하고는 말도 하지 않는다고 하더라고요."

"좀 건방지기는 하지." 슬링이 말했다. "하지만 테리는 괜찮은 친구야."

토요일 밤의 클럽은 사람들로 가득했다. 리노의 흑인들을 위한 작은 클럽에는 채 이 미터가 안 되는 바에 코딱지만 한 댄스 플로어가 있었다. 앞면이 비틀려 열려 있어 피아노 줄들이 다 보이고 해머들도 떨어져 나간 낡은 피아노에는 석탄처럼 새까만, 작고 뚱뚱한 남자가 셔츠 소매를 걷어붙이고 진이 담긴 잔을 옆에 놓은 채 연주를 하고 있었다. 담황색 피부의 젊은 아이 하나가 미친 듯 드럼을 두들겼다.

손님들이 춤을 추는 동안 피아노 연주자가 노래를 했다.

나는 길을 따라 걸어갈 거야
절대로 돌아보지 않겠어
잘 있어, 여인이여
불러 봤자 소용없어

나는 샌프란시스코로 갈 거야
나 혼자서
미안해, 자기, 하지만

슬링과 찰리메이는 껴안은 채 천천히 춤을 췄다. 미시즈 앤젤리나 월스와 테리는 바에 앉아 술을 마시고 있었다. 앤젤리나는 그녀가 받은 교육이나 평소의 절제된 생활 태도를 고려할 때 지나치게 술을 많이 마셨다. 하지만 뜨거운 화덕에서 일주일 내내 백인들을 위해 요리를 하고 난 그녀는 토요일 밤만이라도 뭔가 보상을 받아야 했다.

"약간의 여흥 말이에요." 그녀가 말했다. "나도 약간의 여흥이 필요하다고요."

"맞아." 위스키를 스트레이트로 마시며 테리가 말했다.

"셰틀랜드 한 잔 더 줘요." 앤젤리나가 말했다. 바텐더가 조그만 잔에 맥주를 한 잔 더 따라서 가져왔다. 테리가 맥줏값을 지불하기 위해 그의 호주머니에 손을 넣자 앤젤리나가 만류했다. "자기, 안 그래도 돼요. 내가 자기보다 돈을 더 버니까. 내가 돈을 낼 거예요. 자, 어서 자기도 한 잔 해요. 내가 몇 잔 더 살 테니까."

"좋아." 술을 섞어 마실 만큼 이미 취기가 오른 테리가 말했다. "나도 셰틀랜드 한 잔 줘요."

음악이 끝나자 춤을 추던 커플들 몇 명이 바로 왔다. 그들 중에는 팔짱을 낀 슬링과 찰리메이도 끼어 있었다.

"어중이떠중이들이 돌아오는군." 앤젤리나가 말했지만 테리는 그녀가 하는 말을 채 듣지 못했다. 하지만 찰리메이는 그녀의 말을 들었을 뿐만 아니라 그 말이 의미하는 바도 알아차렸기 때문에 의자에 앉은 후 그녀에게서 등을 돌렸다.

"여기 셰틀랜드 두 잔 줘요." 슬링이 바텐더에게 말했다. "여어, 친구," 그가 테리의 등을 손바닥으로 치며 말했다. "오늘 밤은 바에만 앉아 있구먼. 왜 춤은 추지 않는 거지?"

테리가 입을 열기도 전에 미시즈 월스가 대답했다. "이 클럽의 플로어에서 내가 춤을 추기에는 너무 하층민들이 많아요. 나는 이곳 리노에 기차를 타고 왔거든요." 분명히 옆에 앉아 있는 찰리메이가 들으라고 한 말이었다.

"당신 애인이 이곳에 온 수단보다는 훨씬 나은 방법이군요." 슬링이 테리를 보며 웃으며 말했다.

"그렇긴 해도," 미시즈 월스가 반쯤 취한 목소리를 높였다. "이 사람은 진짜 남자거든요. 구두를 닦아서 제대로 된 돈을 벌죠. 당신처럼 중국인이 운영하는 지저분한 가게에서 도박꾼들 뒷정리나 하고 이름도 알 수 없는 여자들하고 어울려 다니지는 않거든요."

슬링은 수치심에 입이 얼었지만 찰리메이는 미시즈 월스 쪽으로 쏜살같이 몸을 돌린 후 그녀의 뺨을 때렸다. 그 바람에 쏟아진 맥주가 앤젤리나의 옷을 적셨다. 그 장면을 본 테리가 찰리메이를 의자에서 밀쳐 바닥에 떨어뜨렸다.

"내 여자에게 손대지 마!" 슬링이 테리에게 고함을 질렀다.

"그래, 그럼 먼저 그녀에게 내 여자를 건드리지 말라고 말을 좀 하지." 테리가 말했다. "내가 누군지 몰라서 이래? 오늘 난 특별히 좀 기분이 험하거든?"

"원 세상에!" 슬링이 말했다.

"테리, 저를 지켜 줘요." 미시즈 월스가 얼얼한 뺨을 부여잡고 소리를 질렀다. "제대로 된 여자는 이런 동네에서 견딜 수가 없다고요."

"정말 그렇다는 걸 보여 주지." 찰리메이가 일어서며 말했다. "특별히 그런 여자들이 당신처럼 행동을 하고 또 그런 때 내가 그 자리에 있다면 말이야."

"그녀한테 다시는 손을 대지 마." 슬링이 테리를 노려보며 말했다.

"지금 나한테 하는 말이야?" 테리가 그의 친구에게 물었다.

"난 지금 기분이 좋지 않다고." 슬링이 말했다.

"지금 나한테 누가 기분이 안 좋다고 말하는 거야? 이 마을에서 기분이 더러운 사람이 있다면 그건 나라고. 난 지금 정말 사나운 사냥개가 된 기분이야."

"계속 짖어 보지!" 슬링이 말했다.

"자기, 있잖아요." 찰리메이가 슬링의 귀에 대고 속삭였다. "날 의자에서 밀친 저치한테도 당신이 철도경찰들에게 했던 식으로 해 줘요. 갈기갈기 찢어 달라고요."

이 말을 들은 테리가 슬링에게 말했다. "누구를 찢는다고?"

"너를 찢는다고." 슬링이 말했다. "계속 이런 식으로 나한테 헛짓을 한다면 말이야. 너는 내 친구니까 말썽을 일으키고 싶지는 않아. 나하고 찰리메이를 건드리지 말라고. 그게 다야. 네 건방진 암소를 끌고 그녀에게 어울리는 고상한 곳으로 사라져 줘. 이곳 사람들하고는 어울리지 못하겠다고 하니까 말이야. 정말 멍청한 여자 아냐?"

"오!" 미시즈 월스가 비명을 질렀다. "저 사람이 말하는 것 들었어요, 테리? 때려 줘요! 날 위해 저 사람을 때려 달라고요!"

"만약 그런다면 다시는 다른 사람을 때릴 일이 없게 될 거야." 슬링이 천천히 말했다.

"좋아." 테리가 말했다. "곧 너를 네 피에다 절여 주마."

"그리고 너는 잘게 찢어진 신세가 될 거고." 슬링이 말했다.

"그렇게는 안 될걸!" 테리가 잭나이프를 꺼내 들고 뒷걸음을 치며 말했다. 그의 칼은 이 단으로 작동하는 작은 단추가 달려 있었다. 단추를 한 번 누르면 칼날이 반쯤 나오고 두 번 누르면 칼날이 십오 센티미터쯤 튀어나왔다.

잭나이프는 아주 위험스러운 무기이긴 했지만 슬링도 준비가 되어 있었다. 그는 구식 면도칼을 꺼내 들었다. 면도를 하기에는 좀 어설펐지만 방어를 하기에는 아직 쓸모가 있었다.

가게 안에는 "저 사람들 싸움을 말려!"라고 외치는 사람이 아무도 없었다.

산속에 있는 작은 마을, 서쪽으로 향하는 철길가, 작은 클럽의 토요일 밤. 이곳에서 잭나이프와 면도칼을 들고 제대로 한판 붙는 싸움 구경보다 더 재미있는 게 있을까?

여자들은 구경을 하기 위해 의자와 테이블 위로 올라갔고 바텐더는 바 뒤의 맥주통 위에 올라섰다. 피아노를 연주하는 사람도 싸우는 사람들 쪽으로 의자를 당겨 앉았다.

사람들은 앤젤리나를 향해 달려드는 찰리메이를 붙잡고 있어야 했다. 한 번에 두 군데서 싸움이 벌어지면 재미가 없기 때문이었다.

"여자들은 좀 기다려." 모두가 말했다.

충혈된 눈으로 슬링이 말했다. "난 지금 장난하는 게 아냐." 화가 난 그의 이가 희게 빛났다.

"네가 험하다는 이야기는 네 입으로 지겹게 들었지." 테리가 말했다. "자, 이제 한번 확인을 해 보자고. 친구로 지내긴 했지만 나는 네가 거짓말을 해 왔다고 생각하거든."

그의 긴 얼굴이 중산모 아래 번들거렸다. 그는 몸을 떨고 있었다.

"조각을 내 주마!" 슬링이 말했다. "너는 내 친구도 아니야."

"어서 그렇게 하라고. 말은 그만하고." 테리가 말했다. "기름칠한 번개보다 빠른 내가 먼저 널 칠 테니까."

"쉭—" 그의 칼이 번쩍이는가 싶더니 슬링의 코트 왼쪽 소매가 끊어진 리본처럼 벌어졌다. 하지만 그와 동시에 슬링의 면도칼이 위로 원을 그리는가 싶더니 테리의 눈썹을 아슬아슬하게 스치며 그가 쓰고 있던 중산모의 챙을 갈랐다.

구경꾼들은 환호했다. 흥미진진하게 싸움이 전개되었기 때문이다. 아무도 "싸움을 말려"라고 외치는 이는 없었다.

날렵한 동작으로 테리의 중산모를 공중으로 날려 버린 슬링이 테리의 급소를 노리고 다시 면도칼을 휘둘렀다. 그의 면도날이 이번에는 그의 친구의 몸통을 가로질러 크게 칼자국을 냈고 그 바람에 테리의 허리띠가 끊겨 몇 겹으로 겹쳐 입은 속옷들이 드러났다. 하지만 테리도 슬링의 멋진 양복의 봉이 잔뜩 들어간 어깨를 잭나이프로 깊숙이 찔렀다.

두 사람 다 피를 흘리기 시작했지만 아무도 쓰러지지는 않았다. 아직 돈도 다 지불하지 않은 그들의 새 양복들이 피로 물들었다. 두 사람이 잠시 떨어져 서서 숨을 고르는 동안 핏방울들이 몸을 타고 그들의 투톤 구두로 떨어졌다.

갑자기 구경꾼들에게서 큰 환호가 일었고 미시즈 월스는 비명을 질렀다. 슬링의 면도칼이 노리던 목표―언제나 사람들이 그 상처를 보고 그를 언급할 부위―를 베었기 때문이다. 그는 테리의 오른쪽 얼굴, 관자놀이에서 뺨까지를 칼로 베었다.

"슬링," 테리가 소리를 질렀다. "나한테 이런 짓을 했겠다! 다시 한

번 말하지만, 난 기분이 영 안 좋다고. 맛을 한번 보여 주지."

"어디, 그래 보라고." 슬링이 바에 기대서 숨을 헐떡이며 말했다. "어디 얼마나 기분이 안 좋은지 한번 보자."

"보여 주마!" 테리는 눈 깜짝할 새에 슬링에게 달려들어 미처 그가 피하기도 전에 잭나이프를 그의 친구 옆구리에 손잡이까지 찔러 넣고는 그곳에 그대로 남겨 두었다.

슬링은 칼이 박힌 곳을 내려다보고 숨을 헐떡이더니 몸을 부르르 떨며 눈동자가 위로 올라갔다. 그가 허물어지듯 뒤로 자빠졌다.

밝은 하늘색 양복에 칼이 박힌 친구가 입을 벌리고 면도칼 든 손을 축 늘어뜨린 채 흰자위만 남은 눈으로 쓰러지는 것을 본 테리는 어째선지 자신의 사지도 부들부들 떨리기 시작했고 다리에 기운이 빠지는 것을 느꼈다. 턱에 난 상처도 더욱 아파 오기 시작했고 두근거리는 심장이 목구멍을 막는 듯했다. 갑자기 그도 정신을 잃고 바닥에 엎어졌다.

"이봐! 이보라고!" 두 사람이 자빠지는 것을 본 바텐더가 소리를 질렀다. "두 사람 이제 충분히 싸웠으니까 그만두라고. 자, 이제 그만해!"

그는 바를 뛰어넘어 와 사람들을 밀치고 두 사람에게로 다가갔다. 찰리메이가 비명을 지르고 강심장인 남자들조차 눈을 외면하는 동안 바텐더가 몸을 굽혀서 잭나이프를 슬링의 옆구리에서 뽑아냈다.

"그거 희한하네." 그가 눈살을 찌푸리고 말했다. "칼에 피 한 방울 묻어 있지 않아. 내가 이 친구를 추스르는 동안 다른 사람들은 저기 테리를 좀 돌보라고."

바텐더는 슬링을 일으켜 세우려 했지만 그는 눈을 감은 채 뒤로 늘어졌다. 그를 도우려, 혹은 구경을 하기 위해, 사람들이 그에게 다가들었다. 그들은 그의 하늘색 양복을 벗겼다. 한쪽 팔은 피투성이었다. 슬링의 조끼를 먼저 벗기고 담황색 셔츠도 벗겼다. 그는 그 밑에 회색 스웨터셔츠를 껴입고 있었다. 그 옷을 벗기자 낡아 빠진 자줏빛 스웨터가 다시 나타났다. 그들은 그 옷도 벗겼다.

"칼날이 어떻게 이 두께의 옷들을 뚫고 그를 찌른 거지?" 사람들 중의 한 명이 이해할 수 없다는 듯 말을 했다. "찌르긴 뭘 찔러?" 바텐더가 말했다. "옆구리에 피도 한 방울 나지 않는데."

과연 사람들이 슬링의 코코아빛 피부를 살펴보자 원래 그의 어깨에 나 있던 상처 외에는 긁힌 상처조차 하나 찾을 수 없었다. 그의 팔은 조금 찢겨 있었지만 몸통은 아무 해도 입지 않았다.

"휴—! 저렇게 싸매 입었는데 칼날이 어떻게 그를 찌를 수 있었겠어. 그는 죽지 않았어." 바텐더가 조금 실망한 듯 말했다.

"이봐! 일어나!"

그는 슬링의 머리를 바닥에 소리가 나도록 떨어뜨리고는 테리에게로 관심을 돌렸다. 그때쯤 테리는 찢어진 턱에 타월을 두른 채 자리에서 일어나 앉아 있었다.

"내가 그를 죽인 거예요?" 그가 신음 소리를 냈다. "내가 내 친구를 죽였느냐고요?"

"아니, 넌 아무도 죽이지 않았어." 바텐더가 쏘아붙였다. "너희 두 사람 모두 당장 바닥에서 일어나 이 소동을 벌이기 전의 상태로 정리들을 해 놔. 창피하지도 않냐? 피 조금 봤다고 놀라서 둘 다 자빠지다니 말이야. 슬링, 빨리 눈 똑바로 뜨지 못해!"

그쯤에서 흰자위만 보이던 슬링의 눈도 정상으로 돌아왔다. 그는 반쯤 벗겨져 있는 자신의 몸에 아무 상처가 없는 것을 확인하고는 놀라

234

는 눈치였다. 단지 그의 팔뚝, 살집이 많은 부분이 조금 찢어져 피가 흐른 게 다였다. 그는 일어나 앉아서 불안한 듯 테리를 바라봤다. 테리도 슬링을 쳐다보다가 상처가 난 자신의 턱을 가리켰다.

"이봐, 이제 내가 그럴듯한 상처를 새로 얻은 건가?"

"테리," 슬링이 떨리는 목소리로 말했다. "나는 내가 자네를 죽인 줄 알았네."

"이봐, 내가 묻잖아, 내 상처가 멋있느냐고."

"원 참," 슬링은 갑자기 후한 마음이 들었다. "내 상처보다 훨씬 멋있네. 모두가 볼 수 있는 얼굴에 상처가 났잖아? 내 건 어깨 위에 있을 뿐인데."

테리가 기뻐서 미소를 지었다. "좋았어." 그가 바닥에서 일어서며 말했다. "결국 뭔가 얻는 게 있는 싸움이었어! 어서 일어나서 옷을 입으라고. 한잔해야지."

슬링이 거의 실크처럼 보이는 셔츠와 낡은 스웨터, 칼집이 난 코트와 꾸겨진 넥타이를 챙겨 입는 동안 테리는 그의 '동행'이 어디 있는지 둘러보았다.

"내 여자 친구는 어디 갔죠?" 그가 사람들에게 물었다.

"누구요? 앤젤리나 월스 말이에요?" 어떤 여인이 대답했다. "그 여자는 당신이 칼 맞는 것을 보자마자 꽁무니를 뺐어요. 살인 사건에 연루되기가 싫었던 거죠. 너무 잘난 여자니까 말이에요."

"거만한 잡년!" 슬링이 말했다.

"사실 그렇긴 했지." 테리가 말했다. "자, 술이나 한잔하지."

슬링은 그의 담황색 셔츠 자락을 밖으로 내놓은 채 그의 여자 친구를 찾았다. "찰리메이." 마침 화장을 고친 말끔한 모습으로 화장실에서 나오는 그의 전 여자 친구를 노려보며 그가 말했다. "여기 이 사람은 내 친구야. 그런데 오늘 저녁, 너 때문에 내가 하마터면 그를 죽일 뻔했다고. 어서 꺼져!"

슬링의 눈을 마주 본 찰리메이가 그들을 그냥 지나쳤다. 한 마디 말도 없이 그녀는 토끼털 옷을 입고 자리를 떴다.

찢기고 베인 채, 엉망이 된 양복을 입은 거구의 두 친구는 여전히 열쇠 줄을 출렁이며 양 팔꿈치를 바 위에 올려놓았다. 그들은 서로를 쳐다보며 자랑스럽게 웃었다.

"셰틀랜드 두 잔." 슬링이 바텐더에게 말했다.

"두 사람의 험한 친구를 위해." 테리가 말했다. "왜냐하면 우리 두 사람은 진짜 거치니까!"

"우리한테 걸리면 갈가리 찢기지." 슬링이 말했다.

"정말로 갈가리 찢기지." 테리가 말했다.

아프리카의 아침
African Morning

　마우라이는 허리에 두른 색 바랜 파란 꽃무늬 날염 천을 벗었다. 그는 물 두 동이와 커다란 비누 한 개를 들고 뒷마당으로 가서 깨끗해질 때까지 몸에다 물을 끼얹었다. 영국제 타월로 그의 작은 금빛 몸의 물기를 말린 후 그는 다시 집 안으로 들어갔다. 아버지와 외출할 때나 무역 회사 사무실로 심부름을 갈 때, 그리고 나이저 강을 거슬러 그들의 작은 마을로 오는 커다란 증기선으로 갈 때는 꼭 영국 옷을 입으라고 그의 엄마는 그에게 당부를 했었다. 그래서 마우라이는 가장 좋은 흰 셔츠를 입고 엄마가 죽기 전에 사 준 작은 흰색 선원 바지를 입었다.

　엄마가 죽은 지는 오래되지 않았다. 그녀는 검은 피부의 순전한 아프리카인이었지만 마우라이는 혼혈이었고 그의 아버지는 백인이었다. 아버지는 은행에서 일을 했다. 사실 그의 아버지는 나이저 삼각지까지 이르는 수백 마일의 연안에서 유일한 은행의 은행장이었다. 은행이 있는 마을에는 백인이 거의 없었다. 혼혈도 그 외에는 한 명도 없었다.

그것이 마우라이를 힘들게 만들었다. 그는 마을에서 유일한 반원주민, 반백인 아이였다. 엄마의 친척들은 그녀가 죽은 지금 아무도 그를 원하지 않았다. 그의 아버지는 아프리카에 친척이 없었다. 그들은 모두 멀리 떨어진 영국에 살았고 백인들이었다. 마우라이가 마을 밖에 나가면 진짜 아프리카 아이들이 혼혈인 데다 영국 마을 안에 산다는 이유로 그에게 돌을 던졌다. 엄마가 살아 있을 때는 그녀가 마우라이를 위해 그들과 맞서 싸웠었다. 하지만 지금은 혼자 싸워야 했다.

아직 햇볕이 뜨겁지 않은 이른 아침, 아이는 넓은 사각형 모양의 영국 마을을 가로질러 은행이 있는 구석 쪽으로 갔다. 은행은 한쪽 출입문은 영국 마을 쪽으로 다른 쪽 문은 복잡한 원주민들의 거리 쪽으로 나 있었다. 아이는 왜 백인들이—마치 동물을 막듯—흑인들이 들어오지 못하도록 마을에 방책을 세웠는지 궁금했다. 그들이 사는 곳으로는 원칙적으로 하인들과 여자들만이 들어올 수 있었다. 그의 아버지는 벌써 함께 살 어린 흑인 여인을 집에 들여놓았다. 그녀는 아직 아이 태를 벗지도 못했고 수줍어했으며 그의 엄마처럼 지혜롭지도 못했다.

배가 들어오는 날이어서 아침인데도 은행에는 손님들이 꽤 많이 있었다. 마우라이는 아버지의 편지를 선장에게 가져다주어야 했다. 아버지의 사무실에는 서너 명의 비서들이 책상을 둘러싸고 있었고 마우라이는 방에 들어서면서 금화들이 짤랑이는 소리를 들었다. 그들은 책상에 높이 쌓인 금화 더미를 계산하고 있었다. 문소리를 들은 그들은 누가 들어왔는지 확인하기 위해 급히 문 쪽으로 눈을 돌렸다.

"밖에서 기다려라, 마우라이." 금화를 들고 있던 그의 아버지가 쏘아붙이듯 말했다. 소년은 사람들로 붐비는 객장으로 나왔다. 그들은 그에게 금을 보여 주기가 싫은 게 분명했다.

그의 마을에서 영국인들은 흑인이 금을 갖고 있는 것을 금했다. 백인들은 금을 아주 귀중하게 여겼다. 그들은 항상 금에 대해 이야기를 하고 금을 세거나 포장했고 배로 영국으로 보내기도 하고 받기도 했다.

만약 흑인 소년이 금전을 한 닢이라도 훔친다면 그들은 그것에 대해 생각해 보라고 오랜 기간 그를 감옥에 가둘 것이다. 그는 불현듯 그의 작은 손을 쳐다보며 '사람들이 나를 미워하는 이유가 내 피부가 금빛이어서일까?' 하고 생각했다.

바로 그때 그의 아버지가 사무실에서 나와 그에게 편지를 건네주었다. "마우라이, 이 편지를 드루리호의 히긴스 선장에게 가져다주고 네 시에 차를 마시자고 전하거라."

"네." 대답을 하고 마우라이는 원주민들의 거리로 나가서 강을 따라 거대한 배의 돛대들이 높이 솟아 있는 쪽으로 걸었다.

부두에는 사람들이 바삐 오갔다. 먹을 것을 파는 여인들, 상륙하는 선원들을 기다리는 아이들도 눈에 띄었다. 권양기가 삐걱거리는 소리를 내며 돌아갔고 크레인들이 야자유와 코코아 콩을 배로 들어 올렸다. 웃통을 벗어젖힌 흑단 같은 피부의 남자들이 땀을 비 오듯 쏟으며 밧줄을 꼬아 만든 광주리들을 채운 다음 들어서 거대한 배의 깊은 구멍으로 날랐다. 그들의 빛나는 검은 몸에서 떨어진 땀들은 코코아 콩들 부대에 떨어져 영국으로 실려 갔고 금의 형태로 다시 돌아왔다. 은행의 백인들은 그렇게 돌아온 금을 마치 세상에서 제일 귀한 물건이

기라도 하듯 세고 또 세었다.

마우라이는 배 옆에 걸친, 경사가 급한 계단을 올라가서 갑판 난간에 기댄 선원들을 지나고 선교로 올라가 선장의 방으로 향했다. 선장은 금빛 피부를 가진 아이로부터 아무 말도 없이 편지를 받아 들었다.

선교에서 내려오던 마우라이는 야자유와 코코아 콩들이 실리는 거대한 구멍을 내려다볼 수 있었다. 그곳에도 땀투성이의 검은 피부 남자들이 영국으로 실어 보내기 위해 화물을 적재하고 있었다.

갑판에서 백인 선원 한 명이 마우라이를 붙잡더니 말했다. "나를 예쁜 여자한테 데려다주련?" 그는 당연히 마우라이를 배가 들어오는 날이면 손님을 꾀어 오라고 매춘부들이 부두로 보내는 아이들 중의 한 명으로 알았을 것이다. 그런 애들은 한두 마디 더러운 영어 단어들과 매춘부들의 집으로 가는 길만을 알고 있을 뿐이었다. 선원들은 여인들이 마음에 들면 아이들에게 동전 한 닢을 던져 주기도 했다.

"나는 그런 애가 아니에요." 마우라이가 선원에게서 걸음을 떼면서 말했다. 그가 계단을 내려가 부두에 발을 디디자 야자나무 잎 움막의 여인들이 보낸 아이들이 검지도 희지도 않은 그를 보고 웃고 놀리기 시작했다. 그들은 그에게 비열한 욕을 했다. 마우라이는 걸음을 돌이켜서 욕을 하던 아이들 중 한 명의 얼굴을 때렸다.

하지만 부두에 있는 아이들은 정정당당한 싸움을 하지 않았다. 십여 명의 아이들이 모두 달려들어 마우라이를 때리고 발로 찼고 부두에 쭈그리고 앉아 과일과 군것질감을 팔던 흑인 여인들까지 달려들어 그를 공격했다. 갑판 위의 선원들은 이 신나는 광경을 내려다보며 즐거워했다.

마우라이는 아이들의 야유하는 웃음을 뒤로하고 부두에서 도망을 쳐야 했다. 풀이 우거진 넓은 거리에서 그는 코피를 닦고 부둣가 불량배들에게 얻어맞아서 뜯어지고 흙투성이가 된 그의 흰 셔츠를 내려다봤다. 영국인들처럼 옷을 입었는데도 왜 선원은 자신을 매춘부들의 호객꾼이라고 여기고는 '예쁜 여자'에게 데려다 달라고 하는 것일까 생각했다.

그 어린 혼혈아는 대로를 따라 올라가다 그의 아버지가 일하는 은행을 지나쳤다. 선원들에게 앵무새와 원숭이를 파는 가게와 야자 술을 파는 사람들이 좌대를 펼친 큰 바야모 나무를 지난 아이는 시내의 경계―그곳은 숲의 경계이기도 했다―에 이르러 갑자기 우거진 덩굴들과 꽃들 사이로 난 좁은 샛길을 따라 걸어갔다. 얼마 후 그의 앞에 석호의 후미가 물웅덩이를 이룬 곳이 나타났다. 보름달이 뜨는 밤이면 무녀巫女들이 웅덩이의 둑 위에 서서 춤을 추곤 했다.

마우라이는 옷을 벗고 물속으로 들어갔다. 타박상을 입은 그의 몸을 물이 차갑게 품었다. 그는 수영을 잘했고 뱀이나 악어 따위도 두렵지 않았다. 그는 백인과 흑인, 그리고 금화를 빼면 두려운 것이 없었다. 왜 그의 몸은 금빛일까? 그는 물에 잠긴 채 생각을 했다. 아버지나 엄마처럼 희거나 검지 않고 (그는 부두의 불량아들이 했던 욕이 기억났다) 금빛 개자식일까?

허파에 공기를 가득 머금고 숨을 참은 채 깊은 석호의 진흙 바닥에 몸이 닿을 때까지 그는 아래로, 아래로 계속 내려갔다.

'이곳에, 이 웅덩이의 껌껌한 바닥에 계속 머물면 어떨까?' 그는 생각했다.

하지만 그의 의지와는 상관없이 몸이 코르크 마개처럼 물 밖으로 솟구쳤고 그의 피부는 물웅덩이 한가운데에서 햇빛을 고스란히 받아

들였다. 그는 웅덩이의 경계를 따라 계속 수영을 했다. 그의 아버지가 응접실에서 선장과 곧 차를 마실 백인 마을의 집, 하지만 아버지와 잠을 자는 어린 흑인 여자와 자신은 부엌에서 식사를 해야 하는 집으로 돌아가기가 싫었다.

하지만 몹시 허기가 지고 피곤해진 그는 물에서 나와 풀이 우거진 둑에 누워 햇빛 속에서 몸을 말렸다. 아직 열두 살밖에 되지 않아서였을까? 마우라이는 울음이 나왔다. 죽은 엄마가 생각이 났고 언젠가 회사를 그만두고 아무도 그를 원하는 사람이 없는 아프리카에 자신만 남겨 둔 채 영국으로 돌아갈 아버지를 생각했다.

밀림으로부터 밝은색의 새 두 마리가 날아와서는 그의 머리 위의 나무에 앉아 노래를 하기 시작했다. 그들은 바닥에서 작은 아이 하나가 울고 있다는 사실 같은 것은 알지 못했다. 그들은 석호의 둔덕 위, 작은 금빛 아이에게서 나오는 이상한 소리에는 관심도 없었다. 그들은 잠시 지저귀다가 밝은색 날개를 몇 번 까딱거린 후 날아가 버렸다.

정말 그래요
'Tain't So

미스 루시 캐넌은 나이는 들었어도 올곧고 상냥한 백인 여인이라고 엉클 조는 항상 말을 했었다. 하지만 그녀는 흑인들을 정말 싫어했다. 서쪽, 캘리포니아 주로 이사를 한 이후에도 마찬가지였다. 그녀는 남부 지방 사람의 편협한 태도에서 벗어날 수 없었고 자신의 유해를 부탁할 정도로 엉클 조와 친했지만 그에게뿐 아니라 어떤 흑인에게도 절대로 미스터라는 호칭을 붙인 적이 없었다. 산호세 주립 대학을 나온 침례교회 흑인 목사도 예외는 아니었다. 미스 루시 캐넌은 앨라배마에서든 캘리포니아에서든 그들이 누구건 간에 흑인들을 미스터나 미스로 부르지 않았다.

그녀는 항상 몸이 아팠다. 한 군데가 아프다가 좀 나을 만하면 다른 곳이 이내 또 아팠다. 연약한 그녀는 훌륭한 남부 백인 여인들이 으레 그렇듯 자주 정신을 잃고 쓰러지기도 했다. 나이가 들어 갈수록 그녀는 점점 더 아픈 곳이 많아져서 결국에는 거동조차 제대로 못 할 것으로 여겨졌다. 물론 다 그녀가 치유사를 만나기 전의 이야기이다.

어떻게 나이 지긋한 미스 캐넌이 치유사의 집에서 단 한 번 만에 심장과 엉덩이 질환을 고쳤는지에 얽힌 사연은 엉클 조가 내게 해 준 이야기들 중에서 가장 웃긴 것이었다.

삼 년 이상을 그녀는 거의 지팡이에 의지해서도 제대로 걷지 못하는 형편이었다. 오른쪽 다리 무릎 위의 끔찍한 통증이 그녀를 괴롭혔고 그녀의 심장은 아무 때라도 작동을 그만둘 태세였다. 항상 다과회를 베풀고 사람들을 저녁 식사에 초대하는 등 흑인 하인들에게 죽도록 일을 시키는 것을 보면 아주 원기 왕성해 보였지만 그 나이 든 남부 여인은 사실 건강이 아주 안 좋았다.

어느 새해 첫날 패서디나의 그녀 집으로 북부 출신의 여인 한 명이 찾아왔다. 그녀 역시 여생을 보내기 위해 두둑한 은행 잔고를 가지고 캘리포니아로 온 늙은 아낙이었다. 그녀는 미스 캐넌에게 "이봐요, 친구, 언제나 항상 몸이 아파서 고생하면서도 이미 모든 용한 의사, 약은 다 만나고 처방도 받아 봤다고 고집만 부리지 말고 내가 경험한 방법대로 좀 해 보구려. 기 치료를 한번 받아 봐요."

"기 치료요?" 미스 루시 캐넌이 재스민 차를 마시며 물었다.

"그래요, 기 치료." 북부 지방 출신의 백인 여인이 말했다. "마침 내가 세상에서 제일 용한 기 치료사를 한 명 알고 있어요."

"그 남자가 누구죠?" 미스 루시 캐넌이 물었다.

"그 남자가 아니라 그녀예요." 북부 여인이 말했다. "그녀는 기로 치료를 해 줘요. 할리우드에 살죠."

"어디 주소를 좀 줘 봐요." 미스 루시가 말했다. "한번 찾아가 볼게요. 치료비는 얼마나 받죠?"

루시 여사는 사람들에게 알려진 것만큼 돈이 많지는 않았다.

"십 달러밖에 안 해요. 한 번 치료받는 데 십 달러씩이죠. 가 봐요. 다 나아서 돌아올 거예요."

"난 여태껏 그런 것을 믿어 본 적이 없어요." 미스 루시가 말했다. "하지만 따지고 보면 불신을 해 본 적도 없죠. 가서 직접 확인해 봐야겠네요." 하지만 그녀가 그 치료사에 대해 더 많은 것을 알기 전에 다른 친구들이 들이닥치는 바람에 기 치료에 관한 대화는 거기에서 그쳤다.

며칠 후 미스 루시는 불편한 몸을 끌고 패서디나에서 할리우드까지 가서 주말을 친구 집에서 묵었다. 월요일 아침 일찍 기 치료사를 찾아갈 예정이었고 또 그렇게 했다. 지팡이에 의지해서 왼쪽 다리를 절룩이며, 심장은 심장대로 불편한 채, 그녀는 아주 괴로운 마음으로, 하지만 겉으로는 천천히, 기품 있게, 아침 햇살을 뚫고 대여섯 개의 블록을 지나 치료사의 집과 사무실이 있다는 좀 낙후되어 보이는 거리로 갔다.

아침을 든든히 챙겨 먹고 밝고 맑은 아침 공기 속을 걸었지만 미스 루시는 (그녀의 말에 따르면) 쑤시는 몸과 지팡이를 쓸 수밖에 없을 만큼 몸이 망가진 것 때문에 아주 기분이 안 좋았다.

그녀가 찾는 커다란, 새로 페인트칠이 되어 있는 목조 주택에 도착했을 때 그녀는 문패가 걸려 있는 것을 볼 수 있었다.

미스 폴린 존스

'이게 그녀의 이름이군.' 미스 루시는 생각했다. '폴린 존스, 미스 존스라.'

'벨을 누른 후 들어오세요.' 초인종 위에 작은 카드가 붙어 있었다. 지시대로 안으로 들어갔을 때 그녀는 집이 비어 있는 것을 발견하고 조금 놀랐다. 하지만 그녀는 자리를 잡고 앉아서 듣기에 할리우드에서 엄청난 인기가 있다는 기 치료사 미스 존스를 기다리기로 했다. 하지만 사실 그녀가 이곳을 그렇게 일찍 찾은 이유는 기다리는 게 싫었기 때문이었다. 시간이 아홉 시가 되었으므로 사무실은 열려 있었지만 아무도 모습을 나타내지는 않았다. 미스 루시는 기다렸다. 십 분, 십오 분, 이십 분, 마침내 그녀는 초조해지고 불안해지기 시작했다. 심장은 답답하고 다리는 쑤셨다. 이렇게 고통을 참아 가며 기다리는 동안 읽을 잡지 한 권조차 주위에는 비치되어 있지 않았다.

"오, 세상에!" 그녀가 견딜 수 없다는 듯 말을 했다. "이게 대체 뭔 일이람! 세상에, 이런 일은 이제껏."

그때 벽에 붙어 있는 표지 하나가 그녀의 눈에 들어왔다.

믿음을 가지세요.

"십 분만 더 기다려 주지." 미스 루시가 수정이 박힌 백금 손목시계를 들여다보며 말했다.

하지만 십 분이 지나기 전에 여인 한 명이 현관문을 열고 들어와 자리에 앉았다. 당황스럽게도 그녀는 흑인이었다. 그것도 아주 덩치가 큰 흑인!

미스 루시는 속으로 생각했다. '정말 북쪽 지방에는 적응을 못 하겠어. 이 위대한 기 치료사—어쨌든 내 친구가 그렇다고 하니까—는 검둥이들까지 치료를 하는군. 세상에, 앨라배마에서는 니그로 환자가 감히 이렇게 실내에 들어와서 백인들과 함께 기다리는 일은 상상도 할 수 없었을 텐데!'

하지만 역시 여자인지라 (시간도 아직 오 분이나 남았으므로) 미스 루시는 계속 입을 다물고 있을 수가 없었다. 비록 니그로에게라 하더라도 그녀는 말을 해야만 했다. 그래서 그녀는 자신이 가장 좋아하는 화제—그녀 자신—에 대해 이야기를 시작했다.

"오늘 아침은 정말 몸이 안 좋네요." 그녀는 이렇게 먼저 말을 걸어주는 것을 고마워하라는 투로 흑인 여인에게 말했다.

"그렇군요." 흑인 여인이 차분하게 말을 받았다. 미스 루시는 뜻밖의 대답에 조금 당황을 했다. 하지만 그녀는 턱을 치켜들었다.

"정말 그래요." 그녀가 화가 난다는 듯 말을 했다. "내 심장은 지금이라도 멈출 것 같아요. 숨도 차고."

"정말 그렇군요." 흑인 여인이 말했다.

"세상에!" 미스 루시가 헐떡이며 말했다. "이런 무례가 있어요? 정말이라고요. 오늘 아침 내가 얼마나 힘들게 여길 왔는지 알아요?"

"정말 그렇군요." 상대 니그로는 차분하게 말했다.

"심장 말고도," 루시가 계속 말을 이었다. "나는 오른쪽 엉덩이가 아파서 여기 이렇게 오래 앉아 있기도 힘들어요."

"네, 정말 그러네요."

"정말 그렇다니까요." 미스 루시가 목청을 높였다. "도대체 치료사라는 사람은 어디 있죠? 이렇게 계속 앉아서 이런 무례를 견딜 수는 없어요. 정말이에요. 정말 화가 나서 죽을 것 같아요, 이건 말도 안 된다고요!"

"정말 그렇군요." 커다란 덩치의 흑인 여인이 잔잔한 목소리로 말했다. 그녀의 말을 들은 미스 루시가 자리에서 일어섰다. 그녀의 창백한 얼굴이 흥분을 해서 새빨갛게 변했다.

"치료사라는 여자는 어디에 있죠?" 그녀가 방을 훑어보며 말했다.

"바로 여기요." 그 흑인 여인이 대답을 했다.

"뭐라고요?" 미스 루시가 소리를 질렀다. "당신이 그—세상에—당신이?"

"제가 미스 존스예요."

"세상에, 이런 일은 내가 들어 본 적도 없어요." 미스 루시가 숨을 몰아쉬었다. "흑인 여자가 당신처럼 유명해질 수 있다고요? 아니, 당신은 지금 거짓말하고 있는 게 분명해요."

"정말 그렇죠?" 그 여자가 차분하게 대답했다.

"이 자리에 일 분도 더 있지 않겠어요." 미스 루시가 목청을 높여 말했다.

"그럼, 십 달러 주시면 돼요." 흑인 여인이 말했다. "어쨌든 치료를 받았으니."

"십 달러! 너무 비싼 거 아니에요?"

"정말 그렇죠?"

화가 난 미스 루시가 지갑을 열어서 십 달러짜리 지폐를 테이블 위에 던지듯 내려놓고는 숨을 한 번 깊게 쉬고 밖으로 뛰쳐나갔다. 그녀는 선셋 대로를 따라 혼잣말을 중얼거리며 세 블록을 바람처럼 걸어갔다.

"정말 그렇죠." 그녀가 중얼거렸다. "정말 그렇죠! 남은 아파 죽겠다는데 고작 하는 말이 '정말 그렇죠'라고?"

급한 걸음으로 마치 소녀처럼 발을 내딛던—불같이 성이 난 그녀는 심장은 물론 몸의 모든 아픈 부위를 잊어버렸다—그녀가 갑자기 소리를 질렀다. "원, 세상에. 지팡이! 삼 년 만에 처음으로 지팡이를 짚지 않고 걷고 있잖아!"

그녀는 이내 숨쉬기에도 전혀 힘들지 않다는 것을 깨달았다. 다리도 아프지 않았다. 그녀의 화가 좀 누그러졌다. 햇볕은 따뜻했다. 그녀는 기분이 좋아졌다.

"흑인들은 이상한 치료 능력을 가지고 있는 것 같군." 그녀가 혼자 미소를 지으며 말했다. 하지만 바로 그녀의 얼굴이 다시 굳어졌다. "그건 그렇지만 그들의 뻔뻔함을 좀 보라지. 북부 지방에 도착하자마자 바로 스스로를 미스 폴린 존스라고 부른다 이거지. 정말 주제넘지 않아! 거만을 떨면서 고작 '정말 그렇군요' 몇 마디를 하고는 나한테 십 달러를 내라고 하다니!"

그 순간 마음속에서 그녀는 분명 "정말 그렇군요"라는 미스 폴린 존스의 대답을 들었다.

어느 금요일 아침
One Friday Morning

그 가슴 떨리는 소식이 낸시 리에게 직접 전해진 것은 아니었다. 여러 곳에서 조금씩 전해 들은 이야기들이 마침내 엄청난 소식으로 모습을 드러냈다. 그녀가 상을 받을 것이란 내용이었다! 차분하고 조용한 소녀였던 그녀는 그것에 대해 아무 말도 하지 않았다. 아직 올해 미술 장학금 수상자가 누구인지 아는 학생은 아무도 없었으므로 누구도 그런 말을 할 자격이 없었지만 마치 확실한 사실을 전하는 것처럼 말하는 아이들의 이야기와 소문과 추측으로 그녀가 다니던 고등학교 전체가 들끓고 있었다.

낸시 리의 그림은 정말 훌륭했다. 그녀의 선에는 자신감이 넘쳤고 색은 밝고 조화로웠다. 그녀의 그림을 본 사람들은 조지 워싱턴 고등학교 예술반의 졸업반 중에서 아무도 다른 사람이 그 상을 받으리라고 생각하지 않았다. 하지만 실제 결과가 어떨지는 아무도 알 수 없었다. 작년에만 해도 조 윌리엄스가 모더니즘 수채화 기법으로 그린 고가 철교가 미술가 협회 장학금을 받게 될 줄은 아무도 예상하지 못했었다. 사실 그림을 한참 들여다보지 않고서는 그 그림이 다리를 그렸다는 것도 알아보기 어려웠다. 어쨌든 조 윌리엄스는 상을 탔고 유명한 화가들, 미술 클럽 여성 회원들, 저명인사들이 파크로즈 호텔에서 베푼 환영 연회에서 축하를 받은 후 지금은 그 도시의 유일한 예술 대학을 다니는 전도유망한 학생이 되었다.

낸시 리 존슨은 남부에 살다 이사 온 지 얼마 안 된 흑인 소녀였다. 하지만 학교 친구들 중 그녀를 흑인이라고 생각하는 아이들은 거의 없었다. 그녀는 영리했고 예뻤고 피부도 밝은색이었고 학교생활에도 잘 적응했다. 그녀는 장학금을 받기도 했고 농구도 잘했으며 목소리도 부드럽고 감미로워서 졸업생 뮤지컬에도 출연했다. 그녀는 아주상냥했고 주제넘게 남의 일에 나서지도, 튀지도 않았기에 그녀의 피부색이 사람들의 입에 오르내리는 경우는 없었다.

낸시 리조차도 때로는 자신이 유색인임을 잊고 지냈다. 그녀는 학교 친구들과 학교를 좋아했다. 특히 장신의 빨간 머리 미술 선생님 미스 디트리히를 좋아했는데 그녀는 일들을 하는 데 있어 규칙과 질서의 개념을 가르쳐 주었다. 작품이 완성될 때까지 차근차근 순서대로 일을 하는 것, 그렇게 완성된 작품이나 만들어진 디자인의 아름다움, 아이디어만으로 시작해 조각해 내는 목판 인쇄, 테스트용 판화가 만들어지고 난 후 잉크가 칠해지고 마침내 종이에 찍히는 부드러운 사각형의 리놀륨, 그렇게 만들어진 선명하고 예리하고 아름다운 리놀륨 판화, 세상의 어떤 것들과도 다르게 낸시만이 그 판화에 부여할 수 있는 독특함, 개성. 그녀는 이 모든 것을 낸시에게 가르쳐 주었다. 그것은 진정한 창작이 가져다주는 기쁨이었다. 이 세상에서 나 자신 외에는 아무도 만들 수 없는 것을 만들었다는 느낌.

미스 디트리히는 학생들에게서 최고의 가능성을 끄집어내는 사람이었다. 다른 사람들의 재능이 아닌 그들만의 독창적인 재능을. 미국 중서부 지방에 살고 있는 젊은 미국인 청춘들의 창의적인 충동을 다루는 미스 디트리히에게는 기성의 재능, 다른 사람들의 재능은 미켈란젤로의 재능처럼 아무리 위대하다 할지라도 만족스럽지 않았다.

낸시 리는 미국인인 것이 자랑스러웠다. 까마득한 세대 이전에 아프리카로부터 온 니그로 미국인. 하지만 그녀의 부모는 아프리카의 아름다움, 힘, 노래, 거대한 강들에 대해서, 아프리카에서 얼마나 일찍이 철이 사용되었는지, 어떻게 피라미드를 지었는지 등 아프리카 대륙의 오래된 중요한 문명들에 대해 그녀에게 가르쳐 주었다.

미스 디트리히는 베냉, 콩고, 마콘데 등 아프리카 지역 조소 예술의 날카로우면서도 유머러스한 선들을 그녀로 하여금 발견하게 해 주었다. 낸시 리의 아버지는 우편 배달부였고 엄마는 사회복지관에서 일하는 복지사였다. 두 사람 다 남부에서 니그로 대학을 다녔지만 엄마는 북부에 있는 대학에서 사회복지 관련 학위를 받았다. 그녀의 부모는 대부분의 미국인들처럼 자식의 교육을 위해서 열심히, 꾸준히 일하는 보통 사람이었다. 그들은 낸시가 자신들보다 더 편하게 교육을 받게 하기 위해 노력하고 있었다. 그들의 딸이 받을 상에 대해 알게 된다면 그들은 아주 행복해하겠지만 낸시는 아직 아무 이야기도 하지 않았다. 낸시는 부모님을 깜짝 놀라게 해 주고 싶었다. 게다가 지켜야 할 약속도 있었다.

어느 날 미스 디트리히가 낸시에게 그녀의 작품을 어떤 색 액자에 걸면 어울리겠느냐고 지나가는 말처럼 물었다. 그것이 첫 번째 암시였다.

"하늘색요." 낸시가 대답했다. 비록 그 그림은 이미 한 달 전에 미술가 협회 공모전에 보내졌지만 낸시는 마음의 눈으로 뚜렷이 그 그림을 볼 수 있었기에 어떤 색 액자가 어울릴지 조금도 주저하지 않고 말할 수 있었다. 하늘색 액자에 담길 그 그림은 그녀의 영혼, 그녀만의 삶에서 우러난 것으로 미스 디트리히의 도움으로 기적적인 작품으로 꽃피워 낸 것이었다. 낸시 자신도 미술을 공부하는 고등학교 학생으로서 사 년 동안 자신이 그린 그림들 중에 그것이 최고의 수채화 작품이라는 것을 알고 있었다. 그녀는 또 졸업하기도 전에 그 공모전에 작품을 보낼 수 있게 허락해 줄 정도로 미스 디트리히가 마음에 들어 하는 작품을 만들었다는 사실이 기뻤다.

그 작품은 오랫동안 들여다봐야 간신히 무엇을 그린 것인지 알 수 있는 모더니즘 화법의 그림이 아닌, 어느 봄날의 시 공원 풍경이다. 아직 잎이 나지 않은 나무들은 하늘을 배경으로 가지만 앙상하게 드리웠고 새로 솟아 나오는 풀들은 푸르렀다. 중앙의 높은 게양대에는 국기가 걸려 있고 아이들이 뛰노는 가운데 늙은 니그로 여인이 머리를 돌린 채 벤치에 앉아 있었다. 그림 한 점이 담기에는 많은 내용이었지만 달력의 그림처럼 버겁고 자세하게 그려져 있지는 않았다. 그 그림의 매력은 봄처럼 모든 것이 가볍고 탁 트여 있는 행복한 느낌을 준다는 것이었다. 푸른 하늘, 종잇장 같은 흰 구름들, 투명한 공기. 그림을 보는 사람들은 늙은 니그로 여인이 국기를 쳐다보고 있다는 것을 알 수 있었다. 깃발은 봄의 미풍 속에 자랑스레 펄럭이고 가벼운 봄바람은 노는 아이들의 치마를 부풀렸다.

미스 디트리히는 미술용품 보관함에서 가져온 평범한 흰 종이 위에 봄을, 사람들과 미풍을 그리는 법을 낸시에게 가르쳐 주었다. 하지만 그녀는 이전의 어느 그림에서 본 봄-사람들-미풍처럼 그림을 그리라고 말하지 않았다. 그것은 온전히 낸시의 몫이었다. 그것이 늙은 니그로 여인이 그곳에 앉아 국기를 쳐다보게 된 이유였다. 그녀의 마음 속에서 국기와 봄, 흑인 여인은 낸시가 표현하고 싶은 꿈을 보여 주는 삼각의 축이었기 때문이다. 푸른 들판의 흰 별들, 봄, 아이들, 점점 충만해지는 생명, 늙은 여인. 미술가 협회의 심사 위원들은 그 그림을 좋아할까?

어느 비가 오던 사월의 축축한 오후, 학교가 끝날 무렵 교감인 미스 오셰이가 낸시를 불렀다. 우산이나 우비를 가져오지 않은 학생들은 비가 잠시 그치는 틈을 이용해 집에 가려고 출입구에 옹기종기 모여 서서 기다리고 있었다. 밖의 하늘은 우중충한 회색빛이었다. 교감 선생님이 그녀를 찾는다는 말을 들은 낸시의 마음도 갑자기 회색빛이 되었다.

그녀는 아무것도 잘못한 일이 없었지만 그럼에도 미스 오셰이의 방에 가까워질수록 명치에 무언가가 얹힌 것 같은 느낌이 들었다. 사물함의 자물쇠를 너무 요란하게 열고 닫아서일까? 수업 중에 교실 저쪽에 있는 샐리에게 장난으로 보낸 프랑스어 쪽지가 그녀에게가 아니라 미스 오셰이의 손에 들어간 것은 아닐까? 어쩌면 낙제 과목이 생겨 이번에 졸업을 못 하게 되었다는 이야기일지도 몰라. 화학 과목이 틀림없어! 명치를 한 대 얻어맞은 것 같은 고통이 느껴졌다.

그녀는 미스 오셰이의 방문을 노크했다. 빈틈없고 어딘가 경쟁적인 느낌을 주는 교감의 친숙한 목소리가 들렸다. "들어와요."

미스 오셰이는 퇴학을 당하러 오는 학생마저도 환영받는 느낌이 들게 만들었다.

"자리에 앉으렴, 낸시 리 존슨." 미스 오셰이가 말했다. 자리에 앉은 낸시에게 교감 선생이 입을 열었다. "뭔가 해 줄 말이 있단다. 하지만 아직 아무에게도 얘기를 하지 않겠다고 먼저 약속을 해 주겠니?"

"그러겠어요, 오셰이 선생님." 낸시 리가 대답했다. 교감이 자기에게 해 줄 말이란 게 도대체 무얼까, 그녀는 궁금했다.

"이제 졸업이 얼마 남지 않았구나." 미스 오셰이가 말했다. "우리는 네가 무척 보고 싶을 거야. 넌 아주 훌륭한 학생이었단다, 낸시. 너도 알겠지만 너는 우등상도 받게 될 거야."

그 순간 노크 소리가 들렸다. "들어오세요." 미스 오셰이가 문을 향해 말하자 미스 디트리히가 들어왔다. "저도 끼어도 되나요?" 큰 키의 그녀가 미소를 지으며 말했다.

"물론이죠." 미스 오셰이가 대답했다. "우리가 낸시에 대해 어떻게 생각하는지 막 말하고 있던 참이에요. 아직 그 소식은 안 알려 줬지만. 아니, 디트리히 선생님이 말해 주는 게 좋겠네요."

미스 디트리히는 언제나 말을 에두르지 않았다. "낸시 리, 네 그림으로 네가 미술가 협회의 장학금을 받게 됐다."

호리호리한 소녀의 눈이 휘둥그레졌다. 심장이 뛰기 시작했고 다시 한 번 목이 졸리는 느낌이 들었다. 그녀는 웃으려고 했지만 눈물이 먼저 흘렀다.

"낸시 리," 미스 오셰이가 말했다. "우리는 정말 너로 인해 행복하단다." 미스 디트리히가 자랑스레 지켜보는 가운데 그 중년의 백인 여인은 낸시의 손을 잡고 따뜻하게 악수를 했다.

낸시는 아마도 집까지 춤을 추며 왔을 것이다. 어떻게 빗속을 걸어 왔는지 생각도 나지 않았다. 그녀는 자신이 제대로 처신했기를 바랐다. 분명한 것은 집으로 오는 도중 붙잡고 그 비밀을 나눈 사람은 아무도 없다는 것이었다. 빗방울과 눈물방울, 미소가 그녀의 밤색 뺨에서 섞였다. 그녀는 엄마가 아직 집에 도착하지 않았기를, 그래서 집이 비어 있기를 바랐다. 다른 식구들이 보기 전에 진정을 하고 자연스럽게 처신할 수 있도록 여유를 찾고 싶었다. 지켜야 할 비밀이 있었기에 흥분한 모습을 보이면 곤란했다.

미스 오셰이가 낸시를 자신의 방으로 부른 것은 미리 준비를 시키려는 의미와 경고의 의미였다. 친절한 중년의 교감 선생은 아무리 좋은 소식이라 하더라도 젊은 숙녀를 갑자기 당황시키는 것은 좋지 않다고 생각했으므로 낸시가 받게 될 상에 대해 알려 주고 싶었다. 수상 연설을 할 때 떨리거나 놀라서 부자연스럽게 행동하지 않도록, 차분하게 준비되어 있기를 원했다. 미스 오셰이는 낸시에게 며칠 후 금요일 아침 조회 시간에 그녀가 장학금을 받게 되었다는 발표 후에, 또 그날 저녁 미술가 협회에서 그녀가 무슨 말을 할지 생각해 두라고 부탁했다. 낸시는 차분하게 그녀가 할 말을 생각해 보겠노라고 교감 선생님에게 약속을 했다.

미스 디트리히는 낸시의 부모, 그녀의 배경, 생활 등에 관해 질문을 했다. 아마도 신문에 실리기 위한 내용인 것 같았다. 낸시는 그들이 육년 전에 남부 지방에서 이사를 왔다는 것, 아버지가 낸시에게 북부에서 교육받을 기회를 주기 위해 오랫동안 노력을 한 끝에 이곳의 우체국으로 전근을 왔다는 것, 그들 가족은 흑인 주거지역의 아담한 집에 살고 있고 시내에 좋은 연극 공연이 있으면 함께 공연을 보러 오기도 한다는 것, 낸시가 미술 대학에 입학 허가를 받게 될 경우를 위해 가족이 열심히 저축을 하고 있다는 것 등을 이야기했다. 하지만 장학금을 받으면 그들 가족에게 큰 도움이 되리라는 것은 분명했다.

'이제 어쩌면 엄마는 다음 겨울엔 외투를 사도 될지 모르겠어.' 낸시 리는 생각했다. '첫해 등록금이 해결될 테니까 말이야. 일단 학교에 들어가면 다른 장학금들을 알아볼 수도 있을 거야.'

그녀의 머릿속에서 온갖 꿈들, 계획과 포부들, 그녀 자신과 부모님, 니그로들을 위해 그녀가 만들어 낼 수 있을 아름다움들이 춤을 췄다. 낸시는 자기가 흑인이라는 데 깊고 경건한 자부심이 있었다. 그녀는 그녀의 그림 속 늙은 흑인 여인(그녀는 남부에 살고 있는 그녀의 할머니였다)이 고개를 치켜들고 멀리 깃발 속의 밝은 별들을 쳐다보고 있는 장면을 그려 볼 수 있었다. 미국 속의 니그로! 종종 상처받고 차별 대우를 받고 임의로 처벌을 받아 왔지만 국기의 푸른 바탕에는 언제나 별들이 존재했다. 어떤 다른 나라의 국기에 그렇게 많은 별들이 있었던가? 아무리 생각을 해도 어떤 백과사전, 어떤 지리책에서도 그런 국기를 본 기억은 없었다.

'너의 마차를 별들에 매어라.'* 낸시 리는 비를 맞으면서 춤을 추듯 집으로 돌아오며 생각했었다. '국기를 만든 사람들은 도대체 어떤 사람들이었을까?'

마침내 금요일 아침이 하루 앞으로 다가왔다. 온 세상―그녀의 학교, 신문들, 그녀의 엄마와 아빠―이 그녀의 소식을 알게 될 날이었다.

* 큰 야망을 품으라는 미국 속담.

아빠는 조회 시간에 참석해서 수상 발표를 듣거나 무대 위에 전시될 작품을 보고 그녀의 수상 수락 연설을 들을 여유가 없었다. 하지만 엄마는 참석할 예정이었다. 물론 엄마는 왜 낸시가 그렇게 학교 조회 시간에 오라고 극성을 떠는지 이유를 알지 못했다.

뭔가 엄청나게 새롭고 좋은 일, 인생을 바꿀 만한 일이 벌어지려고 할 때 밤잠을 제대로 자기란 어렵다. 심장이 계속 고동치고 기쁨이 작은 웅어리로 뭉쳐서 목이 메게 만든다. 낸시는 목욕을 하고 윤이 날 때까지 머리를 빗고 삼천 명의 학생들 앞에서 그녀가 영예롭게 서는 엄청난 날, 그녀의 그림이 시내의 모든 미술반 학생들의 작품들 중에서 최고라고 발표가 될 다음 날 아침을 생각하며 잠자리에 들었다. 감사를 전하는 그녀의 연설은 이미 준비되어 있었다. 그녀는 마음속으로 연설 내용을 다시 한 번 되새겨 보았다. 글자 하나하나를 외우려 하지는 않았다. 그녀는 마치 외운 것처럼 말하고 싶지 않았기 때문이다. 그녀는 그저 연설 내용이 의식 속으로 몇 차례 차분하게 흐르도록 했다.

미술가 협회 회장이 그녀에게 메달과 장학금 증서를 수여할 때 그녀는 이렇게 말할 것이다.

"미술가 협회 심사 위원님들과 회원님들. 이 상을 저한테 허락해 주셔서 감사드립니다. 이 상은 저에게 개인적으로 큰 의미가 있을 뿐만 아니라 저를 통해 이 시에 사는 흑인들에게도 큰 의미가 있는 상입니다. 우리는 피부색과 가난이 항상 우리와 마주하는 것은 아닐까 의기소침하고 당황할 때가 많습니다. 저는 이 상을 저 혼자만의 상이 아닌 흑인들의 상, 기회의 나라이며 공정함의 나라인 미국과 국기에 새겨진 빛나는 별을 믿는 흑인들에 대한 상으로 감사하고 자랑스러운 마음으로 받겠습니다. 지식을 전수해 주시고 훈련을 시켜 주셔서 오늘이 상을 받게 해 주신 디트리히 선생님 외에 여러 선생님들에게도 감사드립니다. 몇 년 전 남부 지방에서 이곳으로 이사를 왔을 때만 해도 여러분들이 저를 어떻게 받아들여 줄지 저는 자신이 없었습니다. 하지만 여러분들은 저를 따뜻하게 받아들여 주었습니다. 제게 기회를 주었고 제가 가고 싶은 길을 걷도록 도와주었습니다. 우리 학교에서는 매주 조회 시간에 모든 학생이 국기에 서약을 하고 있다는 것을 심사 위원님들도 아시리라고 생각합니다. 저는 그 서약에 걸맞은 사람이 되기 위해서 인종, 신앙을 초월한 우리 시민들의 도움과 우정, 이해에 보답하는, '모두를 위한 자유와 정의!'라는 미국의 이상에 부응하는 사람이 되기 위해서 노력하겠습니다."

그것이 그녀가 학생들 앞에서 아침에 말할 내용이었다. 흑인 학생들은 얼마나 자랑스럽고 행복해할까? 어쩌면 흑인 미식축구 스타 선수를 볼 때만큼이나 자랑스러워할지도 모른다. 엄마는 행복해서 눈물을 흘릴 것이다. 낸시는 화려한 아침을 꿈꾸며 잠이 들었다.

눈부신 사월의 아침 햇살이 낸시를 깨웠다. 아침 식사를 하면서 그녀의 아빠, 엄마는 도대체 무슨 비밀이 있기에 딸의 눈이 저렇게 반짝일까 궁금하기도 하고 재미있기도 하다는 표정으로 그녀를 건너다봤다. 학교로 가는 걸음은 날아갈 것 같았다. 시계탑의 바늘은 거의 아홉 시를 가리키고 있었다. 도시에서 가장 큰 고등학교의 커다란 건물들로 수백 명의 학생들이 물결처럼 밀려가고 있었다. 벨이 울리자 홈룸 시간이 시작되었다. 출석을 부르기 위해 출석부를 꺼내 든 선생님이 교실을 훑어보며 낸시를 찾았다.

"낸시," 그녀가 말했다. "미스 오셰이가 방으로 와 달라고 하시는구나."

이름이 호명되고 '네'라고 대답하는 학생들의 목소리가 뒤따를 때 낸시는 자리에서 일어나 교실 밖으로 나왔다. 기자들이 벌써 도착을 한 모양이야, 낸시는 생각했다. 열 시나 되어야 조회가 시작될 테니 그 전에 사진을 미리 찍으려는 것일지도 몰라. (작년에는 수상자 발표가 난 후 바로 아침 신문에 사진이 실렸었다.)

낸시 리는 미스 오셰이의 방문을 노크했다.

"들어오세요."

교감 선생님은 책상 옆에 서 있었다. 방에는 그녀 혼자였다. 사방이 아주 조용했다.

"낸시 리, 자리에 앉으렴." 그녀가 말했다. 그녀는 미소를 짓지 않았다. 한참 동안 침묵이 흘렀다. 순간순간이 아주 느리게 지나갔다. "이 말을 어떻게 전해 주어야 할지 모르겠다." 책상 위에 있는 서류에 눈을 둔 채 중년의 여인이 말문을 열었다. "나는 나 자신이, 그리고 이 도시가 너무 수치스럽고 화가 나는구나." 그녀가 눈을 들어 자신의 건너편에 말끔한 하늘색 드레스를 입고 앉아 있는 낸시 리를 바라봤다. "너는 오늘 아침 상을 받을 수가 없단다."

복도에서 첫 번째 수업의 시작을 알리는 벨이 멈추지 않기라도 할 듯한 기세로 요란하게 울렸다. 미스 오셰이는 더 이상 말이 없었다. 의자에 앉아 있는 갈색 피부의 소녀에게는 방이 점점 작아지는 것처럼 보였고 그 안의 공기가 사라지는 것 같았다. 그녀는 아무 말도 할 수가 없었다.

미스 오셰이가 말했다. "미술 위원회가 네가 흑인이라는 사실을 알고는 계획을 바꾸었단다."

낸시는 여전히 아무 말도 할 수가 없었다. 그녀의 가슴에 들여놓을 공기가 남아 있지 않았기 때문이다.

"여기 위원회에서 보내온 편지가 있어, 낸시." 미스 오셰이가 편지를 들어서 마지막 구절을 그녀에게 읽어 주었다.

"올해부터는 이 시 안에 있는 여러 고등학교들을 임의로 선정하여 상을 주는 것이 더 현명할 것으로 보입니다. 특히 이번 경우, 선정된 학생이 흑인이라는 것을 우리 위원회가 미리 알았더라면 이런 당혹스러움을 진즉에 막을 수 있었을 것입니다. 이제까지 이 지역의 예술 대학에 흑인 학생이란 존재하지 않았기 때문에 지금 갑자기 한 명이 입학을 한다면 모두에게 여러 가지 어려움이 따를 것으로 생각됩니다. 우리는 낸시 리 존슨의 자질을 높이 평가하지만 그렇다고 그녀에게 미술가 협회의 상을 수여한다는 것은 옳지 않다고 생각합니다." 미스 오셰이는 편지를 내려놓았다.

"낸시 리, 이런 소식을 전하게 되어서 무척 유감이구나."

"하지만 제 연설은," 낸시 리가 입을 열었다. "제 연설은……" 말이 그녀의 목에 걸려서 나오지 않았다. "……미국에 관한……"

미스 오셰이는 자리에서 일어나 등을 돌리고 봄을 맞아 교정에 핀 튤립을 창밖으로 내다봤다.

"국기에 대한 맹서 바로 다음에 상이 수여될 것이니까," 낸시 리의 목에서 거의 흥분한 것처럼 말이 쏟아져 나왔다. "국기에 대한 맹서의 일부를 제 연설에 넣었었어요. '모두를 위한 자유와 정의'라는 부분 있잖아요."

"그래, 무슨 말인지 안다." 미스 오셰이가 천천히 다시 방 안으로 몸을 돌리며 말했다. "하지만 미국은 우리가 믿는 대로의 나라, 우리가 만들어 가는 나라일 뿐이야. 나도 아일랜드인이란다. 너도 알지 모르겠지만 오래전에 우리는 더러운 아일랜드인들이라고 불렸지. 대도시에서는 폭도들이 우리를 위협했고 우리가 온 곳으로 다시 돌아가라고 욕을 했어. 하지만 우리는 돌아가지 않았단다. 포기하지도 않았지. 왜냐하면 우리는 아메리칸드림을 믿었거든. 우리의 힘으로 그 꿈을 현실화할 수 있다고 믿었던 거야. 극복해야 할 어려움들이 산더미처럼 쌓여 있었지. 자신감을 꺾는 말들도 매일 들어야 했고. 하지만 우리는 우리 손으로 민주주의를 만들어 가야 했어. 알겠니? 낸시 리! 우리는 아직도 우리의 세상에 민주주의를 세워 가야 하는 거야. 너와 내가 말이야. 그것의 전제, 토대는 바로 여기, 독립선언문의 구절들, 링컨 대통령의 말들, 우리의 국기에 새겨진 별들에서 시작되는 거야. 네게 장학금 수여를 거부한 사람들은 이 별들의 의미를 모르는 자들이야. 그들에게 그것을 일깨워 주는 것이 우리의 일이기도 하고. 이 도시의 공립학교 선생 자격으로 나는 교육 위원회에 가서 인종이나 피부색에 의해 상이 거부되는 일을 교육 시스템에서 없애라고 이야기할 거야."

미스 오셰이가 갑자기 말을 멈추었다. 그녀의 맑고 투명한 푸른 눈이 앞에 앉아 있는 소녀의 눈을 들여다봤다. 그녀의 눈은 힘과 용기로 가득했다. "낸시 리, 머리를 들고 내게 미소를 보여 주렴."

미스 오셰이는 푸른 잔디와 튤립이 내다보이는 열린 창문을 등지고 서 있었다. 그녀의 흰머리에 햇빛이 눈부시게 비쳤다. 그녀의 목소리가 낸시 리의 상한 마음에 강한 힘으로 흘렀다. 아직 노예제도가 있을 때 노예제 폐지를 외치던 사람들도 틀림없이 그녀 같았을 것이다. 해방된 노예들의 교육을 위해 맨 처음 남부 깊숙이 내려갔던 백인 교사들도 틀림없이 그녀 같았을 것이다. 무지, 편협, 증오, 성조기의 별에 묻은 오점에 저항하여 일어섰던 사람들은 모두 그녀 같았음이 틀림없었다.

낸시 리는 머리를 들고 미소를 지었다. 조회 시간을 알리는 종이 울렸다. 그녀는 다른 학생들에 섞여 강당으로 향하는 긴 복도를 걸었다.

'다른 상들을 받으면 되지.' 낸시 리는 생각했다. '갈 만한 학교들이 다른 도시에는 있을 거야, 이 일로 기가 죽을 수는 없어. 이다음에 어른이 되면 이런 일이 다른 소녀들에게 일어나지 않도록 하기 위해서 내가 일어서겠어. 미스 오셰이 같은 남자들과 여자들이 나를 도와줄 거야.'

그녀는 졸업반 학생들 쪽에 자리를 잡고 앉았다. 강당 문이 닫혔다. 교장이 연단 위에 오르자 학생들이 자리에서 일어나 무대 위의 성조기로 몸을 돌렸다.

가슴에 손을 얹는 학생들도 있었고 성조기를 향해 경례를 하는 학생도 있었다. 삼천 명의 학생들이 암송을 시작했다. 그 목소리에는 갑자기 볼 위로 눈물이 흐르는 한 흑인 소녀의 목소리도 끼어 있었다. "……모두를 위한 자유와 정의가 함께하는 갈라질 수 없는 하나의 국가……"

'바로 그런 나라를 우리가 만들어야 해.' 그녀는 마음속으로 생각했다.

천국에서 지옥으로
Heaven to Hell

내 남편 매켄지와 나, 우리 두 사람이 이 세상의 모든 문제들을 뒤로 하고 영광의 계단을 올라가고 있을 때 계단을 내려오는 이가 있었다. 바로 낸시 스머더스였다.

"저 여우 같은 것!" 내가 말했다. "저게 어떻게 여길 올라왔지?"

그녀는 부활절 장식용 백합처럼 흰 날개로 몸을 둘러싸고 있었다. 그래 봐야 얼굴은 초콜릿색처럼 까무잡잡했지만.

"낸시 스머더스, 우리 남편 가까이 오면 내가 머리를 한 대 갈겨 주겠어!" 내가 말했다. "아래 세상에서 너를 그만큼 참아 주었으면 됐지 천국에서까지 그럴 수는 없어."

남편은 아무 말이 없었다. 부끄러운 줄 알아야지! 그 인간은 이 여자와 해서는 안 될 짓을 저질렀다. 매켄지는 그 자리를 벗어나기 위해 날

아가려는 몸짓을 했지만 내가 눈총을 주어 주저앉게 만들었다.

"어디 날개를 까딱이라도 해 봐, 이 짐승 같은 인간! 꼼짝 말고 있으라고. 내가 하나님에게 어떻게 이 할렘의 여우가 천국에 온 것인지 따져 볼 테니까."

매켄지와 나는 황금 계단들을 걸어 올라갔다. 나는 그가 고개를 돌리지 않은 채 그녀를 보기 위해 눈알을 한껏 옆으로 돌리고 있다는 것을 알 수 있었다.

아마도 낸시 스머더스가 계단 아래쪽으로 방향을 튼 모양이었다.

하지만 나는 결국 어떻게 그녀가 천국에 왔는지 알아볼 수가 없었다. 바로 그때 마취가 풀렸기 때문이다.

눈을 떠 보자 예쁜 백인 간호사가 마치 천사처럼 침대 곁에 서 있었다. 나는 큰 소리로 물었다. "매켄지는요? 그 사람도 많이 다쳤나요? 우리가 전신주를 들이받을 때 그가 운전을 하고 있었어요!"

간호사가 말했다. "걱정 마세요, 아주머니. 차가 전복되었을 때 팔이 부러진 것 외에는 남편분은 괜찮아요. 곧 아주머니를 보러 오실 거예요. 남자 병동에 하루 입원을 했거든요."

"괜찮다니 다행이에요." 내가 말했다. "정말 안심이에요!"

그때 간호사가 말했다. "저분이 여기서 오랫동안 침상을 지키고 계셨어요. 아주머니의 오랜 친구라고 하시더군요. 꽃도 가져오셨고요."

눈을 돌리자 낸시 스머더스가 앉아 있는 것이 눈에 들어왔다. 그것도 내 침대 바로 곁에! 언제나처럼 우울하고 위선적인 꼬락서니를 하고서 말이다!

"낸시," 내가 입을 열었다. "여기가 지금 어디지? 내가 지금 천국에 와 있는 거야, 아니면 지옥?"

"아직 이 세상이야, 아멜리아." 낸시가 상냥한 목소리로 말했다. "지금 막 남자 병동에서 매켄지를 만나고 돌아왔는데 자기는 괜찮다고 전해 달라더라."

제까짓 게 뭔데 감히 내 남편의 말을 내게 전하다니, 갈비뼈가 세 대 부러진 상태였지만 나는 기꺼이 그 자리에서 그 여우 같은 년을 박살냈을 거다. 하지만 그 자리에는 마치 천사처럼 예쁜 백인 간호사가 서 있었다. 나는 언제나 백인들 앞에서는 성질을 죽여 왔었다.

내가 할 수 있는 말이라고는 고작 이것뿐이었다. "낸시, 우리 차가 사고를 냈을 때 네가 그 자리에 있었음 얼마나 좋았을까! 그럼 내 기분이 좀 즐거웠을 텐데. 네가 온통 망가진 꼴을 볼 수 있었다면 말이야."

"쉬잇!" 간호사가 말했다. "기운도 회복이 안 됐는데 이렇게 크게 이야기를 하면 안 돼요!"

"그렇게 열 내지 마, 얘." 낸시가 자리에서 일어나며 말했다. "난 이제 집으로 갈 테니까. 내가 보기에 넌 아직 제정신으로 돌아오지 않은 것 같아."

"난 네가 지옥으로 갔……"

"쉬이잇!" 간호사가 나를 제지했다.

나는 내가 친절하고 사랑스러운 간호사 앞에서 자제력을 잃을 뻔했다는 것을 깨달았다. 나는 미소를 지으며 다시 말을 했다. "잘 가, 낸시."

"잘 있어, 아멜리아." 낸시의 눈이 체셔 고양이*의 눈처럼 빛이 났다.

---

* Cheshire cat. 히죽히죽 웃는 고양이, 항상 웃고 있는 사람. 영국의 동화 작가 루이스 캐럴 (1832~1898)의 작품 『이상한 나라의 앨리스』에 등장하는 고양이.

저 뱀 같은 것!

간호사가 내 체온을 다시 재고는 놀라서 말했다. "어머, 이게 웬일이죠? 아주머니 체온이 올라갔어요."

'이상하긴, 당연한 일이지.' 내가 마음속으로 생각했다.

하지만 그 여우 같은 년이 집으로 갔는지 아니면 남편의 병실로 갔는지 알 방법이 없어 누워 있는 내 속이 썩어 문드러진다는 것을 그 예쁜 간호사가 어찌 알겠는가?

사랑을 한다는 것은 지옥보다 못할 때가 있다.

버지니아의 조찬
Breakfast in Virginia

때는 이차 세계대전 중이었다. 두 명의 흑인 병사가 기차를 타고 있었다. 한 명은 남부의 훈련소에서 훈련을 받고 휴가를 얻어 난생처음으로 북부로 여행 중이었고 역시 휴가 중인 그의 동행은 뉴욕에서 자란 청년으로 그가 친구에게 할렘을 구경시켜 주겠노라고 초청을 한 것이었다. 그들은 플로리다 익스프레스가 워싱턴에 도착할 때까지 흑인 전용 칸에 타고 여행을 하고 있었다.

기차는 만원이어서 백인들의 칸이나 단 한 칸뿐인 흑인 전용 칸이나 서서 가는 승객들이 많았다. 엘리스 일병과 윌리엄스 일병은 흑인용이라고 쓰인 기차 칸의 친절한 승객들의 간청에 못 이겨 밤에는 몇 시간씩 그들이 잠깐씩 비워 주는 의자에 교대로 앉아 잠을 잤다. 나머지 시간에는 의자의 팔걸이에 앉거나 기차의 연결 통로에 서서 담배를 피웠다. 아침이 되자 두 사람 모두 피곤하고 시장했다.

흑인 칸에는 음식을 판매하는 상인이 들어오지 않았으므로 엘리스 일병이 친구에게 식당 칸으로 가서 아침을 먹자고 제안했다. 엘리스 일병은 뉴욕에서 태어나고 그곳에서 자랐었다. 대학에 다닐 때는 뛰어난 육상 선수이기도 했었는데 대학 육상 팀과 여행할 때는 식당 칸에서 자주 식사를 하곤 했었다. 시간은 거의 늦은 오전 무렵이었다. 식당 칸도 만석이기는 했지만 가장 바쁜 시간은 지난 셈이었다. 다행스럽게도 그들이 문을 열고 들어섰을 때 문간 바로 옆에 네 명이 앉을 수 있는 탁자에 세 개의 빈자리가 있는 것이 눈에 띄었다. 테이블을 혼자 차지하고 있는 사람은 키가 크고 기품 있는 백발의 백인 남자였다.

식당 지배인이 자리를 배정해 주기를 기다리며 서 있는 갈색 피부의 두 병사를 그 백인이 보고는 말했다. "여기 이 자리에 와서 나와 식사를 하지 않으려오? 나도 아들이 북아프리카 전선에서 싸우고 있소. 이리 와서 앉아요."

"감사합니다, 선생님." 엘리스 일병이 말했다. "친절을 베풀어 주셔서 감사드립니다. 저는 엘리스 일병이고 이 친구는 윌리엄스 일병입니다."

그 노인은 자리에서 일어나서 자신의 이름을 알려 준 후 두 흑인 병사와 악수를 했다. 자리를 잡으며 젊은이들은 자신들을 초대한 사람과 마주하고 앉았다. 지배인이 메뉴판을 가져와서 주문을 받을 때까지 주로 엘리스 일병이 백인과 대화를 나누었다.

"군대 생활은 얼마나 했소?" 지배인이 그들에게 다가오는 동안 백인 남자가 물었다.

하지만 엘리스 일병이 대답을 채 하기도 전에 식당 지배인이 말을 잘랐다. "당신들은 여기 앉으면 안 돼."

"이분들은 내가 초대한 아침 식사 손님들이오." 노신사가 설명했다.

"죄송합니다, 손님." 백인 지배인이 말했다. "하지만 니그로들은 이곳에서 식사를 할 수 없습니다. 만약 시간이 허락한다면 점심이 시작되기 전에 따로 니그로들을 위한 시간을 낼 수는 있을 겁니다. 이 친구들이 이곳에서 식사를 하겠다면 말이죠."

"하지만 보다시피 이 사람들은 군인이잖소?" 백인 남자가 말했다.

"죄송합니다. 손님의 주문은 받겠습니다만 지금 버지니아 주 안에서는 흑인들에게 식사를 가져다줄 수 없도록 되어 있습니다."

두 명의 니그로 병사는 말이 없었다. 백인 신사가 자리에서 일어섰다. 그는 지배인을 한참 쳐다본 후 말했다. "당신과 내 손님들 때문에 무척 당황스럽소." 그가 병사들을 바라보며 말했다. "두 신사분이 내 칸으로 와 줄 수 있다면 거기서 식사를 합시다. 지배인, 웨이터를 내 칸으로 바로 보내 주겠소? 뒤에서 세 번째 차, E 칸이오."

기품 있는 키 큰 신사가 몸을 돌려 식당 칸 밖으로 병사들을 안내했다. 두 병사는 그를 따라갔다. 그들은 클럽 칸과 침대차를 지나서 조그만 방으로 이루어져 있는 칸으로 들어갔다. 청회색 복도를 따라 군인들을 인도해 가던 백인 신사가 마지막 문 앞에 멈추어서 문을 열었다.

"들어들 와요." 그가 말했다. 그는 두 사람이 들어올 때까지 문 옆에서 기다렸다.

커다란 창문과 서로 마주 보고 있는 두 의자가 배치된 방 안은 널찍했다. 신사는 두 병사가 앉을 곳을 가리켰다. 그가 버튼을 눌렀다.

"식탁을 하나 가져다줘요." 그가 말했다. 그는 아무 일도 없었던 듯 이전에 하던 말을 계속했다. 그는 최근에 아들에게서 받은 편지와 히

틀러를 끝내기 위해 민간 생활의 즐거움을 포기하고 입대한 젊은이들이 얼마나 자랑스러운지에 대해 이야기했다. 열차 종업원이 바로 식탁을 하나 가져왔다. 웨이터가 식탁에 식탁보를 깐 후 그들의 주문을 받았다. 얼마 후 식탁으로 음식들이 날라져 왔다.

이 모든 일이 벌어지는 동안 남부에서 온 윌리엄스 일병은 아무 말이 없었다. 버지니아의 풍광이 창문을 스쳐 지나가는 기차에서 그는 당황스럽고 부끄러웠다. 그가 오렌지 주스를 들어서는 크게 몇 모금 마셨다. 달걀이 나왔을 때 그는 갑자기 말문을 열었다. "제 인생에서 백인에게 초대를 받아 식사를 하는 것은 지금이 처음입니다. 저는 조지아 출신입니다."

"이게 백인들과의 마지막 식사가 되지는 않기를 바라오." 백인 남자가 대답했다. "식사를 같이하는 것은 인간들의 가장 오랜 우정의 상징이오." 그가 음식 접시를 돌렸다. "롤빵을 먹겠소, 아니면 머핀? 버터를 내놓지 못해서 미안하오. 전시라 어쩔 수가 없구려."

"버터는 없어도 괜찮습니다." 일병이 말했다.

처음으로 그가 자신을 초대한 사람의 눈을 바라봤다. 그가 미소를 지었다. 워싱턴에 가까워지면서 속도를 내어 달리고 있는 기차의 창문을 통해 멀리 아침 햇살을 받으며 의사당의 둥근 지붕이 선명히 보이기 시작했다. 하지만 남부 출신의 병사는 창밖을 내다보지 않았다. 그는 식탁 건너편의 백인 신사를 바라다보았다.

"아침 식사에 초대해 주셔서 감사합니다." 윌리엄스 일병이 말했다.

누가 누구인 척을 하는가?
Who's Passing for Who?

비주류 인종으로 사는 불편함들 가운데 가장 큰 하나가 온정을 베풀려는 지루한 인간들이 도움을 자처하고 항상 들러붙는다는 것이다. 사실, 그들은 딱히 도울 것도 없다. 그저 우리와 함께 자리를 하는 것 외에는—그건 엄청나게 따분한 일이기도 하다.

니그로들 중 어떤 사람들은 이렇게 민권 의식이 높아지는 때에도 그런 일을 잘 견디는 사람들이 있다. 흑인 사회복지사인 칼렙 존슨 같은 이가 그런 사람이다. 식사를 대접하느니, 할렘을 구경시켜 준다느니 하며 그는 항상 주위에 별 볼 일 없는 백인들을 한두 명 달고 다니다가 마지막 코스에는 대개 사보이 호텔로 그들을 데려온다. 사회학 공부가 아니라 즐거운 시간을 보내기 위해 그곳에 와 있던 그의 친구들은 그런 그의 모습을 보면 불쾌해하기 마련이었다.

친구들은 당연히 친구지만, 그들이 어떤 피부색을 지녔건 흑인들의 민권 의식에 흠뻑 고취된 사람들은 결국 구경꾼일 뿐이다. 억압과 차별을 받는 사람들이 니그로가 아니라 백인들이었다면 칼렙 존슨은 노예로 잡혀 온 북구의 유럽인들에게 같이 어울리자며 먼저 손을 내미는 터무니없는 동정심을 보일 것이다. 자기가 그들에게 뭔가 큰 호의를 베푼다고 생각하면서 말이다.

그렇게 칼렙과 그의 백인 친구들은 전부 따분한 인간들이다. 적어도 '니그로 문예부흥기' 동안 할렘에서 자유분방한 문학가로 살았던 우리에게는 그렇게 보였다. 문학을 하던 우리는 피부색이란 문제에 구애되기에는 우리의 사고가 너무 심원하다고 생각했다. 우리는 인종과 상관없이 줄담배를 피워 대고 술을 마시는 사람들을 좋아했고 얼굴색이나 도덕 따위는 헌 옷처럼 여겼으며 우리와 생각이 다른 사람들을 조롱했다. 혹여 거트루드 스타인이나 『율리시스』, 만 레이, 테레민*, 진 투머, 조지 앤타일 등에 대해 아무것도 모르는 니그로나 백인을 만나면 우리들은 내놓고 무시를 하고 깔봤다. 1920년대 말에서야 칼렙은 더스패서스를 막 읽기 시작했고 H. G. 웰스를 훌륭한 작가로 생각하고 있었다.

어느 날 밤, 우리는 칼렙을 스몰즈 카페에서 만났다. 그는 마치 구색을 맞추듯 모아 놓은 세 명의 백인과 동행하고 있었다. 우리는 고개를 끄덕여 아는 체만 하고 그를 지나치려 했지만 자리에서 일어선 그가 우리를 요란스럽게 부르고는 입에 침이 마르도록 칭찬하며 그의 친구들에게 우리를 소개했다. 여자 한 명, 남자 두 명으로 이루어진 그의

---

* theremin. 2개의 진공관에 의해서 맥놀이를 일어나게 하여 소리를 내는 전자악기의 일종.

일행은 아이오와에서 온 교사들이었는데 한자리에서 두 명의 흑인 작가와 한 명의 흑인 화가를 직접 만나게 되어 무척 신기해하면서도 기뻐하는 눈치였다. 그들은 우리에게 같이 술을 한잔하자고 청했다. 우리는 항상 가난했기 때문에 그들에게 합석을 하는 영광을 베풀어 주기로 했다.

백인 여인이 말했다. "나는 니그로 작가는 처음 만나 봐요."

다른 두 남자도 동의했다. "우리도 마찬가지예요."

"그래요? 우리는 백인 작가들을 많이 알고 있는데?" 우리 세 명의 흑인 보헤미안들은 자못 권태롭다는 듯 심드렁하니 대답을 했다.

"하지만 니그로 작가들은 훨씬 드물잖아요." 여인이 다시 말을 했다.

"할렘에는 쌔고 쌨어요." 우리가 대답했다.

"하지만 아이오와는 그렇지 않아요." 남자들 중의 한 명이 안타깝다는 듯 덥수룩한 빨간 머리를 저으며 말했다.

"거기는 쓸 만한 백인 작가들도 별로 없는 곳 아닌가요?" 우리가 허세를 떨며 말했다.

"왜요. 루스 서코*도 아이오와 출신인데."

그때부터 우리는 루스 서코를 구닥다리라고 조롱하고 케이 보일**이 훨씬 낫다며 그녀를 깔아뭉갰다. 우리가 소설가들의 이름을 마구 주워섬기는 것이 칼렙과 그의 일행들에게는 놀라웠던 것 같다. 물론 우리는 그런 감정을 인정하기에는 너무 어리고 자만심에 사로잡혀 있었지만 그들의 감탄하는 표정을 보고 내심 무척 기뻤다.

술잔들이 돌아갔고 모든 것이 순조로웠다. 우리 세 사람은 고상한

---

* Ruth Suckow(1892~1960). 미국 아이오와 주 출신의 여성 작가.
** Kay Boyle(1902~1992). 미국의 소설가, 시인.

척 유세를 떨며 술을 마셨다. 그때 갑자기 우리 뒷자리에 앉았던 남자가 자리에서 일어나더니 같이 있던 여자를 두들겨 팼다. 갈색 피부의 남자에게 두들겨 맞는 여자는 금발 머리였다. 자리에 쓰러진 여인이 일어서자 남자가 다시 그녀를 때렸다. 그 모습을 지켜보던 우리 테이블의 빨간 머리 사내가 자리에서 벌떡 일어나 건너가서는 흑인 남성을 때려눕혔다.

그는 흑인에게 소리쳤다. "백인 여자에게 손찌검하지 마."

쓰러졌던 흑인이 일어서며 그에게 윽박질렀다. "저 여자는 백인이 아냐. 내 마누라라고."

종업원 중의 한 명도 그를 거들었다. "저 여자는 백인이 아닙니다, 손님. 흑인이에요."

그 말을 들은 아이오와 남자는 당황한 표정을 지으며 주먹을 내리고 말했다. "미안합니다."

그에게 매를 맞은 흑인 남자가 분하다는 듯 말했다. "여기 할렘에서 왜 당신이 설치는 거요? 우리 집안 문제에 참견하면서 말이오."

백인 남자가 말했다. "나는 저 여인이 백인인 줄 알았소."

바닥에 쓰러져 있던 여인이 일어나 그에게 말했다. "난 백인이 아니에요. 흑인이라고요. 우리 남편을 괴롭히지 말아요."

두 사람이 아이오와에서 온 남자에게 달려들었다. 우리 일행 모두와 웨이터들까지 달려들어서야 간신히 그들을 떼어 놓을 수가 있었다. 사태가 좀 수습되자 매니저가 미안하지만 계산을 하고 가게를 떠나 달라고 부탁했다. 우리가 가게의 평온한 분위기를 망친다는 이유였다. 가게를 나선 우리는 길 아래쪽의 생선 요리를 하는 레스토랑으로 향했다. 칼렙은 그의 백인 친구들에게 미안해서 어쩔 줄을 모르고 있었다. 우리는 그의 꼴에 화가 나기도 했지만 우습기도 했다.

"왜 미안하다고 사과를 한 거죠?" 흑인 화가가 아이오와에서 온 손님에게 물었다. "그 사람을 때려눕힌 후, 그러니까, 당신이 지켜 주려한 여자가 백인이 아니라 그저 피부가 좀 흰, 백인처럼 보이는 흑인이었다는 것을 안 다음에 말이에요."

"그건," 빨간 머리의 아이오와 사내가 대답했다. "두 사람이 같은 인종이라는 것을 알았더라면 난 두 사람의 싸움에 개입을 안 했을 거요."

"피부색이 어떻든 간에 야만스러운 남자로부터 여자를 보호해야 한다고는 생각하지 않나요?" 화가가 다시 물었다.

"맞아요. 하지만 나는 당신네 여자들은 당신들이 지켜야 한다고 생각을 해요."

"오, 그러니까 싸움을 뜯어말리는 것도 누가 옳건 인종을 봐 가면서 해야 한다는 말이군요. 맞죠?"

"꼭 그런 말은 아니에요."

"방금 남편에게 두들겨 맞고 있는 흑인 여인을 보호하지는 않겠다고 얘기한 것 아닌가요?" 화가가 말했다.

채 대답을 듣기도 전에 화가가 말을 이었다. "물론 그렇겠죠! 당신은 흑인이 백인 여인을 때린다고 생각을 하고는 화가 난 것뿐이에요."

"하지만 그 여자는 정말 백인처럼 보였단 말이오." 남자가 항변했다.

"어쩌면 그냥 흑인인 척하고 있었을지도 모르죠." 내가 말했다.

"백인인 척하며 사는 흑인들처럼 말이죠." 칼렙이 끼어들었다.

"어쨌건," 흑인 화가가 말했다. "나는 당신이 그 여자가 백인이 아니라는 것을 알고는 더 이상 그녀를 보호하려 하지 않는 것을 보고 별로 마음에 들지 않았어요."

"우리 모두 그렇게 생각해요." 칼렙만 빼고 우리 모두가 동의했다.

칼렙이 그를 옹호하기 위해 한마디 거들었다. "하지만 스터블필드 씨는 할렘에는 처음 온 거니까."

빨간 머리 사내가 말했다. "맞아요, 여긴 처음 와 봤소."

"스터블필드 씨는 할렘에 오지 않는 게 낫겠어요." 우리가 대답했다.

"내 생각에도 그런 것 같네요." 스터블필드가 말했다. "그럼 잘들 계시구려."

그는 자리에서 바로 일어나 발을 쿵쿵 구르며 카페를 걸어 나갔다. 곧 그의 빨간 머리가 밤 속으로 사라졌다.

"저런," 자리에 남은 백인 부부가 말했다. "스터비가 또 성질을 참지 못했네요. 하지만 정말 아까 그 여인처럼 백인 같은 흑인들이 많이 있나요?"

"그럼요. 흑인보다는 백인의 피를 더 많이 타고나서 거의 백인으로 보이는 사람들이 많이 있죠."

"그래요?" 아이오와에서 온 여인과 남자가 말했다.

"넬라 라슨의 책을 읽어 본 적이 없는가 보죠?" 우리가 물었다.

"소설가죠." 칼렙이 여인에게 설명했다. "그녀 자신도 혼혈이었어요."

"한번 읽어 봐요." 우리가 추천했다. "『한때 흑인이었던 남자의 자서전』도 좋아요." 사실은 우리도 그런 책들을 읽지는 않았다. 우리는 오래된 흑인 작가들의 책에는 관심이 없었다. 그러나 적어도 그 책이 백인인 척하는 사람에 관한 내용이라는 것은 알고 있었다.

우리는 모두 생선을 주문한 후 편안하게 자리를 잡고 앉아 얼마나 많은 니그로가 미국 전역에서 백인 행세를 하고 있는지에 관한 이야

기들로 백인 친구들을 놀라게 만들려 했다. '에파트 르 부르주아'* 정
신에 입각해서 우리가 포위한 백인 커플에게 충격을 주기 위해 장광
설을 늘어놓는 중간에 백인 여인이 우리 쪽으로 몸을 기울이고 말했
다. "저 있잖아요, 이 말은 다른 데서 하지 않으셨으면 합니다만, 나하
고 우리 남편도 사실은 백인이 아니에요. 지난 십오 년 동안 우리도 백
인인 척하고 살아왔죠."

"뭐라고요?"

"우리도 흑인이라고요, 당신들처럼." 남편이 말했다. "하지만 백인인
척하는 게 돈벌이에 훨씬 도움이 되거든요."

그 말을 들은 우리는 기절초풍을 할 지경이었다. 칼렙도 적잖이 놀
란 눈치였다. 그는 이제까지 백인 친구들에게 할렘을 구경시켜 주고
있노라고 생각하고 있었는데 그들이 흑인이라니!

칼렙은 절대로 욕을 하는 법이 없었다. 하지만 이번엔 달랐다. "염병
할!"

우리는 갑자기 웃음을 터뜨렸다. 웃음은 쉽사리 끝나지 않았다. 그
야말로 미친 듯한 웃음이었다. 일순간에 우리는 일부러 꾸민 '니그로'
의 전형적인 행동을 그만두고 자연스레 생선 요리를 먹고 백인들이
없을 때 흑인들이 행동하듯 편하게 웃고 농담을 했다. 우리는 흑인 여
인을 백인으로 오해했던 빨간 머리 사내를 소재로 농담하면서 즐거운
시간을 보냈다. 생선 요리를 먹은 후에는 서너 군데 더 장소를 옮겨 가
면서 아침 다섯 시가 될 때까지 술을 마셨다.

마침내 백인처럼 보이는 부부를 시내로 향하는 택시에 태워 보내야

---

* 19세기 말 프랑스 시인 보들레르와 랭보가 선언한 '중산계층에 충격을 주라épater le bourgeois'
라는 말은 이후 보헤미안들의 정신적인 구호처럼 사용되어 왔다.

할 순간이 찾아왔다. 그들은 마지막으로 인사를 하기 위해 차 안에서 몸을 돌리켰다. 택시가 막 출발을 하려는 순간 여인이 운전사에게 잠시 차를 멈춰 달라고 말했다.

그녀는 창밖으로 몸을 내밀고 미소를 띤 얼굴로 말했다. "다시 한 번 혼란스럽게 해서 미안하지만 내 남편과 나는 흑인이 아니에요. 우리는 백인이에요. 잠깐 동안 댁들을 속여 보면 어떨까 생각을 했던 거죠. 백인인 척하는 흑인들이 있는 것처럼 말이에요."

센트럴파크를 향해 출발하는 차 안에서 그녀가 손을 흔들며 깔깔 웃음을 터뜨렸다. "안녕!"

우리는 꿀 먹은 벙어리처럼 할렘의 모퉁이에 멍하니 서 있었다. 어떻게 속임을 당한 것인지도 잘 정리가 되지 않았다. 그들은 정말 흑인인 척한 백인들이었을까? 혹은 흑인이지만 백인인 척을 한 걸까?

그들이 어느 인종에 속하든 그들은 우리를 마음껏 가지고 놀았다. 비록 술값은 그들이 지불했지만.

집으로 가는 길

On the Way Home

칼은 술을 먹지 않았다. 그렇다고 그가 술을 먹는 데 있어 무슨 도덕적인 죄책감 같은 게 있었다는 뜻은 아니다. 그는 자신이 편협하지 않은 사람이라는 것을 자랑스러워했다. 다만 그의 아버지(그는 기억하지도 못하는)가 술고래였다는 얘기를 귀가 따갑게 들었을 뿐이다. 그래서 자신도 모르게 술을 마시는 것이 뭔가 옳은 일처럼 느껴지지 않았다. 술을 먹지 않는다는 것이 사람들의 이목을 끌지 않도록 그는 휴일날 포도주 한 잔이나 파티에 갔을 때 맥주 한 병 정도는 마셨다.

칼은 어머니에게 술을 전혀 마시지 않겠다고 약속을 했었다. 그는 외아들이었고 어머니를 좋아했다. 어머니는 지나치다 할 만한 애정으로 그를 키웠다. 어머니보다 덜 친절한 사람들에게 적응하는 일이 그에게는 힘들었지만 서머빌에서는 제대로 된 일자리를 구할 수가 없어서 그는 일자리를 찾아 시카고로 왔다. 한 달에 한 번 일요일을 집에서 보내기 위해 그는 토요일 네 시 차를 타고 집으로 갔다. 그러면 컨트리 버터, 신선한 우유, 집에서 만든 빵으로 차려진 저녁을 먹을 시간에 맞추어 그가 어린 시절을 보낸 집에 도착할 수 있었다.

여름에는 저녁을 먹은 후 시원한 저녁을 즈음해 어머니와 시내로 나가서 장을 보곤 했고 겨울에는 이웃집에 놀러 가서 옥수수를 튀기거나 사이다를 마셨다. 아니면 친구들이 그들의 집에 찾아올 수도 있었다. 그들은 둘러앉아서 이야기하거나 다른 사람들이라면 이미 쓰레기통에 던져 버리거나 잊어버렸을 수자의 행진곡들, 노라 베이스, 버트 윌리엄스, 카루소 등의 오래된 전축 판들을 들었다. 시카고의 그의 사무실 동료들이 벌이는 럼주 파티와는 달리 아주 구식이었지만 재미있는 회동이었다.

어머니와 스스로에게 술을 마시지 않겠다고 약속했지만 이날 오후 그는 클락 가의 주류 판매점의 카운터에 서서 "포도주 한 병 주세요"라고 말하는 자신의 음성을 들었다.

"어떤 포도주요?" 점원이 퉁명스럽게 물었다.

"저거요." 칼이 매대 중간쯤에 놓여 있는 노랗고 큰 병을 가리켰다. 그의 손가락이 대충 아무 곳이나 가리킨 것이었다. 그는 포도주의 종류나 이름을 아는 게 없었다.

"그건 단맛이 나는 와인이에요." 점원이 말했다.

"괜찮아요." 칼은 빨리 포도주를 사서 나가고 싶은 마음이 간절했다.

점원은 포도주를 봉투에 넣고 잔돈을 거슬러 준 후 다음 손님에게로 관심을 돌렸다. 칼은 술병을 들고 밖으로 나왔다. 그는 천천히 걸었지만 어서 그의 방으로 돌아가고 싶은 마음뿐이었다. 그는 이렇게 술을 마시고 싶은 적이 없었다. 그가 지나는 길에는 술집들이 많았으므로 아무 데서나 한잔할 수도 있었다. 하지만 그는 술집에서 술을 마셔본 적이 없었으므로 술을 사서 자신의 방으로 가져갔다.

크고 햇빛이 들지 않는 하숙집은 조용했다. 넓고 삐걱대는 계단을 올라갔을 때 홀에는 아무도 없었다. 하숙생들은 모두 일을 하러 갔다. 화요일이었다. 정오쯤 갑자기 어머니가 위중하니 빨리 집으로 와 보는 게 좋겠다는 전보가 사무실로 오지 않았다면 그도 지금쯤 일을 하고 있었을 것이다. 네 시나 되어야 버스를 탈 수 있었다. 시간을 보니 한 시였다. 그는 곧 갈 준비를 할 참이었다. 하지만 그 전에 그는 술을 한잔해야만 했다. 사람들은 진정하기 위해서 술을 한 잔씩 하지 않던가? 소설에 보면 사람들은 브랜디를 꿀꺽 삼켰다. 하지만 칼은 브랜디를 마시면 속이 메스꺼웠다. 그보다는 포도주가 좀 더 순할 것 같았다.

방에 도착한 그는 모자를 벗어 옷장에 넣기도 전에 포도주 봉투를 풀고 코르크 마개를 뺐다. 그는 서랍장 위에 놓인 잔에서 칫솔을 꺼낸 후 삼분의 일쯤 호박빛 노란색 포도주를 채웠다. 그는 어머니가 혹시 돌아가실까 두려워하는 마음을 애써 진정시키려 했다.

"제발, 그것만은 안 돼요." 그는 기도를 했다. 그리고 포도주를 마셨다.

그는 침대에 앉아 숨을 진정시키려 했다. 이제까지는 계단을 걸어 올라온 후 숨이 찬 적이 없었지만 지금 그의 심장은 고동을 치고 있었고 이마에는 땀이 솟았다. 그는 외투를 벗고 타이와 셔츠를 벗은 후 세면을 할 준비를 했다.

그는 가방부터 챙기는 게 좋겠다는 생각이 들었다. 그 순간 갑자기 어머니를 위해 준비한 선물이 없다는 생각이 떠올랐지만 오늘은 매달

한 번 집으로 가는 토요일이 아니라는 사실이 다시 생각났다. 오늘은 화요일이고 그의 일과의 흐름을 갑자기 깨뜨린, 로시터네서 보내온 전보가 그의 호주머니에 들어 있었다.

어머니가 아주 위중하시니 빨리 집으로 올 것.

존과 넬리 로시터는 어릴 때부터 이웃으로 같이 자랐다. 그 집 사람들은 불필요하게 호들갑을 떠는 사람들이 아니었다. 어머니의 상태가 아주 위중한 게 틀림없을 것이다. 가져갈 선물을 생각할 필요는 없다. 그는 옷가방을 꺼내기 위해 옷장으로 갔지만 손이 움직이지를 않았다. 호박빛 노란색의 포도주가 담긴 큰 병이 그의 옆 서랍장 위에 놓여 있었다. 따뜻하고 달콤하고 금지된.

방에는 아무도 없었다. 아니, 여주인을 빼고는 집 전체에 아무도 없을 것이다. 그의 난국에 대해 털어놓을 사람이 시카고 전체에 한 명도 없었다. 쥐꼬리만 한 봉급으로 어머니를 돌봐야 하고 하숙비를 내고 대학을 다니고 교재를 사야 하는 그에게는 친구를 만들거나 여자를 사귈 시간조차 없었다. 이렇게 큰 도시에서는 타지에서 온 젊은이가 사람들을 사귀기가 쉽지 않았다.

칼은 다시 잔에 가득 포도주를 따라서 마셨다. 첫 번째 서랍을 열어서 그의 세면도구들을 꺼내어 침대 위에 놓았다. 두 번째 서랍에서는 셔츠를 몇 장 꺼냈다. 세 장, 아니 네 장이면 충분하리라. 하지만 지금은 주말이 아니었다. 혹시 어머니가 오래 병원에 계셔야 해서 일주일 이상 머물러야만 할 경우를 대비해 여벌의 옷들을 가져가는 게 나을지도 몰랐다. 어쩌면 그는 검은 양복을 가져가야 할지도 몰랐다. 만약 어머니가……

그는 마치 명치를 주먹으로 맞은 것 같았다. 두려움의 고통이 그의 온몸에 퍼졌다. 그는 떨면서 침대에 주저앉았다.

"이봐, 기운 차려!" 스스로에게 말을 하니 좀 안심이 되는 것 같았다. 그는 거울 속의 자신의 얼굴을 들여다보며 희미하게 미소를 지었다.

"사내답게 굴라고!"

그는 잔을 가득 채워서 한 번에 마셨다. 그는 이제까지 그렇게 포도주를 많이 마셔 본 적이 없었지만 이 포도주는 따뜻하고 달콤하고 맛있었다. 그는 자리에서 일어나서 어깨를 젖혔다. 갑자기 머리가 천장에 닿을 만큼 커진 것 같았다. 무슨 이유에선지 그는 거울에 비친 자신을 바라보며 노래를 부르기 시작했다. 그는 밑도 끝도 없이 노래를 하나 꾸며 내서는 끝없이 반복해 불렀다.

봄에 장미들이
봄에 노래를 시작하네
장미들이 봄에
노래를 시작하네……

그는 옷을 벗고 목욕 가운을 걸친 후 병에 남은 포도주를 비우고 노래를 부르며 홀로 내려가 욕실로 향했다. 그는 욕조에 가득 물을 받은 후 들어가 앉았다. 물은 포도주처럼 따뜻했다. 아주 어렸을 때 이웃의 어린 소녀와 어울려 놀던, 어머니의 집 뜰 구석에 있던 풀이 우거진 비탈을 떠올리며 느긋한 기분이 되었다. 그의 어머니가 집에서 나와 둘을 떼어 놓은 후 소녀를 돌려보냈다. 제대로 된 집의 아이가 아니라는 이유였다. 하지만 이제는 어머니도 다른 소녀들을 돌려보낼 수 없을 것이다. 왜냐하면—

칼은 욕조 안에서 몸을 일으켜 바로 앉은 후 그의 등과 머리에 물을 끼얹었다. 지금 내가 취한 것일까? 도대체 이게 무슨 짓이람? 어머니를 그런 식으로 생각하다니, 어머니는 지금 돌아— 그만! 이봐! 네 시차를 타야 한다는 것을 잊고 있는 거야? 집으로 출발하지도 않았는데 그는 취해 가고 있었다. 그는 몸을 떨었다. 심장이 두근거렸다. 그는 숨을 진정하기 위해서 머리만 물 밖으로 내놓은 채 욕조에 누워야 했다.

그렇게 조용히 누워 있자니 기분이 좋았다. 고요와 정적. 화요일, 다른 사람들은 모두 직장에서 일을 하고 있다. 하지만 칼 앤더슨, 그는 여기 이렇게 따뜻한 물로 채워진 깊은 욕조에 조용히 누워 있는 것이다. 몇 년이 지나면 약간 저축이 생길 것이고 집에도 지출이 없어지면 차를 하나 구해서 봄이 오면 여자들을 태우고 드라이브를.

장미들이 노래를 할 때
봄이 돌아오면……

그는 목소리가 좋았다. 그가 만든 장미에 관한 노래도 포도주에 취해 노래를 하자니 아주 멋있게 느껴졌다. 그래서 그는 욕조에서 일어서서 타월을 붙잡고 꽤 큰 소리로 노래를 하기 시작했다. 갑자기 문에서 노크 소리가 들렸다.

"무슨 일이라도 있나요?"

홀에서 여주인의 목소리가 들렸다. 지하층에서 노랫소리를 듣고 올라온 모양이었다.

"아무 일도 없습니다, 다이어 여사님! 그냥 노래를 하고 싶어서요."

"앤더슨 씨예요? 앤더슨 맞아요? 지금 이 시간에 여기서 뭐 하는 거죠?"

"어머니를 뵈러 집으로 가는 중이에요. 어머니가……"

"무척이나 기분이 좋은가 보네요. 도대체 무슨 일이기……"

그는 여주인이 다시 다림질을 하기 위해 발을 끌며 계단을 내려가는 소리를 들었다.

"어머니는……" 그의 머리가 빙글빙글 돌기 시작했다. "우리 어머니가……" 그의 눈이 갑자기 뜨거워졌다. 욕조에서 나오기 위해 그는 벽을 붙들어야 했다. 취한 거야, 그게 지금 상태였다! 취하다니!

그는 홀을 가로질러 그의 방으로 뛰어가서 침대에 몸을 던진 후 머리를 베개들 가운데 묻었다. 그는 수치스러웠다. 머리를 베개들 사이에 묻으니 사방이 깜깜했다. 어머니가 돌아가신다고? 아냐! 아니라고! 그는 취해 있었다.

어둠 속에서 그는 어렸을 때 그의 머리를 쓰다듬던 어머니의 손길을 느낄 수 있는 것 같았다. 그녀의 목소리가 들리는 듯했다. "착하지, 칼. 좋은 아이가 되어야지. 몸도 깨끗이 하고. 엄마는 너를 사랑한단다. 엄마는 너를 돌봐 줄 거야. 집에서 엄마가 가르친 것을 꼭 기억하렴."

그가 만든 노래 속의 장미들과 그가 마신 포도주가 그의 머릿속에서 빙글빙글 돌기 시작했다. 그는 침대 옆 의자에 걸쳐 놓은 외투 호주머니에 노란색 전보가 들어 있는데도 장미들과 봄에 관한 노래를 하고 자동차들과 예쁜 여자들을 상상한 것이 어머니와 집을 배반하기라도 한 것처럼 느껴졌다. 침대가 갑자기 빙글빙글 돌아가는 것 같았다.

하지만 그가 눈을 감자 모든 것이 멈췄다. 그는 숨을 참았다. 그는 베개 사이로 더 깊숙이 머리를 집어넣었다. 그는 죽은 듯 누워 있었다. 어둡고 따뜻했다. 사방이 더 조용해지고 어두워졌다. 오랜 시간이 지났다. 아주 오랜, 어둡고 조용하고 평화로운 정적.

"앤더슨 씨! 앤더슨 씨!"

멀리 어둠 속에서 누군가 이름을 불렀다. 목소리는 점점 더 가까워졌지만 여전히 아주 멀리서 들렸다. 다음에는 멀리 떨어진 문에서 노크 소리가 들렸다.

"앤더슨 씨!"

목소리는 이제 아주 가까웠고 날카로웠다. 문이 열리고 빛이 따라 들어왔다. 누군가의 손이 그의 어깨를 잡고 흔들었다. 그는 눈을 떴다. 다이어 여사가 화가 난 듯 서서 그를 내려다보고 있었다.

"앤더슨 씨, 술 취했어요?"

"아뇨, 다이어 여사님." 그가 자신을 내려다보고 있는 여주인을 멍하니 쳐다보면서 눈을 껌벅이며 말했다. 그녀가 방에 들어오면서 켠 전구가 그의 눈을 아프게 했다.

"앤더슨 씨, 홀에 장거리 전화가 와 있어요. 어서 일어나요. 목욕 가운을 여미고 얼른 가서 받아요. 내가 벌써 오 분은 소리쳤을 거예요."

"지금이 몇 시죠?" 칼이 벌떡 자리에서 일어나 앉았다. 여주인이 문간에서 발걸음을 멈췄다.

"저녁 식사 때도 지났어요." 그녀가 말했다. "여섯 시 반이나 일곱 시는 되었을 거예요."

"일곱 시요?" 칼이 기겁을 했다. "차를 놓쳤어요!"

"무슨 차요?"

"네 시 버스요."

"그건 확실한 것 같네요." 여주인이 말했다. "알코올과 시간표는 서로 어울리지 않아요, 젊은 양반. 그렇다면 지금 전화를 건 사람은 어머니가 분명하겠군요." 한심하다는 듯 그녀가 문을 열어 놓고 아래층으로 내려갔다.

전화라고? 자리에서 일어나자 속이 메스껍고 다리에 기운이 빠졌다. 그는 목욕 가운을 여미고 계단을 비틀거리며 내려갔다. 전화! 그의 혈관을 타고 한기가 몸으로 퍼졌다. 전화! 그는 어머니에게 술을 마시지 않겠다고 약속을 했었다. 그녀는 그의 아버지가…… 그는 아버지를 기억하지 못했다. 그는 한참 전에 죽었다. 이제 그의 어머니가…… 어쨌건 그는 일곱 시까지 집에 도착해서 어머니의 병상에서 그녀의 손을 잡아 주었어야만 했다. 한 시간 전에는 도착을 했었을 것이다. 지금 그녀는 어쩌면……

그는 수화기를 들었다. 놀란 탓인지 그의 입에서 쉰 목소리가 나왔다. "여보세요, 저 칼이에요…… 예, 로시터 아줌마……"

"칼, 얘야. 우리는 여섯 시 도착 버스에서 너를 계속 찾아보았단다. 우리 집 양반이 차를 가지고 미리 나가 있었어. 그렇게 하면 더 일찍 집으로 올 수 있으리라 생각을 해서. 칼……"

"예, 로시터 아줌마……"

"너희 어머니……"

"예, 아줌마……"

"너희 어머니가 방금 임종을 하셨단다. 만약 아직 네가 출발을 하지 않았다면 알려 줘야 할 것 같아서. 어쩌면……"

잠깐 동안 그는 그녀가 하는 말을 들을 수가 없었다. 하지만 그는 이 내 그녀가 질문을 하고 있다는 것을 깨달았다. 그녀는 질문을 되풀이 하고 있었다.

"제리를 시카고로 보내서 너를 태워 오게 하려고 하는데 그렇게 해 도 괜찮겠니? 내일 아침까지는 차가 없잖니?"

"그래 주시면 고맙겠어요, 로시터 아줌마. 아니, 잠깐만, 안 그러셔도 될 것 같아요. 집에 가기 전에 처리해야 할 일이 몇 가지 있거든요. 은 행에도 가야 하고요. 꼭 가야 할 일이 있어요. 하지만 아침에는 집으로 가는 첫 번째 버스를 타겠어요. 아침 첫차 말이에요. 로시터 아줌마, 전 집에 갈 거예요."

"우린 네 이웃이자 친구들이야. 우리 집도 네 집이나 마찬가지란 것 알고 있지? 그러니까 바로 우리 집으로 오렴."

"예, 로시터 아줌마, 알아요. 그럴게요. 집으로 갈게요."

그는 위층으로 달려 올라가서 서둘러 옷을 입었다. 어서 그곳을 빠 져나와야 할 것 같았다. 아니, 빠져나와야만 했다. 그의 몸에서 열이 났다. 목이 말랐다. 그는 포도주병을 들어서 상표를 들여다봤다. 탁월 한 포도주! 따뜻하고 목에 부담 없는! 여주인이 혹시 다시 방으로 오 기 전에 어서 나가야 해. 서두르라고! 그녀는 이 상황을 이해할 수 없 을 거야.

그러면 어머니는 혼자 돌아가신 걸까?

그는 급히 외투를 걸치고 계단을 내려갔다. 바깥은 이미 날이 어두 웠다. 가로등 불이 다른 날보다 더 침침하게 느껴졌다.

어머니는 혼자 돌아가신 건가?

길모퉁이에는 차가운 불빛이 흘러나오는 술집 하나가 문을 열고 있었다. 이전에는 한 번도 걸음을 해 본 적이 없는 곳이었지만 그는 문을 열고 들어갔다. 이제 그는 원하는 만큼 마음껏 술을 마실 수가 있었다.

혼자서, 집에서 혼자서! 어머니는 혼자서 돌아가셨단 말인가?

커다란 술집은 마치 창고처럼 음울한 분위기였다. 주크박스가 시끄럽게 유행하는 음악을 연주하고 있었다. 여자 하나는 옆에서 혼자 노래를 불렀다.

칼은 바로 다가갔다. 바텐더가 물수건을 그의 앞 카운터 위에 올려놓았다.

"술 한 잔 줘요." 칼이 말했다.

"위스키?"

"네."

"두 잔을 주문하면 안 될까요?" 노래를 부르던 여인이 어느새 다가와 은근한 목소리로 그에게 말했다.

"좋아요." 칼이 말했다. "두 잔 줘요."

"무슨 일이라도 있나요? 몸을 왜 이렇게 떨죠?" 그녀가 놀라며 말했다.

"추워서요." 칼이 말했다.

"혹시 지금까지 술을 마시다가 왔어요?" 그 여자가 말했다. "하지만 위스키 냄새는 나지 않는데."

"위스키가 아니에요." 칼이 말했다. "포도주를 마셨어요."

"오! 그럼 술을 섞어 마실 수 있다는 뜻인가요? 좋아요, 한번 먹어 보죠. 하지만 포도주와 위스키가 서로 맞지 않아서 당신이 취해 쓰러지면," 그녀가 고양이처럼 가르랑거리는 목소리로 말했다. "어쩔 수 없이 내가 당신을 우리 집으로 데려가야 할지도 몰라요."

"집?" 칼이 물었다.

"그래요." 여인이 대답했다. "집으로 나와 함께 가는 거예요. 당신과 내가— 집으로."

그녀가 그의 어깨에 팔을 둘렀다.

"집이라고요?" 칼이 말했다.

"그래요, 자기, 집. 우리 집으로 가는 거예요."

"집?" 물음을 되풀이하려던 칼은 갑자기 억제할 수 없는 울음의 홍수가 터져 나오는 것을 어찌할 수가 없었다. "집이라고." 그의 흐느낌에 묻혀 말이 제대로 나오지 않았다. 그는 팔에 얼굴을 묻고 아이처럼 소리를 내어 울었다.

"집…… 집…… 집으로……"

바텐더와 여인이 놀라서 그를 쳐다봤다. 주크박스의 음악 소리도 멈췄다.

여인이 부드러운 목소리로 말했다. "이런, 진짜 취했나 봐요. 이봐요, 기운 내요! 내가 집에까지 데려다줄게요. 그러고 싶지 않다면 우리 집으로 가지 않아도 돼요. 어디에 살죠? 내가 집까지 바래다줄게요."

신문에 이름이 실리다

Name in the Papers

그녀의 남편이나 다른 사람이 불쑥 집에 들어와서 내가 그의 부인과 있는 것을 보면 나는 어떻게 행동해야 할까, 그게 항상 의문이었다.

그녀의 이름은 디디였다. 하지만 이름만 프랑스풍일 뿐 나머지는 순전히 할렘 스타일인 여자였다.

나는 그녀를 파티장에서 만났다. 칵테일들이 부지런히 만들어지고 있었다. 그녀가 유부녀라는 것을 내가 어찌 알 수 있었겠는가? 그녀는 파티장에 혼자 왔고 그래서 내가 그녀를 돌봐 주었을 뿐이다. 수많은 늑대들이 배회하고 있는 곳에 그녀를 혼자 내버려 둘 수는 없는 일이었다.

내가 말을 건넸다. "한잔하죠."

그녀가 대답했다. "좋아요."

다음번에 라디오에서 음악이 흘러나왔을 때 우리는 자리를 함께했고 밤새 춤을 추었다. 그녀는 완벽했다! 나는 그녀의 스타일이 마음에 들었다. 나는 그녀에게 물었다. "자기, 자기 집 대빵은 무얼 하는 사람이지?"

그녀가 말했다. "밤일을 해요."

내가 대답했다. "그건 철 지난 농담이잖아, 나도 그렇거든."

그녀가 말했다. "호호, 농담 그만해요!"

내가 대답했다. "그렇게는 못 하지."

그때쯤 그녀는 완전히 달아올랐다. 나도 그랬다.

내가 말했다. "한 잔 더 하지."

그녀가 대답했다. "좋아요."

이번에는 내가 칵테일을 만들었다. 그때 누군가 피아노 앞에 앉아서 천천히 흐르는 강과 물레방아에 관한 케케묵은 옛 노래를 연주했다.

내가 말했다. "더 이상 못 봐 주겠네. 여길 뜨자고."

가지 말아야 할 집들이 많지만 그중에서도 남편이 밤에 일하는 집에는 절대로 가지 말라고 말하고 싶다. 나는 그녀의 집에 들어서는 순간 그녀가 정말로 유부녀라는 것을 알 수 있었다. 그녀의 집은 '이 세상의 어디도 우리 집보다 좋은 곳은 없어'라는 분위기를 풍기고 있었다.

나는 다시 그녀에게 확인을 했다. "자기, 남편이 밤새 일을 하는 게 맞아?"

그녀는 대답했다. "당연하죠. 밤새 일을 해요. 내가 뭐하러 거짓말을 하겠어요?"

하지만 우리는 그때가 거의 날이 샐 무렵이라는 것을 깨닫지 못하

고 있었다. 우리는 파티장을 꽤 늦게 나온 터였다. (그리고 나는 술을
엉망진창 짬뽕으로 섞어 마셨다.) 게다가 겨울 아침은 얼마나 해가 늦
게 뜨는가?

그날따라 날도 무척 흐렸다. 다음에 기억이 나는 건 그녀의 남편이
집에 왔다는 사실이다. 그는 성실한 남편이라면 당연히 그렇듯 동이
트자마자 집으로 돌아왔다. 오후 신문에 의하면 그는 아침 일곱 시에
집에 도착했다고 한다. 하지만 내 기억에는 한밤중이었던 것으로 느
껴진다. 어쨌든 분명한 사실은 그가 도착을 했다는 것이다. 그를 본 나
는 "여, 친구!"라고 인사를 했다.

그는 "친구는 염병!"이라고 말을 하며 권총을 뺐다.

바로 그때가 내가 항상 궁금해하던 순간이었다. 나는 어떤 행동을
취해야 했을까? 달려들어 싸움을 했어야 했나? 도망? 아니면 고함을
질렀어야? 하지만 사실은 아무것도 하지 못했다. 다시 정신이 들었을
때는 엄지발가락을 제외하고 온몸에 총을 맞은 상태였다. 그는 맨발
인 나를 정조준해서 총을 쐈다. 거의 사격 연습을 하듯 말이다.

"간호원, 《데일리 뉴스》지에 나에 대한 기사가 나온 게 있어요? 내
이름이 신문에 나왔나요?"

공통점
Something in Common

홍콩. 폭염의 거리는 다양한 인종의 사람들로 넘친다. 영국기가 걸린 펍.

두 사람은 일행은 아니었다. 생판 남이었던 두 사람은 거리로부터 각자 다른 문을 통해 펍으로 걸어 들어왔지만 거의 동시에 바에 이르렀다. 덩치가 큰 영국 바텐더가 두 사람을 경멸과 경계심이 섞인 눈으로 쳐다봤다. 그는 두 사람 다 몇 잔의 술값 외에는 빈털터리라는 것을 거의 확신할 수 있었다. 두 사람 모두 행색이 초라했고 그때까지 다른 곳에서 술을 마시다가 온 눈치였다. 둘 다 단골도 아니었다. 그는 두 사람에게 일부러 느릿느릿 응대를 했는데 거들먹거린다기보다는 고압적인 태도였다.

"맥주 한 병." 낡은 소매 깃에서 중국과 영국 동전들을 한 무더기 꺼내 놓으며 늙은 니그로가 주문을 했다.

"스카치 한 잔." 늙은 백인 남자가 가느다란 손가락으로 프레츨을 집으며 말했다.

"관세가 붙는 것 알죠?" 바텐더가 게시된 안내문을 가리키며 말했다.

"이런 형편없는 홍콩 맥주에 붙이는 관세치고는 너무 비싸." 늙은 니그로가 말했다.

바텐더는 대꾸할 가치도 없다는 듯 아무 말이 없었다.

"하지만 고향에도 이런 맥주들이 있기는 하지." 늙은 흑인이 동전을 세면서 중얼거렸다.

"다시 고향으로 가고 싶은 모양이군, 조지." 바 다른 쪽 끝에 앉아 있던 백인 노인이 말을 걸었다. "미국에 있는 고향 말일세."

"나를 조지라고 부르지 마쇼." 니그로가 대답했다. "나는 당신하고 아무 면식도 없잖소?"

"뭐, 그렇게 열을 내지는 말게." 늙은 백인이 그의 술잔과 함께 흑인의 옆자리로 당겨 앉으며 말했다. "나도 남부 출신이니까."

"나는 남부 출신이 아니오." 니그로가 입에 묻은 맥주 거품을 닦으며 말했다. "나는 북부에서 왔소."

"어디라고?"

"미시시피 북부," 흑인이 말했다. "아니, 내 말은 미주리 주 북부 말이오."

"나는 켄터키 출신이라네." 늙은 백인이 위스키를 삼키며 마치 확인이라도 해 주듯 말을 했다. "여기 한 잔 더." 그가 바텐더에게 말했다.

"오십 센트요." 바텐더가 말했다.

"주문하면서 돈을 내라는 건가?"

"맞아요." 바텐더가 잔을 치우며 으르렁거리듯 말했다.

"좋아, 까짓것 지불을 하지." 늙은 백인이 짜증 난다는 듯 말을 했다. "한 잔 더 주게."

"이 술집은 손님들 대접이 형편없군." 늙은 니그로가 야유하듯 말했다. "켄터키에서 오신 대령님을 척 보면 알아서 모셔야지."

"이런 빌어먹을 외국 술집들에서는 예의라고는 찾아볼 수가 없지." 백인 남자가 진지하게 대답했다. "자네는 홍콩에 얼마나 있었나?"

"아주 오래 있었소." 늙은 니그로가 말했다.

"여기 오기 전에는 어디에 있었지?"

"마닐라요." 니그로가 대답했다.

"거기서는 무슨 일을 했나?"

"도대체 뭘 알고 싶은 거요?" 니그로가 물었다.

"나는 지금 점잖게 묻고 있지 않나?" 백인 노인이 말했다.

"그렇게 많은 질문을 하지는 마요." 니그로가 말했다. "그리고 나를 조지라고 부르지도 말고. 내 이름은 조지가 아니란 말이오."

"그럼 이름이 뭐지?" 프레즐을 한 조각 더 집으며 그가 물었다.

"새뮤얼 존슨이오. 당신은?"

"맥브라이드 대령일세."

"켄터키에서 온?" 흑인이 이가 하나도 없는 입으로 한껏 건방지게 말했다.

"그러네, 켄터키에서 온." 백인이 진지하게 대답을 했다.

"안녕하쇼, 대령." 니그로가 말했다. "여기, 프레즐 하나 드쇼."

"자네에게 술 한 잔 사지." 백인이 바텐더를 손짓으로 부르며 말했다.

"나를 자네라고 부르지 마쇼." 니그로가 말했다. "당신보다 내가 나이가 많거나 적어도 동갑일 테니까."

"상관없어." 백인이 말했다. "술이나 한 잔 들라고."

"진." 니그로가 말했다.

"그걸로 두 잔 주게." 백인이 말했다. "진은 우리 두 사람의 공통점 같군."

"난 진을 좋아하오." 니그로가 말했다.

"나도 그래." 백인이 말했다.

"진은 정말 달콤한 술이죠." 니그로가 생각에 잠긴 듯 말했다. "특별히 여자들과 함께 있을 때 말이오."

"내게 백인 여인 한 명만 있다면," 늙은 백인이 말했다. "저 밖의 중국 여자들은 자네가 다 가져도 좋아."

"노란 여자 한 명만 내게 있다면," 늙은 니그로가 말했다. "온 세상의 백인 여인을 당신이 가져도 좋소."

"홍콩은 노란 여자들 천지지." 백인이 말했다.

"아니, 내 말은 흑인 중에 피부가 좀 흰 축을 말하는 거요." 니그로가 말했다. "미주리에 가면 많이 볼 수 있잖소."

"켄터키에도 많아." 백인이 말했다. "거기 사람들 중 반은 피부가 흰 검둥이들을 가지고 있지."

"잠깐! 우리 여인들에 대해서는 말을 하지 말아요." 늙은 니그로가 말했다. "내 앞에서 어떤 백인도 우리 여자들에 대해 떠들게 내버려 두지는 않을 거요."

"누가 자네 여자들에 대해 떠든다던가? 술이나 한 잔 하게, 조지."

300

"내가 분명 말했소, 나를 조지라고 부르지 말라고. 내 이름은 새뮤얼 존슨이오, 백인 양반. 그리고 당신은 지금 켄터키에 있는 것도 아니고 멀리 극동에 와 있는 거라고."

"나도 아네. 여기가 켄터키라면 내가 바에서 이렇게 자네랑 앉아 있지도 않겠지. 술이나 한 잔 하게."

"진으로 하겠소."

"두 잔 주게."

"누가 돈을 내는 거요?" 바텐더가 물었다.

"나는 아니오." 니그로가 말했다. "나는 아니라고."

"걱정 말게." 늙은 백인이 호기롭게 말했다.

"글쎄, 나는 걱정이 되는데." 바텐더가 으르렁거렸다. "지금 당장 돈을 내시든가."

"여기," 백인이 몇 실링을 꺼내 놓으며 말했다. "내가 가진 돈 전부이긴 하지만 여기 있네."

바텐더는 아무 말 없이 돈을 받았다. 그는 잔들을 치운 후 바를 닦았다.

"이 빌어먹을 동네에서는 도대체 일이 풀리지가 않는군." 늙은 백인이 말했다. "나는 쿨리지 때부터 지금껏 여기 있었지."

"안 풀리기는 나도 마찬가지요." 니그로가 말했다. "나는 남북전쟁전에 이리로 왔소."

"고향이 어딘가, 조지?" 백인이 물었다.

"당신은 아마 내가 조지아 출신이라고 생각하는 모양인데 사실 나는 고향이 없소. 떠돌이 개나 매한가지지."

"나도 마찬가지네." 백인이 말했다. "하지만 때로는 다시 미국으로 돌아갔으면 하는 생각을 하지."

"그래요? 나는 안 그렇소." 니그로가 말했다. "흑인들에게 미국은 별 희망이 없지."

"뭐라고?" 백인이 거만하게 자리에서 일어섰다.

"미국은 아무 쓸모가 없다고." 니그로가 말했다. "아무짝에도 말이야."

"닥쳐." 늙은 백인이 손에 든 프레츨을 흔들면서 소리를 질렀다.

"닥치라니, 누구한테 하는 소리지?" 니그로가 말했다.

"나는 누구든 미국을 깔아뭉개는 것을 보고만 있지는 않겠어." 백인이 말했다. "미국을 모욕하는 짓거릴랑 그만두는 게 좋을 거야, 이 배은망덕한 검둥이."

"당신이야말로 나를 모욕하는 것을 그만두는 게 좋을걸, 이 가난뱅이 백인 쓰레기." 나이 든 니그로가 발끈했다.

"뭐라고, 이 검둥이 자식!" 늙은 백인의 목소리가 분노로 떨렸다.

"이 백인 무지렁이가!" 늙은 니그로가 몸을 부들부들 떨었다.

모욕을 주고받던 두 늙은이는 나이와 술기운으로 비틀거리며 주먹을 말아 쥐고 마치 당장 싸움을 벌일 두 마리 수탉처럼 복싱 자세를 취하고 서로를 노려봤다.

"이봐! 이봐요!" 바텐더가 소리를 질렀다. "그만두지들 못해!"

"내가 한 방 먹여 주지." 백인이 니그로에게 말했다.

"나야말로 거동을 못 하게 손을 봐 주마." 니그로가 백인에게 말했다.

"그래? 어디 그렇게들 한번 해 보시지." 바텐더가 두 사람을 비웃었다. "한 방 먹이고 손을 봐 주는 일이라면 내가 해 줄 테니."

그가 성큼성큼 큰 걸음으로 바를 돌아 나와서는 두 늙은이의 목덜미를 인정사정없이 움켜쥐고 두 번 서로 박치기를 하게 만들었다. 그러고 나서는 아무 일도 아니라는 듯 두 사람을 길가에 내던진 후 손을 앞치마에 닦았다.

희고 노란 세상, 홍콩은 그들 곁을 지나쳐 갔다. 인력거를 끄는 사람들이 헐떡이며 지나갔고 자동차들은 경적을 울렸고 좁은 골목길들을 가득 메운 채 사람들이 지나다녔다. 두 늙은이는 흙바닥에서 몸을 일으킨 후 부주의하게 달리는 차들을 피해 인도로 올라섰다. 두 사람은 충격을 받은 듯 얼마 동안 멍한 눈길로 서로를 쳐다봤다.

"원, 세상에!" 늙은 백인이 분노로 말을 더듬었다. "영국 놈에게 이런 대접을 받고 가만있을 건가?"

"절대 안 되지." 늙은 니그로가 말했다. "다시 들어가서 가게를 박살을 내자고."

"그 영국 놈이 미국인에게 손을 댈 권리는 없어." 늙은 백인이 말했다.

"없고말고!" 늙은 니그로가 호응을 했다.

의기가 투합한 두 사람은 팔짱을 끼고 영국에 대해 그들의 명예를 지키기 위해 비틀거리는 걸음으로 다시 바 안으로 들어갔다.

마담 상하이
Mysterious Madame Shanghai

다른 하숙인들은 가끔 출입구에서 들어오고 나갈 때 그녀와 마주치는 게 다였다. 그녀는 키가 큰 늙은 여인이었다. 햇볕에 탄 올리브빛 피부는 거칠고 주름투성이였고 얼굴과 목덜미의 주름은 흰 분으로 덮여 있었다. 그녀는 저음의 거의 남자 같은 목소리지만 짧게 "안녕하세요"라고 상냥하게 인사를 하곤 했다. 그게 다였다. 그녀는 하숙집의 누구하고도 따로 친분을 트려고 하지 않았다. 그녀는 다이어 여사에게는 신비의 인물이었다. 그녀는 가끔 금빛 용이 수놓인, 푸른 비단으로 만들어진 화려한 중국식 기모노를 입고 이 층 홀을 가로질러 화장실을 가곤 했기 때문에 누군가 그녀에게 마담 상하이라는 별명을 붙였다. 그것이 그녀의 별명으로 낙착이 되었다.

여주인인 다이어 여사는 그녀를 좋아하지 않는 것이 분명했다. 다이어 여사는 끊임없이 다양하고 불온한 상상 속에 그녀를 대입해 넣었다. 아무도 마담 상하이에 대해 아는 사람이 없었기 때문이다. 그녀는 집시, 얼굴색이 좀 흰 동인도 사람, 혹은 백인과 흑인의 혼혈처럼 보였다. 하지만 그녀는 별다른 말썽을 부리지도 않았고 방세도 꼬박꼬박 제때 냈기 때문에 다이어 여사는 그녀에게 방을 비워 달라는 말을 할 여지가 없었다. 아니, 솔직히 말하면 그녀의 과거, 현재를 다 알아내기 전에는 그녀가 떠나지 않기를 내심 바랐다. 그녀의 지금 이름이 에설 커닝햄이고 그녀가 시내의 백화점 창고에서 일한다는 사실은 아무 의미도 없었다. 다이어 여사의 눈에는 그녀가 과거를 숨기고 있다는 것이 뚜렷이 보였다.

다이어 여사는 하숙인들의 과거에 비상한 관심을 보였다. 별다른 과거가 없거나 자신들의 과거를 알려 주려고 하지 않으면 그녀는 이전에 봤던 소설책과 영화의 내용에다 자신의 상상력을 동원하여 그들의 과거를 만들어 주었다. 에설 커닝햄을 위해 그녀가 만든 과거는 조신한 여인에게는 어울리지 않을 만한 것이었다.

"어떤 여인도 저렇게 조용히 지낼 수는 없어요." 다이어 여사가 어느 날 저녁 내게 말을 했었다. "과거에 엉망으로 살지 않았다면 말이에요."

나는 웃음이 나왔다. 마담 상하이의 행실이 지금이나 과거에 어땠건 나는 전혀 관심이 없었기 때문이다. 그녀는 거의 내 어머니뻘인 늙은 여인이었고 그 점에선 다이어 여사도 마찬가지였다.

"그것뿐만이 아니라오. 지금 저렇게 얼굴에 분을 바르고 다니는 건 젊었을 때는 더 떡칠을 하고 다녔다는 이야기지."

"다이어 여사님, 이번 주에는 좀 더 큰 목욕 타월을 쓰게 해 주실래요?"

"사십 년 전에는 현숙한 여자들이라면 얼굴에 저렇게 루주를 칠하고 다니지는 않았어요…… 큰 목욕 타월이라고 했어요? 큰 목욕 타월은 특실 손님용인데. 총각은 특실을 쓰고 있지 않잖아. 총각이 쓰는 조그만 타월이 큰 방들의 타월 걸이에 걸려 있다고 생각을 해 봐요, 어울리겠우?"

"하지만 저는 덩치가 크잖아요, 다이어 여사님. 제 몸에서 물기를 닦으려면 큰 타월이 필요하다고요."

"자, 여기 있우. 총각이니까 주는 거예요. 사실 덩치가 꽤 크긴 하지. 뒤쪽 방들에 있는 다른 사람들에게는 이런 이야기는 하지 말아요. 다들 큰 타월을 달라고 하면 곤란하니까. 나는 특실에 들어갈 것 외에는 큰 타월들이 따로 없다우."

"예, 다이어 여사님. 고맙습니다."

그녀가 홀을 가로질러 뒤뚱뒤뚱 걸어갔다. 나는 방문을 닫은 후 그녀에게 혀를 내밀었다. 갈아입을 옷을 챙겨서 욕실로 향했지만 누군가 이미 목욕을 하고 있어서 나는 다시 방으로 돌아와 셔츠를 침대 위에 눕히듯이 놓고 구두를 닦았다. 몸을 씻고 옷을 입으니 거의 여덟 시가 다 되었다. 여름밤의 푸른 땅거미가 내려앉고 있었다. 날도 시원하고 상쾌했다. 애인이랑 극장을 갈까, 공원에서 산책을 할까 고민을 하던 나는 공원이 낫겠다고 결정을 했다. 희미하게 불이 밝혀진 계단을 내려가던 나는 계단 모퉁이에서 에설 커닝햄과 부딪칠 뻔했다. 그녀는 숨을 헐떡이며 느릿느릿 계단을 올라오고 있었다.

"마담 상, 아니 미스 커닝햄," 놀란 내가 말을 더듬었다. "어디 불편하세요?"

"아프지는 않아요. 하지만, 하지만, 실즈 씨, 괜찮으면 나랑 같이 위층까지 좀 가 줄래요? 잠깐이면 돼요."

"제가 도와드릴게요."

나는 그녀의 팔을 붙잡고 계단을 오른 후 홀을 지나 그녀의 방에까지 갔다. 그녀는 허둥지둥 열쇠를 찾아서는 방문을 열었다. 그때까지 나는 그녀의 방을 본 적이 없었다. 그녀의 방은 자그마했다. 다이어 여사가 큰 타월을 배정할 만한 그런 방이 아니었다. 서랍장 위에는 남자를 찍은 사진이 여럿 놓여 있었다. 모두 같은 남자였다. 대부분의 사진들에서 콧수염을 기른 그는 승마복 차림이었고 채찍을 들고 있었다. 아주 오래전에 찍은 사진인 듯 모두 색이 바래 있었다.

"바로 저 사람이에요." 그녀가 헐떡거렸다. "저 사람이 아래층에서 나를 죽이려고 기다리고 있어요."

"뭐라고요?" 누가 당장이라도 권총을 뽑아 들고 방으로 들어오는 것은 아닌지 놀라서 내가 물었다.

"바깥 인도에 서 있어요." 그녀가 말했다. "아직 나를 보지는 못했어요. 밖으로 나가다가 나만 그 사람을 봤을 뿐이에요."

그녀를 해치려는 사람이 그녀를 보지 못했다는 말을 듣고 나는 일단 안심이 되었지만 곧 어리둥절한 생각이 들었다. 혹시 그녀가 갑자기 실성을 한 것은 아닐까?

"아래층으로 내려가서 그에게 내가 사랑한다고 말했다고 좀 전해 줘요." 놀라서 눈을 휘둥그레 뜬 마담 상하이가 애원하는 목소리로 말했다. "그에게 가서 지난 세월 동안 신이 나에게 이미 충분히 벌을 주었다고 말을 해 줘요."

"하지만 이게 무슨 일이죠? 무슨 말씀을 하시는지 모르겠어요. 밖에 있는 '그 사람'이 누구예요, 미스 커닝햄?"

"내 남편이에요."

"남편이라고요?"

"무덤에서 살아 돌아온 거예요! 나는 그가 죽은 줄 알았어요. 그를 본 지 이십 년이 지났는데 갑자기 지금 나타난 거예요, 오 하나님!" 그녀는 침대에 앉아서 얼굴을 두 손으로 감쌌다. "그는 완전히 피투성이였어요."

"네?"

"내가 그 사람을 죽이려고 했었어요. 타마리스를 시켜서 그의 살을 찢게 만들고는 말리려고도 하지 않았어요."

"타마리스라고요?"

"세상에서 가장 큰 고양이 말이에요!"

"고양이?" 나는 그녀가 다른 여자를 말하는 줄 알고 웃음을 터뜨리려고 했다.

"호랑이요, 실즈 씨. 내가 타마리스에게 그를 물어 죽이라고 시켰어요."

"하지만 어디서 호랑이를 구하셨다는 거예요?"

그녀는 자리에서 일어나 앉아 나를 바라봤다.

"그게, 우리는 가장 큰 동물 곡예단이었어요. 아마 당신이 태어나기도 전이었을 테죠. 사람들은 우리를 '대담한 다넬 가족'이라고 불렀어요. 우리는 온 세상의 모든 서커스나 극장에서 다 공연을 했어요. 나는 그를 사랑하고 있었죠. 그를 너무 사랑한 나머지 항상 그를 의심의 눈길로 바라봤어요. 그도 나를 사랑했지만 그는 잔인한 사람이었어요. 그는 나를 길들여야 할 동물로 여겼어요. 그래서 우리는 항상 싸웠죠.

주먹으로, 채찍으로, 손톱으로, 밧줄로. 이제 생각해 보니 우리가 서로를 너무 사랑했기 때문이었어요. 나는 아직도 그를 사랑해요. 아래층으로 내려가서 내가 그를 죽이려 했던 것은 아니라고 말을 해 줘요. 내가 가서 말을 해야겠지만 그에게 말을 꺼내기도 전에 총에 맞을 것 같아요. 총을 쏘든가, 칼로 찌르든가, 때려 쓰러뜨리든가 할 거예요. 그는 여자들을 잘 믿지 않는 남자예요, 실즈 씨."

나는 다시 한 번 실소를 터뜨릴 뻔했다. 마담 상하이는 온통 쭈그러진 추한 노파일 뿐이었다. 지금 와서 어떤 남자가 그녀를 때려눕히고 싶어 한다는 말인가?

"당신이 그를 죽이려고 했다고요?"

"나는 내가 그를 죽였다고 생각했어요. 그때는 정말 그러고 싶었으니까요. 어느 날 밤, 수천 명의 관중들이 지켜보는 무대 위에서 가장 사나운 고양이에게 그를 물라고 시켰어요. 공포에 질린 관중들 앞에서 그를 끌어냈을 때 나는 그가 죽었다고 생각했어요."

"왜 그를 죽이려고 한 거죠?"

"반지 때문이었죠. 보헤미아에서 수백 년간 서커스 생활을 하는 동안 대대로 전해 내려오던, 우리 엄마가 내게 준 오래된 반지 말이에요. 그날 공연을 위해 우리에 들어간 내 눈에 승마 곡예사였던 프랑스 여자 마리가 관중들의 환호에 키스를 보내는 시늉을 하며 그녀의 백마를 타고 공연장을 떠나는 모습이 보였어요. 그런데 그녀가 내 반지를 끼고 있는 거예요! 나는 분노, 질투심, 미움으로 온 세상이 노랗게 보였어요. 우리 사물함에서 반지를 꺼내다가 그녀에게 준 것이 분명했으니까요. 그녀는 금발인 데다 아주 아름다웠죠. 그이는 금발 여인들을 아주 좋아했어요. 나는 집시처럼 검은 피부를 지녔고요. 그녀의 손가락에 끼워져 있는 반지를 본 후 나는 으르렁거리는 맹수들을 의자들 위로 올라가게 하고 있던 그에게 말했죠. '내 반지를 훔쳐다 저 프랑스 년에게 준 거야?'

'닥치고 이 호랑이들이나 좀 맡아.' 그가 대답했죠. '이제 곧 공연이 잖아.'

'못 닥치겠어. 이 아무짝에도 쓸모없는 이중인격자……'

바로 그때 호랑이가 우리 안으로 들어왔죠.

'우리에서 나가자마자 입을 닥치게 만들어 주지.' 그가 말했어요.

'당신은 영원히 우리에서 나올 수 없을 거야.' 내가 대답했어요. '타마리스!'

타마리스는 호랑이들 중에서 가장 크고도 아름다웠죠. 내가 어릴 때부터 키웠기 때문에 내 말이라면 강아지처럼 순종했어요. 나는 채찍을 들어 링 안에 들어가 있던 남자, 내가 사랑하던, 하지만 동시에 이 세상의 누구보다 증오하던 남자를 가리켰어요. 나는 그가 나를 때리고 욕하는 것은 참을 수 있었지만 내 반지를 마리에게 가져다준 것만은 참을 수 없었죠.

'타마리스!' 내가 그녀에게 덤벼들라는 신호를 보냈어요.

남편의 얼굴에서 일순간에 핏기가 사라졌어요. 그 민첩한 동물이 몸을 움츠리는가 싶더니 번개처럼 공중을 날았죠. 그의 비명 소리가 들렸어요. 그녀의 거대한 발톱이 그의 살들을 찢어 냈죠. 그녀는 그를 땅바닥에 눕힌 후 이빨로 그를 짓이기기 시작했어요. 숨을 멈춘 채 놀라서 쳐다보고 있던 관중들이 피를 보고서는 비명과 고함을 지르기 시작했죠.

밖에 있던 경비원들이 타마리스를 총으로 쏜 후 우리의 문을 열고 들어가서 핏덩어리 같은 짐을 데리고 나왔어요. 쇼는 계속 진행이 되었죠. 사람들이 그를 서둘러 병원으로 데려갔어요. 나는 분장실로 걸어 돌아갔죠. 서커스 공연을 같이하는 여자들이 모두 와서 나를 위로해 줬어요. 하지만 나는 단 한 가지만을 원했어요—내 반지.

여자들은 내가 눈물 한 방울 비치지 않는 것을 보고 놀랐어요. '나는 눈물이 안 나와요.' 내가 말했죠. 나는 너무 상처를 받아 화가 났고 모욕감을 참을 수가 없었어요. 그때 프랑스 여자 마리가 들어왔어요. 나는 그녀의 손을 움켜쥐었어요. 그녀는 내가 위로를 받으려고 그러는 줄 알았을 거예요. 하지만 나는 내 반지가 아직 그녀의 손가락에 있는지 확인을 하려던 거였죠.

나는 심장이 멎는 줄 알았어요. 그녀의 손가락에 끼워진 것은 내 반지가 아니었어요. 그냥 내 것과 비슷한 것이었을 뿐. 나는 그제야 사실을 분명히 알 수가 있었던 거죠. 그녀의 반지에 끼워져 있는 보석도 유리로 만든 가짜였어요.

나는 내 몸의 모든 피가 물로 변하는 느낌이었죠. 비틀거리는 걸음으로 텐트를 가로질러 우리의 사물함 쪽으로 가서는 자물쇠를 부수다시피 해서 열었어요. 차분하게 열 경황이 없었거든요. 그 안에는 언제나처럼 내 반지, 우리 엄마의 오래된 집시 반지가 들어 있었죠.

흐느낌이 터져 나왔어요. 남편에 대해 스스로를 속인 거였어요. 나는 비명을 지르기 시작했어요. 미친 여자처럼 울부짖었어요. 머리를 쥐어뜯으며 바닥에서 뒹굴었죠. 내 인생에서 그때처럼 비통한 순간은 없었어요.

여섯 주가 지나서야 짐은 의식을 회복했어요. 동물 쇼는 전국을 돌아다니며 공연을 계속하고 있었지만 나는 남편 옆에서 자리를 지키고 있었어요. 마침내 그가 눈을 뜨고 나를 알아보았을 때 그가 한 첫마디는 '사라져! 에설, 사라지라고! 내가 너를 죽이기 전에'였어요.

의사들은 그날 이후로 내가 그의 방에 있도록 허락하지 않았어요. 나를 보면 그가 흥분했기 때문에 치료가 되지 않는다는 이유였죠. 내 이름만 들어도 그는 분노로 열이 올랐으니까요. 나는 병원에 출입 금지 명령을 받았어요. 할 수 없이 나는 다시 공연장으로 돌아갔어요. 나는 꽤 유명한 조련사였기 때문에 손님들을 끌어모았죠. 계속 큰돈을 벌었지만 남편의 건강을 회복하는 데 다 사용했어요. 천천히 회복되던 그는 숨을 쉴 때마다 나를 저주했지만 말이에요. 나는 그의 상처 난 입술에서 나를 향해 나올 수 있는 말은 증오밖에 없다는 것을 알고 있었어요. 그래도 나는 여전히 그가 좋아할 만한 맛있는 음식들, 샴페인, 돈을 보내 주었어요. 병원비도 밀리지 않고 꼬박꼬박 냈죠. 하지만 그는 의사들이나 간호사들을 꼬드겨서 욕과 위협으로 가득 찬 편지들을 대필로 보내곤 했어요.

마침내 내가 모르는 새 그가 병원에서 퇴원을 했어요. 나는 그를 만나서 사랑한다고 말하고 무릎을 꿇고 용서를 빌려고 했었죠. 내 나머지 인생을 그를 행복하게 하는 데 바치겠다고 말이에요. 그가 그럴 기회를 주기를 바랐어요. 하지만 병원 수석 의사가 내게 전보를 보내 왔죠. '조심해요! 그가 당신을 죽이겠다고 해요.'

그다음엔 그를 담당했던 간호사에게서 편지가 왔어요. 그는 총을 사고 서커스를 추적해서는 관중석에 앉아 있다가 내가 아름다운 동물들과 무대 중앙의 우리 안에 서 있을 때 나를 쏘겠다고 자주 말을 했다더군요.

내가 죽는 것을 걱정하는 것은 아니에요, 실즈 씨. 그건 아니에요.

그저 아무 말도 하기 전에, 그에게 내 슬픔, 사랑, 사과의 말을 들려주기도 전에 죽고 싶지 않은 것뿐이에요. 나는 그 앞에 무릎을 꿇고 '짐, 나를 용서해 줘요'라고 말할 기회를 얻고 싶어요. 비록 그의 총구가 내 머리를 날리기 위해 나를 겨누고 있다고 해도 말이에요.

언제, 어디서 죽는지도 모르는 채 사랑하는 짐의 얼굴도 보지 못하고—비록 호랑이의 발톱과 나에 대한 미움으로 일그러진 얼굴이라 해도—그의 손을 잡아 보지도 못한 채 죽는다는 것은…… 비록 그의 손에 내가 죽는다 해도 말이에요. 아니, 나는 그런 생각을 견딜 수 없었어요. 편지를 받고는 매일매일이 지옥 같았어요. 우리 안에 들어갈 때마다 나는 군중 속에서 총알이 날아올까 마음을 졸였죠. 그러다 보니 동물들에 대한 통제력도 잃어 가게 되었고 그야말로 몸과 마음이 초토화가 되었죠. 나는 우리 안에서 군중을 바라보며 그가—내 남편이 와 있는지 찾아보느라 시간을 다 보냈어요. 내 공연 시간이 돌아오기 전에는 점심때부터 서커스 천막 앞에서 서성이며 그가 혹시 근처에 와 있는지를 살폈어요. 서커스 운영자들은 내가 미쳐 간다고 생각들을 했죠. 서커스 사람들은 기형인 사람들은 좋아했지만 바보들은 좋아하지 않는 법이죠. 나는 결국 서커스를 포기하고 일을 그만두어야 했어요.

지금은 이름도 잊어버린 작은 마을로 나는 잠적했고 서커스는 나 없이 공연을 계속했죠. 동물들은 모두 서커스단에 넘겨주었고 난 이름도 바꿨어요. 요리사, 하녀, 닥치는 대로 일을 하면서 전국을 돌아다니며 그를 찾았어요. 하지만 그를 찾을 수가 없었어요. 결국 나는 그가 죽었나 보다라고 생각을 했죠. 그 후 이곳 시카고로 이사를 온 거고요. 그런데 오, 하나님, 감사합니다! 그가 나를 찾아온 거예요. 제발 부탁이에요, 실즈 씨. 날 좀 도와주세요. 그 사람을 좀 준비시켜 줘요. 아래층으로 내려가서 내가 하는 말을 들을 때까지, '용서해 줘요! 제발 용서를 해 줘요. 짐!'이라고 내가 말을 할 때까지 나를 죽이지 말아 달라고 말해 줘요."

"가서 그렇게 말을 전할게요." 아직 그녀의 말을 완전히 확신하는 것은 아니지만 나는 대답을 했다. "만약 그가 아직 여기에 있다면 말이에요."

"그는 절대로 다른 곳으로 가지 않을 거예요." 그녀가 잘라 말했다.

나는 계단을 내려와서 반쯤 어이없는 웃음을 지으며 다이어 여사의 하숙집을 나왔다. 분명히 아무도 기다리는 사람이 없을 거라는 생각 때문이었다. 나는 그녀의 이야기가 얼굴에 흰 분을 바르고 다니는 마담 상하이의 늙은 머리에서 나온 말도 안 되는 공상이라고 생각했다. 하지만 곧 내 생각이 틀렸음을 알게 되었다. 문밖의 어스름한 가로등 불빛을 받으며 한 남자가 절룩이는 걸음으로 배회를 하고 있었다. 오래전 입은 부상으로 몸이 옆으로 비틀린 듯한 나이 지긋한 남자의 가죽빛 얼굴은 상처들로 가득했고 입은 뒤틀려 있었다. 나는 더럭 겁이 났다.

"실례합니다." 내가 주눅 든 목소리로 말을 붙였다. "제가 듣기로는 이 집에 살고 있는 부인을 찾고 계시다던데요?"

"맞소." 그가 대답했다. "알고 있는 눈치니까 말을 하겠소만, 나는 아내를 찾고 있소."

"그녀—를— 죽이려는 건가요?" 내가 물었다.

그는 아무 대답이 없었다.

"그녀는 당신이 그러기 전에 얘기를 하고 싶어 해요." 내가 말했다.

"그러면 이리 오라고 말을 해 줘요." 그가 대답했다.

"그녀에게 말할 기회를 준다는 건가요?"

"이리 오라고 해요."

나는 다시 집으로 돌아가 그녀에게 그가 한 말을 전했다.

"그에게 가겠어요." 그녀가 대답했다. 나는 몸이 떨려 왔지만 그녀는 담담한 눈치였다.

마담 상하이는 대담하게 계단을 내려가 야생동물들이 들어 있는 우리 안으로 가는 것처럼 걸음을 옮겼다. 이마에 식은땀을 흘리며 나는 그녀를 따라 문으로 갔다. 이미 극적인 광경이 벌어지리라는 기대를 가지고 서너 명의 구경꾼들이 인도에 모여 있었다. 다이어 여사도 창문을 열고 내다보고 있었다.

구경꾼들은 가로등 불빛을 받으며 그의 아내가 그에게 걸어가는 것을 조용히 지켜보았다. 그녀는 절절한 사랑의 표현으로 양손을 앞으로 내민 채 걸어갔다. 하지만 그녀의 몸이 기우뚱 흔들리는 것 같더니 마담 상하이는 손을 입에다 댄 채 희미하게 "짐!"이라고 부른 후 그의 발밑에 쓰러져 기절을 했다.

비틀린 몸의 사내는 잠시 주저하는 듯하더니 즉시 몸을 굽혀서 그녀를 팔에 안아 세웠다. 그는 그녀를 안고 계단을 올라갔다.

"그녀의 방이 어디요?" 그가 물었다.

내가 그녀의 방 쪽을 가리켰다. 그가 앞서 걸어가고 나는 그의 뒤를 쫓아갔다. 대여섯 명의 구경꾼들이 내 뒤를 따라왔다. 그는 반쯤 열린 방문을 박차듯 들어가서는 그녀를 침대 위에 눕혔다. 그가 몸을 굽힐 때 그의 호주머니에서 권총이 바닥으로 떨어졌다. 하지만 그는 총을 그대로 두었다.

"그녀를 죽일 건 아니죠?" 내가 물었다.

"아니요." 그가 짧게 대답을 했다. "다만 그녀의 정신이 돌아오도록 뺨을 때릴 거요…… 그다음엔 키스를 할 거고."

그는 꽤 세게 그녀의 한쪽 뺨을 때리기 시작했고 그다음엔 다른 쪽 뺨을 때렸다. 흰 분가루가 공중으로 떠올랐다.

마담 상하이의 눈이 떠졌다. "짐!" 그녀가 소리를 질렀다. "당신, 절 사랑하는군요. 아니면 날 이렇게 때리지는 않을 거예요. 당신은 나를 사랑해요! 나를 사랑한다고요!"

그들은 서로를 부둥켜안고 키스를 했다. 우리는 방문을 닫고 나왔다. 하지만 하숙집 여주인은 좀처럼 복도를 떠나려 하지 않았다.

부부가 운영하는 하숙집은 피할 것
Never Room with a Couple

비록 보수는 신통치 않지만 여름 캠프에서 일하는 것은 무척이나 즐겁다. 많은 재미있는 사람을 만나기 때문이다. 지난여름 나는 뉴욕 북쪽의 큰 캠프장에서 접시 닦이 일을 했다. 물론 그 외의 잡무도 엄청 많았다. 예를 들면 요리사가 필요로 하는 채소들을 준비해 놓아야 했다. 내가 깎은 감자들을 일렬로 줄을 세우면 웨이크로스에서 잴러피까지 갔다가 다시 돌아오는 거리만큼 될 것이다. 하지만 누가 그런 것을 신경이나 쓰겠는가. 여름은 끝났다.

어느 날 저녁, 내가 주방장 보조와 함께 요리장 뒤쪽 그늘에 앉아 감자를 깎고 있을 때였다. 호수로부터 유대인 한 쌍이 요란하게 말다툼을 하면서 올라왔다. 수영복 차림의 그들은 남편과 아내 같았는데 꽤 나이가 들고 뚱뚱한 사람들이었다. 그들이 말다툼을 할 때마다 그들의 배가 위아래로 출렁거렸다. 나는 웃음이 나왔지만 참았다.

"저 사람들 보여?" 주방장 보조가 말했다. "틀림없이 여자가 물 밑에서 다른 남자와 희롱해 댔을 거야."

"반대일 수도 있죠." 내가 말했다. "아마 남편이 다른 여자와 시시덕거렸을걸요?"

"어찌 됐든 항상 여자가 문제야." 주방장이 말했다.

"그게 무슨 말이죠?" 내가 물었다.

"항상 여자가 문제라고." 내가 막 깎아 놓은 감자를 움켜쥐고 그가 나를 바라보며 말했다. "야, 감자 눈들을 깨끗하게 파내야지." 나는 감자를 어떻게 깎아야 하는지 정도는 잘 알고 있었고 눈도 제대로 파냈다. 하지만 나는 열여덟 살이었고 마흔쯤 된 앨리는 나를 보면 언제나 훈계를 하려고 했다. 나를 자신이 돌봐야 할 존재로 생각했고 마치 내가 어린아이라도 되듯 항상 교훈적인 이야기를 해 주려 했다.

"내가 말려들었던 부부 싸움을 나는 잊을 수 없을 거야." 둘이 앉아서 감자를 깎고 자르는 동안 앨리가 말을 이어갔다. "누가 원인이었느냐고? 당연히 여자였지. 그들은 끔찍한 존재들이야. 그 바람둥이 같은 여자가 나를 망쳐 놓을 뻔했다니까!"

"누가요?" 내가 물었다. "어디에서 언제 그랬다는 거예요?"

"부부가 있는 집에는 절대로 방을 얻지 마." 앨리가 음울한 목소리로 충고를 했다. 그는 자신의 말을 내가 충분히 되새기도록 잠시 뜸을 들였다. "집을 떠나 외지로 가면 어디엘 가든 결혼한 부부가 있는 집에는 방을 얻지 말라고. 아주 위험한 일이야!" 그는 양동이 가득한 감자들 너머로 나를 진지하게 쳐다봤다. "넌 아직 어려서 아무것도 몰라! 하지만 내 분명히 말하는데, 다시 할렘으로 돌아가면 과부나 고아, 서

인도 제도 사람, 걸러족*들 중 누구에게나 방을 얻어도 좋지만 남편과 아내, 거기에 하숙인이라는 조합은 독약이나 마찬가지야!"

"왜죠?" 나는 그를 붙잡아 놓고 계속 감자를 깎은 다음 저녁 식사 전에 수영을 하러 가기 위해 그가 자리를 뜨지 않도록 질문을 했다.

"왜냐고?" 앨리는 말귀를 알아듣지 못하는 아이를 보듯 나를 쳐다봤다. "그럼 이야기를 해 주지. 여기 앉아서 감자나 깎고 있는 나를 잘 보라고! 난 원래 일급 수석 웨이터였어. 뉴욕의 어떤 웨이터보다 많은 접시들을 쟁반 하나에 얹어서 나를 수 있었지. 그런데 지금 꼴을 보라고! 이게 모두 부부가 있는 집에 하숙을 한 결과야."

"뭐라고요?" 내가 놀라서 물었다.

"사실이야. 내 얘기를 들어 봐!" 앨리가 말했다. "조 윌킨스와 그의 아내 패니는 젊고 좋은 사람들이었지. 식당차에서 아직 일을 하고 있을 때 나는 거기서 조를 만났어. 어느 날 그가 나한테, '나하고 우리 아내가 143번가에 아담한 아파트를 한 채 가지고 있는데 우리한테 와서 묵지그래? 조용하고 아늑한 집이지. 일주일에 삼 달러만 내라고'라며 말을 하더군. 그래서 내가 '그렇게 하지'라고 대답을 했어. 그리고 그렇게 했고. 그들이 집세를 필요로 한다는 것을 알았으니까. 그래서 작년 이맘때쯤 나는 입주를 하고 하숙비를 냈지. 그들은 내게 뒷방을 주었어. 부부의 아파트는 삼 층에 있었는데 꽤 괜찮았어. 내 방에서 내다보면 골목 너머 다른 집 삼 층들이 보였지. 밤이 되면 이 집 저 집에서 라디오를 틀었고 정말 분위기가 좋았어. 할렘 가득 음악이 넘치는 느낌이었지. 들리는 거라곤 네가 자면서 내는 코 고는 소리뿐인 여기 산

---

* 사우스캐롤라이나와 조지아, 두 주의 연안 지방에 사는 흑인 노예의 후손들.

속과는 전혀 달랐어."

"그래서요?" 내가 물었다.

"웃기는 일이 벌어졌지." 앨리가 말을 이었다. "그 집에 하숙을 하기 전까지는 나는 조의 아내에게 아무 느낌이 없었거든. 나는 거의 백인인 타입을 좋아하니까. 그녀는 그저 평범한 갈색 피부였어. 하지만 그 집에 방을 얻어 들어간 후로 그녀를 보면 볼수록 물이 오르는 것 같고 예뻐 보이기 시작하더라고. 어쩌면 가까운 거리에서 매일 그녀를 보다 보니까 그녀의 못생긴 부분이 눈에 들어오지 않게 된 것인지도 몰라. 어쨌든 어느 일요일 아침 조가 기차로 일을 하러 갔을 때 면도를 하러 화장실로 가던 나는 교회를 가기 위해 나오던 패니를 만났어. 나는 '나도 자기와 함께 갈게'라고 말을 했지. 그녀가 진주 같은 이빨을 드러내고 웃을 때 내가 물었어. '조는 언제 돌아오지?'

그녀가 말을 하더군. '오늘 밤 자정까지는 안 와요.'

내가 말했지. '잘됐군!' 여자들이 나만 보면 환장을 하는 거 너도 알고 있지?"

"어련하겠어요." 내가 빈정거리듯 대답했다. 그가 하는 모든 이야기에서 그는 항상 여자들이 자기를 보면 난리를 친다고 말했다.

앨리가 말을 계속했다. "패니는 내게 다이아몬드 반지를 주려고 했어. 하지만 나는 거절을 했지. '자기, 그건 안 돼. 자기 남편이 얼마나 힘들게 돈을 버는 줄 알아?'

그녀가 말을 하더군. '그게 무슨 상관이에요. 앨리, 나는 조의 돈으로 당신에게 다이아몬드를 사 주고 싶어요. 당신의 얼굴에 미소가 떠오르는 것을 보고 싶다고요.'

하지만 나는 끝내 거부를 했지. '나는 정말 다이아 반지 따위는 필요

없어. 그냥 당신 몸에 걸치고 있는 것이면 아무거나 다 좋아. 아니면 당신을 떠오르게 하는 오래된 물건이라도.'

그녀가 물었지. '어떤 거요?'

내가 말했어. '자기가 끼고 있는 편자 모양의 반지는 어떨까?'

그녀가 말하더군. '오! 안 돼, 자기. 이건 조 거야. 나보고 끼고 있으라고 한 거예요. 아무 값어치도 없고.'

나는 그녀를 졸랐어. '나보다 조를 더 생각하는 거야?'

'그건 아냐, 자기!' 그녀가 재빨리 부인을 하더군. '그렇게 원하면 줄게. 자!' 그녀가 조의 반지를 빼서 내게 줬어. '하지만 집 근처에서는 끼고 다니지 마요.' 그녀가 당부를 했지.

'내가 그렇게 멍청이로 보여?' 내가 말했어.

사실 나는 그 반지가 탐이 났던 건 아냐. 그 반지가 조의 것이라는 것을 알았기 때문에 그녀가 그것을 내게 줄 수 있는지 여부가 더 궁금했지. 이야기를 간단히 정리하자면 얼마 지나지 않아서 조는 그의 반지가 사라진 것을 알아챘다는 거야. 그 전에 나는 반지를 다른 곳에 갖다 놓아야 했지만 나는 그가 나를 의심하리라고는 생각을 안 했어. 그는 나를 만날 때마다 아주 친한 척을 했었거든.

어느 날 밤, 내가 호텔에서 일을 마치고 집에 열쇠를 꽂는데 그들 부부가 말다툼을 하는 소리가 들렸어. 나는 얼른 그들의 침실을 지나 조용히 내 방으로 향했지. 하지만 내 방문을 여는 순간 아침에 출근할 때 창문을 열어 놓고 간 덕분에 바람이 들이쳐서 문이 요란하게 벽에 부딪혔어. 그때 조가 방문을 열고 말하는 소리가 들렸어. '마침 저 거시기한 작자가 돌아왔군.' 나는 순간 그들이 싸우고 있던 이유가 나 때문이란 것을 알았지.

'자기,' 패니가 조에게 말했어. '문을 닫고 들어와요. 내가 지금 알몸인 거 안 보여요?'

'닥쳐!' 조가 말했어. 그러고는 그녀에게 욕을 퍼붓더군.

'나한테 그런 욕을 하지 말아요.' 패니가 말했어. '왜냐하면 나는 순결한 여자니까요.'

'뻔뻔하게 어떻게 그런 말을!' 조가 말했어.

'더 이상 말을 하지 말아요, 조 윌킨스.' 그녀가 목소리를 높였지. '당신도 내가 결백하다는 걸 알고 있어요.'

'하숙인을 들이기까지는 그랬지.' 조가 고함을 쳤어. '앨리 킹이 지난 팔월에 우리 집에 나타나기 전까지는 말이야.'

'그에 관한 한 나는 오늘까지도 그래요.' 패니도 목소리를 높였어.

'그럼 내 편자 모양 반지를 내놔 봐.'

'서랍장에 있다고요.' 그녀가 거짓말을 하더군.

'그럼 가져와 봐!'

나는 패니가 뻔히 없는 줄을 알면서도 서랍장을 뒤지는 소리를 들을 수 있었어. 반지는 내 호주머니에 들어 있었거든. 패니가 울기 시작하더군. 나는 땀 대신 피가 흐르는 것 같았지. 아직 방의 불도 켜지 않은 상태였어. 피땀을 흘리면서 모자를 손에 들고 있었지. 왜냐하면 그들의 방 앞을 지나지 않고 집을 나갈 수 있는 방법은 한 가지밖에 없었으니까. 뛰어내리는 것이었지. 삼 층은 꽤 되는 높이였지만 조한테 잡히는 것보다는 나았지. 그는 싸움꾼이었거든.

'패니,' 그가 말하더군. '내 반지를 누가 가지고 있지?'

'그게 무슨 말이에요, 누가 당신의 반지를 가져요?' 패니가 소리를 질렀어.

'내가 지금 하는 말이 무슨 뜻인지 모른다는 거야?' 조가 말했어.

'누가 훔쳐 갔나 보죠.' 패니가 대답했어.

'아무 가치도 없는 걸 누가 훔쳐 간단 말이야!' 조가 말했지. '당신이 그걸 앨리 킹에게 준 거야.'

'왜 이래요?' 패니가 울며 소리를 지르기 시작했어. 그가 그녀를 때리기 위해 팔을 들어 올린 모습이 눈에 선하더군. 그래서 나는 집을 나오기 위해 모자를 썼지.

'너만 두들겨 패지는 않을 거야.' 조가 말했어. '내가 지금 저 방에 가서 저 개 같은 거시기를 때려죽일 테니까.' 그가 내 방을 향해 걸어오는 소리가 들리더군.

'아이고!' 조가 내 방문을 향해 돌진하는 순간 패니가 소리를 질렀어. 하지만 그의 손이 방문을 열기 전에 나는 사라졌지!"

"어디로요?" 내가 깎고 있던 감자를 손에서 놓치며 물었다.

"밖으로," 앨리가 말했다. "삼 층 창문을 통해 마당으로 몸을 던진 거지."

"삼 층 아래로 뛰어내렸다고요?"

"정확히 뛰어내렸지." 앨리가 말했다. "창문까지 같이 안고 말이야—너무 경황이 없었거든. 물론 뛰어내린 다음 마당에서 얼쩡거리지도 않았고. 레녹스까지 기어가서는 택시를 잡아탔지."

"기어갔다고요?"

"당연하지. 양쪽 발목이 다 부러졌거든. 그래서 오늘날 이런 외로운 캠프장에서 감자나 깎는 신세가 된 거야. 다친 발목을 가지고는 더 이상 웨이터 일을 할 수가 없었어. 이 모든 일이 부부가 있는 집에 하숙을 들어서 벌어진 거야."

앨리가 양동이 가득 쌓아 놓은 감자 무더기 위로 내게 경고의 눈초리를 보냈다.

"절대로 부부가 있는 집에 하숙을 들지 말라고." 그가 엄숙한 목소리로 말했다. "팔십이 넘은 부부가 아니라면 말이야."

분칠한 얼굴들
Powder-White Faces

바닷물의 포말이 얼굴에 와 닿는 느낌, 하늘에 흔들리듯 떠 있는 별들을 바라보는 것, 탁 트인 바다에서 몰려오는 청결한 바람을 호흡하는 일, 모두가 너무 좋았다.

낡고 작은 화물선은 마치 반짝이는 벽처럼 보이는 뉴욕을 오른쪽으로 끼고 이스트 강을 따라 내려왔다. 주방 보조인 찰리 리는 담배에 불을 붙여서 한 모금 빨아 마시고는 바다로 던져 버렸다.

"출발한 거지?" 오리엔탈호의 낡은 난간에 기대 바다를 보던 백인 선원이 말했다.

"물론." 찰리 리가 대답했다. "한참이나 있어야 다시 돌아오겠지."

등불을 들고 있는 자유의 여신상이 멀리 뒤편 어둠 속으로 사라졌다. 스테이튼 섬이 지나가고 반대쪽으로 별들처럼 불이 밝혀진 브루

클린이 나타났다가 역시 어둠 속으로 사라졌다.

"잘 자게." 선원이 인사를 했다. "나는 이만 자러 가네."

"푹 쉬게." 찰리 리가 대답했다. 그는 다시 담배 한 대에 불을 붙여 물고는 배의 엔진 소리가 최고 속도로 올라가면서 단조로운 음으로 바뀌는 것을 들었다. 앞으로 몇 주일 동안은 계속 같은 소리를 들어야 할 것이다. 일정한 리듬으로 파도가 뱃전을 때리고 돛대가 하늘을 배경으로 흔들렸고 난간의 무게가 찰리의 가슴에 느껴졌다 사라졌다. 앞으로 많은 날 동안 이런 일들이 계속될 것이었다. 찰리는 다음 항구가 맨해튼으로부터 수천 마일 떨어진 케이프타운인 것이 반가웠다. 오늘 아침 찰리는 여인을 살해했다.

배의 난간에 기대서서 대서양의 물기 머금은 어둠을 내다보며 그는 왜 자신이 그런 짓을 저질렀는지 생각해 보려 했다. 하지만 그는 가슴으로 느낄 수는 있었지만 딱히 이유를 떠올릴 수가 없었다. 난간에 기대선 그는 그날 아침 자신의 아래쪽에서 베개를 벤 채 그를 올려다보던 흰 얼굴과 빨간 입술을 보았을 때 갑자기 그의 가슴을 채우고 그의 손가락들을 움직이게 만들었던, 평생 동안 쌓아 온 증오와 분노를 다시 한 번 느낄 수 있었다.

찰리 리는 열두 시간 전에 백인 여인을 살해했다.

찰리 리. 그건 그의 본명이 아니었다. 그는 그의 본명을 거의 잊었다. 하지만 어찌 되었건 찰리 리는 괜찮은 이름이라고 그는 생각했다. 그것은 그가 떠나온 태평양의 작은 미국령 섬들에 사는 다른 사람들의 이름처럼 동양적이지 않았다. 아우나 카카왈리, 충싱 같은 이름들보다 훨씬 나았다.

하지만 중요한 것은 이름이 아니었다. 그의 얼굴은 거무스름했고 눈은 꼬리가 올라가 있었다. 머리카락은 중국인들의 머리칼처럼 검고 두꺼웠다. 그의 피부색과 눈 모양 때문에 미국 배들은 식당이나 주방 일자리 외에는 그를 고용하려 하지 않았다. 그의 나라에 있는 미국인이나 영국인 관리들도 백인을 고용할 수 있는 한 그에게 사무직을 맡기려 하지 않았다. 정말 퇴락한 처지가 아니라면 어떤 백인 여자도 그와 결혼을 할 리가 없었다.

하지만 아주 오래전 백인 남자 하나가 그의 여동생을 첩으로 삼아 아이를 네 명이나 낳은 적은 있었다.

그것은 찰리가 성장을 해서 이름을 바꾸고 프리스코행의 부정기 화물선 사환으로 고향을 떠나기 전의 일이었다. 거의 십 년 동안 찰리는 고향에 돌아가지 않았다. 그는 온 세계를 돌아다녔다. 태평양, 대서양, 지중해. 많은 도시를 다녔고 많은 사람을 만났다. 백인, 흑인, 동양인. 캘리포니아에서는 잠시 포도밭에서 일을 하기도 했고 샌타바버라에서는 사환으로 한겨울을 나기도 했다. 또 다른 겨울 한철은 뉴욕의 리버사이드 드라이브에서 엘리베이터 보이로 일을 하며 위층, 아래층을 오르내리기도 했다. 쉬는 시간이면 오늘 밤처럼 발밑에서 요동치는 바다, 그 거대하고 깨끗하고 오래된 바다를 만나러 갔다.

찰리는 화물선의 난간에 기대서 불어오는 바람을 얼굴에 맞으며 왜 자신이 오늘 아침 그 백인 여인을 죽인 것일까 생각에 잠겼다. 그는 이제껏 사람을 해쳐 본 적이 없었다. 그 여인은 자신에게 아무런 해코지도 하지 않았다. 적어도 그 여인은 그랬다. 그런데 왜 그녀를 죽인 것일까? 그가 답을 찾으려 할 때마다 그는 다른 백인 여인들(그가 죽인 여인이 아닌 다른 여인들)이 머리에 떠올랐다. 항구의 여인들, 시간제 댄스홀의 여인들, 그에게 앗아 갈 수 있는 것은 다 앗아 간 후 그를 헌신짝처럼 차 버리고 욕을 하고 매까지 맞게 했던 얼굴에 흰 분칠을 한 여인들.

그 모든 일은 그가 아직 이름을 바꾸기 전, 어렸을 때 고향에서 일을 했던 몰리의 트로피컬 비어 가든의 여인들로부터 시작되었다. 그곳에서 그는 미군 해병대원들과 백인 호스티스들의 잔심부름을 했었다. 그는 호스티스들이 현지인들은 만나지 않겠다고 단언하는 것을 들었었다. 엉클 샘의 아이들*이 좋아하지 않을 거라는 이유에서였다. 그래서 몰리의 비어 가든은 백인 손님들만 받았다. (그런 취지의 간판도 가게 입구에 달아 놓았다.) 웨이터들은 현지인 소년들이었지만 바텐더—그들 중 유일하게 급여를 받던—는 아일랜드인이었다. 웨이터들은 단지 팁만 받을 수 있었다.

찰리가 선원이 된 후에 만난 외국 여인들은 상하이의 카니발에서 만난 러시아 여자들이었다. 탐욕스럽고 병들고 굶주린 여자들은 바나 작은 술집, 댄스홀에 죽치고 있다가 아무에게나 몸을 팔고 고객들의 주머니까지 털었다. 그들은 찰리의 배가 정박해 있는 동안 그를 완전히 빈털터리로 만들었다. 게다가 그는 그녀들 덕분에 샌프란시스코에 도착한 후 병원에 입원을 해야 했다.

몸이 회복된 후 해안 지방의 포도밭에 일자리를 구했지만 캘리포니아의 백인들이 바다를 건너온 어두운 피부를 가진 사람들에게 가하는 온갖 차별을 다 맛보아야 했다. 미국령에서 왔다 해도 별 차이는 없었다.

* Uncle Sam's boys. 엉클 샘Uncle Sam('샘 아저씨')은 미국을 의인화한 것으로 Uncle Sam's boys는 미국 군인들을 말함.

이 년 동안을 캘리포니아에서 보낸 후 찰리는 다시 화물선의 사환으로 배를 탔다. 샌디에이고, 콜론, 아바나, 멕시코 만의 항구들을 거치던 그는 뉴올리언스에서 처음으로 감방에 갇혔다.

항구에 도착한 첫날 밤, 식당에서 일하던 사람들 모두 세인트루이스 거리의 포도주 가게로 향했다. 어깨에 봉을 넣은 양복을 입고 한껏 광을 낸 구두를 신은 키 작은 동양인들이 사진을 찍으며 거리를 걷자 백인 여인들이 계속 눈길을 보냈다. 어떤 여인들은 "들어와 봐, 자기"라고 말하면서 추파를 보내기도 했다.

하지만 선원들은 그들이 환영받을 수 있는 곳, 여인들이 그들을 위해 대기를 하고 있는 포도줏집을 이미 알고 있었다. 사실 좀 나이들이 있거나 못생긴, 한물간 여인들이었지만 백인 선원들이나 도시의 남자들은 찾지 않는 그의 가게를 찾아오는 황인종 선원들을 위해 이탈리아인이었던 술집 주인이 구할 수 있는 최상의 여인들이었다.

그날은 우연히도 백인 선원들이 아니라 마을 불량배들이 그 집을 찾아왔었다. 이미 얼큰히 취해 있던 그들은 황인종들이 백인 여인들과 합석을 한 낯선 광경에 부아가 치밀었다. 바에 서서 술을 마시던 그들은 모욕감과 분노를 느꼈다. 그들은 백인 여인들을 지키고 싶었다.

"남미 놈들을 쓸어버리자고." 그들 중 한 명이 목소리를 낮춰 속삭였다.

덩치가 큰 백인 한 명이 찰리 쪽으로 몸을 돌이켰다.

"백인 여인에게서 눈을 떼지 못하겠어, 이 검둥이야." 그가 말을 내뱉으며 아무 경고도 없이 찰리의 아귀를 주먹으로 때렸다. 찰리는 비틀거리면서 자리에서 일어섰고 그의 친구들은 단검을 뽑았다. 여자들은 비명을 지르며 백인들의 뒤로 가서 숨었다.

주먹이 날았고 싸움이 벌어졌다.

다음에 찰리가 눈을 떴을 때는 혼자 감방 안에 있었다. 매를 맞은 얼굴은 엉망이었고 옷은 찢긴 채로 돈도, 시계도 모두 없어졌다. 속은 메스껍고 머리는 빙빙 돌았다. 마치 우리처럼 창살이 그를 둘러싸고 있었다. 몸이 여기저기 쑤셔 왔고 마음도 아파 왔다.

덩치 큰 백인이 그를 때려눕히기 전에 찰리가 술을 사 주었던 여인이 자신을 향해 침을 뱉던 모습이 그가 기억하는 마지막이었다. 찰리는 그 일을 결코 잊을 수 없었다. 재판장은 치안을 어지럽힌 혐의로 그에게 열흘간 구류형을 선고했고 그는 그의 배를 놓쳤다. 거의 한 달 동안을 뉴올리언스에서 굶주리다가 그는 뉴욕으로 가는 증기선을 탈 수 있었다. 바다의 소금기가 그의 얼굴의 타박상을 치료해 주었다.

맨해튼에서는 낮에는 엘리베이터 보이로 일을 하고 밤에는 콜럼버스 서클 위쪽에 있는 시간제 댄스홀을 출입했다. 그곳은 머리를 반들반들하게 빗어 넘긴 작은 유색인들이나 필리핀인들, 하와이인들, 중국인들이 룸바춤을 추기 위해 자주 찾는 곳이었다. 그들이 춤을 추는 모습은 그의 고향 섬의 야자수들이 바람을 맞아 흔들리는 모습을 떠오르게 했다.

댄스장에서 일하는 분홍색, 금색 분을 바른 백인 여인들은 그곳으로 춤을 추러 오는 남자들을 뜯어먹고 살았다. 찰리도 이들 호스티스들 가운데 한 명과 사랑에 빠진 적이 있었다. 매주 자신이 번 돈을 모두 가져다주던 찰리에게 어느 날 그녀가 말했다. "자기, 이런 푼돈 말고 큰돈을 가져올 수 없어요? 도박장 같은 곳에 가서 좀 제대로 된 돈을 가져와요."

그다음부터 찰리는 그녀를 위해 더 많은 돈을 따려다가 그가 번 돈

전부를 탕진했다. 매주 그는 돈을 잃기만 했다. 항상 그녀를 생각하며 걱정하던 그는 잘못된 층에 손님들을 내려놓기 일쑤였고 결국 일자리에서 쫓겨났다. 물론 그녀도 그를 떠나갔다.

그가 다시 얻은 일자리는 5번가에 사는 리처드라는 부유한 젊은이의 아파트에서 사환으로 일하는 것이었다.

그는 오만 가지 일을 다 해야 했지만 보수는 괜찮았다. 그는 상사가 맘에 들었고 상사도 그를 좋아했다. 하지만 찰리는 리처드의 정부情婦가 맘에 들지 않았다. 그가 보기에 그녀는 이전에 그가 출입하던 댄스홀의 여자들, 뉴올리언스와 세인트루이스 거리의 여자들과 너무 비슷했다. 며칠씩 리처드 씨가 안 보일 때면 그는 그녀와 둘이 있어야만 했다. 시간이 갈수록 그녀는 찰리를 스스럼없이 대하기 시작했고 여주인으로서 사환에게 해서는 안 될 말들을 했으며 하늘하늘한 분홍빛비단 잠옷을 입고 웃으면서 찰리 주위를 돌아다녔다. 찰리는 그녀가 미웠다. 그녀가 갖고 있는 모든 보석을 걸치고 향수로 범벅을 하고 나타나도 그녀를 보면 찰리는 몇 년 전 그의 돈을 싹 훔쳐 달아난 상하이의 굶주린 러시아 여자들과 뉴올리언스에서 그의 얼굴에 침을 뱉었던 백인 여자, 그가 직업을 잃고 곤궁에 빠지자 그를 떠나간 댄스홀의 여자가 생각났다.

"어째서 리처드 씨는 그녀의 본모습을 보지 못하는 걸까?" 찰리는 의아했다. "내 눈에는 너무 뻔히 보이는데."

하지만 그녀는 언제나 찰리에게 친절했다. 노골적이고 유혹하는 듯한 친절이었지만. 나가서 마약을 사다 달라는 부탁을 그가 거절했을 때도 그녀는 화를 내지 않았다. 그녀는 알고 있던 약사에게 약을 구해 달라고 전화를 하러 가면서 단지 그에게 "내가 이런 부탁을 했다고 리처드에게 말하지 않을 거죠?"라고 교태로운 목소리로 물었을 뿐이다.

배의 난간에 기대 생각에 골몰한 찰리에게 전날 밤 리처드가 저녁 식사 내내 개 경주 이야기를 했던 것이 떠올랐다. 그 후에 두 사람은 외출을 했다가 자정이 지나서 돌아왔다. 찰리는 그들이 들어오는 것을 보지 못했지만 아침 일찍 시카고로부터 장거리 전화가 걸려 왔다. 찰리는 리처드를 잠에서 깨워 전화를 받게 했다. 전화를 받은 리처드는 흥분을 감추지 못했다. 그는 계속 합병이라는 말을 반복했다. 마침내 그가 "내가 오늘 그리로 가겠소"라는 말을 하고 전화를 끊었다. 리처드는 찰리에게 여행 가방을 챙기라고 말했다. "지금 당장 시카고로 날아가야 하거든." 그가 말했다. "택시도 좀 불러 주게."

그는 비단 침대에 노곤하게 누워 있는 그의 금발 여인에게 키스를 하고 식사도 하지 않은 채 서둘러 밖으로 나갔다. 그게 그를 본 마지막이었다. 그로부터 몇 분 후 비극이 벌어졌다.

금발 여인이 말했다. "찰리, 이리 와 봐요." 찰리가 침대 가까이 이르렀을 때 그녀는 그의 머리칼을 붙들어 그를 그녀의 가슴께로 끌어당겼다.

"당신은 정말 귀여운 중국 소년이야!" 그녀가 말했다. "나에게 키스해 줘요."

하지만 찰리는 그녀에게서 물러섰다. 그의 눈에 갑자기 분노와 혐오감이 비쳤다. 두려움과 증오, 불신감, 의심, 정조라고는 찾아볼 수 없는 여인에 대한 경멸감이 차례로 그의 눈을 스쳐 갔다. 내게 뭘 원하는 거지? 무슨 장난을 치는 거야? 내게서 무엇을 빼내려고 하는 거지? 무얼 하고 싶은 거야? 나는 당신과 같은 인종이 아니야. 나는 당신, 당신 같은 부류의 여자들에 대해서 잘 알아! 당신은 리처드 씨에게 정직하지 못한 것처럼 나에게도 정직하지 못해. 이 부정한 백인 계집!

"찰리." 그녀가 말했다.

그의 갈색 손이 천천히 그녀의 얼굴 쪽으로 움직였다. 그녀의 뺨을 지난 손이 갑자기 그녀의 목을 조르기 시작했다. 그녀는 비명조차 지르지 않았다. 그녀의 입이 벌어졌지만 아무 소리도 나오지 않았다. 찰리는 왜 자기가 그런 짓을 하는 것인지 알 수 없었다.

찰리는 갑자기 백인 남자 세 명이 백인 여자 때문에 하와이 원주민을 죽인 사건이 생각났다. 뉴올리언스에서 그를 둘러쌌던 창살들, 얼굴에 흰 분칠을 한 상하이의 러시아 여인들의 얼굴들이 떠올랐다. '백인들만 출입 가능'이란 팻말을 붙였던 몰리의 비어 가든의 접대부들. 그의 밑에 있는 베개 위에서 붉은 입이 천천히 벌어지는 동안 그의 가슴속에 오랜 기간 숨겨져 있던 증오가 그의 가슴과 손가락을 장악하고 있었다.

그는 그녀를 원하지 않았다. 그는 단지 그녀를 죽이고 싶었을 뿐이었다. 그 여인은 갑자기 그가 스쳤던 모든 백인 여자들이 되었다.

그가 아파트 문을 잠그고 아침 공기 속으로 나왔을 때 그는 다시 바다 냄새를 맡았다. 이 세상의 모든 오물을 쏟아부어도 결코 더러워지지 않는 바다의 냄새였다.

손수레 상인
Pushcart Man

손수레를 끄는 사람이 할렘의 8번 대로를 걸어갈 때 토요일 밤이면 으레 벌어지는 소동과 다툼이 펼쳐지고 있었다. 팔자걸음을 걷던 커플이 싸움을 벌였다. 남편을 집으로 데려가기 위해 마을 구석의 술집에 온 여인은 가고 싶지 않다는 남편과 승강이를 했다. 한 남자는 마지막 잔의 술값을 냈다고 주장했지만 바텐더는 받은 적이 없다고 했다. 경찰차가 지나갔다. 난쟁이가 건장한 사람을 칼로 찔렀다. 토요일 밤이 제대로 시작되고 있었다.

"저들의 죄를 용서해 주세요, 아버지. 저들은 자신들이 무슨 짓을 하는지 모른답니다." 수녀가 죄인들의 틈을 지나며 말했다.

"아뇨, 저 사람들은 자신이 무슨 짓을 하는지 다들 알고 있어요." 젊은 건달이 그녀에게 말했다. "하지만 개코도 신경을 안 쓰는 것뿐이에요."

"젊은이, 그런 나쁜 말을 하면 안 돼!"

"감자를 살 수 없으면 토마토를 사세요." 손수레를 끄는 사람이 소리를 질렀다. "떨이예요. 이제 집으로 가는 중입니다!"

"《타임스》지 있어요?" 학구적으로 보이는 젊은 남자가 《데일리 뉴스》지를 주로 파는 신문 가판대에서 물었다.

"《뉴스》나 《미러》지는 있소." 판매인이 말했다.

"아뇨." 그 젊은이가 대답했다. "나는 《타임스》지가 필요해요."

"우리 엄마 욕을 하면서 나랑 살겠다고?" 피부가 짙고 검은 젊은이가 옅은 색 피부의 흑인 여인에게 말했다.

"나는 자기 엄마 욕을 하지 않았어." 여인이 대답했다. "나는 자기에게 욕을 했을 뿐이야."

"나한테 방금 개—의 자식이라고 했잖아."

"말들 좀 조심해요!" 수녀가 말했다.

"아무짝에도 소용이 없는 인간이에요." 여인이 말했다. "월급의 반을 벌써 다 써 버리고 집에는 일요일에 먹을거리조차 가져오지 않아요."

"장님을 도와주세요." 눈먼 사람을 앞에 세우고 걸어가는 아이가 동냥 통을 흔들었다.

"저 사람이 장님이면 나도 장님이다." 격자무늬 남방을 입은 사람이 단언을 했다.

"나도 내가 일을 해서 버는 돈보다 더 많은 돈을 구걸로 벌던 장님을 하나 알고 있지." 우체통에 기대선 사람이 말했다.

"너는 원래 열심히 일을 하지 않잖아." 남방을 입은 사람이 말했다. "나는 네가 이 주일 이상 계속 일하는 꼴을 못 봤어. 어이, 메리. 어디

가는 거야?"

"아이스크림 한 통 사러 가게에." 지나가던 여자가 잠시 걸음을 멈췄다. "엄마가 더워서 꼼짝을 못 해."

바지를 입고 지나가는 뚱뚱한 여인을 지켜보던 늙은 신사가 중얼거렸다. "엉덩짝이 맥주 통 같군."

닭집으로 가던 중년의 남자가 맞장구를 쳤다. "안타까운 일이죠. 바지를 입었지만 몸매가 영 아니니."

"감마토가 마음에 들지 않으면 토자라도 사세요!"* 손수레를 끄는 사람이 소리 질렀다.

"이 빵 가게는 정말 케이크는 잘 만들어요." 한 작은 여인이 누구에게랄 것도 없이 말을 했다. "하지만 값이 너무 비싸요."

"날 때리지 마!" 한 남자가 자신을 향해 들어 올려진 주먹 두 개를 향해 소리쳤다.

"뒤로 물러나지 마!"

"그럼 다가오지 말라고— 안 그러면 내가 한 방 먹일 거야." 그는 구석에 몰렸다. 구경꾼들이 몰려들었다.

"아이들은 집으로 가라." 한 떼의 아이들에게 뚱뚱한 여인 한 명이 꾸짖듯 말을 했다. "아이들은 싸움 구경하는 거 아니야."

"아줌마는 우리 엄마도 아니잖아요."

"그래서 천만다행이다."

"그러니까 우리는 집에 갈 필요가 없다는 거죠."

"너희들 모두 지금 잠자리에 들어 있어야 할 시간이야. 자정이잖아!"

---

* 감자와 토마토를 섞어 하는 말장난.

“집에 가 봐야 아무도 없다고요.”

“내가 너희들 친척이었다면 지금쯤에는 집에 있어야 했을 거야.” 뚱뚱한 여인이 말했다.

“아줌마가 우리 친척이 아니라 다행이에요.”

“어서 한 방 날려 보라고! 어서— 네놈을 갈기갈기 찢어 놓을 테니까.” 남자가 말했다.

“너하고 맨주먹으로 싸우지도 않겠다, 그럴 가치도 없는 놈이니까.”

“떨어져! 떨어지라고!” 경찰이 고함을 질렀다. 두 사람은 서로에게서 떨어졌다.

“143번가로 가서 놀자.” 안짱다리인 소년이 말했다. “거기 가면 얼음덩어리들이 있으니까 그 위에 앉아 있으면 시원해져.”

“감자를 못 사셨으면 토마토를 사세요.” 수레를 끄는 사람이 외쳤다.

그가 지나갈 때 아이 하나가 실수로 우유 한 통을 보도에 떨어뜨렸다. 아이가 울기 시작했다.

“네가 나이가 더 들면,” 손수레를 끌던 사람이 말했다. “네가 떨어뜨린 것이 카스테어스 위스키가 아니란 게 고마울 때가 올 거야. 여기 십 센트를 주마. 가서 우유를 다시 사렴. 토마토 사세요, 감자요.” 수레를 끄는 사람이 다시 소리를 질렀다. “와서 가져가세요. 떨이입니다.”

루주를 더 발라
Rouge High

매춘부 두 명이 바에 들어와서는 얼굴에 분을 바르기 시작했다. 웨이터가 물 잔을 그들 앞에 내놓고 주문을 받으려는 순간 한 키 큰 사내가 가게로 들어와서는 다짜고짜 두 여자들 가운데 한 명의 얼굴을 주먹으로 때려 의자에서 떨어지게 만들었다.

"여기, 자기, 여기 있어! 자, 받아요!" 그녀가 소리를 질렀다.

바닥에서 일어서기도 전에 그녀는 가슴 어디에선가 꾸겨진 지폐를 한 장 꺼내어 그에게 내밀었다.

"나를 속이려고 해?" 돈을 받아 든 사내가 몸을 돌려 사라졌다.

의자에 다시 올라와 앉은 여자가 다시 얼굴에 분을 바르기 시작했다. 그녀는 눈물 한 방울 흘리지 않았다.

"햄 앤드 에그, 달걀은 스크램블로." 그녀의 동행이 주문을 했다.

"나는 커피만 줘." 방금 얼굴을 얻어맞은 여자가 말했다. "오늘 아침 의사에게 가서 주사를 맞았더니 속이 메스꺼워 아무것도 못 먹겠어."

"주사 맞는 일은 정말이지 지긋지긋해." 그녀의 일행이 말했다. "애, 그런데 버니가 어떻게 네가 돈을 꼬불쳤다고 생각한 거니?"

"그렇게 생각을 한 게 아니라 알고 있었던 거야. 그는 손님이 얼마나 지불을 할지 알아내는 데 귀신이거든. 손님이 접근을 하면 언제나 길 모퉁이에 서서 그들을 지켜보는 이유가 바로 그거지. 버니는 제 몫을 찾아 먹는 데는 빈틈이 없어."

"그런데 왜 그의 몫을 처음부터 주지 않았어?"

"그런데 사실 그는 자기가 생각하는 것만큼 똑똑하지 않아." 웨이터 가 앞에 커피를 내려놓을 때 그녀가 대답했다. "사실은, 내가 방금 전 손님의 지갑을 실례했거든. 이 가외로 얻은 수입은 절대로 다른 사람 과 나누지 않을 거야!"

옷 어디선가에서 그녀는 남자용 갈색 손지갑을 꺼내 돈을 빼낸 후 카운터 건너편의 웨이터에게 던졌다.

"애, 이것 좀 쓰레기통 커피 찌꺼기 밑에다 버려 줄래? 내 말 무슨 뜻인지 알지?"

"알았어요." 웨이터가 대답했다.

"그 돈으로 뭘 할 거니? 새 옷?" 옆의 여자가 부러운 듯 말했다.

"아니, 아침에 맞은 주삿값을 내야 해."

그녀는 커피를 마셨다. 그녀는 나가면서 웨이터에게 팁을 후하게 남 겼다.

"애," 문을 열던 그녀의 동행이 말했다. "버니에게 맞은 곳이 퍼렇게 멍이 들기 시작했어. 분을 더 발라야겠다. 루주를 더 바르든가."

후원자

Patron of the Arts

가을날 오후 네 시밖에 되지 않았지만 오 층에 있는 다비의 작은 아파트 구석들에는 못생긴 여인들조차 매력적으로 보이게 만드는—특히 그녀가 뉴욕의 많은 흑인 여인처럼 제대로 꾸민 여자라면—은은한 장밋빛 조명들이 켜져 있었다. 검은색 커튼 사이로 보이는 창문 밖으로는 바람에 불어와 가을 낙엽들이 쌓인 슈거힐의 기품 있는 모습이 드러났고 남쪽으로는 허름한 할렘의 모습이 눈에 들어왔다. 물질적으로 풍요한 지역은 아니었지만 조세핀 베이커나 어사 키트 같은 여인들에게 곧 명성을 제공해 줄 곳이었다.

초조한 듯 담배를 피우면서 밖을 내다보던 다비는 여인이 도착하기를 기다렸다. 서른다섯 살 된 여인이었다. 시인들의 말이 사실이라면 서른다섯의 여인만큼 매력적인 여인은 없었다. 다비는 어디에선가 그런 시구를 읽었었다. 그는 막 대학을 졸업했고 스물한 살이었다. 그는 모든 준비를 갖춰 놨다. 앤초비, 그릇에 담긴 얼음, 바카르디, 라임까지. 그는 뉴욕에서 처음으로 사귄 친구이자 푸른 눈동자, 갈색 피부의 여인 올드햄 여사가 무엇을 좋아하는지 잘 알고 있었다. 오클라호마에서 고등학교를 다니면서 미술 시간에 그가 화판에 상상하던 여인은 바로 코넬리아 올드햄 같은 이였다. 그가 자란 남부 지방에서 니그로 소년은 그런 여인을 만나 볼 기회조차 없었다.

비록 올드햄 같은 여인을 알고 지내고 있긴 하지만 그는 시내의 미술학도 연합에서 만난 작은 크리오요* 소녀를 좋아하고 있었다. 낯선 도시에서 고생을 하고 있는 예술가란 점에서 그와 통하는 면도 있었다. 그는 그녀와 결혼을 하고 싶었다.

몽상에 잠겨 있던 그의 귀에 엘리베이터 문이 닫히는 소리가 들렸다. 그는 넥타이를 다시 매만졌다—비록 잠시 후면 풀어 버릴지도 몰랐지만. 그는 스물한 살의 나이였기 때문에 항상 제일 멋진 모습을 먼저 보이고 싶어 했다.

초인종이 울렸다. 문을 열자 코넬리아가 서 있었다. 다비보다 키가 큰 그녀는 흰색과 검은색 의상을 걸친 늘씬한 모습이었다. 그녀의 초록색 눈동자는 지혜로워 보였고 원숙했다. 갈색 피부에 바닷빛 초록 눈동자의 여인! 그는 매력적인 여인을 가슴에 품어 안았다. 하지만 그녀가 내뱉은 첫마디가 그를 놀래서 펄쩍 뛰게 만들었다.

"자기," 그녀가 마치 고양이의 눈처럼 커다란 녹색 눈동자로 그를 쳐다보며 속삭였다. "나…… 모두 말해 버렸어요…… 우리 남편에게."

---

* 특히 서인도 제도에 사는, 유럽인과 흑인의 혼혈인.

다비의 가슴에서 뭔가가 박동을 멈추었다. 그것은 그의 심장이었다. "뭐라고요?" 그가 놀라 물었다.

"그래, 자기, 내가 자기를 사랑한다고 그에게 말했다고요."

다비는 소파 뒤쪽에 서서 그녀를 그의 젊은 눈으로 쳐다봤다. 그도 그녀에게 남편이 있다는 것은 알고 있었다. 커다란 덩치에 피부가 검은 사내였는데 니그로 공동체에서 꽤 입지가 큰 사람이었다. 하지만 그는 다비에게는 언제나 멀리 떨어진 존재, 세인트 앨번스의 집에 있거나 7번가 사무실에서 일을 하고 있는 그런 존재였다. 다비는 지금 처음으로 유부녀를 만나는 중이었고 그녀가 남편에게 그런 이야기를 털어놓으리라고는 전혀 생각지도 않았었다.

"그러니까— 그러니까," 말을 할 수 있게 되자마자 젊은이는 더듬거리며 말했다. "그러니까— 뭐라고— 남편이 말을 하던가요?"

"자리에서 일어나더군요." 코넬리아가 말했다. "그리고 방 밖으로 나가 버렸어요."

카페오레빛 얼굴의 푸른 눈동자는 비통함으로 가득 찬 것 같았다. 즉시 다비의 마음속에는 그녀의 뒤를 밟아 와 바로 문 앞에 권총을 들고 서 있는 사내의 모습이 떠올랐다.

"오, 하나님!" 다비가 소리를 질렀다. "코넬리아, 어째서 그런 짓을 한 거예요?"

"자기를 사랑해요." 그녀가 말했다. "그게 이유예요."

"하지만— 하지만 만약 그가 이리로 와서 이곳을 벌집으로 만든다면요!"

"그러고 싶으면 그러라죠." 그녀가 소리를 질렀다. "우선 칵테일부터 한잔해요." 그녀가 외투를 벗고는 자리에 앉았다. 젊은이는 소파 뒤쪽에 선 채로 머리를 절레절레 흔들었다.

"난— 나는 칵테일을 만들지 않겠어요." 그가 말했다. 그녀는 키스를 해 달라는 듯 머리를 뒤로 기울였다. "그가 당신을 쫓아왔다고 생각을 해 봐요! 게다가 우리가 낯 뜨거운 자세로 있다가 그에게 들키기라도 한다면!" 다비는 벽 쪽으로 뒷걸음을 치기 시작했다.

"자기!" 코넬리아가 큰 소리로 그를 부르며 일어나서 로즈 메타 헤어살롱에서 매만진 검은 머리와 함께 푸른 눈을 이글거리며 그에게 선뜻 다가왔다. "걱정하지 말……"

바로 그 순간 문에서 벨이 울렸다. 코넬리아가 서둘러 소파에 가서 앉는 사이 다비는 마치 석상으로 변한 듯 서 있었다. 마침내 그가 뻣뻣한 다리를 들어 입을 꼭 다문 채 문의 손잡이를 돌렸다.

건물 관리인이 문 앞에 서 있었다.

"미들필드 씨, 양말 받으러 왔어요. 우리 집사람에게 수선을 맡기신 다던……"

"나중에 다시 한 번 와 주실래요?" 다비가 말했다.

"알았습니다." 그가 말했다.

"여기를 나갑시다." 문을 닫으며 다비가 말했다. "당신 남편이 어느 순간 들이닥칠지 몰라요, 코넬리아."

"그 사람은 아직 사무실에 있어요, 자기."

"상관없어요." 다비가 말했다. "어서 가자고요."

고향 털사에 있는 그의 어머니가 그가 유부녀 때문에 총에 맞아 죽었다는 신문 기사를 보면 어떤 마음이 들지를 떠올리며 그는 옷장을 열어 외투를 꺼냈다.

"만약 자기가 나를 버리면 나는 총으로 자살할 거야." 코넬리아가 말했다.

"여긴 자살하기 위해 쓸 수 있는 총이 없어요." 다비가 옷을 입으며 말했다.

"그럼 유리를 갈아서 마실 거야."

"바보 같은 소리 좀 하지 마요!" 다비가 소리를 질렀다.

"난 그럴 거예요." 코넬리아가 말했다. "당신 옆에서."

"제발 집으로 돌아가요." 다비가 간절한 표정으로 애원했다.

"절대 안 가." 코넬리아가 대답했다.

"그렇게 나오면 내가 당신 남편에게 전화해서 모든 걸 다 설명할 거예요. 따지고 보면 당신은 내 고객일 뿐이니까. 돈을 좀 넉넉하게 받고 당신의 초상화를 그려 준 게 다잖아요."

"자기에게는 내가 고작 그거밖에 안 돼?" 코넬리아가 소리를 높였다. 그녀는 술을 꽤 많이 따라서 스트레이트로 마셨다.

"그게 내가 인정할 내용의 전부예요." 젊은이가 말했다. "지금 당신 남편에게 우리의 관계를 다 설명하겠어요. 그다음에는 제발 초상화를 가지고 집으로 돌아가요. 완성이 돼 있으니까." 그는 그녀를 그린 그림이 올려져 있는 이젤을 가리켰다.

"겁쟁이!" 올드햄 부인이 소리를 질렀다. "우리 남편이 무섭다고? 우리는 파리로 가서 자유롭게 살 수도 있어."

"나는 파리에 가고 싶지 않아요." 다비가 말했다. "전화를 걸어야겠어요."

그는 코넬리아를 칵테일 셰이커 앞에 남겨 둔 채 서둘러 밖으로 나왔다. 약국의 유료 공중전화에서 다비는 마침내 올드햄 박사와 통화를 할 수 있었다.

"전 다비 미들필드라고 합니다." 젊은이가 불안한 목소리로 말했다.

"누구라고요?" 올드햄 박사가 물었다.

"미들필드라고, 화가입니다."

"화가?"

"부인 때문에 전화를 했습니다."

"내 아내요? 내 아내의 무엇 때문에?"

"솔직하게 말씀을 드리자면, 올드햄 박사님, 저희는 아무 관계도 아닙니다."

"뭐라고요? 이게 무슨 말이죠?"

다비는 자신이 한 말을 다시 반복했다.

"원 세상에," 올드햄 박사가 말했다. "내 아내와 나는 떨어져 산 지가 몇 년 됐소. 이혼 절차를 밟고 있는 중이고."

"네? 하지만—"

"당신이 누구인지는 모르겠지만," 올드햄 박사가 말했다. "목소리를 듣자니 아주 어린 것 같군. 나에 대해서는 전혀 걱정할 것 없어요."

"하지만 부인이 박사님께 저에 대해서 모든 걸 말했다고 알고 있는데요?" 다비가 가련한 목소리로 말했다.

"그랬을지도 모르지." 올드햄 박사가 대답했다. "하지만 나는 코넬리아가 제 아들뻘은 될 젊은 사내들하고 끊임없이 연애질하는 것에 이제는 관심도 없다오. 나한테 고백한답시고 이야기들을 꺼내면 나는 그냥 방을 나와 버리곤 하니까. 그런 이야기들이라면 몇 년을 들어 왔으니까 이젠 들어도 별 감흥이 없어요, 제기랄!"

"그녀의 일엔 아무런 관심이 없으시단 건가요?"

"분명히 말하지만 관심 없소. 마흔일곱이나 된 여자니 자기 앞가림은 하고 살겠지."

"마흔일곱요?" 다비가 놀라서 물었다. "저한테는 서른다섯이라고 했는데요?"

"얼마나 세상 물정을 모르는 젊은이인지 미루어 짐작이 가오." 올드햄 박사가 말을 하고는 전화를 끊었다.

"서른다섯! 마흔일곱!" 전화 부스를 나오며 다비는 믿기지 않는다는 듯 혼잣말을 중얼거렸다. "서른다섯이라고? 이 거짓말쟁이 계집!"

그가 아파트로 돌아왔을 때 코넬리아는 가고 없었다. 유리 가루를 먹는 대신 그녀는 바카르디 반병을 비웠다.

병 옆의 쟁반에 메모가 한 장 놓여 있었다.

사랑하는 다비,

오클라호마로 돌아갈 때 나를 그린 그림을 가져가 줘요. 어쩌면 나이가 든 후에 당신의 고객이 어떻게 생겼었는지 기억하고 싶을 때가 있을지도 모르니까.

안녕, 코넬리아

고마워요, 아줌마
Thank you, M'am

그녀는 망치와 못만 빼놓고 모든 것을 지갑에 담아 가지고 다니는 덩치 큰 여인이었다. 항상 긴 끈이 달린 지갑을 어깨에 걸치고 다녔다. 어느 날, 밤 열한 시쯤 되었을 무렵 그녀 혼자 어두운 밤길을 걷고 있을 때 소년 하나가 그녀의 뒤쪽으로부터 달려들어 지갑을 낚아채려 했다. 지갑을 당기는 순간 끈이 끊어지는 바람에 갑자기 자신의 체중과 지갑의 무게를 느낀 소년은 몸의 중심을 잃었고 애초에 계획했던 것처럼 전속력으로 도망을 가는 대신 하늘로 다리를 들어 올린 채 바닥에 벌렁 자빠졌다. 덩치 큰 여인은 몸을 돌려서 소년의 청바지 엉덩짝을 발로 한 대 걷어찼다. 그다음 그녀는 손을 뻗어 소년의 소매 앞자락을 잡아 그의 이들이 서로 부딪칠 때까지 아이를 흔들었다.

그녀가 아이에게 말했다. "당장 내 지갑을 집어서 내게 줘."

그녀는 아직 아이를 꼭 붙잡고 있었기 때문에 아이가 몸을 굽혀서 지갑을 줍는 만큼 그녀도 몸을 기울여야 했다. 그녀가 소년에게 말했다. "어때, 네 행동이 부끄럽지 않니?"

소매를 꼭 붙잡힌 채 아이가 대답했다. "예, 아주머니."

여자가 물었다. "지갑을 훔쳐서 뭐하려고 한 거지?"

"특별한 이유는 없었어요." 아이가 말했다.

"거짓말하지 마!"

지나가던 사람들이 서너 명 발걸음을 멈추거나 뒤돌아서서 무슨 일이 벌어지고 있는지 지켜봤다.

"소매를 놓아주면 달아날 거지?" 여자가 물었다.

"예." 소년이 말했다.

"그러면 소매를 놓아줄 수가 없지." 여인은 소년을 붙잡은 손을 놓지 않았다.

"아주머니, 죄송해요." 소년이 말했다.

"좋아! 얼굴은 왜 그렇게 더럽지? 네 얼굴을 씻어 주고 싶은 마음이 갑자기 굴뚝같구나. 너희 집에서는 아무도 너한테 얼굴을 닦으라는 사람이 없니?"

"네." 아이가 대답했다.

"그럼 오늘 밤에 닦아야겠다." 덩치 큰 여인이 놀란 아이를 끌고 거리를 따라 걸어가며 말했다.

아이는 열네 살이나 열다섯쯤 되어 보였다. 청바지에 테니스화 차림인 아이는 마르고 약해 보였다.

여자가 말했다. "네가 만약 내 아들이었다면 행실머리를 제대로 가르쳐 주련만. 지금은 세수만이라도 시켜 주마. 배고프니?"

"아뇨." 끌려가면서 아이가 말했다. "좀 놔주시면 안 돼요?"

"모퉁이를 돌아갈 때 내가 너를 괴롭혔니?" 여인이 물었다.

"아뇨."

"나와의 관계를 시작한 것은 너야." 여인이 말했다. "이 관계가 바로 끝날 줄 알았다면 오산이야. 나랑 헤어지고 난 다음에는 루엘라 베이츠 워싱턴 존스 여사를 똑똑히 기억하게 될 거다."

아이의 얼굴에 진땀이 배기 시작했다. 아이는 그녀의 손에서 놓여나려고 애를 썼다. 존스 여사는 걸음을 멈추고 아이를 자신의 앞으로 끌어당긴 후 헤드록을 한 채로 그를 끌고 가기 시작했다. 집에 도착한 그녀는 아이를 끌고 집 안으로 들어가서는 복도를 지나 집 뒤쪽에 있는 부엌이 딸린 커다란 방으로 갔다. 전등 스위치를 올린 그녀는 방문을 열린 채로 놓아두었다. 소년은 그 커다란 집의 다른 방에 있는 사람들이 웃고 떠드는 소리를 들을 수 있었다. 다른 방들도 문을 열어 둔 곳들이 있어서 소년은 그 집에 자신과 여인, 두 사람만 있는 게 아니라는 것을 알 수 있었다. 방 한가운데에 이르렀지만 여인은 아직 소년의 목덜미를 놓지 않았다.

여인이 물었다. "이름이 뭐니?"

"로저예요." 아이가 대답했다.

"좋아, 로저. 우선 저 세면대로 가서 얼굴을 씻어라." 여인이 말하면서 마침내 소년을 놓아주었다. 로저는 문을 쳐다봤다가 여인을 쳐다본 후 다시 문을 봤다가는 세면대로 향했다.

"따뜻한 물이 나올 때까지 물을 좀 틀어 봐." 그녀가 말했다. "여기, 깨끗한 타월 있다."

"절 경찰서로 데리고 가실 거예요?" 아이가 세면대에 몸을 굽히며 물었다.

"그런 몰골로는 데려갈 수 없지. 아무 데도 안 데려갈 거다." 여인이 말했다. "밥을 해 먹으러 집으로 오는 중이었는데 네가 내 지갑을 날치기하려 한 거였어. 꽤 늦긴 했지만 어쩌면 너도 저녁을 안 먹었을 것 같구나. 맞지?"

"우리 집에는 아무도 없어요." 아이가 말했다.

"그럼 같이 식사를 하자." 여인이 말했다. "내 생각엔 네가 배가 고플 것 같아, 아니 쭉 굶주렸는지도 모르지. 내 지갑을 훔치려 한 걸 보면 말이야."

"난 파란색 스웨이드 운동화를 갖고 싶었어요." 아이가 말했다.

"스웨이드 운동화를 갖고 싶었다면 내 지갑을 훔치지 않아도 되었어." 루엘라 베이츠 워싱턴 존스 여사가 말했다. "나한테 부탁을 했으면 될 문제였다고."

"네?"

얼굴에서 물을 뚝뚝 흘리며 소년은 여인을 쳐다봤다. 긴 침묵이 흘렀다. 아주 긴 침묵이. 얼굴을 타월로 말린 소년은 뭘 해야 좋을지 몰라 다시 얼굴을 수건으로 말린 후 어정쩡한 마음으로 뒤돌아섰다. 문이 열려 있었다. 복도를 따라 달려 나가기만 하면 문밖으로 나갈 수 있었다. 그저 눈 딱 감고 뛰어나가기만 하면 될 일이었다.

여인은 침대 겸 소파에 앉아 있었다. 얼마 후 여인이 입을 열었다. "나도 어릴 때가 있었지. 그땐 나도 내가 얻을 수 없는 것을 원했단다."

다시 긴 침묵이 흘렀다. 아이가 입을 열었다. 그는 인상을 찌푸렸지만 자신이 인상을 찌푸린 것도 모르는 눈치였다.

"물론 너는 내가 '하지만'이라고 다음 말을 시작할 줄 알았지? '하지만 나는 사람들의 지갑을 날치기하지는 않았어', 이렇게 말이야. 나는 그런 말을 하려고 하지 않았어." 그리고 그녀는 잠시 아무 말이 없었다. "나도 못된 짓들을 했지. 네게 내가 무슨 일을 했는지 말해 주지는 않으련다. 아직 모르고 계시다면은 하나님에게도 말이야. 모든 사람은 같은 일들을 저지르지. 자, 이제 내가 음식을 준비하는 동안 너는 가서 앉아 있어라. 그동안 저기 빗으로 머리에 빗질이라도 해서 좀 멀끔해 보이도록 하든가."

휘장이 쳐진 방의 다른 한쪽 구석에는 가스스토브와 아이스박스가 놓여 있었다. 여인은 아이가 도망을 가는지 내다보지도 않았고 소파 위에 놓아둔 그녀의 지갑이 잘 있는지 신경을 쓰는 눈치도 아니었다. 소년은 지갑에서 멀리 떨어진 곳, 그리고 그녀가 혹시 내다보면 바로 자신이 눈에 띌 만한 자리를 찾아 앉았다. 그는 여인이 자신을 완전히 믿는다고 생각하지 않았다. 그는 혹시라도 그녀의 오해를 사고 싶지 않았다.

"가게에 심부름 보내실 일은 없어요?" 소년이 자청해서 물었다. "우유 같은 거 필요하지 않으세요?"

"그럴 필요는 없을 것 같은데." 여인이 대답했다. "생우유를 먹고 싶다면 모르겠지만. 난 연유로 코코아를 만들려고 하는데."

"저도 그거면 돼요." 아이가 말했다.

여인은 아이스박스에 있던 리마 콩과 햄을 덥히고 코코아를 만들어 상을 차렸다. 여인은 소년에게 어디에 사는지, 가족들은 있는지, 소년이 불편해할 만한 아무 질문도 하지 않았다. 대신에 여인은 자신이 일하고 있는, 늦게까지 영업을 하는 호텔 미용실에서 그녀가 어떤 일을 하는지, 금발, 빨간 머리, 스페인 여자 등 어떤 여자들이 손님으로 오가는지에 대해 이야기를 해 주었다. 이야기를 하던 여인은 십 센트짜리 케이크를 반 잘라 소년의 접시에 놓았다.

"더 먹으렴." 그녀가 말했다.

식사를 마쳤을 때 그녀가 일어서며 말했다. "자, 여기 십 달러를 줄 테니 파란색 스웨이드 운동화를 사려무나. 그리고 다음에는 내 지갑이든 다른 사람들의 지갑이든 낚아채려는 일은 하지 말아라. 그렇게 못된 짓으로 산 운동화는 결국 네 발을 태워 버릴 거야. 이제 나는 좀 쉬어야겠다. 어쨌든 지금부터는 네가 바르게 처신을 했으면 좋겠구나."

여인은 소년을 데리고 복도를 지나 현관문을 열었다. "잘 가렴! 행동 조심하고." 여인은 소년이 계단을 내려갈 때 거리를 내다보았다.

소년은 "고맙습니다, 아줌마"라는 말 말고 뭔가 다른 말을 미시즈 루엘라 베이츠 워싱턴 존스에게 하고 싶었고 심지어 입까지 떼기는 했지만 황량한 문간에서 몸을 돌이켜 그 거대한 여인을 올려다보았을 때 아무 말도 할 수가 없었다. 여인은 문을 닫았다.

난쟁이 여인의 슬픔
Sorrow for a Midget

    제대로 된 남자라면 할 수 있는 한 병원에서 일을 하려 들지는 않을 것이다. 급여가 너무 짜기 때문이다. 하지만 나는 빈털터리였고 다른 일자리도 구하기 힘들었으므로 직업소개소는 우선 겨울 동안이라도 그곳에서 일을 하라고 나를 병원으로 보냈다.

    할렘의 한가운데 있는 병원이었다.

    일은 힘들 것이 없었다. 병실을 청소하고 밀차에 식사를 얹어 나르고 좀 빈둥거리다가 대걸레질을 하는 게 다였다. 그 정도면 괜찮은 일자리였다. 먹을 것도 넘쳤다.

    그곳은 일반 병원과는 좀 다른 곳이었다. 내가 담당하는 층에는 병실이 세 개 있었는데 그중 하나를 여자 난쟁이가 차지하고 있었다. 내게는 마치 쪼그라든 아이처럼 보였지만 사람들은 그저 난쟁이일 뿐이므로 무서워할 필요가 없다고 말해 주었다. 그녀는 자기보다 더 커 보이는 지갑을 갖고 있었다. 그것은 그녀 침대 옆 의자에 놓여 있었다. 난쟁이 여인은 인심이 아주 후했고 사람도 좋았다. 그녀는 나를 처음 만난 날 내게 팁을 주었다.

그녀는 죽어 가고 있었다.

간호사들은 내게 난쟁이 백작 부인이 죽을 거라고 말해 주었다. 나는 그때까지 사람이 죽는 것을 보지 못했었다. 어쨌건 나는 자주 그녀의 주위에 얼쩡거렸다. 수입이 짭짤했으니까.

"나를 잘 돌봐 주게." 그녀가 말했다. "나는 서비스를 받을 때마다 팁을 주니까. 좋은 서비스를 받는 데 그보다 더 좋은 방법은 없지." 그녀는 거의 자신의 키만 한 지갑을 열어서는 지폐가 한 뭉치 들어 있는 것을 보여 주었다. "이거면 어느 때 어느 곳에서나 좋은 서비스를 받을 수 있어."

적어도 나한테는 통하는 방법이었다. 나는 항상 그녀 주위를 맴돌았고 수입은 올라갔다. 하지만 얼마 지나지 않아서 그녀의 사정 이야기를 다 듣게 되었고 아주 활기찬 겉모습과는 달리 곧 그녀가 죽을 거라는 이야기도 들었다.

"페니실린조차도 그녀에게는 소용이 없어요." 낮 동안 그녀를 담당한 간호사가 말했다. "그녀에게는 말이에요." 그때는 페니실린이 막 발명되어 나온 때였다.

물론 장의사들은 그해 페니실린에 대해 불만이 많았다. 그들은 장사지낼 사람들을 찾아 병원으로 오곤 했었다.

"사업이 아주 안돼요." 장의사 한 사람이 내게 말을 했었다. "페니실린이 생긴 후로 사람들이 이전처럼 죽지를 않아요. 봄이 되면 아직 날이 따뜻해지기 전에 밖에 나왔던 사람들이 폐렴에 걸려 꽤 많이 죽곤 했죠. 그때는 이틀에 한 번꼴로 장례를 치르곤 했어요. 다 옛날얘기가 되어 버렸죠. 지금은 의사들이 페니실린 주사를 놓거든요. 환자들이 다 회복을 하죠. 안 그러면 좋으련만! 장의사들은 망할 지경이에요."

하지만 난쟁이 여인은 폐렴에 걸린 것도, 감기에 걸린 것도 아니었다. 그녀는 받아야 할 수술을 미루다가 시기를 놓쳤다. 이제는 수술도 소용이 없게 되었다. 병원에서 그녀의 팔에 놓는 주사는 페니실린이 아니었고 병세를 호전시키기 위한 것도 아니었다. 그것은 다만 그녀의 고통을 완화시키기 위한 처방일 뿐이었다. 그녀에게 투여되는 약품은 혹시라도 외부의 마약 중독자들에게 유출될까 봐 나 같은 병원 잡부들의 손이 닿지 않는 곳에 보관되었다.

병원에 처음 일을 하러 왔을 때 그들도 내가 별로 탐탁지는 않았을 것이다. 하지만 할렘의 병원에는 일손이 부족했기 때문에 그들은 찬밥 더운밥 가릴 처지가 아니었고 나 같은 치도 받아들일 수밖에 없었다.

첫날부터 나는 난쟁이 여자가 맘에 들었다. "어이, 작은 양반, 댁은 정말 용감한 아이 같아요. 댁의 기개가 존경스러워요."

난쟁이 여인이 말했다. "난 이 병원에서 하는 헛소리들을 이해할 수 없다오. 간호사들이 뭐라고 하는지 알 수가 없어요. 친절하긴 한데 요령부득이라는 거지. 댁이라야 내가 부탁을 할 수 있을 것 같아요. 우리 아들을 좀 찾아 줘요."

"백작 부인, 내가 보기에는 당신이 아기 같기만 한데 언제 어디서 아기를 낳았다는 말이에요?" 내가 물었다.

"그런 건 댁이 걱정할 문제가 아니라오." 난쟁이 여인이 말했다. "내가 개를 얻었어요, 그러니까 내 애지. 나는 개를 당장 보고 싶어요. 개는 내가 여기 아파서 누워 있는 것도 모를 거예요. 알았다면 벌써 찾아왔겠지. 아무리 제 꼴이 우습더라도 말이에요. 아들을 좀 찾아 줘요."

그녀는 내게 아들을 찾을 때 지하철비와 택시비로 쓰라고 이십 달러짜리 지폐들을 주었다.

나는 나가서 수소문 끝에 그녀의 아들을 찾았다. 그녀가 말한 대로 그는 병원으로 찾아가기에는 자신의 꼴이 부끄럽다고 주저했다. 사실 그녀의 아들은 형편이 안 좋았다. 레녹스 가의 시체들을 뜯어먹고 사는 대머리 독수리처럼 몰골이 추레했다. 하지만 내가 그의 어머니가 세이디 헨더슨 병원의 부속 병동에서 사경을 헤매노라고 말을 하자 그는 즉시 침대에 여인을 남겨 둔 채 일어났다.

"우리 엄마는 나를 오랫동안 찾지 않았어, 아주 오랫동안 말이야." 그가 말했다. "만약 지금 이 사람이 말하는 것처럼 엄마가 나를 찾고 있다면," 그가 자신의 여인에게 말했다. "이 세상의 무엇도 나를 막을 수는 없어."

"난 당신에게 엄마가 있다는 것도 몰랐어." 침대에 누워 있던 여자가 께느른한 목소리로 칭얼댔다. 별로 신경이 쓰이지도 않는다는 투였다.

"나에 대해서 모르는 것이 많지." 그가 여자에게 말했다. 그가 서둘러 일어나서 옷을 입고 나를 따라나섰다.

"그 작은 여인이 정말 당신의 엄마가 맞아요?" 내가 거리에서 그에게 물었다. "그녀가 당신의 엄마라고요?"

"우리 엄마 맞아요." 그가 말했다. 그는 백팔십 센티미터가 넘는 거구의 흑인이었다. 나는 내 처지가 딱하다고 생각했지만 그에 비하면 양반이었다. 그는 걸칠 외투조차 없었다. 꼴을 보아하니 그는 한참 전부터 더 내려갈 바닥이 없을 정도로 어려운 처지였던 것 같았다. 하지만 그는 아직 젊었다. 그를 보고 깨달은 게 있었다.

'나는 이 정도로 바닥으로 떨어지지는 않을 거야.' 나는 스스로에게 말했다. '절대로.'

"엄마가 아주 많이 아픈가요?" 그가 물었다.

"글쎄, 나도 잘 몰라요." 내가 말했다. "그녀는 침대에 푹 꺼지듯 누워 있어요. 병실 문에는 방문객 출입 금지란 푯말도 붙어 있죠."

"그럼 나는 어떻게 들어가죠?"

"가족은 방문객이 아니죠." 내가 말했다. "지금은 너무 일러서 면회 시간이 아니긴 하지만 내가 간호사들을 아니까, 나만 따라와요. 들어갈 수 있을 거예요."

나는 죽어 가는 난쟁이 엄마를 둔 그 친구에게 딱한 마음이 들었다. 죽어 가는 난쟁이 엄마라니! 그녀가 내 엄마였다면 비록 난쟁이라 하더라도 나 역시 그녀를 만나러 갔을 것이다. 하지만 그렇게 작은 여인이 어떻게 저렇게 덩치가 큰 아들을 둘 수 있었는지 이해가 되지 않았다. 그의 아버지는 어떤 사람이었을까? 그의 아버지는 그의 엄마를 어떻게 만난 걸까?

어쨌든 나는 그를 데리고 병실로 들어가 백작 부인이 누워 있는 높은 병원 침대로 갔다. 흰 방, 흰 침대에 까맣게 탄 왜소한 그녀가 누워 있었다.

바로 전에 진정제를 투여한 탓에 그녀는 맑은 정신이 아니었다. 하지만 아들을 본 그녀의 주름진 얼굴이 밝게 빛났다. 그녀의 성냥개비 같은 팔이 아들의 목을 감쌌다. 그녀가 소리를 질렀다. "우리 아기!" 병실이 떠나갈 듯 큰 소리였다. "우리 귀중한 아들!"

"엄마." 그가 울먹이며 말했다. "엄마한테 좋은 아들인 적이 없었어요."

"너는 내 하나뿐인 아들이야." 그녀가 말했다.

간호사가 내게 넌지시 말했다. "두 사람만 따로 있게 해 주죠." 우리는 난쟁이의 아들이 떠날 때까지 두 사람을 따로 있게 해 주었다.

그날 오후 난쟁이 여인은 세상을 떠났다. 그녀의 아들이 채 그의 집에 도착하기도 전에 나는 다시 그를 부르러 가야 했다. 다시 병원으로 돌아오는 길에 나는 정말 신에게 맹세코 그가 그 여자의 아들인지 물었다.

그는 고개를 저었다. "아니에요."

그의 대답을 듣자 나는 난쟁이 여인이 너무 안쓰럽게 느껴졌다. 그는 단지 자신이 아기였을 때 그녀에게 양자로 입양되었다고 말했다. 그는 부모가 없는 처지였고 그녀도 자식이 없었다. 하지만 그녀는 사람들이 그녀에게 아들이 있다고 생각하기를 원했다.

그녀는 그의 난쟁이 엄마였다. 그 이상도 이하도 아니었다. 그는 친모를 알지 못했다. 하지만 난쟁이 여인은 최선을 다해 그를 길러 주었다. 서커스와 카니발 공연을 위해 대부분 집을 비워야 했기 때문에 그녀는 그를 시골에 있는 기숙학교에 보냈다. 그가 십 대에 이르러 할렘으로 돌아왔을 때 그는 즉시 망가지기 시작했다. 하지만 그녀는 그를 사랑했고 그도 그녀를 사랑했다.

커다란 덩치에 남루한 옷을 걸치고 누가 보아도 그녀의 아들이 아니라는 것을 알아볼 수 있을 그는 다섯 시 반쯤 그녀가 사망했다는 것을 알게 되자 마치 어린아이처럼 목을 놓아 울었다.

예수를 나의 구주 삼고
Blessed Assurance

　불행히도(그는 신에 대한 믿음까지도 흔들릴 지경이었다) 그의 아들은 게이인 것 같았다. 그는 학교에서도 우등생이었고 봄이 오면 반에서 일등으로 졸업할 예정이었다. 하지만 아이는 흑인이었다. 흑인 아이의 부모는 아이가 조금의 흠이라도 없기를 원한다. 그의 아이가 백인이었더라면 존도 그렇게 당혹스럽지는 않았을 것이다. 하지만 니그로들은 그것 말고도 짊어져야 할 십자가들이 산더미 같다.

　델마는 그의 유일한 아들이었다. 작은아이 알레타는 딸이었기 때문이다. 애초에 존은 그에게 델마―애칭은 델리였다―라는 이름을 붙이지 말았어야 했다. 하지만 그의 아내가 고집을 꺾지 않았다. 델마는 그녀의 아버지의 이름이었다.

　"걔는 당신 아이일 뿐만 아니라 내 아이이기도 해요." 그의 아내가 말했었다.

아이의 게이 성향은 외탁을 한 것일까? 하지만 아이의 외할아버지는 별문제가 없어 보였다. 그는 그가 장로로 있던 교회의 여신도들과 몇 차례 바람을 피웠다고 알려졌었다.

그럴 리는 없지만 자신의 조상들 중에 이상한 사람들이 있었던 것은 아닐까? 하지만 그가 기억하는 한 그의 식구들 중 누구도 여성적인 사람은 없었다. 어쨌든 출생 시 아이의 이름을 왜 자신의 이름을 따서 존 주니어라고 짓지 않았을까? 물론 아내는 "아이에게 주니어라는 부담을 줄 필요가 뭐예요?"라고 반대를 했었다. 하지만 그녀가 한 일이라고는 아이에게 델마라는 이름을 짐으로 얹어 준 것뿐이다.

델마가 그렇게 착한 아들만 아니었어도 이렇게 속이 상하지는 않았을 것이다. 사춘기 때도 흔한 사고 한 번 친 적이 없을 뿐만 아니라 차를 훔치거나 마리화나를 피우는 일 같은 짓도 저지르지 않았다. 집안일도 아무런 불평 없이 거들었다. 동생에게 맡길 법한데도 설거지조차 군소리 없이 척척 하는 아이였다. 동생과 말다툼을 할 때도 동생의 머리끄덩이를 잡는 짓 같은 것은 할 줄 몰랐고 여동생만큼이나 인형을 가지고 놀긴 했지만 언제나 둘이 사이좋게 놀았다. 하지만 델마는 구슬치기도 잘했고 야구도 곧잘 했으며 테니스는 거의 발군의 실력을 보였다. 프랑스어 교실, 연극반, 합창반 활동으로 바쁘지 않았더라면 육상 선수도 너끈히 뽑혔을 것이다. 다만 그의 아버지가 학교를 다닐 때 선수로 활동했던 미식축구에는 관심을 보이지 않았다. 그는 선수들끼리 공을 차지하기 위해 드잡이를 할 때 공이 어디 있는지 알아차릴 수가 없었다. 열일곱이 되자 안경을 맞춰 써야 했는데 그가 선택한 요란한 스타일의 안경테는 그를 소년보다는 소녀에 가까워 보이게 만들었다.

"그래도 가짜 보석들이 박힌 테는 고르지 않았잖아?" 존은 애써 거기서 생각을 멈추고 입 밖으로 아무 말도 내지 않았다. 그해 봄, 그는 아들에게 말해야 했다. "델마, 학교에 가면서 꼭 흰색 버뮤다 반바지를 입어야겠니? 다른 아이들은 대부분 리바이스나 평범한 바지들을 입잖아? 그리고 바지는 왜 매일 저녁 네가 빨래를 해서 다려 입는 거니? 깨끗한 건 좋지만 그건 지나친 것 같구나."

이런 말도 했다. "델마, 학교 교복을 입을 때 꼭 그렇게 다른 것들과 색을 매치시키지 않아도 좋단다. 어떤 색들을 입어도 서로 잘 조화가 되는 법이야. 네가 다니는 학교는 패션 스쿨이 아니거든—적어도 내가 다닐 때까지는 그랬어. 다른 남자애들이 너를 여자 같다고 놀릴까 걱정이 되는구나."

다음의 말을 할 때는 사뭇 간절했다. "델마, 담배를 피울 거면 첫 번째 두 손가락 사이에 담배를 끼우고 피우거라. 여자들처럼 엄지와 다른 손가락으로 담배를 잡지 말고."

그의 말을 들은 아이가 눈물을 흘렸다.

존은 그의 아내가 교회에서 제일 돈을 잘 버는 니그로와 살기 위해 짐을 싸서 나가기 전의 삶을 기억했다. 아내의 새 남편은 사우스 필리와 할렘에 아파트가 있었고 캐딜락도 소유했다. 그는 점잖게 말을 하면 영향력이 있는 사람이었지만 사기 조직과 연결되어 있는 사람이었다. 존의 아이들, 교회 그리고 자신에게는 큰 망신인 셈이었다. 그의 아내가 무식해 빠진 사기꾼과 바람이 나다니!

딸 알레타는 새아빠를 미워했지만 델리는 아직 식도 안 올린 그의 새아빠를 좋아했다. 델리의 엄마와 그녀의 돼지 같은 새 남자는 적어도 저먼타운을 떠나 다른 곳으로 이사를 갔고 다니던 교회도 옮길 정도의 양식은 있었다. 그들은 더 이상 델마가 청소년 성가대에서 노래를 하고 존이 출석하는 교회에 나오지 않았다.

델리의 음역은 얼핏 샘 쿡*의 음색이 느껴지는 테너였다. 트라이드스톤 교회의 여신도들은 그를 좋아했다. 트라이드스톤 교회는 침례교회였지만 북침례교파 교회들이 그렇듯 다소 가라앉은 분위기를 풍기는 곳이었다. 하지만 신도들 중 일부 교육 수준이 낮은 사람들의 요구에 따라 설립된 선홍색 가운을 입는 가스펠 합창단도 있었다. 교회에는 바흐의 칸타타 〈주는 우리의 기쁨 되시네〉나 찬송을 주로 부르고 일 년에 한 번은 헨델의 〈메시아〉를 노래하는 검은색 가운을 입는 노인 성가대도 있었다. 청소년 성가대는 흰색 가운을 입었는데 재즈풍의 폐회송까지 시도하려 했을 정도였다. 그것은 델리의 아이디어였지만 결국 반대에 부딪혀 실행에 옮기지는 못했다. 그러는 동안에도 델리는 뉴욕에서 열린 청소년 성가 대회에 참석했을 때, 그리고 음악 담당 목사가 그를 데리고 웨스트빌리지에 갔을 때 본 비트족들처럼 턱수염을 기르려고 애쓰고 있었다.

"제발, 하나님, 쟤가 귀만 뚫지 않도록 해 주세요." 존은 기도했다. 그는 메슥거리는 속으로 바로 그 자리에서 델마의 문제를 제대로 철저히 생각해 봐야 하는 것은 아닌지, 아니면 무시하고 넘어가야 하는지 고민했다.

결국 그는 그냥 넘어갔다. 하지만 어느 날 밤 그는 불현듯 그의 아들이 제 엄마에게 했던 말이 떠올랐다. 아이는 고등학교를 졸업하면 소

---

* Sam Cooke(1931~1964). 싱어송라이터.

르본에 가서 공부를 하고 싶다고 했었다. 파리의 소르본에서. 존은 볼티모어의 모건 주립 대학에서 공부를 했었다. 그는 자신이 그 훌륭한 (적어도 그의 생각에는) 니그로 대학의 졸업장을 가지고 있다는 사실에 긍지를 지녔다. 존은 봄에 열린 성가 발표회 이전만 해도 그의 아들도 자신처럼 그 대학에서 공부하기를 원했다. 하지만 성가 발표회 이후에 그는 생각이 바뀌었다. 그는 델마에게 물었다. "얘야, 아직도 프랑스에 가서 공부를 하고 싶은 마음이 있는 거니? 아직도 그렇다면 아마도―그러니까―다음 학기에는 그곳에서 공부를 할 수도 있지 않을까 싶구나. 파리까지 가는 데 비용이 얼마나 들지?"

시월이 돌아오면 존이 대학 친구들을 집으로 초대할 차례였다. 그때쯤이면 델마는― 가만, 소르본도 모건 대학과 같을까? 그곳도 기숙사나 캠퍼스가 있을까? 그는 파리 사람들은 그런 것들에 신경을 쓰지 않는다는 이야기를 들은 적이 있었다. 그들이 신경을 쓰지 않는다는 것들에는 또 무엇이 있을까? 어찌 되었건 그곳은 피부색에 의한 차별은 없는 것 같았다.

하지만 시월이 되려면 여섯 달이나 남아 있던 봄 성가 발표회에서 벌어진 일은 차분히 한번 생각을 하고 그것이 무엇을 의미하는지 제대로 이해해 볼 필요가 있었다. 특별히 그 봄 성가 발표회를 위해서 트라이드스톤 교회의 음악 담당 목사인 맨리 잭슨 박사는 성서의 룻의 이야기를 바탕으로 한 성가 한 곡을 직접 작곡했다.

부탁이에요, 제발 당신을 떠나라고 말하지 마세요
당신으로부터 멀리 가라고도 하지 마세요
당신이 가는 곳은 나도 가겠어요

그 곡은 델마에게 헌정되었기 때문에 잭슨 박사는 그가 작곡한 필사본 악보를 델마에게 증정했다. 곡이 누구에게 헌정되었건 악보를 본 사람들은 여성이 곡의 솔로 도입부를 부를 것이라고 생각했을 것이다. 하지만 묘하게도 작곡자는 델마에게 그 파트를 맡겼다. 잭슨 박사는 "그 곡을 제대로 부를 사람은 델마밖에 없어요"라고 설명했다. "합창단원들 중에 그렇게 성량이 풍부한 여단원은 없거든요."

자신이 남성이란 것과는 상관없이 일요일 저녁 성가 발표 시간에 델마는 여성 대신 도입부를 노래했다. 샛노란 성가대 가운을 입은 잭슨 박사가 오르간을 연주했다. 델마의 아버지는 연주회장에 올 때까지 곡을 누가 부를 것인지에 대해 아무것도 알지 못했다. 하지만 그의 아들이 솔로로 여성이 부를 도입부를 부르는 것을 보고는 "정말 죽고 싶군!"이란 말밖에 할 말이 없었다.

존은 더 이상 말을 해 봤자 아무 의미도 없다는 것을 깨닫고 입을 다물었다. 그의 옆좌석에 앉아 있던 딸이 "아빠, 저 사람 왜 그래요?"라고 말을 하는 순간 그의 목구멍에서 뜨거운 침이 솟구쳤다. 오르간 소리에 맞추어 델마의 샘 쿡 같은 달콤한 목소리가 다른 합창단원들의 목소리 위로 솟아오르는 순간 맨리 잭슨 박사가 오르간 의자 뒤로 정신을 잃고 쓰러졌던 것이다. 그는 그저 쓰러진 것이 아니라 마치 도시락 주머니처럼 오르간이 놓인 곳에서 맥없이 굴러떨어져서는 성가대 가운을 입은 채로 설교단 앞에 얼굴을 묻고 대자로 뻗었다.

나이 든 여신도들이 외치던 아멘과 할렐루야 소리가 갑자기 잦아들었다. 델마의 노래에 빠져들어 가던 십 대 소녀들은 무슨 일이 벌어지는지 알아보기 위해 자리에서 몸을 곧추세웠다. 연단의 의자에 앉아 다음 순서인 헌금을 생각하고 있던 목사는 벌떡 일어서서 이런 비상 상황에서 그가 무슨 말을 해야 할지 궁리했다.

"한 놈은 해치웠으니까 다음은" 같은 말이 떠올랐다. 니그로들이 마치 백인들처럼 행동하는 많은 대도시에서 목회를 해 온 만큼 그는 성가대 지휘자들이 다양하고 극적인 방식으로 쓰러지는 것을 봐 왔지만 이렇게 갑자기 자리에서 정신을 잃는 경우는 처음이었다.

오르간 소리가 멈추자 다른 성가대원들은 모두 노래를 그쳤지만 델마는 노래를 멈추지 않았다. 설교단 앞에 축 늘어진 잭슨 박사에 아랑곳없이 그가 부르는 "당신을 떠나라고 말하지 마세요" 노랫소리가 마치 전축을 틀어 놓기라도 한 것처럼 교회를 채웠다.

집사들이 쓰러진 음악 목사를 일으켜 세우기 위해 서둘러 설교단 앞으로 나가는 동안 신도들은 자리에 못 박힌 듯 앉아 있었다. 사람들이 목사의 얼굴에 물을 뿌리는 사이에 예배 위원들 중 거대한 몸집의 여인들 몇몇이 그에게 열심히 부채질을 했다. 하지만 교회의 간호사가 정신 들게 하는 약을 가지고 와서 그에게 냄새를 맡게 한 후에야 그는 정신을 차렸다. 두 명의 안내 위원이 그를 다른 방으로 부축해서 가는 동안에도 델마의 목소리는 이제껏 트라이드스톤 침례교회에서 울린 음들 가운데 가장 고음으로 올라가고 있었다.

"감사합니다, 하나님!" 그린 목사가 목소리를 높였다. "여러분, 잭슨 박사는 기절했을 뿐입니다. 찬송 후에 바로 예배로 돌아가서 헌금 순서를 갖겠습니다."

"아빠, 왜 오빠가 노래를 시작하니까 잭슨 박사님이 기절을 했어요?" 존의 딸이 그에게 속삭이듯 물었다.

"나도 모르겠다." 존이 대답했다.

"여자애들 중 어떤 애들은 오빠가 노래를 하면 어쩔 줄 모르겠어서 비명이라도 지르고 싶대요." 알레타가 다시 속삭였다. "하지만 잭슨 박사님은 비명을 지르는 대신 그냥 기절을 했네요."

"조용히 해라." 존이 성가대석을 뚫어져라 바라보며 말했다. "델마, 제발 그만 좀 닥치거라!" 존이 그의 앞좌석 등받이를 움켜쥔 채 소리를 질렀다. "제발 입을 닥치라고!"

교회 안에 정적이 감돌았다.

"자, 이제 헌금을 하겠습니다." 목사가 말했다. "안내 위원들, 헌금 상자를 준비해 주세요." 그런 목사가 설교단에서 앞으로 걸어 나왔다. "집사님들, 찬양을 올립시다. 자매님들, 찬양을 해 주세요!"

목사가 큰 목소리로 찬송을 시작했다.

예수를 나의 구주 삼고!

그가 손뼉을 치기 시작했다.

성령과 피로써 거듭나니!

아멘! 아멘! 아멘! 그가 소리를 질렀다.

이 세상에서 내 영혼이
하늘의 영광 누리도다

청중이 서서히 찬송을 따라 하기 시작했다.

이것이 나의 간증이요
이것이 나의 찬송일세

"할렐루야! 아멘! 할렐, 할렐!"

나 사는 동안 끊임없이

"제기랄!" 존이 소리를 질렀다. "제기랄!"

구주를 찬송하리로다

초가을
Early Autumn

빌리가 아주 어렸을 때 그들은 사랑에 빠졌었다. 많은 밤을 두 사람은 손을 잡고 걸으면서 이야기들을 속삭이며 보냈다. 하지만 뭔가 사소한 일 때문에 두 사람은 대화를 그만했고 그녀는 충동적으로 자신이 사랑한다고 생각하는 남자와 결혼을 했다. 빌은 여자에게 환멸감을 느끼며 다른 곳으로 떠났다.

어제, 워싱턴 스퀘어를 가로질러 오면서 그녀는 헤어진 후 처음으로 그를 보았다.

"빌 워커 아니니?" 그녀가 말했다.

그가 걸음을 멈추었다. 그는 처음엔 그녀를 알아보지 못하는 것 같았다. 그의 눈엔 그녀가 아주 나이 들어 보였다.

"메리! 아니 어디에서 나타난 거야?"

그녀는 무의식적으로 그가 키스를 할 수 있도록 얼굴을 내밀었다. 하지만 그는 손을 내밀었고 그녀는 그와 악수를 했다.

"난 뉴욕에 살아." 그녀가 말했다.

"그래?" 예의 바르게 웃음 띤 얼굴로 대답을 하던 그의 미간이 잠깐 찌푸려지는 것 같았다.

"난 항상 네 소식이 궁금했었어, 빌."

"난 변호사로 일해. 시내에 있는 괜찮은 사무실에서 말이야."

"결혼은?"

"했지. 애가 둘이야."

"그래?" 그녀가 말했다.

그들이 말하고 있는 사이에 많은 사람이 그들을 스쳐 지나갔다. 그들이 알지 못하는 사람들이었다. 시간은 늦은 오후, 거의 해가 질 무렵이었다. 날이 차가워졌다.

"남편은?" 그가 그녀에게 물었다.

"우리는 아이가 셋이야. 나는 컬럼비아 대학 경리과에서 일해."

"너 아주……" (그는 나이가 들어 보인다고 말을 하려 했다) "…… 글쎄, 뭐랄까." 그가 말했다.

그녀는 그가 무슨 말을 하려던 것인지 알아챘다. 워싱턴 스퀘어의 나무 그늘 아래에서 그녀는 간절하게 과거를 향해 손을 뻗었다. 그녀는 그때 오하이오에 있을 때에도 그보다 나이가 많았다. 지금 그녀는 전혀 젊음과는 관계가 없는 모습이었다. 빌은 아직 젊어 보였다.

"우리는 센트럴파크 웨스트에 살아." 그녀가 말했다. "언제 한번 놀러 와."

"그래." 그가 대답했다. "네 남편하고 우리 식구들 모두 함께 저녁 식사 한번 하자. 내일이라도 말이야. 루실하고, 우리 집에서."

스퀘어의 나뭇잎들이 천천히 떨어져 내렸다. 바람이 없는데도 나뭇잎들은 떨어졌다. 가을날의 땅거미가 내려앉고 있었다. 그녀는 약간 멀미가 나는 것 같았다.

"그래, 좋아." 그녀가 대답했다.

"우리 애들이 노는 꼴을 한번 봐야 해." 그가 미소를 지었다.

갑자기 5번가 전체 가로등 불이 켜졌다. 푸르스름한 밤공기에 안개가 환하게 장막처럼 불빛에 잡혔다.

"내가 탈 버스가 오네." 그녀가 말했다.

그가 손을 내밀었다. "잘 가."

"언제 다시……" 그녀가 더 말하려 했지만 버스가 막 떠나려는 참이었다. 거리의 불빛들이 뿌예졌다가 다시 반짝이고는 다시 뿌예졌다. 버스를 타면서도 그녀는 입을 열기가 두려웠다. 입을 열어도 결국 한마디도 하지 못할 것 같아 두려웠다.

갑자기 그녀가 외치듯 큰 소리로 말을 했다. "잘 가!" 하지만 이미 버스 문이 닫힌 뒤였다.

버스가 출발을 했다. 두 사람 사이에 사람들이 지나갔다. 그들이 모르는 사람들이. 두 사람 사이의 공간을 사람들이 채웠다. 그녀는 빌의 모습을 더 이상 볼 수 없었다. 그제야 그녀는 그에게 자신의 주소를 주는 것을 잊었다는 것을 깨달았다. 아니, 그의 주소를 묻는 것도. 그녀의 막내에게 빌이라는 이름을 붙였다는 것을 말해 주는 것도.

특등실
Fine Accommodations

몇 분 후면 북쪽으로 가는 기차가 애틀랜타를 출발할 예정이었다. 긴 플랫폼은 사람들, 짐꾼, 화물차, 여행객들과 그들을 배웅하는 사람들로 북적였다. 뉴욕리미티드호는 만차였다. 차장 피터 존슨은 특실차 계단 앞에 서 있었다. 기관차 쪽을 내다보니 마지막 우편 행낭이 앞에 있는 객차에 던지듯 실리고 있었다. '곧 출발하겠군.' 그가 생각한 순간 커다란 세 개의 가방에 눌려 몸도 제대로 펴지 못한 채 짐꾼 한 명이 소리를 질렀다. "아이고, 간신히 도착을 했네!" 헐떡이는 품새를 보니 가방이 쇳덩이들로 채워지기라도 한 것 같았다.

짐꾼의 뒤에는 옷을 잘 차려입은 덩치 큰 니그로와 휴대용 타이프라이터, 두 개의 서류 가방을 든 젊은 흑인이 따라왔다. 짐꾼으로부터 무거운 가방 하나를 받아 든 피터 존슨은 젊은이가 들고 있던 서류 가

방도 하나 달라고 손을 내밀었다.

"괜찮습니다." 젊은이가 말했다. "중요한 서류가 들어 있어서요. 여기, 타이프라이터나 좀 받아 주세요."

"특실 A로 모시면 돼요." 짐꾼이 말했다.

"부유한 흑인들이라……" 피터 존슨은 최고급 뉴욕리미티드호, 그것도 가장 비싼 특실을 그의 동족들 중 두 사람이 타고 여행을 한다는 사실에 가슴 가득 자부심이 차올랐다.

피터 존슨은 종종 남부 지방에서는 기차에서 흑인들이 눈에 띄지 않도록 일반 요금을 받고도 침대칸을 내주는 일이 있다는 것을 알고 있었다. 하지만 다른 기차들보다 훨씬 요금이 비싼데도 출발 일주일 전이면 벌써 표가 다 팔리는 이런 기차에서는 있을 수 없는 일이었다. 이 흑인들은 이런 호사로운 시설을 이용하면서 북부로 여행을 하기 위해 꽤 큰돈을 자비로 부담한 것이 틀림없었다.

"스포츠에 관련된 사람들은 아냐." 피터 존슨이 중얼거렸다. 그들이 입은 점잖은 복장과 나이 든 축의 리본으로 테를 대신한 안경, 대학생이라 해도 좋을 젊은 축의 불안한 표정 등을 볼 때 그것은 분명했다. "나이 든 사람은 아마 교수나 주교, 흑인 지도자 같은 거물일 것 같군. 척 보면 알 수 있지."

하지만 피터 존슨이 땀을 흘리는 짐꾼에게 그들의 신원을 물어보기도 전에 그는 팁을 받아 챙겨 돌아섰다. 기차가 플랫폼에서 출발하고 있었다. 피터 존슨은 기차 문들을 닫기 위해 서둘러 복도를 따라 달려갔다.

도심을 벗어나자 기차는 속도를 높이기 시작했다. 흰색 유니폼으로 갈아입은 차장은 특실 A 앞으로 돌아와서 문을 노크했다.

"들어와요." 안에서 묵직한 목소리가 들려왔다.

미소를 지으며 방으로 들어선 차장은 목례를 하고 바닥에 놓인 커다란 가방들을 제자리에 놓기 시작했다. 나이 많은 흑인은 창가에 앉아서 다양한 도표들과 글이 기록된 서류 뭉치를 들고 있었다. 젊은이는 방에 보이지 않았다.

"종착지까지 가시는 건가요?" 가방을 치우며 차장이 물었다.

"워싱턴." 사내가 대답했다. "백악관에 가는 길이오."

"아, 예." 차장이 존경심이 가득한 목소리로 대답을 했다. "이 기차에 모시게 되어 영광입니다." 그는 아주 중요한 인물임이 틀림없다고 피터 존슨은 생각했다. 저런 사람이 동족이라는 사실이 그는 다시 한 번 자랑스러웠다.

"대통령을 뵈러 가는 길이오." 나이 든 사내가 거만하게 말했다. "니그로 노동 문제를 논하기 위해서."

"분명 임금을 올려 주겠죠?" 차장이 물었다.

"어떤 사람들은 인상된 임금을 받을 거요." 서류를 들여다보며 그가 대답했다.

"모든 사람이 다 임금 인상이 되어야 하는 것 아닌가요?" 차장이 물었다.

"그렇게 조정이 되었으면 좋겠소만……" 그 흑인 지도자는 더 이상 말이 없었다. 그는 서류에 온 정신을 다 기울이고 있는 것 같아서 차장은 방을 나왔다.

밤에 잠자리를 정리하기 위해 다시 들렀을 때는 나이 많은 사내는 클럽 칸에 가고 없었다. 혼자 남아 있던 젊은이가 차장과 몇 마디 대화를 하기 위해 타이프라이터를 치웠다.

"저도 기차에서 일을 했었어요." 그가 말했다. "식당 칸에서요. 그랜 드 센트럴에서 출발하는 노선이었어요."

"어디로 가는 노선이었죠?" 차장이 물었다.

"주로 뉴욕에서 버펄로를 운행하는 기차였어요." 젊은이가 대답했 다.

"좋은 노선이죠." 차장이 대답했다. "지금은 무슨 일을 하는지 물어 봐도 되나요? 공부를 많이 한 분 같은데."

"전 컬럼비아 대학을 나왔어요." 젊은이가 베끼고 있던 문서들의 먹 지들을 정리하며 말했다. "지금은 젱킨스 박사님의 비서 역할을 맡고 있죠. 박사님은 남부에 있는 흑인 학교들 중에서 가장 유명한 학교인 애틱스 학원의 교장이세요."

"나도 우리 집 아이가 학교 갈 나이가 되면 그 학교로 보내고 싶어 요." 차장이 말했다. "이제 열두 살이죠."

"어디 사시는데요?" 청년이 물었다.

"할렘에 살아요." 차장이 대답했다.

"저 같으면 북쪽에 있는 학교엘 보내겠어요." 비서가 충고를 했다. "비록 남부에서 일을 하긴 하지만 마음에 들지 않거든요. 아직도 차별 이 심하죠."

"그렇긴 하죠." 차장이 침구를 정리하면서 말했다. "하지만 젱킨스 박사님은 훌륭한 지도자가 아닌가요? 나는 우리 아이가 같은 피부색 을 가진 위대한 인물들을 보며 자라기를 원해요."

"옳으신 말씀이에요, 하지만……" 젊은이가 말끝을 흐렸다.

"대통령이 워싱턴으로 부르는 사람이라면 굉장히 훌륭한 사람이잖 아요?" 차장이 뻔한 사실이라도 말하듯 이야기했다.

"항상 그렇다고만은 할 수 없죠." 젊은이가 갑자기 정색을 하고 말한 후 이내 쓸데없는 말을 한 것을 후회하는 표정을 지었다. "제가 필요 없는 말을 한 것 같네요."

"괜찮아요. 난 입이 무거운 편이에요." 차장이 말했다.

"아드님을 우리 학교로 보내신다는 말을 듣고 제가 잠시 흥분을 했어요." 젊은이가 천천히 입을 열었다. "그 학교로 보내지 마세요."

"무슨 일로 그래요?" 차장이 물었다. "학교가 마음에 들지 않거나 교장이 마음에 들지 않는다는 건가요?"

"그건 아니에요." 젊은이가 말했다. "개인적으로는 모시기 좋은 분이에요. 하지만 전―"그가 다시 말을 망설였다. 하지만 이내 다시 입을 열었다. "나는 그분이 하는 행동이 마음에 들지 않아요."

"내가 보기엔 훌륭하신 분 같은데." 차장이 말했다.

"그분에 비하면 우리 아버지가 훨씬 훌륭하셨어요." 젊은이가 말했다. "그분도 차장이셨죠."

"아버님도 차장이셨다고요? 세상에. 어느 노선에서 일을 하셨죠?"

"돌아가시기 이 년 전까지도 펜시에서 피츠버그를 오가셨죠. 성함은 짐 팔머세요."

"짐 팔머?" 차장이 말했다. "물론 나도 그분을 알아요. 키가 크고 덩치가 있으셨잖아요? 오래전에 9번선을 함께 탔었어요. 함께 어울려 다니기도 했어요."

"그럼 그분이 어떤 분이신지 잘 아시겠네요." 젊은이가 말했다. "그분은 진짜 인간다운 분이 아니셨나요?"

"그랬죠." 차장이 말했다. "우리들이 노조를 설립하는 데 큰 도움이 되신 분이죠."

"맞아요." 젊은이가 말했다. "아버지는 흑인들이 제 목소리를 내고 자신들의 권리를 위해 투쟁할 것을 원하셨죠. 흑인들이 뭉치기를 원하셨어요. 우리 아버지를 아셨다면 다 아시는 일이겠지만요. 아버지는 나와 우리 형제들을 교육시키기 위해 정말 뼈 빠지게 일을 하셨어요. 하지만 제가 지금 하고 있는 일을 보신다면 조금도 기뻐하시지 않을 거예요."

"젊은이, 그게 무슨 말이지? 아버님이 기뻐하시지 않을 거라니?" 차장이 물었다. "말을 놓아도 되겠지? 만약 자네가 정말 짐 팔머 씨의 아들이라면 말이야."

"저도 차장님을 아버지처럼 생각할게요." 젊은이가 말했다. "누군가에게 말을 하고 싶었어요. 나는 곧 이 일을 그만둘 거예요. 비록 급여도 넉넉히 받고 꽤 높은 지위이긴 하지만. 젱킨스 박사님은 중요한 인물이긴 하죠. 저도 그건 알아요. 유명한 니그로이기도 하고요. 하지만 그가 자신의 유명세를 유지하는 방법은 정당하지 않아요. 아저씨의 아이를 그 학교에 보내지 않는 게 좋을 거예요."

"그게 무슨 말이지?" 차장이 물었다.

"이 노동자 문제만 해도 그래요." 청년이 말했다. "그가 워싱턴에 가는 이유는 니그로들이 지금보다 높은 임금을 받게 하려는 것도, 백인들과 같은 임금을 받게 하려는 것도, 남부 지방의 흑인 단속법*에서 약속한 임금을 받게 하려는 것도 아니에요. 그가 왜 워싱턴에 가는지 진짜 이유를 짐작하시겠어요?"

"아니, 전혀 모르겠어." 차장이 말했다.

* 전쟁이 끝난 후에도 남부 주 의회들은 해방된 노예들을 다시 노예의 신분으로 묶어 두고자 흑인들에 관한 법령을 제정했다.

"니그로들을 고용하고 있는 회사들을 흑인법에서 제외시켜 달라고 당국자들에게 부탁하러 가는 거예요. 그 회사들이 백인들보다 낮은 임금을 흑인들에게 줄 수 있도록 말이죠. 그런 짓을 정부의 승인하에 할 수 있게 해 달라는 거예요." 그가 일어서서 차장을 쳐다봤다. "왜 그러느냐고요? 왜냐하면 그의 학교의 백인 이사들이 바로 니그로들을 고용해서 생계비도 안 되는 돈을 주며 돈을 벌고 있는 사람들이기 때문이죠. 아시겠어요? 그게 그가 자신의 자리를 지키는 방법이에요. 남부의 백인 문화에 머릴 조아리는 것. 그게 젱킨스 박사가 그의 동족들을 생각하는 방식이에요. 그의 동족들을 말이에요. 지난달 학교 근처에서 경찰에 맞아 죽은 흑인 소년에 대해서는 일언반구 말이 없어요. 전 정말 이 일이 역겨워요. 그가 워싱턴으로 가져갈 수 있도록 절제되고 공손하고 순화된 설문조사들과 보고서들을 타이핑하다 보면 죄책감이 느껴지거든요. 언뜻 보기에는 아주 학술적인 내용 같지만 결국은 가난한 흑인 노동자들을 그들이 있는 자리에 묶어 두기 위한 것이죠. 가난한 흑인들을 말이에요! 이해하시겠어요? 나는 그런 사람을 위해 비서로 일을 할 수가 없다고요. 정말로요!"

"나는 그가 정말 우리의 지도자인 줄로 알았는데." 차장이 슬픈 목소리로 말했다.

바로 그때 거의 꺼진 시가를 입에 물고 젱킨스 박사가 방으로 들어왔다.

"설문조사 타이핑 작업은 다 끝났나?" 그가 그의 비서에게 물었다.

"네." 젊은이가 대답했다. "하지만 저는 그 내용에 동의할 수 없습니다."

"자네가 동의를 하고 안 하고는 중요하지 않아." 차장이 문을 닫고 밖으로 나올 때 젱킨스 박사가 면박을 주듯 젊은이에게 말했다. 그의 다음 말은 문이 닫혀 들리지 않았다. 기차가 맹렬한 속도로 밤을 가르며 달려가고 있었다.

차장은 복도에 서서 잠시 생각에 잠겼다. "저 호사스러운 방에 마지막으로 머물렀던 흑인은 버밍햄에서 온 포주였지. 지금은 교수가 저 방을 차지하고 있지만 두 사람 모두 저런 호사를 누리기 위한 각자의 방법들을 가지고 있는 것 같군."

총
The Gun

 당신이 원숭이들의 우리에 홀로 갇혀 있는 새, 또는 개들의 우리에 홀로 들어가 있는 고양이 신세라고 생각해 보라. 당신이 그곳에 있는 것에 개들이 익숙해진다 하더라도 그들이 당신의 제일 좋은 친구가 될 수는 없을 것이다. 그건 당신도 마찬가지이다. 고양이인 당신은 개들의 좋은 친구가 될 수 없다. 몬태나 주, 작은 백인 마을 톨락에서 유일한 니그로 어린이로 자라는 것은 자연적이라기보다는 인위적인(사실, 전적으로 사람이 만든) 장벽이었지만 그럼에도 항상 낯선 곳에 와있는 이방인이라는 느낌이 들게 만들었다. 살고 있는 집에서도 따돌림을 당하기는 마찬가지였다. 필요에 의해 그 집에 속해 있기는 했지만 결코 그곳의 일부가 될 수는 없었다.

 플로라 벨 예이츠는 어렸을 적 백인 아이들로부터 받는 모욕과 상

처에 대해 눈물과 주먹다짐, 욕으로 대응을 했다. 마을에 흑인이라고
는 예이츠네 식구뿐이었지만 사람들은 그들을 잘 대해 주지 않았다.
그녀의 아버지와 어머니는 몇 년 전 텍사스에서 그곳으로 옮겨 왔다.
플로라 벨은 부모로부터 그들이 텍사캐나를 떠나던 밤의 이야기를 들
은 적이 있었다. 어둠 속에 모여든 사람들이 소리를 지르며 그들의 오
두막을 불태우는 것을 뒤돌아보며 그들은 살던 곳을 등졌다. 폭도들
은 임금 문제로 백인을 때린 플로라 벨의 아버지를 해치려 했다. 마치
기적 같았다고 그녀의 엄마는 말했었다. 그들은 폭도들의 눈앞에서
그들을 피해 곧 주저앉을 것 같은 포드 자동차를 타고 주 경계선을 넘
어 도망을 쳤고 북서부를 향해 삼 일 동안을 달렸다. 그녀의 아버지는
노예 시절 도망친 노예들이 그러했듯 아예 미국을 떠나 캐나다로 갈
생각이었지만 자동차 기름과 돈이 떨어지는 바람에 아내와 함께 도중
에 일자리를 구해야 했고 결국 톨락에 정착을 하게 되었다. 아버지는
그곳에서 큰 도급업자의 말들과 장비들을 돌봐 주었고 어머니는 그의
집에서 요리사, 하녀, 세탁부로 일을 했다. 그들이 도착한 지 얼마 되
지 않아 도급업자의 마구간 위에 있는 커다란 방에서 플로라 벨이 태
어났다.

　그녀는 결코 예쁜 아이가 아니었다. 그녀의 부모도 잘생기거나 예쁜
것과는 거리가 멀었다. 제대로 먹지 못하고 힘든 노동에 시달리던 그
들은 아이를 낳기 전에 이미 허리가 굽고 얼굴에는 주름투성이였다.
도망을 치면서 느꼈던 두려움과 긴장감도 임신한 아이가 예쁘고 상냥
한 모습으로 태어나는 데 도움이 되지 못했을 것이다. 플로라 벨의 얼
굴은 침울한 인상을 풍겼는데 모르는 사람들은 그녀를 보고 웃었을
테지만 그녀를 아는 사람들은 안타까운 마음이 들게 하는 모습이었

다.

엄마를 도와 백인들의 빨래를 하고 아버지를 도와 말을 돌보면서 그녀는 더 강해지고 몸집이 커졌다. 마치 남자애들처럼 거친 손들과 다부진 가슴을 가진 그녀는 사는 일에도 별 재미가 없었다. 흑인 소녀라도 좀 더 매력적으로 생겼더라면 마을의 백인 청년들이 은밀히 추파를 던져 왔겠지만 그녀에게는 윙크조차 하는 사람이 아무도 없었다. 애인 같은 것은 꿈도 꾸어 보지 못한 채 그녀는 고등학교를 졸업했다. 그녀가 본 유일한 흑인 소년이라고는 톨락을 지나간 서커스단의 흑인 소년들뿐이었다.

그녀가 학교를 졸업하기 얼마 전 엄마가 몸져눕더니 바로 세상을 떠났다. 그녀의 말에 따르면 그녀의 엄마는 "죽을 때까지 일을 하다 죽었다". 극심한 피로 때문이었다. 백인 목사가 집으로 와서 장례를 집전했고 몇 명의 백인 이웃들이 참석했다. 그 후 그녀는 늙은 아버지와 살면서 그의 식사를 챙겼다. 백인들의 세상에 어두운 영혼 단둘만 남게 된 것이다. 도급업자 집에 새로 온 아일랜드인 하녀가 요리와 청소, 나중에는 빨래도 못 하겠다고 버티는 바람에 플로라 벨이 도급업자 식구들의 빨래를 했다. 그녀는 빨래와 다림질을 해 주는 대가로 매주 몇 달러를 받았다.

고등학교를 졸업하고 두 번째 여름을 맞았을 때 그녀의 아버지가 말했다. "나는 이곳을 떠나련다, 플로라 벨." 그래서 그들은 뷰트로 이사를 갔다. 일차 세계대전이 막 끝난 무렵이었고 금주령이 내려졌던 시절이었다. 뷰트도 사정이 안 좋아서 그곳의 니그로들은 힘든 생활을 하고 있었고 일부는 밀주를 만들어 팔았다. 플로라 벨과 그녀의 아버지는 밀주를 판매하는 집에 방을 얻어 살았는데 한밤중까지 들락거리는 사람들로 소란스럽고 시끄러웠다. 부엌에서는 항상 도박판이 벌어지고 있었다.

뷰트에는 니그로들이 많지 않았다. 그곳에서도 플로라 벨은 친구를 사귈 수가 없었다. 그곳 흑인들이 사는 방식은 그녀에게 아주 낯설었다. 그때까지 흑인들과 섞여 살아 본 적이 없는 그녀로서는 당연한 일이었다. 그들에게도 그녀는 못생기고 이상하게 생긴 데다 교만한 노처녀에 불과했다. 그들은 그녀의 수줍은 성격을 자만심으로 오해했고 그녀가 쓰는, 고등학교에서 배운 영어를 잘난 척하기 위한 것이라고 여겼다. 아무도 그녀에게 관심을 가져 주는 사람이 없었다.

그녀의 아버지는 곧 떠돌이 여인을 만나 살림을 차렸다. 그는 점점 더 술을 많이 마시기 시작했고 몇 달이 지나도록 제대로 된 일자리를 잡지 못했지만 플로라 벨은 가끔 집 안 청소하는 일을 맡곤 했다. 부녀에게는 아직 저금한 돈이 조금 남아 있었기 때문에 어느 날 플로라 벨은 아버지에게 제의를 했다. "아빠, 기차를 타고 이 마을을 떠나요. 여긴 아무 희망이 없어요."

아버지가 대답했다. "그러자꾸나."

플로라 벨은 좋은 친구들을 사귈 수 있을 만한 서해안의 큰 도시들 중 한 곳을 마음에 점찍어 두었었다. 그래서 그들 부녀는 시애틀로 향했다. 어느 비 내리는 겨울 아침 그곳에 도착한 그들은 역에서 짐을 나르는 사람에게 흑인들이 머물 수 있을 만한 곳을 물어보았다. 그는 역 근처에 니그로들, 필리핀 사람들, 일본인들, 중국인들이 상자 같은 건물들 안에서 섞여 사는 곳을 가르쳐 주었다. 쉴 새 없이 오가는 사람들, 거리의 소음, 상점들, 다양한 인종의 사람들, 플로라 벨과 아버지는 분주한 기운이 느껴지는 그곳이 아주 마음에 들었다.

"진짜 도시다운 도시에 와 너무 기뻐요." 그녀가 말했다.

"차가운 비가 뼛속까지 파고드는 것 같구나." 짐 가방을 들고 옆에서 걷던 아버지가 대답했다. "한잔했으면 딱 좋으련만." 아버지는 방을 얻자마자 술집을 찾아 밖으로 나갔다.

시애틀에서는 계속 비가 내렸다. 회색빛 거리에는 다양한 명암과 피부색을 지닌 낯선 사람들이 각자의 행선지를 찾아 오갔다. 시간이 지나면서 플로라 벨은 유색인들의 하숙집에서 몇 명의 하숙인들을 알게 되었지만 그들은 항상 바빴고 그들의 행사에 그녀를 초대하는 법도 없었다. 그녀의 아버지는 일자리를 구한다는 구실로 밖에서 살다시피 했지만 집에 돌아온 그의 숨에서는 술 냄새가 풍겼다. 플로라 벨도 열심히 일자리를 구했지만 헛수고였다.

일요일이 돌아왔을 때 그녀는 기뻤다. 적어도 이곳에는 흑인들이 갈 수 있는 교회가 있었기 때문이었다. 톨락에 살 때는 흑인 교회가 없었고 백인들의 교회에서는 그들을 달가워하지 않았다.

"난 아프리카 감리교회에 다녀요." 집주인 여자가 말했다. "침례교회에 가면 너무 소리들을 질러서 말이에요. 나랑 같이 교회를 가요."

그래서 플로라 벨은 아프리카 감리교회를 나갔다. 하지만 혼자 교회를 가야 했다. 집주인 여자는 너무 바빠서 그녀를 데리고 갈 여유가 없었다. 첫날 예배가 끝나고 플로라 벨은 꽤 많은 신도들과 악수를 나누었고 그래서 기분이 좋았다. 저녁 예배 시간에 다시 교회를 간 그녀는 정식 교인으로 등록을 했다. 그녀는 그저 사람들을 만나는 것만으로도 기분이 푸근해지고 기뻤다. 기도 모임들과 젊은 자매들의 모임에 들어오라고 초대를 받았는데 매주 십 센트씩 회비를 내야 했다. 그녀는 모임에 참석한 자매들에게 우물쭈물 일할 자리를 물어보기도 했다. 그녀들은 플로라 벨의 전화번호를 받아 적은 후 아무 일자리 소식이라도 듣게 되면 전화를 하겠다고 약속을 했다. 비를 맞으며 집으로 돌아오면서도 그녀는 마침내 그를 반기는 곳을 찾았다는 느낌이 들었다.

그다음 주 중에 과연 교회 여인 한 명이 일자리가 있다며 전화를 했다. "좀 힘든 일이긴 해요." 그녀가 전화로 설명했다. "하지만 잠깐 동안은 버틸 수 있을 거예요. 집에 들어가 살면서 일을 해야 하고 급여도 많지는 않아요. 지금 아무 일도 하지 않고 있다니까 노느니 해 보면 어떨까 해서요."

플로라 벨은 그 일을 맡았다. 그녀에게 주어진 하녀의 방은 축축하고 추웠다. 일은 고되고 안주인은 모질었다. 한 달에 한 번 받는 급여도 푼돈이었다. 하지만 플로라 벨은 일자리를 얻은 것이 고마웠다.

그녀는 스스로에게 말했다. "친구라고는 한 명도 없는 마을에서 자라는 바람에 나는 모든 면에서 다른 사람들에게 뒤처졌지만 이제부터는 예쁜 옷들도 좀 사 입고 좋은 사람들과도 어울려야겠어. 나도 다른 젊은 남녀들과 어울리며 즐거운 시간을 보내고 싶어."

하지만 그녀가 교회에 갈 수 있는 시간은 일요일 저녁밖에 없었다. 게다가 그녀가 할 수 있는 한 가장 예쁘게 치장을 하고 수줍음과 낯선 느낌을 억지로 눌러 가며 친근하게 사람들과 인사를 나누었지만 사람들은 그녀를 잘 기억하지 못하는 것 같았다. 물론 교회에서 사람들은 모두 그녀에게 친절했지만 같은 교인으로서 필요한 만큼의 애정 외에는 따로 시간을 내어 사귀려는 사람들이 없었다. 교회에는 수십 명의 예쁘고 명랑하고 재잘거리는 처녀들이 있었으므로 그녀에게 눈길을 주는 청년은 한 명도 없었다. 그녀는 사람들에게 소개를 받을 때마다 혀가 굳었다. 그저 서서 사람들을 쳐다보며 미소를 짓고 있는 게 그녀가 할 수 있는 일의 다였다. 그녀는 젊은이들 사이에 유행하는 말도 몰랐고 재치 있는 말장난도 할 줄 몰랐다. 그녀는 그저 덩치 큰 못생긴 여인이었을 뿐이었고 사람들은 친구를 사귀고자 하는 그녀의 마음 따위는 아랑곳없이 그녀의 우울한 얼굴과 침묵 앞에서 놀라 줄행랑을 놓았다.

다리를 저는 남자가 예배가 끝난 후 한두 번 그녀에게 접근한 적이 있었다. 그는 입을 다물 줄 모르는 듯 계속 이야기를 했지만 그가 하는 말에 그녀가 할 줄 아는 대답은 멍청한 여자처럼 "네, 선생님"과 "아니요, 선생님"이 다였다. 일부러 얌전을 떠는 것도 아니었지만 스물다섯이나 먹은 못생긴 그녀가 얌전을 떤다는 것은 어울리지 않는 일이었다.

당구장에 죽치고 앉아 손님들로부터 푼돈을 받아 사는 사람들조차 플로라 벨을 비웃었다. "저 짐 끄는 말처럼 생긴 여인과 같이 있는 꼴을 사람들에게 보인다고 생각만 해도……" 그들은 자기들끼리 찧고 까불었다.

일 년이 지났지만 플로라 벨은 뷰트나 톨락에 있을 때보다 더 많은 친구를 얻지는 못했다. '아무래도 이곳을 떠나야겠어.' 그녀는 생각했다. '모든 도시가 시애틀 같지는 않을 거야. 여기는 사람들이 너무 차갑고 비도 너무 많이 와.'

그녀는 백인들의 이발소에서 구두를 닦으며 밥벌이를 하던 아버지를 함께 살던 인디언 여인과 계속 죄에 빠져 살도록 내버려 두고는 그곳을 떠났다. 허리가 아주 구부러지고 주름으로 뒤덮인 아버지는 술을 입에 달고 살았다. 플로라 벨은 샌프란시스코로 갔다. 일자리를 찾기도 사람들을 만나거나 남자 친구를 구하는 일도 여전히 어려웠지만 캘리포니아에서는 교회에서 많은 시간을 보내는 대신 역에서 짐을 나르는 사람들과 하녀들을 사귀었다. 그들은 파티를 벌이고 흥청망청 살아갔다. 플로라 벨은 짐꾼들의 환심을 샀는데 파티를 준비하기 위한 음식값과 술값을 그녀가 활수하게 내놓았기 때문이다.

그런 모임에서도 그녀는 대개 짝이 없이 외톨이였지만 그녀는 개의치 않고 혼자 파티에 나타났고 어울리기 편한 사람이 되려고 노력했으며 술을 마시고 상스러운 농담도 주고받았다. 하지만 취했을 때조차 그녀는 말이 많지 않았고 할 말도 별로 생각이 나지 않았다. 어쩌다 화물선에서 짐을 나르는 사람과 사랑에 빠진 그녀는 정기적으로 그에게 용돈을 쥐여 주었고 좋은 셔츠들도 사 주었지만 그는 그녀가 주는 것들을 받기에만 바빴을 뿐 결혼에 대해서는 전혀 언질을 주지 않았다. 그러다가 그녀는 그가 이미 결혼을 한 몸이고 애도 네 명이나 딸려 있다는 것을 알았다. 그는 어쨌든 자기도 그녀와 결혼할 맘 같은 건 없다고 말했다.

"당장 이곳을 떠날 테야." 플로라 벨이 혼잣말을 했다. "지금이라도 버스 정류장에서 표를 살 수 있다면 말이야."

그렇게 몇 년의 세월이 흘러갔다. 그녀는 힘든 노동과 외로움을 견디며 서해안의 도시들, 포도, 과일나무를 키우는 안개 낀 도시들을 거쳤다. 여관에서 요리를 하기도 하고 포주의 하녀로 일하기도 했으며 세탁소에서 다림질을 하거나 몬테레이, 버클리, 샌디에이고, 메리즈빌, 산호세에서 부유한 멕시코인들의 하녀로 일하기도 했다. 프레즈노에 이르렀을 때는 나이도 삼십이 훨씬 넘어 있었다. 그녀는 삶이 피곤하게 느껴졌다. 때때로 죽고 싶은 마음이 그녀를 사로잡았다. 그녀는 백인들을 위해 너무 오랜 시간 동안 일을 해 왔고 셀 수도 없이 저녁을 차렸으며 끝도 없이 침구들을 정리했다.

프레즈노의 목장 집에서 아이들을 돌보고 집을 치우고 안주인이 원하는 대로 일들을 해치우며 차고 윗방에서 외로운 밤들을 보내던 그녀는 감당할 수 없을 만큼 삶에 피로를 느꼈다.

'정말이지 죽었으면 좋겠어.' 그녀는 생각했다. 가끔 입 밖으로도 크게 소리를 내어 말을 할 때도 있었다. "죽어 버렸으면 좋겠어."

어느 날 그녀는 자신에게 물었다. "그렇게 못 할 이유가 뭐지?"

그건 밑도 끝도 없이 떠오른 생각이었다. "그렇게 못 할 이유가 뭐야?"

그래서 쉴 수 있는 목요일 오후가 되었을 때 그녀는 나가서 권총 한 자루를 샀다. 총알도 한 상자 샀다. 무거운 꾸러미를 들고 길을 걸어오는 것만으로도 왠지 기분이 좀 나아지는 것 같았다.

그날 밤, 차고 위의 그녀 방에서 그녀는 꾸러미를 풀어 총을 꺼내서는 한참 동안 그것을 들여다봤다. 검은색 총은 쇠의 질감이 느껴졌고 무겁고 딱딱하며 믿음직하고 확실한 느낌을 주었다. 그녀는 언제든 자신이 원하는 때에 총이 먼 곳으로 자신을 보내 줄 수 있을 거라고 확신할 수 있었다. 그녀가 프레즈노를 떠나기로 선택을 하면 그녀는 총에 의지할 수 있을 것이었다. 총이 있으면 다시는 아무도 그녀를 기다리는 사람이 없는 새로운 곳으로 떠날 필요가 없을 것이었다.

그녀는 여섯 발, 권총에 할 수 있는 만큼 한껏 총알들을 장전한 후 총구를 머리에 가져다 댔다. "아니, 여기보다는 심장을 쏘는 게 더 낫겠어." 생각을 바꾼 그녀는 차가운 총구를 자신의 가슴으로 향했다. 그렇게 그녀는 밤늦도록 총을 가지고 놀았다. 총을 내려놓은 후 옷을 벗고 잠자리에 든 그녀는 기분이 한결 나았다. 마치 아무 때라도 좋은 곳으로 갈 수 있을 것 같은, 더 이상 이 세상이나 스스로의 포로로 살지 않아도 될 것 같은 기분이 들었다.

그녀는 권총을 베개 밑에 깔고 잤다.

다음 날 아침 그녀는 총을 트렁크에 집어넣고 자물쇠를 채운 다음 일을 하러 갔다. 그날 그녀의 큼지막하고 추한 몸은 이전에는 찾아볼 수 없었던 활기를 띠고 움직였다. 그녀는 집주인 아이들에게도 유례없이 다정했다. 그녀는 계속 자신의 트렁크 안에 그녀에게 좋은, 그녀에게 친절한 무엇인가가 들어 있다는 것을 생각했다. 그렇게 날들이 지나갔다.

매일 밤, 차고 위 작은 방에서 그녀는 잠자리에 들기 위해 머리를 빗은 후 트렁크를 열고 총을 꺼냈다. 어떤 날은 총을 그녀의 무릎 위에 올려놓기도 했고 또 다른 날은 총구를 가슴에 댄 채 방아쇠에 손가락을 올려놓고 한참 동안 있었다. 방아쇠를 당기지는 않았지만 자신이 원하면 아무 때나 그럴 수 있다는 것을 그녀는 알았다.

어떤 날 밤에는 총을 젖가슴에 묻고 마치 애인에게 말하듯 총과 대화를 했다. 그녀는 과거 자신의 마음속을 스쳐 갔던 모든 생각을 총에게 들려주었다. 그녀는 자신이 하고 싶었던 모든 일들, 하지만 지금은 하고 싶지 않은 일들에 대해서 이야기를 했다. 지금 그녀가 원하는 것은 다만 총을 들고 있는 것, 자신이 원하면 언제나 떠날 수 있다는 것을 알고 있는 것이 중요했다. 그리고 그녀는 분명히 자신이 원하면 아무 때나 떠날 수 있다는 사실을 잘 알고 있었다.

매일 밤 총은 연인처럼 그녀의 옆에 머물렀다. 매일 밤 총은 그녀와 함께 침대에 올라갔고 베개 밑에 놓이거나 그녀의 손에 쥐어진 채 밤을 보냈다. 그녀는 잠결에 총의 길고 검은 동체를 만지며 "난 너를 …… 사랑해"라고 중얼거리기도 했다.

물론 그런 이야기를 남에게 하지는 않았다. 하지만 그녀 주위의 모든 사람은 플로라 벨 예이츠에게 뭔가 변화가 일어난 것을 알아차렸다. 그녀는 이유를 알고 있었다. 그녀의 삶은 밤 동안 곁에 머물러 주는 친구 덕분에 더욱 확실해지고 행복해졌다. 그녀는 일요일마다 교회에 출석하기 시작했고 찬송을 불렀고 예배 중에 큰 소리로 호응도 했다. 주중에 있는 교회 모임에도 열심히 나갔다. 주인집 아이들과 놀아 주기도 하고 안주인과 집 안에서 벌어지는 소소한 일들을 이야기하며 웃음을 터뜨리기도 했다. 백인 안주인은 이웃들에게 "나는 세상에서 제일 훌륭한 하녀를 들였어요. 처음 올 때는 아주 시무룩하더니 이제 우리 집이 마음에 드나 봐요. 아주 흠잡을 곳이 없는 여인이에요!"라고 자랑을 하기 시작했다.

세월이 흐르면서 플로라 벨은 살이 붙어 통통하고 명랑한 여인네로 바뀌어 갔고 그림책에 나오는 커다란 덩치의 사랑스러운 흑인 아줌마들처럼 되어 갔다. 그것은 총 덕분이었다. 어떤 사람들은 성경이나 술에서 자신감을 얻지만 플로라 벨은 총의 차가운 금속 몸체에서 자신감을 얻었다.

그녀는 여전히 프레즈노의 백인 가정 차고 위에서 혼자 살지만 자신이 원하는 때 아무 때나 떠나갈 수가 있는 것이다.

마지막 바람

His Last Affair

오륙 년마다 헨리 Q. 마스턴은 뉴욕을 찾았다. 그는 그곳에 사는 사람들 중 자신을 아는 이가 아무도 없다는 훌륭한 이유로 뉴욕을 좋아했다. 고향 인디애나에서는 각종 위원회에 그를 앉히려는 시장부터 크리스마스 때 그가 주는 햄 선물을 기대하는 청소부까지 모든 사람이 그를 알고 있었다. 그는 그만큼 부유했고 유명했고 훌륭한 신자였다.

테러호트에서 그는 신망이 있는 사람으로 널리 알려졌다. 덕분에 그는 자신만의 시간을 가질 여유가 없었다. 적십자부터 각종 외국 구호 단체, 숙박업소들, 클럽들, 교회와 관련된 다양한 기관들이 끊임없이 그를 찾아왔다. 물론 그의 사업을 위해서도 그는 많은 시간을 할애해야 했다. 그는 공사가 다망한 사람이었다.

마스턴은 부동산, 사료, 곡물, 사과, 기타 인디애나의 토양과 관련된 많은 상업적인 활동들을 벌이고 있었고 두세 군데 은행의 이사이기도 했다. 그의 사무실들은 시내에 있는 빌딩의 아래층을 통째로 사용하고 있었고 인디애나폴리스와 게리에 지점들을 가지고 있었다. 야심에 찬 그의 부인들과 딸들은 항상 시카고처럼 큰 도시에서 살고 싶어 했지만 마스턴은 평생을 살아온 작은 도시 테러호트의 삶이 마음에 들었다.

오십에 이른 그는 뚱뚱한 몸집에 좀 퉁명스러운 편이었고 머리가 벗어졌다. 두 명의 부인과 사별을 하고 인디애나 주 여성 클럽 연합회장이었던 여자와 세 번째 결혼을 했는데 그녀는 금주운동과 교회를 위해 열성적인 여인이었다. 덩치가 큰 세 번째 부인은 안경을 꼈는데 자신의 아이들이나 전처의 자식들을 잘 돌봤고 대가족을 흔들림 없이 그리고 기품 있게 이끌었다.

마스턴은 자신의 가정에 대해서는 불평할 것이 없었다. 그의 가정은 모든 가정에게 모범이 될 만한, 기독교적 덕의 전형이라 할 만한 가정이었다. 하지만 이삼 년에 한 번씩 마스턴은 그곳에서 벗어나야만 했다. 이번 봄 그의 아내가 패서디나에서 열리는 여성 클럽 대표 전국대회에 참석하기 위해 삼 주간 캘리포니아로 떠난 적이 있었다. 마스턴은 그녀가 출발하자마자 뉴욕으로 떠나왔다. 좁은 시골에만 갇혀 사는 그의 콧구멍에 마지막으로 브로드웨이 냄새를 맡게 해 준 지가 언제였는지 기억조차 나지 않았다.

마스턴은 망아지가 초원을 그리워하듯 브로드웨이를 필요로 했다. 그에게는 브로드웨이가 점점 더 정신을 차릴 수 없는, 바가지를 쓰기 좋은 장소로 변해 가는 것 같았다. 하지만 그를 알아보는 사람이 아무도 없는 곳에서 그는 바가지를 쓰든 말든 별로 신경 쓰지 않았다. 고향에서 재미를 좇아 그런 행동을 했더라면 단박에 기독교인에 어울리지 않는 행동이라는 비난이 따라왔을 것이지만 뉴욕에서는 그가 어떤 일을 하든 신경 쓰는 사람들도 없었고 그를 훌륭하게 여기는 사람도 없었다. 때마다 기부를 해 달라거나 각종 운영회 위원으로 일해 달라거나 불신자들을 위해 기도하고 헌금을 해 달라는 선교사들의 부탁 등 성가신 골칫거리들도 없었다. 브로드웨이는 어떤 종류의 구제 활동하고도 상관이 없었다. 자급자족이 그곳의 생활 방식이었다.

뉴욕에서 마음대로 술을 마시고 춤과 도박을 즐기는 동안 삼 주 가운데 두 주가 지나갔다. 마스턴은 남미인들이 사는 지역의 페퍼민트 라운지로 춤을 추러 갔다. 몇 명의 여자들을 만났지만 절대로 그의 호텔에서는 여자들을 만나지 않았고 그의 본명을 가르쳐 주지도 않았다. 아무도 그를 모르는 도시에서 익명으로 지내는 시간을 그는 만끽하고 있었다.

어느 날 초저녁 47번가와 브로드웨이가 교차하는 모퉁이, 네온사인이 정오의 태양보다 휘황찬란한 그곳에서 등 뒤로 누군가가 그의 이름을 불렀을 때 그가 느꼈을 놀라움을 상상해 보라. 그가 누구였든 간에 그의 이름을 정확하게 알고 있었다. "헨리 마스턴, 안녕하세요." 아주 상냥한 여자 목소리였다.

"도대체 누구지?" 마스턴은 뒤를 돌아보지 않고 앞만 바라보며 걷기 시작했다. 하지만 결국 호기심을 참을 수 없었던 그는 걸음을 멈추고 몸을 돌이켰다. 길모퉁이에는 키가 크고 매력 있는 젊은 여인, 아니 젊어 보이는 여인이 맵시 있는 옷차림으로 그를 바라보고 있었다. "안녕하세요, 헨리."

"어, 아, 안녕하시오." 인디애나에 있는 그의 건물들에 세를 들어 사

는 사람들 중의 하나이거나 자신이 장로로 있는 교회의 여신도일 것
이라고 생각하며 마스턴이 인사를 했다. 희미하게나마 미국 중서부
지방의 분위기가 느껴지는 것도 같았지만 여인은 분명 뉴욕에서 생활
을 하는 사람이었다. 마스턴은 혼란스러웠다.

"잘 지냈어요, 헨리?" 장갑 낀 손을 내밀며 그녀가 친근하게 말했다.
"이게 몇 년 만이죠?"

몇 년이란 그녀의 말을 듣고 그는 안심이 되었다. 하지만 그녀가 내
민 손이 기쁜 나머지 그는 그녀가 누구인지도 모르면서 말을 받았다.
"만나서 정말 반가워요."

"정말 몇 년이 지나간 건지도 모르겠네요." 그녀가 말했다. "저 기억
나세요, 헨리?"

오래전 학교 동창? 친구의 딸? 하지만 그는 그녀의 나이를 가늠할
수 없었다. 할 수 없이 그는 자신이 언제 그녀를 만났었는지 물을 수밖
에 없었다.

"정말 제가 생각이 나지 않는 거예요?" 그녀가 푸른빛 눈동자로 그
의 눈을 들여다보며 말할 때 향긋한 냄새가 풍겨 왔다.

부끄러웠지만 그는 전혀 기억이 나지 않았다. 조금만 시간을 주면
기억이 날 거라고 그는 대답을 했다. 그녀도 분명 그에게 조금 시간을
주려는 것처럼 보였다. 왜냐하면 린디스 카페에 들어가서 커피를 마
시며 이야기하자고 제안했기 때문이다. 그녀가 아주 매력적이었기 때
문에 마스턴은 기꺼이 그녀의 제안대로 기억을 되찾기 위한 첫걸음을
내디뎠다.

"당신은 내가 알고 있던 사람 같아요." 그녀와 가까이 앉아 있자 뭔
가 익숙한 느낌이 든 마스턴이 말했다.

"아주 잘 알던 사람이죠." 여인이 말했다. "기억이 안 나요?"

"여기, 뉴욕에서 알던 사이인가요?" 과거에, 아직 그가 그렇게 큰 성공을 거두지 못했을 때, 그는 정체를 숨기지 않고 뉴욕을 방문했었다.

"아니에요." 그녀가 말했다. "인디애나 고향에서 알았었죠."

"인디애나?"

"맞아요, 인디애나."

"이름이 뭐요?" 더 이상 호기심을 억누를 수 없는 마스턴이 물었다.

"캘리." 여인이 말했다.

"캘리!" 마스턴이 숨을 멈추며 말했다. "당신이 캘리라고?" 그가 외치듯 이름을 부르며 그녀를 쳐다봤다.

"지금은 캘리스타예요." 그녀가 말했다. "캘리스타 로워리."

"캘리 로워리!"

"한참 세월이 흘렀지만." 그녀가 미소를 띤 얼굴로 물었다. "혹시, 아직도 나를 사랑하나요?"

그는 그녀의 물음에 어떻게 대답을 해야 할지 몰랐다. 그는 그저 자리에 앉아서 그녀를 뚫어지게 바라보며 그녀의 얼굴과 전체적인 모습이 점점 더 낯익어지는 것을 느꼈다. 이제는 소녀가 아니고 여인의 모습인 그녀는 더 섬세하게 화장을 하고 훨씬 아름다워지기는 했지만 여전히 전처럼 생기 있고 묘한 구석이 있었다. 그녀의 금발 머리도 이전보다 훨씬 짙어졌다. 그녀가 캘리라니!

웨이터가 주문을 받으러 왔고 둘 다 아직 식전이었으므로 그들은 식사를 시켰다.

"우리는 서로를 기다리고 있었던 거예요." 캘리스타가 미소를 지으며 말했다.

혼란스럽고 놀란 마음에 식욕이 사라졌지만 헨리는 억지로 식사를 했다. 그는 캘리스타가 나타난 것에 큰 심적 동요를 느꼈다. 그녀의 마지막 모습이 생생하게 떠올랐다. 갑자기 그녀의 엄마와 자신의 엄마도 생각났다. 그 끔찍했던 날 난무했던 욕과 눈물들도. 그의 아버지도 그가 친 '사고'에서 그를 구하기 위해 무척 고생을 했다.

인디애나에서 고등학생 시절, 그는 캘리를 만났다. 그녀는 도시의 우범지대에서 살고 있었고 배우가 되기를 꿈꾸었다. 당시는 여자가 배우가 된다는 생각은 드문 때였다. 제대로 된 여인이 직업으로 삼기에 연기는 너무 외설적이고 어울리지 않는 일이었다. 하지만 어린 소녀와 여배우라고는 만나 본 적이 없는 고등학교를 다니는 남학생에게 배우라는 직업은 화려한 동경의 대상이었다. 시내에 유랑 극단이 들어올 때마다 헨리는 오페라하우스의 관중석에 앉아 있었다. 캘리도 엄마와 함께 혹은 혼자 그곳에 왔다. 그녀는 꿈 많은 열여섯의 나이였고 남자를 사귄 적이 아직 한 번도 없었다.

어느 날 밤 그는 그녀를 극장에서 우범지대에 있는 그녀의 집까지 데려다주었다. 가는 길에 그는 그녀에게 키스를 했다. 그때처럼 흥분된 적이 그의 인생에는 다시 없었다. 테이블을 가로질러 그녀를 마주보고 있는 그 순간 그에게 그때의 흥분이 고스란히 다시 느껴졌다.

까마득히 먼 어느 겨울, 라디오와 텔레비전이 아직 세상에 들어오기 전 그들은 만나서 극장이나 오페라하우스의 가장 싼 자리에 앉아 〈두 깃발 아래〉 〈이스트 린〉 〈톰 아저씨의 오두막〉 〈버스터 브라운〉 등을 보았었다. 어느 땐가 〈춘희〉를 보고 난 후 캘리는 눈을 반짝이며 그에게 말을 했었다. "헨리, 나는 파리에 가는 게 내 꿈 중의 하나야."

헨리도 가고 싶다고 말을 했다. 공연이 끝난 후 그는 눈길을 걸어 그녀를 동네까지 배웅해 준 후 다시 혼자 '점잖은' 사람들이 사는 동네에 있는 그의 집까지 내내 걸어왔다.

어느 봄, 헨리와 캘리는 집으로 가는 도중 공원엘 들렀다. 그 후 두 사람은 여러 번 공원에 갔는데 어느 날 캘리가 유랑 극단 여주인공처럼 신파조로 말했다. "헨리, 나 자기 애를 가졌어!"

전교 회장으로 고등학교 졸업을 앞두고 있던 마스턴에게는 청천벽력 같은 소식이었다. 그것은 그의 아버지에게도 마찬가지였다. 어머니는 그 소식을 듣고 이 주일 동안 자리에 드러누웠다.

"그런 천한 여자애와! 오, 하나님! 루주나 바르고 분을 떡칠하는 영화배우가 되겠다는 여자애와 말이지. 틀림없이 담배도 피우겠지. 그런 들어 본 적도 없는 집의 애를 말이야!"

그의 부모는 험한 꼴을 치르며 헨리를 말썽에서 구해 냈다. 눈물이 흘렀고 추한 광경이 벌어졌으며 집시처럼 생긴 캘리의 엄마에게 돈이 쥐어졌다. 캘리와 그녀의 엄마는 시카고로 떠났고 헨리는 그 후로 그들의 소식을 듣지 못했다. 아주, 아주 먼 옛날의 일이었다.

린디스 카페에 테이블을 마주하고 앉아 그녀를 쳐다보고 있자니 오페라하우스의 냄새, 캘리의 머리털 모양이 다시 생각이 났다. 지금은 완전한 금발이지만 그녀의 머리에서 여전히 좋은 냄새가 날지, 그녀의 입술도 여전히 달콤할지 궁금했다. 그녀는 예전의 모습을 잃지 않았을 뿐만 아니라 뉴욕에 사는 사람들 특유의 날씬하고 맵시 있는 모습으로 오히려 옛날보다 더 나아졌다(비록 그녀도 지금 마흔을 훨씬 넘긴 나이일 테지만)고 할 만했다. 자신도 모르게 헨리는 그녀를 작은 마을에서 만나 결혼을 한 후 함께 살아온 자신의 세 명의 부인들과 비교하고 있었다. "그래서 배우는 되었어?" 그가 물었다.

"캘리스타 로워리라는 이름을 들어 본 적 없어요?" 그녀가 놀리듯 물었다.

"캘리라는 이름은 들어 본 적이 있지만." 그도 놀리듯 맞장구를 쳤다. 두 사람은 웃음을 터뜨렸다.

"나는 배우예요. 하지만 아주 유명하다고는 할 수 없어요." 그녀가 말했다. "적어도 주연을 한 번도 해 보지는 못했으니까요. 극단에서 여러 가지 역할들을 맡아 공연을 하긴 했어요. 한두 번은 브로드웨이 무대에도 섰고요. 하지만 별로 대단하다고는 할 수 없어요. 당신이 내 인생에서 가장 큰 사건이었죠, 헨리."

"그랬다니 기쁘군." 마스턴이 대답했다.

"당신이 옛날 그대로였으면 좋겠어요." 그녀가 말했다. "오페라하우스 기억나요?"

"당연하지." 마스턴이 말했다. "그뿐인가, 공원도 기억이 나." 그는 테이블로 몸을 기울이며 그녀에게 물었다. "그런데 캘리, 우리…… 그러니까, 어, 혹시, 우리들 아이가…… 있는 건 아니야?"

"기억 안 나요?" 그녀가 말했다. "당신의 아버지가 허락을 하시지 않았다는 걸?"

브로드웨이. 빛과 낯선 로맨스들의 거리. 이상하고 부서지기 쉬운 것들이 시작되고 끝나는 곳. 냉혹한 겉면과 섬세한 심정들이 공존하는 곳. 재즈 클럽 버드랜드에서 흘러나온 재즈 음악이 사람들의 순간적인 충동들과 환상, 꿈들을 노래하는 곳.

"캘리." 마스턴이 말했다. "우리 예전처럼 공원을 다시 거닐어 볼까?"

맨해튼에 있는 남은 한 주 동안 마스턴은 캘리스타—아니, 캘리—의 얼굴이 유명한 미장원에서 만져진 결과이고 그녀의 머리에서 나는 좋은 냄새는 프랑스 미용사의 포마드 냄새, 그녀의 아름다운 입술은 딸기 루주 때문이라는 것을 알게 되었다. 하지만 그녀의 다정하고 상냥한 성격은 인디애나에서와 변함이 없었다.

마스턴은 뉴욕에서의 이 마지막 일주일처럼 즐거운 시간을 보낸 적이 없었다. 아니, 그의 인생에서 그렇게 즐거운 일주일을 보낸 적이 없었다. 그간에 까맣게 잊고 있었던 젊음과 로맨스가 캘리스타와 함께 그에게 되돌아왔다. 그들은 극장으로 연극을 보러 가서 과거처럼 가장 싼 좌석에 앉기도 했다. 비록 그들이 본 연극은 과거에 본 멜로드라마들과는 전혀 다른 내용이었지만 서로에게 푹 빠진 두 사람에게 그런 것은 눈에 들어오지도 않았다.

하지만 마침내 마스턴이 집으로 돌아가야 할 날이 되었다. 주어진 시간이 다 바닥이 났다.

하지만 그는 캘리를 만나면서 이번 일은 그의 인생에 있어 간주곡, 아니 옛사랑의 최종 악장쯤에 해당하는 것일 뿐이라고 생각하고 있었다. 다섯 명의 아이들이 있는 기혼자, 교회의 주요 인물이자 지역사회의 지도적인 인사인 그로서는 이 만남을 계속 유지할 방법이 없었다. 이번 일은 그가 기차를 타는 동시에 끝나야 할 일이었다.

캘리―캘리스타―도 그의 생각에 동의했다. 하지만 뚱뚱한 백발의 헨리와 헤어지는 날, 그녀는 마치 크게 상심한 것처럼 행동했다. 정성 들여 화장을 한 그녀의 얼굴을 가로질러 두 줄기 눈물이 흘러내렸다. 마스턴도 그녀와의 이별을 견디기 힘들었다. 옛날, 그들이 처음 헤어져야 했을 때만큼이나 고통스러웠다. 하지만 일단 기차에 올라탄 그는 기차가 인디애나에 가까워 가면서 캘리―캘리스타 로워리―를 점차 잊기 시작했고 그 자리에 그의 아내가 들어왔다. 일요일 저녁에는 저녁 식사로 닭을 먹어야겠다는 생각이 들었다. 아이들도 모두 돌아올 것이다. 식구들은 그가 건강하게 돌아온 것을 보고 모두 기뻐할 것이다.

캘리가 유명한 여배우가 되지 못한 것은 참 유감이었다. 하지만 그녀는 어쨌건 뉴욕의 캘리스타 로워리로 그 나이에도 아름다움을 유지하고 좋은 옷을 입고 지내고 있으니 그만하면 인디애나 오페라하우스의 싸구려 좌석에서 꾸었던 꿈을 어느 정도 이룬 것으로 봐도 좋을 것이었다. 그녀는 아름답기는 했지만 딱하게도 여전히 옛날처럼 어리석었다. 만약 그가 부모의 반대를 무릅쓰고 그녀와 결혼했더라면 어땠을까? 쯧쯧…… 그건 안 될 말이었다. 그녀는 자신의 부인이었던 세 명의 여인들처럼 그를 제대로 보필하지 못했을 것이다. 지금처럼 성공을 하게 되었을지도 의문이다. 캘리스타에게는 사람의 넋을 빼놓는 뭔가가 있다. 예전에도 항상 그랬다. 그녀가 있으면 그는 일에 집중할 수 없었을 것이다.

시카고에서 기차를 타고 돌아오는 부인을 맞기 딱 알맞게 그는 아침 일찍 테러호트에 도착했다. 그는 작은 도시의 중년 사업가로서의 평화롭고 편안한 삶으로 다시 돌아갔다.

하지만 이 주일 후쯤 오후에, 마스턴이 다음번 골프 게임에 대한 계획을 세우고 있을 때 사무실로 전화 한 통이 걸려 왔다.

그의 비서가 말했다. "장거리 전화예요, 사장님. 뉴욕에서 걸려 온 전화인데요. 받으시겠어요?"

그는 수화기를 들어 귀에 갖다 댔다.

"마스턴입니다. 말씀하세요."

"안녕." 상냥한 여인의 목소리가 수화기에서 흘러나왔다. "캘리예요,

자기. 나 또 자기 애를 가진 것 같아요."

"맙소사!" 마스턴이 놀라 소리를 질렀다. "세상에! 도대체— 도대체 내게 뭘 원하는 거지?" 인디애나의 사무실 책상 앞에 앉아 있는 중년의 사내가 물었다. 아내와 아이들의 모습, 집, 교회의 모습이 그의 눈앞을 춤추듯 스쳐 갔다.

"자기." 캘리스타가 말했다. "돈이 필요해요."

"돈?" 그의 이마에 진땀이 맺혔다. "얼마나— 얼마나? 도대체 얼마나 돈이 필요하다는 거야?"

"저번에 준 돈은 너무 적었어요." 캘리가 말했다. "기억나요? 간신히 엄마와 시카고로 갈 여비밖에 되지 않았죠. 이번에는 아무래도 파리로 가야 할 것 같아요. 이제껏 한 번도 외국에 가 본 적이 없어요. 파리는 내가 꿈꿔 온 곳이기도 하고요. 우리 아이는 거기서 태어날 거예요, 헨리."

"이천 달러면 되겠어?" 그를 코치해 줄 사람이 아무도 없는 탓에 마스턴이 다짜고짜 물었다.

"그 금액의 열 배쯤을 만들어 봐요." 캘리스타가 말했다. "그 정도면 될 것 같아요."

"뭐라고?" 마스턴의 입에서 신음 소리가 흘러나왔다. "이봐, 캘리! 아니 캘리스타! 캘리!"

"이젠 나를 돌봐 줄 엄마도 제겐 없어요." 수화기 건너편에서 울려 나오는 그녀의 목소리가 슬펐다. "친구로 지내는 변호사들만 몇 명 알고 있을 뿐이죠, 헨리."

"제발." 헨리가 몸을 떨며 말했다. "잠깐만 기다려, 기다리라고."

"일 분만 시간을 줄게요." 캘리스타가 말했다.

"내가—어—당신에게— 당신에게 돈을 보낼게, 캘리." 그가 헐떡이는 목소리로 말을 했다. "이번 주 안으로 당신 앞으로 수표를 보낼게."

"내 변호사 앞으로 보내 주면 더 고맙겠어요." 매력적인 목소리가 말했다. "법적으로 문제가 없게 하기 위해서예요." 그녀는 주소를 불러 줬다.

"알았어." 마스턴이 주소를 받아 적으며 쉰 목소리로 말했다. "다 적었어."

"유럽에 한번 와요." 사랑스러운 목소리가 그의 귀에 속삭였다.

"어쩌면." 마스턴이 헐떡이는 목소리로 말했다. "하지만 내가 좀 바빠서."

"그럼 잘 있어요, 헨리." 안됐다는 투로 그녀가 인사를 했다. "이런 일로 불편하게 해서 미안해요."

마스턴이 아직 어지럽기는 하지만 비로소 자리에서 움직일 수 있게 되었을 때 그는 이마의 땀을 닦은 후 벨을 눌러 물을 한 잔 가져오게 한 다음 이만 달러를 뉴욕의 캘리스타 로워리에게 이체할 준비를 했다.

일주일 후 새로 머리를 하고 목이 파인 연보랏빛 드레스를 입은 캘리가 대서양을 가로지르는 비행기의 일등석으로 가는 출구를 지나 의기양양한 미소를 지으며 그녀가 꿈꿔 온 도시 파리로 가는 비행기에 올라탔다.

"내가 아기를 가졌어요— 내가 했던 대사 중 최고였어." 그녀가 혼잣말을 했다. "내가 만들어 낸 대사가 두 번이나 통하다니! 배우가 아니라 극작가가 되어도 좋았을 거야. 하지만 헨리는 내 상대역을 하기에는 너무 멍청하지. 내가 흑인이라는 것조차 눈치를 못 챘잖아?"

사랑을 나눌 장소
No Place to Make Love

우리는 사랑을 나눌 장소가 없었어요. 문간에서 키스를 하거나 영화를 보며 손을 잡고 있을 수는 있었죠. 혹은 누군가의 차를 빌릴 수도 있었고요. 하지만 대부분의 경우 우리는 사랑을 할 공간을 찾을 수 없었어요. 제가 모든 사정을 말씀드릴게요. 그러면 왜 메리와 내가 여기에 왔는지 아실 수 있을 거예요. 우리는 자선을 바라는 게 아니에요.

우리는 가난하고 어렸죠. 하지만 우리의 부모가 보기엔 나가서 일을 할 수 있을 만큼은, 그래서 매주 집에 생계비를 벌어 올 만큼은 나이를 먹었었죠. 그렇지만 우리의 사랑에 관해서는 아무도 우리를 걱정해 주는 사람들이 없었어요. 우리 같은 가정환경의 아이들은 그런 문제들도 알아서 혼자 해결을 해야 했죠. 그때쯤의 어른들은 모두 이젠 사랑 따위에는 관심이 없을 나이들인지라 우리가 그런 문제들을 어떻게 해결하는지에 대해서는 아랑곳하지 않았죠. 그저 우리가 서로 눈이 맞아서 집을 나가면 집으로 들어오는 수입이 줄어들까만 걱정을 했죠.

메리와 나도 결혼을 할 만큼 벌이를 하지는 못했어요. 나는 홀어머니와 두 명의 어린 여동생들을 부양해야 했죠. 아버지는 작년에 돌아가셨어요. 우리 모두 십 대 때 학교를 그만두어야 했어요. 메리네도 식구들이 많았어요. 여동생들, 남동생들이 한 집 가득이었어요. 장녀였던 그녀는 양말 공장을 다니며 번 돈의 마지막 일 센트까지 집에 가져다주어야 했죠. 나나 메리 모두 백인이었지만 남부 지방의 가난한 가정에서 자라는 것은 정말 따분한 일이었어요, 선생님.

가난하기는 했지만 우리의 부모들은 엄청나게 종교적이었죠. 그들은 부흥회라면 사족을 못 썼고 성경 학교를 운영하라고 교회에 헌금을 했죠. 메리하고 내가 일요일에 극장이라도 가면 예배를 빼먹었다고 난리를 쳤어요. 그녀의 부모는 나를 조금도 좋아하지 않았죠. 내가 그녀와 결혼하고 싶어 한다는 것을 알고 있었기 때문이었어요. 그들은 집에 꼬박꼬박 돈을 내는 하숙인을 하나 잃을까 봐 걱정이 되었던 거겠죠.

나는 그녀를 데리고 도망을 가고 싶었어요. 진짜예요! 북부 지방 아무 데라도 말이에요. 하지만 고생을 하는 엄마를 두고 그럴 수는 없었어요, 비록 엄마가 항상 내게 투덜대기는 했지만 말이에요. 선생님, 정말 저는 때로는 아이들은 부모 없이 태어나야 한다고 생각을 해요.

어른들은 우리가 사랑을 나눌 공간이 없다는 것을 알았지만 아무 관심도 없었어요. 큰 도시가 아닌 작은 시골 마을에서는 둘만의 공간을 찾기가 쉽지 않죠. 가난해서 자동차도 하나 없고 집은 식구들로 넘치고, 무슨 방법이 있겠어요?

그래서 우리는 지난여름에는 숲으로 갔어요. 적당한 언덕을 하나 찾았죠. 우리는 마치 에덴동산에 와 있는 것처럼 행동했지만 아래쪽에 있는 길로 자동차와 버스가 지나가는 소리들이 들렸어요.

어느 날 저녁 해가 지고 별들이 막 뜨려고 하는 즈음, 집으로 돌아오는 길에 메리가 말했어요. "자기, 아무래도 말을 해야 할 것 같아. 지난주에 약을 두 번이나 먹었는데도 아무 소용이 없어. 벌써 두 달째 그것이 안 비쳐."

나는 말했죠. "나는 그게 효과가 있든 없든 상관없어. 우리 결혼하자. 나는 아이들이 좋거든."

그래서 나는 결혼 신고를 하려면 돈이 얼마나 필요한지 알아봤어요. 그다음 주 우리가 우리만의 언덕으로 갔을 때 우리는 남편과 아내였어요. 그날 나는 응접실에 있는 침대 겸 소파에서 함께 잠을 자려고 그녀를 집으로 데려왔어요. 엄마는 우리 같은 어린것들이 결혼을 하면 굶어 죽기 딱 좋다며 길길이 날뛰었죠. 물론 그래도 자기는 눈 하나 깜짝하지 않을 거라면서 말이에요. 어떻게 자기한테 알리지도 않고 결혼을 할 수 있느냐고 했어요. 돈도 한 푼 없는 주제에 아이는 왜 낳느냐면서 말이죠. 엄마는 화가 나서 앓아누웠어요. 식구들이 모두 숨이 넘어갈 것처럼 굴었죠. 메리의 부모는 임신한 꼴의 그녀를 치워 버리게 되어 너무 홀가분하다고 떠들고 다녔어요. 하지만 실은 우리를 갈라놓기 위해 모든 수를 다 썼죠. 갑자기 우리 엄마와 친한 척을 하더니 우리가 얼마나 어리석은지 몇 시간이고 떠들어 대더군요. 우리가 얼마나 배은망덕한지에 대해서도요.

우리 엄마는 메리에게 못되게 굴었어요. 내 누이들도 마찬가지였고요. 우리가 퇴근하기도 전에 그들은 저녁을 차려 먹었죠. 나는 식구들을 위해 식료품값을 지불하는 사람이었지만 메리는 퇴근한 후 우리를 위한 저녁 식사를 따로 차려야 했어요. 가족도 정말 남보다 못되게 굴 수 있더군요.

엄마는 우리가 부모의 허락도 받지 않고 결혼을 하기 위해 나이를 올려 신고한 사실을 고발하겠다고 협박했어요. 결혼을 무효로 돌리겠다는 거였죠. 하지만 아기가 태어날 마당이라 그건 불가능했죠. 아기가 태어나면 어쨌든 내가 키워야 하리라는 것을 알고 있었으니까요. 그래서 항상 입으로만 협박을 하고 실천에 옮길 수는 없었죠.

"대가리에 피도 안 마른 게 벌써 아이를 낳다니." 엄마는 투덜대곤 했어요.

나는 웃어넘기고는 했지만 속으로는 화가 났어요. 엄마가 농담으로 그런 말을 하는 것이 아니라는 것을 알았으니까요. 나이 든 어른들은 정말 우리를 들들 볶았어요. 그들에 둘러싸여 사는 게 정말 힘들었죠. 어느 날 메리와 나는 뉴욕으로 가는 밤차를 탔어요. 우리는 친척들이 없는 편안한 환경에서 아이를 낳고 싶었죠.

물론 나는 뉴욕에서 일자리를 구하는 것이 이렇게 어려울 줄 몰랐어요. 이곳이 이렇게 추운 곳인 줄도 몰랐고요. 이제껏 집을 떠나 본 적이 없었으니까요. 불경기든 아니든 나는 곧 태어날 아기 때문에 아무 일자리라도 잡아야 해요. 메리는 일을 할 수 없어요. 하지만 난 시를 위해 눈을 치우는 일자리도 얻을 수 없었죠. 투표권이 있어야 한다나요.

선생님은 우리가 이곳에서 두 번째 만난 생계 보호 조사관이에요. 저번에 우리가 만난 사람은 백인이었는데 자신이 할 수 있는 일이 아무엇도 없다고 했어요. 우리가 자기의 관할구역이 아니라면서요. 관할구역이 무슨 뜻인지 저희한테 설명을 좀 해 주실 수 있나요, 선생님? 태어날 아이를 위한 변변한 공간을 찾는 저희 같은 젊은 사람들은 어떻게 해야 하는 거죠? 선생님, 저는 정말 절박해요. 메리도 마찬가지고요. 집세도 내야 하고요. 추운데 한데에서 아이를 낳을 수는 없어요. 가능하면 아이가 우리처럼 자라 사랑을 나눌 공간도 없게 만들고 싶지도 않고요. 저는 구호를 원하는 게 아니에요. 일자리를 원한다고요. 선생님은 이해를 해 주실 거라 믿어요. 선생님 같은 니그로들도 힘든 시절을 겪어 본 적이 있잖아요? 아닌가요?

어느 부활
Rock, Church

윌리엄 존스 목사는 청중의 영혼을 일깨우고 날아오르게 만들 수 있는 락처치 교회의 설교자들 중 한 명이었다. 연단에 선 그는 어떤 때는 설교를 아주 천천히 느릿느릿 시작했기 때문에 처음 그의 설교를 듣는 사람들은 그의 설교가 변변치 않을 것이라 생각하기 쉽다. 하지만 설교가 끝날 때쯤이면 형제, 자매들의 열화와 같은 반응으로 교회의 벽이 갈라지고 문들이 열어젖혀지고 좌석들이 뒤집힐 지경이었다.

윌리엄 존스 목사는 뛰어난 설교자였다. 하지만 그는 만족할 수 없었다. 그는 자신을 능가하는 설교자가 되고 싶었다. 빌리 그레이엄이나 엘머 갠트리*, 다시 살아난 대디 그레이스** 같은 사람이 되고 싶었다. 그것이 그를 망하게 한 원인이었다. 야심!

존스 목사는 일 년 정도 세인트루이스의 후미진 곳에 있는 조그마한 흑인 교회들 가운데 한 곳에서 목사로 시무하고 있었다. 그의 교회는 주중에도 매일 밤 설교와 찬양, 기도가 행해졌는데 목사가 말씀을 전하는 동안 자매들이 탬버린을 흔들고 소리 질러 호응을 하고 가스펠송을 부르며 행복해했다.

존스 목사는 예배를 시작할 때 언제나 〈주의 손에 있을 때〉라는 찬송을 불렀는데 일단 그 찬송의 리듬을 타기 시작하면 군중들은 언제나 헌금함이 놓인 앞쪽으로 춤을 추며 나아올 수밖에 없었다. 존스 목사는 예배가 시작될 때와 끝날 때, 두 번 헌금을 걷었다.

그의 손에 있을 때!
그의 손에 있을 때!
나는 안전하고 강건하오니
나는 움직이지 않으리
예수님의 손에 앉아서!

"어서, 어서들 나와요! 내 양 떼들!" 존스는 소리를 높이곤 했다. "예수님을 위해 헌금을 하세요!"

늙은 세탁부들, 뚱뚱한 몸집의 요리사들, 마르고 키만 큰 트럭 운전사들과 산만 한 덩치의 일용 노동자들이 매일 저녁 두 번씩 앞으로 나와 존스를 위해 그들의 돈을 바쳤다.

---

* Elmer Gantry. 미국의 작가 싱클레어 루이스의 1927년 작 종교 풍자소설의 제목이자 소설의 주인공.
** 인기를 끌었던 사이비 교주.

그의 손에 있을 때!

그의 손에 있을 때!

내가 당신을 알게 하리

나는 눈처럼 깨끗해

예수님의 손에 앉아서!

피아노가 경쾌하게 연주되고 탬버린이 요란하게 박자를 맞추는 가운데 사람들이 설교단 바로 앞까지 크게 연호를 하며 나아왔다.

"몸을 흔들어요, 여러분, 몸을 흔드세요!" 존스 목사는 눈앞에서 그의 수입이 불어나는 흥분되는 순간이면 소리를 지르곤 했다.

하지만 그는 야심이 너무 컸다. 적당한 선에서 멈출 줄을 몰랐다. 그는 거물이 되어 할렘을 놀라게 하고 디트로이트를 감동시킨 후 시카고를 점령하고 할리우드로 진출하기를 원했다. 그는 세인트루이스에 만족할 만한 사람이 아니었다.

"모든 사람을 흥분의 도가니에 빠지게 하려면, 모든 사람이 우리 교회 이야기를 하게 하려면, 교회 밖의 거리가 사람들로 인산인해를 이루고 내 이름이 천지사방, 촌구석까지 알려지려면 어떻게 해야 할까?" 그는 궁리를 시작했다.

빌리 선데이는 집회마다 엄청난 수의 사람들을 회심하게 한다고 들었고 벡턴 목사는 설교를 하다가 얼마나 땀을 흘리는지 옆에서 두 사람이 서 있다가 계속 옷을 갈아입혀 준다고 했다. 그는 저녁 예배를 인도할 때마다 이마의 땀을 닦기 위해 수십 장의 수건을 사용한다고도 했다. 안젤루스 템플을 세운 에이미 셈플 맥퍼슨은 결혼과 이혼을 밥 먹듯 하며 신문 전면을 장식했다.

'나도 뉴스에 이름이 나와야 해.' 존스 목사는 생각했다. '이 동네는 내가 활동하기에는 너무 좁다고! 세상에 내 이름을 알리고 싶어!' 전에도 말했듯 존스는 훌륭한 설교자였고 잘생기기까지 했다. 그는 큰 목소리로 소리를 치거나 절절하게 절규를 할 수 있었고 이전에 어떤 흑인 설교자들보다 자매들을 감동시킬 수 있었다. 게다가 아직 그가 젊고 죄인이었을 때, 그는 멤피스와 빅스버그에서 가벼운 유흥업에 종사를 했었기 때문에 어떻게 하면 여자들의 마음을 움직일 수 있는지 잘 알고 있었다.

세인트루이스에서 활동을 시작한 이래 존스는 그가 개인적으로 돌볼 암양을 찾고 있었다. 그의 교회에 나오는 여신도들 중에서 그는 마침내 매기 브래드퍼드를 점찍었다. 매기 자매가 특별히 아름다웠기 때문은 아니었다. 아니, 그녀는 아름다움과는 거리가 멀었다. 하지만 그녀는 잘 먹어 몸이 좋았고 성격도 좋았고 재산도 있었다. 그녀는 네 채의 주택을 소유하고 있었는데 위층, 아래층으로 세를 놓고 있었고 거기에서 나오는 집세가 짭짤했다. 게다가 그녀는 항상 목사를 먼저 챙겼고 상냥하고 귀엽게 행동했다.

존스 목사는 어느 날 아침 그의 옆에 누워 있는 매기에게 그의 야심을 털어놓았다.

"매기, 나는 더 크게 교세를 일으키고 싶소." 그가 말했다. "나는 정말 성공을 하고 싶어요. 어떻게 해야 내가 세상의 주목을 받을 수 있겠소? 종교적인 방식으로 말이오."

두 사람은 생각하고 생각했다. 그날은 독립기념일이었기 때문에 매기 자매는 집세를 받으러 나갈 필요가 없었다. 그들은 자리에 누워 하루 종일 생각을 했다.

마침내 매기 자매가 입을 떼었다. "빌 존스, 내가 어렸을 때부터 잊지 못하는 사실이 하나 있는데 뭔지 알아요? 미시시피 아래쪽에 유뱅크스라는 사람이 있었는데 죽었다가 삼 일 만에 다시 살아난 적이 있었어요. 그때부터 그 일은 내 뇌리에서 떠나지 않았어요. 그쪽 지방에 사는 사람들은 모두 나와 마찬가지일 거예요. 정말 잊을 수 없는 일이었죠. 그런 비슷한 일을 해 보면 어때요?"

"매기 자매, 그 사람은 어떻게 그런 일을 할 수 있었죠?"

"그는 누구에게도 어떻게 그런 일이 가능했는지 말하지 않았어요, 빌. 그저 하나님의 은혜라고만 말을 했었죠."

"그랬을지도 모르지." 존스가 말했다. "그랬을지도 몰라."

그는 자리에 누워 얼마간 더 생각을 했다. 잠시 후 그가 말했다. "하지만 자매, 나는 그보다 더 엄청난 일을 할 거요. 나는 십자가에 못이 박힐 테요."

"오, 하나님!" 매기 자매가 말했다. "존스, 당신 제정신이 아니에요."

당연한 얘기지만 목사는 그가 원하는 기적을 성공적으로 수행하기 위해 믿을 수 있는 사람이 필요했다. 그래서 그는 존스가 목사로 부임하기 전부터 교회의 기둥 같은 역할을 해 온 수석 집사인 힉스 형제를 선택했다.

하지만 힉스 형제(보통은 편하게 불도그라고 불렸다)가 브래드퍼드 자매와 연인 관계였음을 몰랐다는 것이 목사에게는 큰 불행이었다. 브래드퍼드 자매는 목사에게 자신의 과거 연인들에 대해 따로 말을 하지 않았었다. 그러니 그가 그녀의 과거의 연인들이 아직도 그녀를 잊지 못하고 있다든가 내심 자신에게 질투심을 품고 있다는 것을 어찌 알 수 있었겠는가?

"힉스," 십자가에서 죽었다가 다시 살아난다는 그의 계획을 털어놓으며 목사가 말했다. "그 계획만 성공하면 나는 세상에서 가장 유명한 목사가 될 거예요. 그건 의심의 여지도 없죠. 내가 전 세계적으로 유명한 목사가 되면, 불도그, 당신이 나와 같이 온 세상을 다니는 겁니다. 내 수석 집사로 삼아서 어디든 같이 동행을 하겠소. 당신이 내 오른손이 되고 매기 브래드퍼드가 내 왼손이 될 거예요. 아멘!"

"무슨 말씀인지 알겠어요." 힉스 형제가 대답했다. "그렇게 됐으면 정말 좋겠네요."

하지만 존스 목사가 좀 더 주의 깊게 보았더라면 그는 집사의 눈에서 사악한 기미를 읽을 수도 있었을 것이다.

"성공할 거요." 존스 목사가 말했다. "당신이 입단속을 하고 내가 지시하는 대로만 정확하게 따른다면 말이오. 나는 당신을 믿어요. 당신이나 나나 내가 진짜로 죽지는 않는다는 것을 알잖소? 내가 진짜로 못이 박히는 것도 아니고 말이오. 그러니 당신이 나를 도와주어야 해요. 우선 커다란 십자가를 하나 만들어 줘요. 제단보다 훨씬 크게 말이에요. 그곳에 못 박히기 위해서 내가 사다리를 타고 올라가야 할 만큼 높아야 해요. 그곳에 당신이 나를 못 박는 거죠. 십자가가 높으면 높을수록 좋아요. 그래야 사람들의 눈에 끈이 보이지 않을 테니까. 나는 못이 박히는 게 아니라 끈으로 십자가에 묶일 거예요. 조명은 장밋빛이어야 할 거예요. 끈이 잘 보이지 않게 말이죠. 나를 못 박을 때가 되면 다른 사람이 아니라 바로 당신이 그 일을 해야 해요. 당신이 내 발과 손이 아니라 발가락과 손가락들 사이에 못을 박는 거예요. 너무 깊숙이 박지는 말아요. 못대가리들이 좀 튀어나올 정도로 남겨 둬요. 무슨 말인지 알겠어요?"

"무슨 말인지 알겠어요." 불도그 힉스 형제가 대답했다.

"그 후엔 당신과 내가 바로 그대로 교회에서 하루를 보내는 거예요. 사람들이 내가 다시 살아나는 것을 보러 올 때까지 말이에요. 가끔씩 당신은 내가 십자가에서 내려와서 쉴 수 있도록 해 줘야 해요. 십자가에 매달려 있는 동안, 특별히 기자들이 와 있는 동안은 꼼짝없이 죽은 척을 할 테니. 월요일 저녁이 되면, 할렐루야! 내가 다시 살아나서 헌금을 받는 거예요!"

"아멘!" 힉스 형제가 대답했다.

존스 목사가 신문, 라디오, 소문을 통해 자신이 십자가에 못 박혀 죽었다가 다시 살아나기로 발표를 한 날이 되자 교회 주변은 그 기적을 목격하기 위해 세인트루이스, 이스트 세인트루이스를 비롯하여 거의 나라 전역에서 몰려온 니그로들로 인산인해를 이루었다. 그들 중 많은 사람은 목사의 말을 믿지 않았지만 역시 그만큼 많은 사람이 그의 말을 믿었다. 종종 가짜 선지자들이 사람들을 현혹시켜서 정신을 차릴 수 없게 만들었기 때문에 사람들은 직접 그들의 눈으로 확인하고 싶어 했고 그래서 교회로 몰려왔다.

교회는 사람들로 발 디딜 틈도 없이 만원을 이뤘다. 남는 자리는 찾아볼 수도 없었고 목사가 십자가에 이르려면 아직 한참 멀었는데도 슬퍼하는 자매들의 눈에서 눈물이 쏟아져 내렸다. 목재소에서 방금 나온 목재로 만들어진 십자가는 설교단 뒤쪽에서 제단을 굽어다 보고 있었다. 브래드퍼드 자매가 종이로 백합을 만들어 머리 부분과 발치를 장식한 십자가는 장밋빛 조명에서 아름다워 보였다.

존스 목사의 설교는 강력했다. 뜨거운 설교의 열기에 호응하여 교회를 메운 회중은 자리에서 뛰며 소리를 질렀다. 마치 교회의 벽이 무너지기라도 할 것 같았다. 설교가 끝나자 존스 목사는 엄숙한 목소리로 발표를 했다. 앞으로 하루 밤낮이 지나기까지는 그의 마지막 연설이었다.

"여러분! 제가 이미 세상에 발표했듯 오늘 밤 저는 세상을 뜰 겁니다. 이 십자가에 못이 박혀서 숨을 거둘 거예요. 하지만 내일, 8월 21일, 월요일 낮 12시에 나는 다시 살아날 겁니다. 아멘! 십자가에서 스물네 시간을 보낸 후 말입니다. 할렐루야! 그러면 세인트루이스가 구원을 받을 것입니다. 나를 보기 위해 나아온다면 말이죠. 십자가로 올라가기 전에 마지막으로 〈주의 손에 있을 때〉를 한 곡 부릅시다. 바로 그 찬송대로 될 테니까요. 이제 제가 세상을 떠나기 전에 찬송을 부르면서 모두 앞에 있는 헌금함으로 나와 교회를 위해 헌금을 하겠습니다. 넉넉하게 바치세요!"

피아노 연주가 시작되었고 탬버린이 요란하게 흔들리며 사람들이 박수를 치기 시작했다. 존스 목사와 그의 양 떼들은 찬송을 시작했다.

　　　그의 손에 있을 때!

　　　그의 손에 있을 때!

　　　악마의 길 쪽으로

　　　길을 잃지 않으리

　　　예수님의 손에 앉아서!

　　　오, 그의 손에 있을 때!

　　　그의 손에 있을 때!

그 높은 곳에 올라가리라
예수님의 손에 앉아서!

"기도를 드립시다." 모든 사람이 허리를 굽힐 때 목사는 십자가에 기대 놓은 사다리를 올라갔다. 힉스가 망치와 못들을 들고 그를 뒤따랐다. 브래드퍼드 자매는 목청껏 부르짖었다. 설교단 옆자리의 독실한 신자들은 큰 슬픔에 빠져 있었다. 교회 전체가 엄청난 감정의 소용돌이에 휩쓸렸다.

교회 밖의 길을 가득 메운 사람들은 궁금해 죽겠다는 표정이었다. "우리도 들어갈 수 있었다면 얼마나 좋을까. 안에서 들려오는 저 소리들을 좀 들어 봐. 도대체 무슨 일이 벌어지고 있는 거지?"

존스 목사는 이제 막 유명 인사가 되려는 참이었다. 그건 분명한 사실이었다. 모든 일이 순조롭게 잘되어 갔을 것이다. 두 얼굴의 악당, 힉스만 아니었더라면 말이다. 그날 밤, 불도그 힉스의 마음에 사탄이 들어가 그를 장악했다.

사실 그 일은 힉스가 줄곧 매기 브래드퍼드 자매를 마음에 품고 있었기 때문에 생긴 일이었다. 존스 목사가 갑자기 나타나 그녀의 마음을 자신에게서 빼앗아 간 것에 대해 그는 분노하고 있었다. 따로 목사를 만났을 때나 지금 십자가로 올라가는 사다리에서도 질투의 파란 뱀이 그의 마음에 똬리를 틀고 앉아 있었다. 오, 맙소사! 행사의 정점에서 바로 그런 일이 생기다니!

목사의 뒤를 따라 사다리를 올라가는 힉스의 한 손에는 망치가 한 손에는 못들이 한 움큼 들려 있었다. 그는 새로 짜 온 십자가에 존스 목사를 못 박기로 되어 있었다.

'못질을 할 때, 정말 진짜로 못질을 하면 어떨까?' 힉스는 생각했다. '비열한 촌놈이 이곳 미시시피로 와서 내 여자를 앗아 가다니! 하나님을 기만하려는 술책에 내가 진짜로 도움을 줄까 봐? 번지수를 잘못 짚었어!'

존스 목사는 이미 검은색 긴 코트 아래로 허리와 어깨, 양 손목, 발목들에 노끈을 묶어 두는 등 만반의 준비를 갖추고 있었다. 이 끈들이 청중들에게는 보이지 않도록 십자가 기둥에 고리로 묶일 것이었다. 그러면 목사는 마치 자신이 진짜로 못 박히는 듯 슬프고 처연한 표정으로 십자가에 매달릴 수 있을 것이다. 불도그 힉스 형제는 못을 박을 때 그가 다치지 않도록 조심해서 손가락들과 발가락들 사이에 못질을 할 것이다. 할렐루야!

교회 안에는 팽팽한 긴장감이 느껴졌다.

못질이 시작될 때까지는 모든 일이 계획대로 잘 진행되었다. 존스 목사는 신발과 양말을 벗고 검은 맨발로 서서 울부짖는 회중에게 작별 인사를 했다. 그가 십자가에 기대어 힉스 형제로 하여금 그를 못 박을 준비를 하게 하는 동안 교회는 비탄의 소리로 가득했다. 힉스가 첫 번째 못을 존스의 발가락 사이에 가져다 대자 사람들은 히스테리를 일으키는 것 같았다. 브래드퍼드 자매의 목소리가 제일 크게 들렸다.

힉스는 존스의 왼발 엄지발가락과 다음 발가락 사이에 못을 놓고 망치질을 시작했다. 발은 십자가에 잘 묶여 있어서 존스 목사는 꼼짝할 수가 없었다. 못대가리가 발가락에 가까워질수록 힉스는 더 힘껏 망치질을 했다. 마침내 망치가 존스의 엄지발가락을 '꽝' 때렸다.

"아우!" 목사가 간신히 목소리를 낮추어 비명을 질렀다. "살살 해, 이 사람아!"

"주여, 은혜를 베푸소서!" 교회의 형제, 자매들이 외쳤다. "우리 목사님에게 은혜를 베푸소서!"

다신 한 번 망치가 그의 발가락을 때렸다. "아이구!" 하지만 그가 놀라서 지른 가장 인간적인 비명은 교회당을 채운 엄청난 소리들에 묻혀 들리지 않았다.

"불도그, 내 말이 안 들려? 살살 하라고." 목사가 목소리를 낮춰 으르렁거렸다. "이건 진짜가 아니라고."

힉스 형제가 망치질을 멈추고는 얼굴에 음산한 미소를 띠었다. 그는 존스의 오른발로 시선을 돌렸다. 그는 새로 못을 하나 꺼내서 오른발 발가락 사이에 놓고 망치질을 시작했다. 이번에도 못이 나무에 박히고 망치가 존스의 발에 닿게 되었어도 그는 망치질을 늦출 기미를 보이지 않았다. 힉스는 목사의 맨발톱 쪽으로 가혹하게 망치질을 계속했다. 결국 존스는 더 이상 고통을 참지 못하고 그 광경을 지켜보고 있던 사람들의 모골이 송연하도록 비명을 질렀다. 그의 이마에 배어난 진땀이 그의 셔츠 위로 떨어졌다.

처음에 존스는 당연히 집사가 망치질을 하면서 실수를 한 것으로 생각했다. 하지만 그는 이내 힉스가—회중들과 마찬가지로—돌아 버렸다는 생각이 들었다. 고통이 너무 끔찍했기 때문에 그는 미처 아무것도 생각할 여유도 없이 소리를 질렀다. "아이쿠, 아야!"

교회 안이 소란했기에 망정이지 그렇지 않았다면 그들은 두 사람 사이의 이상한 대화를 들었을 것이다.

"세상에, 힉스, 대체 지금 무슨 짓을 하고 있는 거지?" 목사가 사다리에 올라 있는 집사를 험하게 쳐다보며 말했다.

"존스, 나는 당신을 십자가에 못 박고 있는 거요. 진짜로!"

"아야야! 지금 당신이 나를 다치게 하고 있다는 걸 몰라? 그렇게 세게 치지 말라고 했잖아!"

하지만 집사는 조금도 동요되지 않았다.

"십자가에서 내려온 후 온 세상을 여행하기 시작할 때 누가 당신의 오른팔이 될 거라고 했지?" 힉스가 물었다.

"바로 형제지." 목사가 우는 소리로 말했다.

"왼팔은?"

"매기 브래드퍼드 자매." 존스가 십자가에서 신음했다.

"아니, 그녀는 안 돼." 힉스 형제가 말을 끝냄과 동시에 목사의 발가락에 제대로 한 방 망치질을 했다.

"주님, 도와주소서!" 목사가 고통에 겨운 목소리로 울부짖었다. 눈물을 흘리는 회중들은 그의 고통에 찬 비명을 듣고 더 큰 울음소리로 화답했다. 그들의 눈앞에서 진짜로 어마어마한 일이 벌어지고 있었다. 목사가 십자가에 못 박히고 있었다.

힉스 형제가 양손에도 못을 박기 위해 사다리를 두 계단 더 올라갔다. 그는 사악한 얼굴을 목사의 얼굴 높이로 올린 후 그를 바라보며 시근거렸다. "세인트루이스에 나타나서는 마음에 드는 여자들을 다 차지할 수 있다는 듯 행동하는 너희 역겨운 사기꾼 목사들에게 교훈을 주겠어. 내 여자는 건드리지 말아야 했다는 것을 알게 해 주지— 자, 못 하나를 더 박아 주마!"

힉스 형제가 커다란 대못을 존스 목사의 왼 손바닥 위에 가져다 댔다. 그가 막 못을 향해 망치를 내리치려는 순간 놀란 목사가 두 구역 떨어진 곳에서도 들릴 만큼 큰 목소리로 비명을 질렀다. 동시에 그는 십자가에서 내려오려고 몸부림을 치기 시작했다. 하지만 그가 벗어나기에는 노끈이 너무 단단히 묶여 있었다.

불도그 형제를 걷어찰 수 있도록 한쪽 다리라도 자유롭다면 얼마나 좋을까!

힉스가 다시 망치를 들어 올려 못을 때리려는 순간 목사가 이스트 세인트루이스 전역에 들릴 만큼 큰 소리로 두 번째 비명을 질렀다. 그의 비명은 청중들의 소란을 압도하는 폭발력이 있었다. 갑자기 교회 안이 조용해졌다. 누가 들어도 그것은 죽어 가는 사람이 낼 수 있는 비명이 아니었다.

브래드퍼드 자매는 뭔가 일이 잘못되어 가고 있다는 것을 깨달았다. 그래서 그녀는 사랑하는 목사가 못질이 다 끝난 적절한 순간에 부르라고 지시했던 찬양을 하기 시작했다. 비록 못질은 끝나지 않았지만 브래드퍼드 자매는 왠지 노래를 하는 것이 좋을 것 같았다.

존스 목사님은 다시 살아나실 거예요
존스 목사님은 다시 살아나실 거예요
다시 살아나세요, 다시 살아나세요
네, 나의 주님

하지만 모두가 그들의 앞에서 벌어지고 있는 일에 너무 몰두한 나머지 아무도 그녀가 노래를 계속해 나갈 수 있도록 후렴을 따라 부르지 않았다. 브래드퍼드 자매의 노래는 잦아들 수밖에 없었다.

그러는 동안 힉스 형제가 다시 망치를 들어 올렸다. 순간 존스 목사가 그의 눈에 침을 뱉었다. 아니, 침만 뱉은 게 아니라 사람은 물론 짐승에게도 할 수 없을 만한 욕을 했다. 그러고는 다시 끔찍한 비명을 한

번 더 지르고는 죽을 것처럼 고통스러운 목소리로 브래드퍼드를 불렀다. "매기 브래드퍼드 자매, 날 여기서 내려가게 해 줘요! 어서 이리 와서 여기서…… 나를…… 내려가게 해 줘요!"

아직까지 신음 소리를 내며 소리를 지르던 사람들까지 모두 숨을 멈췄다. 바늘 떨어지는 소리까지 들릴 만한 정적이 건물 내에 감돌았다. 모든 사람이 돌로 변한 듯했다.

힉스 형제는 만족한 눈으로 존스 목사를 노려보며 아직 망치를 들어 올린 채로 사다리 위에 서 있었다. 목사는 목소리를 낮춰 한 번만 더 망치질을 하면 44구경 매그넘 권총으로 쏘아 죽이겠다고 힉스에게 협박을 했다.

"여기서 놓여나기만 하면 너를 맨손으로 두들겨 패 주겠어." 마치 폭풍 속의 나무처럼 그가 용틀임을 하며 헐떡였다.

"그럼, 한번 내려와 보시지." 힉스가 사다리에서 큰 목소리로 소리를 질렀다. "내려오라고! 확실하게 네가 어떤 인간인지를 세상에 보여 줄 테니까. 여자 꽁무니나 쫓는 아무짝에도 쓸모없는 비열한 사기꾼! 맨손으로 널 반죽을 만들어 줄 테니까."

"주여, 자비를 베푸소서!" 교회 안의 회중들이 소리를 질렀다.

십자가에서 벗어나기 위해 몸을 비틀던 존스 목사는 거의 핏줄이 터질 지경이었다. "매기 자매, 이리 와서 나를 내려 줘요." 그가 비 오듯 얼굴에서 땀을 흘리며 사정을 했다.

하지만 브래드퍼드 자매는 혼란스러워 정신을 차릴 수 없었다. 그녀는 몸이 뻣뻣하게 굳었다. 조금만 있으면 그녀와 함께 온 세상을 여행하며 설교를 하면서 돈과 명예를 얻을 수 있을 텐데 도대체 왜 존스 목사는 사람들이 보는 데서 그녀 이름을 불러 대는 걸까? 그녀는 머릿

속이 빙빙 돌았고 심장이 벌렁벌렁했다.

"존스 목사님, 진짜로 내려오겠다는 거예요?" 그녀는 설교단 옆자리에서 목소리를 낮춰 물었다.

"그래요." 목사가 외쳤다. "내 말이 안 들려요? 내려 달라고 벌써 스무 번도 더 불렀잖소!"

바로 그때 힉스 형제가 목사의 발치에 있는 못을 한 번 더 망치로 때렸다. 목사의 입에서 나온 말은 성경에서 찾을 수 없는 말이었다.

눈치를 챈 브래드퍼드 자매가 목사의 편을 들었다. 힉스가 악마에 사로잡힌 게 틀림없다는 것(그는 그녀와 사귈 때도 종종 그랬다)을 마침내 깨달은 그녀가 만신창이가 된 목사를 구하러 달려가 사다리의 발치를 잡아 낚아채자 힉스가 설교단으로 떨어져 대자로 뻗었다.

"너는 내 목사님을 못 박을 수 없어." 그녀가 소리쳤다. "진짜로는 말이야." 그녀는 목사를 묶고 있는 노끈을 열심히 풀기 시작했다. 곧 십자가에서 풀려난 존스가 바닥으로 미끄러져 내렸다. 망치를 맞은 발이 너무 아파서 부축을 받지 않고는 제 발로 설 수도 없었다.

"저 인간을 붙들기만 하면 가만 안 두겠어." 목사가 헐떡이며 말을 했다. "내가 그렇게 발 가까이 망치를 때리지 말라고 했는데도 말이야." 교회에 내려앉은 정적 가운데 매기 자매의 보호하에 절뚝이며 걸어 나가면서 목사가 신음하듯 흘리는 말을 교인들은 정확하게 들을 수가 있었다. "힉스, 저 자식, 내 손에 붙들리기만 해 보라고."

"불도그, 물러서요." 매기가 집사에게 말했다. "목사님이 여길 나가게 해 줘요. 몸이 회복되는 대로 목사님은 당신을 빈대떡처럼 만들어 줄 거예요. 하지만 지금은 내가 상황을 수습하겠어요. 다시 한 번 말하지만, 물러서라고요!"

힉스는 물러섰다. 회중들이 웅성대기 시작했다. 목사는 교회를 빠져나갔다. 그렇게 윌리엄 존스 목사의 야심 찬 목회는 종말을 맞았다. 그는 세인트루이스에서 다시는 교회를 맡을 수 없었다. 물론 그는 힉스를 혼내 주지도 않았다. 그저 아무도 알지 못하는 곳으로 조용히 사라졌다.

예술적 상상력으로 흑인 정체성의 외연을 넓히다

미국의 흑백 갈등이 가시화되기 시작할 무렵, 육종학자 부커 T. 워싱턴의 개량주의에 맞서 민중직접혁명론을 주장한 흑인 운동가 W. E. B. 듀 보이스는 노예제도를 경험한 미국 흑인들에 특유한 내면적 이중성에 주목을 했다. 그의 책 『흑인의 영혼*The Souls of Black Folk*』에서 그는 "흑인은 언제나 자신이 미국인인 동시에 흑인이라는 두 개의 존재로 분열되어 있음을 느낀다. 두 개의 영혼, 두 개의 생각은 화해할 길 없이 갈등하며, 검은 몸 안에 있는 두 개의 이념도 서로 투쟁한다. 필사적인 노력만이 몸이 산산조각 나는 것을 막아 준다"라고 주장을 한다. 그가 지적한 미국 흑인의 '이중 의식double consciousness'은 원래는 사회학적 개념이었지만 그가 처음 그 말을 사용한 지 20년 뒤, 할렘 르네상스와 흑인 모더니즘을 대표하는 작가인 랭스턴 휴스의 작품 세계의 근간을 이루게 된다.

우리나라 독자들에게 휴스는 친숙한 작가라고 할 수 없지만 그나마도 주로 시인으로서의 면모만 소개가 되어 왔다. 역설적이게도 그의 단편소설들을 소개하는 이곳에서조차 그의 작품 세계 전체를 조망하기 위해서는 그가 열여덟이라는 어린 나이에 발표했던 「흑인이 강을 말하다The Negro Speaks of Rivers」라는 시를 읽는 것이 가장 효율적일 것 같다.

나는 강을 안다.
태곳적부터, 인간의 혈관에 피가 흐르기 전부터 흐르고 있던 강을 나는 안다.

나의 영혼은 강처럼 깊어 왔다.

인류의 여명기에 나는 유프라테스 강에서 목욕했다.
나는 콩고 강 가에 오두막을 지어 물소리를 자장가 삼았다.
나는 나일 강을 바라보며 그 위에 피라미드를 올렸다.
나는 또한 에이브 링컨이 뉴올리언스로 남행하고 있을 때 미시시피 강이 그에게 들려주었던 노랫소리를 들었고, 저녁노을 받아 황금빛으로 물드는 강의 진흙 젖가슴을 지켜보았다.

나는 강을 안다.
태곳적부터 어슴푸레하던 강을.

나의 영혼은 강처럼 깊어 왔다.

그의 평생에 걸친 문학적인 노정을 예시라도 하는 듯한 이 시에는 열여덟 살 소년의 시선이라고 보기에는 놀라울 정도로 인류 문명과 역사에 대한 통찰이 나타나 있다. 더 놀라운 점은 이런 통찰이 '흑인 청년'으로부터 나왔다는 점이다. 흑인이 '유프라테스'와 '피라미드'와 '미시시피'의 역사와 문화를 한 시 안에서 숙연하게 노래한다는 것은 20세기 초엽 백인들과의 타협보다는 투쟁으로 가닥을 잡아 가던 흑인 운동을 배경으로 쉽게 상상하기 어려운 일이었다.

휴스는 이 시를 백인 사회에 대해 강경한 투쟁적 입장을 보였던 듀 보이스에게 존경심을 표하며 바쳤다. 후에 화물선에서 일을 하면서 그가 찾아간 아프리카에서 휴스는 그가 그리던 '아프리카의 검은 얼굴'을 직접 만나게 되지만 아프리카의 형제들과 동족으로서의 자신의 정체성을 확인하기보다는 가짜 아프리카인, 심지어는 백인으로 간주되는 경험을 하기도 한다. 미국에서 흑인들이 겪고 있던 인종차별의 문제를 아프리카의 식민지적 상황과 연결시켜 그들과의 감정적, 역사적 연대를 꾀했지만 그는 어이없게도 피부색 때문에 아프리카에서 낯선 이방인 취급을 받았던 것이다. 즉 듀 보이스가 말한 이중 의식을 그는 아프리카에서 체험을 하게 된다. (아프리카의 아름다움에 동화하지 못하는 백인으로 겉도는 그의 모습은 「정글의 루아니」에 잘 그려져 있다.)

하지만 휴스는 듀 보이스가 지적한, 그리고 자신도 곧 체험하게 되었던, 흑인의 분열된 자아 정체성의 문제를 예술적 상상력을 통해 해결하고자 했다. 「흑인이 강을 말하다」는 그런 궤적을 살아갈 젊은 흑인 시인의 출현을 선언하는 것이었다. 에세이, 단편소설, 소설을 쓰기도 했지만 휴스는 주로 1920년대 흑인들의 시 운동이었던 할렘 르네상스와 연관되어진다. 할렘 르네상스는 19세기 말에 시작된 흑인들의 문화적인 저항운동의 정점이었고 미국 흑인들의 대중예술에서 주목할 만한 시기였던 재즈 시대Jazz Age와도 시기상으로 겹친다. 아니, 사실 할렘 르네상스와 재즈 시대는 흑인 문화의 부흥이라는 한 동전의 양면이라고 보는 것이 맞을 것이다. 이 단편선에 수록된, 재즈에 대한 동경, 예찬이나 허식에 찬 예술인들을 풍자적으로 그린 작품들(「내가 연주하는 블루스」「후원자」)에서도 미루어 짐작할 수 있는 사실이지만 할렘 르네상스는 두 가지 전통을 이어받은 것이었다. 재즈와 블루스를 저변으로 한 흑인 대중예술과 유럽 문학에서 영향을 받은 고급 예술이 그것이었다. 휴스는 자신이 그 두 가지 전통 중 미국적인 것에서 있다고 주장을 했다. 그는 흑인들만 껴안는 문인이 아니었다. 백인들에 굴종하지 않지만 그들을 포용하는 그의 글은 여기에 실린 단편소설들에서도 알 수 있듯 어느 한쪽에 치우치지 않는다.

「흑인이 강을 말하다」에서 노래한 것처럼 그는 토착주의nativism에 입각한 좁은 의미의 미국 흑인 통합이 아니라 인류 문화에 기여해 왔고 기여할 자랑스러운 본질적 흑인성이라는 개념에 기초해, '미국인' 아니면 '흑인', 둘 중 하나를 선택해야 했던 흑인 정체성의 외연을 넓혔다. 자신의 뿌리를 잊지 않지만 그에 얽매이지 않는 자유로움과 자긍심, 시에서는 표현할 수 없었던 여유로운 시선과 유머를 독자들은 그의 단편소설들에서 확인할 수 있을 것이다.

1902	2월 1일, 미주리 주에서 제임스 너새니얼 휴스와 캐럴라인 머서 랭스턴의 둘째로 출생. 얼마 후 이혼을 한 아버지는 멕시코로 이주. 대부분의 어린 시절을 휴스는 캔자스 주에서 외할머니와 보냄.
1914	링컨으로 가서 재혼을 한 어머니와 함께 삶.
1920	고등학교를 졸업하고 멕시코로 가서 아버지와 생활. 기차 여행 도중「흑인이 강을 말하다」를 지음. 아버지는 공학을 전공하는 조건으로 휴스가 컬럼비아 대학에서 공부할 학비를 지원하기로 함.
1921	「흑인이 강을 말하다」가 전미흑인지위향상협회NAACP가 출간하는

《크라이시스Crisis》지에 실림.

1922   컬럼비아 대학 중퇴.
        할렘의 생기 넘치는 삶은 즐거웠지만 학교에서 벌어지는 인종차
        별에 실망, 입학 일 년 후 학교를 그만둠.

1923   화물선에 일자리를 얻어 6개월 동안 서아프리카와 유럽을 둘러
        봄. 파리에서는 잠시 식당에서 일함.

1924   시인으로 등단.
        워싱턴으로 돌아와 호텔에서 급사로 일하던 중 식당에서 식사를
        하던 시인 바첼 린지에게 자신이 습작한 시들을 건넴. 린지는 휴
        스를 크노프 출판사 편집자에 소개시켜 줌.

1926   첫 번째 시집 『지친 블루스The Weary Blues』가 크노프 출판사에서 출간.

1927   두 번째 시집 『유대인의 나들이옷Fine Clothes to the Jew』 출간.

1929   장학금을 받고 다니던 링컨 대학 졸업.

1930   첫 번째 소설 『웃음이 없는 것은 아니다Not Without Laughter』 출간. 하
        먼 골드 메달Harmon Gold Medal for Literature 수상.

1932   미국 흑인들의 삶을 영화로 만들기 위해 몇 명의 흑인 예술가들과

함께 소련으로 감. 영화는 완성하지 못했지만 인종차별의 대안으로서 공산주의에 끌림.

1934   첫 번째 단편소설집 『백인들의 방식*The Ways of White Folks*』 출간.

1935   구겐하임 펠로십Guggenheim Fellowship(존 사이먼 구겐하임 기념 재단이 뛰어난 능력이나 창의력을 가지고 있는 연구자들에게 주는 지원금) 수상.
그의 작품 〈물라토The Mulatto〉가 브로드웨이에서 공연됨.

1937   볼티모어 흑인 신문의 통신원으로 스페인 내전을 취재. 일설에 의하면 어니스트 헤밍웨이와 우정을 맺어 투우 구경을 함께 다니기도 했다고 함.

1938   뉴욕에 흑인들의 연극을 올리는 할렘 극장Harlem Suitcase Theater을 건립.

1941   재능 있는 흑인들에게 주어지는 로젠월드 펠로십Rosenwald Fellowship을 수여받음.

1943   모교인 링컨 대학에서 명예 문학 박사 학위를 받음.

1946   전미문화예술협회National Institute of Arts and Letters 회원으로 추대.

1947	애틀랜타 대학에서 학생들을 가르치기 시작함.
1951	그의 대표적인 시 중 하나인 「할렘Harlem」이 실린 시집 『지연된 꿈의 몽타주Montage of a Dream Deferred』 출간.
1953	매카시즘을 일으킨 장본인이었던 상원의원 조지프 매카시에 의해 공산주의와의 연루 혐의로 조사를 받음. 이후 급진적인 시와 거리를 멀리하기 시작하여 진보적인 시인들로부터 비난을 받음.
1961	미국예술문예아카데미American Academy of Arts and Letters에 추대.
1967	5월 22일, 전립선암으로 사망. 뉴욕 시 정부 산하 랜드마크 보존 위원회에 의해 그의 집(할렘 동부 127번가 20번지)이 사적으로 지정됨.

세계문학 단편선을 펴내며

세상의 모든 이야기는 단편으로 시작되었다. 성서와 그리스 신화를 비롯해 인류의 많은 신화와 설화는 단편의 형식으로 사물의 기원, 제도와 금기의 탄생, 운명이라는 이름의 삶의 보편적 형식을 설명했다.

〈세계문학 단편선〉은 모든 산문의 형식 중 가장 응축적이고 예술성이 높은 단편소설에 포커스를 맞추어 세계문학을 바라보는 새로운 관점을 제시하고자 한다. 단편소설을 언급할 때 빼놓을 수 없는 작가들의 작품들은 물론이고, 한두 편의 장편소설로만 우리에게 알려진 세계적 작가들이 남긴 주옥같은 단편들을 통해 대가의 진면모를 총체적으로 바라볼 수 있게 할 것이다. 또한 우리에게 문학의 변방으로 여겨져 왔던 나라들의 대표적 단편 작가들도 활발히 소개할 것이며 이미 순문학과의 경계가 불분명해진 장르문학의 형성과 발전에 크게 기여한 작가들의 작품 역시 새롭게 조명해 나갈 것이다.

에드거 앨런 포는 문학작품은 독자가 앉은자리에서 다 읽을 수 있을 정도로 짧아야 한다고 했다. 바쁜 일상의 삶을 사는 현대인들에게 〈세계문학 단편선〉은 삶과 사회, 나아가 세계를 바라볼 수 있게 하는 더할 나위 없이 좋은 친구가 될 것이라 확신한다.

21세기인 현재에 이르기까지 단편소설은 그리스 신화가 그러했듯이 삶의 불변하는 조건들을 응축된 예술적 형식으로 꾸준히 생산해 왔다. 그리고 새로운 문학적 기법과 실험적 시도를 통해 단편소설은 현재도 계속 진화, 확장되고 있다. 작가의 치열한 예술적 열정이 가장 뜨겁게 반영된 다양한 개성으로 빛나는 정교한 단편들을 통해 문학의 진정한 존재 이유를 독자들이 느낄 수 있기를 소망하며 이번 〈세계문학 단편선〉을 펴낸다.

현대문학 편집부

H 세계문학 단편선

37

끝나지 않은 불안의 꿈을 극도의 예민함으로 현실에 투영한,
시대를 앞선 실존주의 문학의 선구자

프란츠 카프카

변신 외 77편

박병덕 옮김 | 840면 | 값 19,000원

38

광활한 우주의 끝, 고독과 슬픔의 별에서도
인류의 잠재력과 선한 의지를 믿었던 위대한 낙관주의자

시어도어 스터전

황금 나선 외 12편

박중서 옮김 | 792면 | 값 19,000원

39

독보적인 스토리텔링으로 빅토리아 시대를
사로잡은 영국적 미스터리의 시초

윌키 콜린스

꿈속의 여인 외 9편

박산호 옮김 | 564면 | 값 16,000원

40

현존하는 거의 모든 SF 장르의 도서관
우주의 불가해 속 인간 존재를 탐험했던 미래의 철학자

스타니스와프 렘

미래학 학회 외 14편

이지원·정보라 옮김 | 660면 | 값 17,000원

※〈세계문학 단편선〉은 계속 출간됩니다.

랭스턴 휴스

초판 1쇄 펴낸날 2015년 11월 5일
초판 2쇄 펴낸날 2021년 5월 20일

지은이 랭스턴 휴스
옮긴이 오세원
펴낸이 김영정

펴낸곳 (주)현대문학
등록번호 제1-452호
주소 06532 서울시 서초구 신반포로 321(잠원동, 미래엔)
전화 02-2017-0280
팩스 02-516-5433
홈페이지 www.hdmh.co.kr

ISBN 978-89-7275-725-2 04840
세트 978-89-7275-672-9

* 책값은 뒤표지에 있습니다.
* 파본은 구입처에서 교환해 드립니다.